# 亲爱的岳先生

三千宠 著

山西出版传媒集团
北岳文艺出版社
BEIYUE LITERATURE & ART PUBLISHING HOUSE

**图书在版编目（CIP）数据**

亲爱的岳先生 / 三千宠著. — 太原：北岳文艺出版社, 2016.5
ISBN 978-7-5378-4698-1

Ⅰ.①亲… Ⅱ.①三… Ⅲ.①长篇小说—中国—当代
Ⅳ.①I247.5

中国版本图书馆CIP数据核字（2016）第052625号

| 书名：<br>亲爱的岳先生 | 著者：三千宠<br>策划：诚客优品 | 责任编辑：刘文飞<br>印装监制：冯宏霞 |
| --- | --- | --- |

出版发行：山西出版传媒集团·北岳文艺出版社
地址：山西省太原市并州南路57号
邮编：030012
电话：0351-5628696（太原发行部）　0351-5628688（总编办）
传真：0351-5628680
网址：http://www.bywy.com　E-mail：bywycbs@163.com
经销商：新华书店　印刷装订：北京市通州运河印刷有限公司

开本：880mm×1230mm　1/32　字数：260千字
印张：10　版次：2016年5月第1版　印次：2016年5月北京第1次印刷
书号：ISBN 978-7-5378-4698-1
定价：35.00元

# CONTENTS | 目 录

♣

# 第一章
# 婚姻里的无间道

和老公结婚三年了，一直没要孩子。

不是我们不想要，而是要不起。刚拿到手的房子，还有二十年的贷款等着我们。我月薪三千，老公月薪四千，可光还贷每月就三千，家里月平均开支两千左右，日子过得紧巴巴的。朋友多聚餐也多，还要补贴家里，加上偶尔有些红白喜事，这么下来存款实在少得可怜。

老公是我的大学同学，当初和他在一起的时候，我们是学校里极为登对的一双。我长得好，又是院系里的文艺骨干，在学校里也算是个校园名人。追求我的人不少，优秀的也不少，但我唯独相中了他。相处以后是越看越对眼，越觉得他事事都好。高大帅气，温柔体贴，脾气好，勤劳肯做事，正好符合我的口味。在经历了昏天黑地的浪漫追求后，我们恋爱了。

刚毕业那会儿，我们差点儿分手了。走上社会后他变了很多，而且还出轨一次。但女人容易死心眼，在听到他的信誓旦旦之后，我还是原谅了他。毕竟四年的时间都花了，种了地没收成的事，我可接受不了。

我的家庭不算富裕，但父母也完全不必我养活。我是典型的报喜不报忧，在他那里受的气从来不会回家跟父母吐露半句。所以当他的父母催促我们尽早结婚时，我妈还一个劲儿地跟我念叨，说他人多好多好，虽然家境一般，不过也相处了这么多年，这孩子老实，他父母又明理。

大富大贵不一定幸福，人嘛！要知足常乐，现在很难找到像孙文这样年纪轻轻就这么懂事的孩子了。

我有苦难言，就带着这种彷徨又迷茫的心情草草地跟他结婚了。因为家里的钱都用于房子的首付了，所以婚礼很简单，只请了些亲戚朋友吃饭，甚至连婚宴都算不上。不过当时我还挺感动的，他哽咽着抱着我说，以后有钱了一定补给我个隆重的婚礼。我对他上次的出轨不再耿耿于怀，开始全心全意地经营我们的小家庭。

结婚前，我拿着三千的薪水，穿着职业装上班，勉强还觉得自己算个小小的白领，偶尔还去大洋百货转转，添置些打折的化妆品和衣服犒赏自己，而婚后这些地方我是完全不敢想的。在拿到房子之前，我们住在租的公寓里，不仅要付房贷还得付房租。那第一年多的时间是够我们受的，我们两个都努力工作也只能算是勉强养活自己。房子拿到以后又张罗着装修，当初买房时就约定好了，首付是他们家出，装修的钱是由我父母出，当时我也没觉得有什么不合理的。

等新房装修好以后，我们终于摆脱了租房的噩梦，生活水平也提高了。没了房租，涨了工资，房贷还一次比一次少。我觉得我的选择是对的。人嘛！哪有一步登天的？日子都是慢慢过出来的。我开始憧憬美好的生活。

我的工作很轻松，办公室文案，写写东西，还偶尔写写专栏赚些外快。公司里数我长得最好，老板也很照顾我。偏偏我是个不折不扣的传统女人，除了自己的丈夫，别的男人我是不会多看一眼的；饭局应酬也是能推就推。老板摸清了我的脾气以后不再照顾我，所以我的薪水一直停留在三千块的水平上。我在电话里跟我妈抱怨的时候，我妈还说笑道："我闺女吃的是真本事的饭，歪门邪道的钱咱不稀罕。"我嘿嘿地笑，还一直引以为豪。

可他并不觉得这是什么美德，也不欣赏我写的文章，时不时地说："以前在学校你那么会跳舞、唱歌、主持，现在社会上就需要这样的有全面素质的人，你应该很有前途才是。"我还开玩笑地白他一眼，说："怎么，你小子在鼓励你老婆红杏出墙？"然后笑笑闹闹就过去了，只是觉得他在家里一天比一天沉默了。以前勤劳的干劲儿也没了，家务活由他全包揽的局面逐渐消失，开始跟我分做家务。他一三五七，我二四六；逐渐变成，他一三五，我二四六七；再逐渐变成，他黑着脸一三五，我任劳任怨二四六七。做完事他还要唉声叹气，我得讨好地给他按腰捶背。后来，逐渐发展成他拒绝做家务。

其实，我知道让男人做家务确实不妥当，但总得跟以前有所对比吧。他以前是半点苦都不让我吃的，我哪天要是主动洗碗，他都连忙叫我放下，说我的手不能碰洗洁精，因为会变粗糙。

于是，我也有些怨言，他不做我也不做。直到有一天他在单位受了点挫折，下班回来看见家里乱七八糟的，就冲正在码字的我吼了。

具体也不记得怎么吵的，反正吵得很凶。我们一直都很和睦，他从来都是让着我的，但那天他气得摔门而去。我当时也气急了，一个人在家里哭。直到夜里他还没回来，我才开始急了，担心他没带身份证出意外时找不到家属，又担心他出去乱搞会一失足成千古恨。我也顾不得脸面，给他打电话，关机了。又给他的同事挨个打电话，不好意思明说，只说他下班还没回来。他的一个热心的男同事帮我去打听了，后来回电话告诉我，他和几个大老爷们儿去喝酒，醉在了王某家。我道谢完就打出租车去了他的同事家。

看到他时，他正睡得安稳。来的路上，我在出租车里想了几千句骂他的话，可是看到他时又心疼得什么也说不出来。我跟他的同事说了抱歉，就扶他回家了。

第二天，我想等他醒了跟他好好谈谈。可是，他醒来还是冷着一张脸，我在气势上就输了一截。我们吃早饭时简单地交流了几句，言语上都比较缓和，生怕又触动神经。

他很快出门去上班了，我上班要晚些，就自觉地收拾起房间来。

这时电话正好响了，是他妈妈打来的。我对他妈妈的印象一直很好，总觉得他妈就是我妈，我对他妈好，他自然会对我妈好。大概是昨晚我打了太多电话传到她耳朵里去了，于是她猜到我们吵架了，便打电话过来询问。我自然不拿她当外人，跟她说是为了家务活的事，她立刻絮絮叨叨地说自己的儿子变懒了什么的。我以为就这么体贴我两句说说就挂了，却不料她话锋一转，说她的儿子多么多么辛苦，男人压力多么多么大，我作为妻子就应该好好地劝慰他，不能跟他家庭失和，最后她还很委婉地规劝我，让我平时多做些力所能及的"小事"。

我没说话。工作谁没有，谁不累？说这话我就不爱听了。她又讪讪地笑了两声，说要不她过来跟我们住，这样就能照顾到我们的饮食起居。

公公婆婆住在南京的江北，公公的工作单位在那儿，婆婆就赋闲在家，平时打打麻将什么的。我可不愿意二人世界被除了孩子以外的人打破，而且她一来家里，我就好像成了外人。我宁愿多孝敬些他们物质上的，多去看看他们，也不愿意跟婆婆住同一个屋檐下。所以只好说怎么能劳烦您，我自己多做些家务就是了，她才满意地挂了电话。

终于，天降大任于斯人，我正式成为家里内政的一把手。他下班回来看见我在拖地，露出了欣慰的笑容。我在心里暗骂自己犯贱的同时也豁然开朗了，毕竟结婚了，维持住家庭才是最重要的。

到了去年，他的父母开始有意无意地提孩子的事。他和大多数的男人一样，爱在父母面前扮演有本事的儿子形象。为了照顾到他的面子，我们不能说因为没钱就不养孩子。于是我们都支支吾吾的，说是孩子不能急，得看缘分，就这样搪塞过去。孩子的事我们心照不宣，想等存款多点的时候再生，不能制造出富二代，怎么也不能生出个贫二代吧。

可他的父母坚持认为我们的身体有问题，还嚷嚷着让我们去检查。公公不好意思来烦我，可是婆婆三天两头地在电话里轰炸我，劝我去医院瞧瞧。还把电话打到我妈那儿去了，弄得我妈心神不宁，整夜睡不好觉，生怕女儿不能生。

最后为了宽我妈的心，我告诉她我们打算过两年生，这两年先存点钱，却不知道这个说法怎么传到公公婆婆耳朵里了。在大好周末的八点，正在我们吃晚餐并愉快地计划着晚上"夫妻义务活动"的当口，门铃响了，公公婆婆提着新鲜的蔬菜和新腌制的香肠，齐齐地站在我们的门外。

我把他们让进屋。公公的脸色不大好，婆婆则放下东西卷起袖子要洗碗，我连忙去帮忙。谁知很少跟我交流的公公却对我说："小苏，让你妈洗，你过来，我有话跟你和孙文说。"

然后我们就开始了座谈会，孙文对父母是很孝敬的，从来不会露出半点不愉快。我给公公倒了茶，就开始听他说。

"听说，你们是怕养不起孩子才不肯生的？"

孙文连忙说怎么会，不是这样的。谁知道公公眼睛一瞪，"不是就给我生，结婚两年多了还不生，什么时候生？亲戚朋友都问我什么时候抱孙子，你爷爷奶奶也问了。你们倒是给我个准信儿！"我听了心里有些恼火，生孩子成了他们家的事了，还要给个准信儿……但是我表面上是不能露出什么情绪的。孙文看了我一眼，他其实是个蛮懦弱的人，关键时候总是希望能让我来出面，甚至连打电话给自来水公司之类的事他也是让我做。对他这种露怯的表现我一直都不能理解，但还是习惯了。

"爸，其实我们现在的负担挺重的，房贷、吃喝、交通、水电，要是再多个小孩，一个月奶粉、尿布就要几千……反正我们都年轻，想缓一缓再要。"我也算实打实地说了，谁知公公眼睛又一瞪，这次是明显是朝我瞪的。

他说："谁家小孩要养得这么金贵？！你们养不起，生下来就交给我们，我们带回去养。我们孙文小时候也没花那么多钱，养得不也好好的？以后上学就在我们那儿的学校上，你们只管生，不用担心养。"

话讲到这份儿上实在是尴尬，我们不想生就是不想让小孩以后过的生活像我们一样，放到你那郊区的学校能培养出什么来？爷爷奶奶带大的孩子能成才吗？只管生不管养，说得太不现实了。但是这话只能在心里说说，面上我们都还得露出些感激之色。

本来这事儿是没办法拖了，结果出了一个意外，孩子的事就被盖过去了。

孙文出轨了。

最近一段时间，孙文回到家就是天天发呆、手机当宝、上网还不给人瞧……完全是有了外遇的标准表现。我感觉孙文肯定有问题。我们在一起快七年了，要说感情也算深厚。我想和他好好聊聊，坐在一起沟通沟通。

我在心里告诉自己，也许他只是疲劳，只是觉得烦闷。于是我拿出偷偷存给妈妈买首饰的钱报了个旅行团，打算跟他一起出去散散心。

可是，当我告诉他我中了三亚双人五日游的全包票时，他居然拒绝了，理由是请不到假。他是一个很热爱旅游的人，老是说要以后有钱了就带着我去环游世界。他拒绝了以后，还问票能不能套现，要是不能套现就给他的父母。

我有些气愤，就你有父母，我没有吗？我工作三四年了，一分钱都没补贴过家里，连个像样的首饰都没给我妈买过。作为二十七岁结了婚的女儿，我像话吗？现在用这买首饰的钱买了票，他还心心念念地要送给他的父母。我冷着脸没理他，把票放在网上折扣卖掉了。虽然少了些，但至少不吃大亏。

当天晚上他很晚都没有回来，给我发了信息说是公司聚餐，我告诉他少喝点酒多注意身体，他就没回我了。等我迷迷糊糊醒来，已经是夜里两点了。我看他还没回来，心里就有点慌，给他打电话，关机。我又打他同事的电话，他的同事说他喝多了，休息会儿就回来。我说那你让他听电话，然后他就说手机没电了就挂了。

我的心里已经有了不好的预感，翻身起来上网查他的通话记录。他的查询密码是我生日，上次他婚前出轨后，为了表示诚意和忠心，让我随时查查。

从上个月开始，他就和一个号码频繁地联系。通话时长都是半个小时的那种，更多的是短信，还有在夜里发的，时间还是在我睡着以后。他们居然还办了亲情号码，怪不得我跟他打电话都开始收费了，平时打得少，我也没在意，原来时间都给他们打满了。

我心里空落落的，打开电脑开始翻看他的 QQ 聊天记录。我已经有一年多没查过他了，很显然他早已放松了警惕，连聊天记录都没删除。

我看着看着眼泪就下来了。那些话，情意绵绵的、山盟海誓的、激情似火的。他居然还问她夜里寂寞不寂寞想不想他。那女的看起来是个学生，从语言上可以看出来她特别崇拜他。最让人受不了的是，她还特爱回忆他们在床上的情景，两人交流得热火朝天。

我愣愣地盯着屏幕，那种恶心中夹杂着恨却又隐隐透着自卑的情绪一下子冒了出来。我二十七岁，不算老，但也不算嫩；他二十八岁，生得好，嘴巴会哄人，又会编瞎话，有份还不错的工作，正是吸引人的时候。我真难以想象他是什么时候跟她约会的，又是用什么方法让她觉得他是个每天要回家的单身汉。

我好想给那女的打电话，冷静地叫她把身边的他喊起来，回来跟我谈完离婚后再去睡。离了婚，你们就可以光明正大地在一起。可是，我做不到，一直勇往直前的我，突然变得这么懦弱。我甚至连离婚的勇气都没有。我希望这是个梦，等我睡醒了，孙文正好好地睡在我旁边。

我一夜没睡，睁着眼睛等他回来，想听听他的说法，也许不是我想的那样。我以为他下半夜会回来，总不能夜不归宿吧。可他就是没回来，一直到早晨才给我打个电话，说昨天喝多了在同事家睡了，今天直接去上班，不回家了。我还镇定地"哦"了一声，他就把电话挂了。

我魂不守舍地等到下班。回到家，房子依然是我出去时的样子。我在穿衣镜前照照，脸色有些苍白，然后特意补了点妆。他回来看到我在照镜子，有些奇怪，然后给了我一大盒巧克力，说是超市打折，晓得我爱吃就买了。这要放平时，我肯定激动地亲他一口，现在却觉得格外讽刺。这廉价巧克力是你出轨的补偿吗？

拆开包装，里面还赠送了一只小熊。从谈恋爱到现在，他从来没给我买过像样的礼物，连个娃娃都没买过，这个白送的熊算是第一个了。我边吃巧克力，边流眼泪。他发现了赶紧问我怎么了，我摇摇头不说话。他就问我是不是昨天他没回来让我生气了，然后就急忙解释，又打电话给他同事叫我听，证明他是在他家睡的。不知道为什么我没有拆穿他，只是沉默了下来。

之后的几天，他都比较安分，每天准时回家，回家就关手机。我也不说话，我们之间的气氛诡异至极。这时我接到了已经很久没联系的好姐妹的电话，她说要跟我聚一聚。我才想起来，自从跟孙文在一起以后，我遗忘了太多人，放弃了自己原来的生活圈子，只为他一个人活。

但是当我把泪水洒在这个被我遗忘的好姐妹蔷薇面前时，她没有吝啬给我安慰，还帮我想了很多办法，同时给了我很多中肯的建议。最坏的打算就是离婚，要离就趁早，反正我还年轻，别越拖越老了。既然离婚的话，就得掌握他出轨的证据，这样分财产的时候才好掌握主动权。

其实我完全还没想到那一步，但是真被人说出来，我才发现不这么做不行了。我回到家打算把他 QQ 的聊天记录复制下来，进去一看才发现，记录已经全部被他删除了。我有些不知所措。之后我还去营业厅打了他的话单。我是没钱请侦探公司去拍摄那些酒店开房的画面的，我也不可能丢掉工作去跟踪他，而且心里总觉得我和他还没到这一步。

几天后我下班回家，开门就见他坐在客厅里等我，我心里一沉。果然他帮我拿了包以后拉我坐下，然后装作颇为无奈的样子说："小苏，我们离婚吧。"

这句话犹如晴天霹雳般向我袭来。我怎么也没想到怎么也不会想到，居然是他主动跟我提出离婚。我没有来得及流泪，木木地问他原因。

他说，他跟我在一起很疲惫，他给了自己时间去调整，发现完全不能调整过来。

"要不咱们先分居，先不离，等过个半年，冷静冷静再看看。"

我笑了起来，他不明所以，连忙问我怎么了。

我问他，分居的话谁走。

他挠挠头不说话，只是闷着抽烟。我是最讨厌他抽烟的。

事已至此，我冷静了一下，看着房子发呆。这房子八十五万，首付了三十万，还清了十万，还有近五十万没还。买的时候是他家出面买的，首付是他家出的，贷款也是从他的工资里划，所以房子写在他和他父母的名下了。当时我觉得反正都是一家人没什么关系，这时候才发现这种情况对我来说很不利。房子装修的钱是我家出的，花了近十万，房贷他交，但生活费都是我的薪水。这样一来，即使是男方的过错，离婚我也只能拿房子的六分之一！

存款几乎可以忽略，四万，这还是我们挤出来的。再看我们就没什么其他资产了，难道我这个二十七岁的女人遭抛弃离婚收场就拿着四万块钱回家了？

我忍住想杀人的冲动，眼里泛着泪光看着他，这时的我居然很没出息地希望他不要跟自己离婚了。我一直是个老实的女人，虽然样貌不错，但一直没有给自己找个"备胎"，连个暧昧的对象都没有。离婚了，他是可以抱着新人续旧梦，我就落个孤身离开惨淡收场，难道这么大年纪了还住回家里不成？我的父母该被气死了。

他看我不说话梗着脖子看着他。他咳嗽了一声。

"苏苏，我也很舍不得你，但是……我真的试了。勉强不来的……我们还是离婚吧，早点给你自由……"看着他红了的眼圈，一副很无奈又实在很为难的样子，我是真的很想拿起大花瓶砸到他头上砸死他算了！这么虚伪的男人，明明是自己出轨了，还要把自己说得跟情圣似的。我忍住泪，站起来。

"那财产怎么分？"

"存款都给你。房子，我也糊涂，这个按法律程序走吧。"他慷慨的样子让人恶心，存款那点钱，还不够我们一年的生活费，好一个按法律程序！我为这个家投入的钱不比你少，最后让我拿四万块走人？

"我不同意。"说完我就回到卧室里号啕大哭。我给他的父母打电话，告诉他们孙文要跟我离婚。公公立刻电话打到他那儿，劈头盖脸地骂了他一顿。婆婆也安慰了我，说不会离婚的叫我别生气。我当然知道他们不会希望儿子离婚，但还是心疼得要死。

然后他就被叫回家去训话了。他临走时看都没看我一眼，拿了件外套就出去了。

我马上把好姐妹叫来家里帮我想办法。她听我说了家里的财产状况，直说我没心眼。过了会儿，婆婆打电话说今天孙文暂时在江北过夜，明天再回来，让我们冷静冷静。蔷薇想到了一个主意，就叫我打开电脑，看到那个女孩的头像是黑的，进了她空间一看，长得很是一般。蔷薇鄙视地看了我一眼说："你比她漂亮那么多，怎么让这么个货色把你老公迷去了？"我委屈死了，她也不多说，仔细地把 QQ 文件夹里的所有的记录都搜索了一遍，确实没有要找的内容。正委屈呢，那个女孩突然发了信息过来。

"老公，你坏，偷偷进我的空间都不叫我，你怎么这时候在线啊？"

我和蔷薇相视对看一眼，有门儿。

我回道："想你了呀，看看你的相片。"

她回："骗人，都不接我电话。人家都想死你了。上课都没精神。你那使坏的劲儿哪去了？"

我生怕被看出破绽，仅仅回了个"呵呵"。

她立刻不满道："你答应带人家去买衣服的，你这男朋友一点也不称职。叫你常常开着你红色小三专用车来接我出去吃饭，你就来接过一次！我同学她们的老公都准时周末开大奔来接的！就你最不乖。"

我吃惊了，他什么时候有车了？蔷薇见我绕来绕去也进不了正题，就抢过键盘一阵噼里啪啦。

"我过几天就去找你，这两天工作忙。其实我也好想你啊，你在床上的样子好可爱。"

她立刻发了一个害羞的笑脸，并回复："你骗人，上次还说我太带劲儿呢，一点也不像个小姑娘。"

蔷薇道："那宝贝你给我描述描述你当时的感受，要说得具体点。能解得了老公的相思之苦，老公后天周末带你去东方 shopping。"

我再也看不下去了，就出去倒水喝，等冷静了进来的时候，蔷薇已经扬扬得意地举着手上的 U 盘冲我说："搞定了，不仅有详细的描述，她还发了'纪念照片'。聊天文字都有，以防万一，我还全部截了图，还有具体的照片，你不用担心了。再把你家的装修费清单整理好，就OK了。别怕，离婚没什么大不了的！你那么漂亮，工作好，又没孩子，还怕找不到好男人？"我麻木地向她道谢，然后跟她一起去律师事务所咨询相关法律的条款。

等我回了娘家跟我妈说了这事，她倒先哭了起来，说怎么也没想到自己的女儿会落到这种田地，又是怪自己，又是怪孙文。最后直叫我忍忍，把孙文的心拴回来。

回到家时，他已经回来了，脸色不见疲惫，似乎还休息得挺好。看来他跟父母达成了共识。我什么也没说，他再次请求我跟他离婚。

"你是不是外面有人了？"我转过头问他。

他立刻矢口否认，赌咒发誓说绝对没有那种事情。我翻出手机里存下的号码拨过去，他不知道我打给谁，还愣愣地看着我。

"喂？小姐！我是孙文的老婆，他结婚了，耍你玩儿呢。你跟孙文的关系不正当。"孙文一听，立刻上来抢我电话，可是那头沉默了片刻道："是小苏吧，我知道他结婚了，我们是真心相爱的。"等到手机被抢过去挂掉，我都没反应过来。这个声音听起来有三十几岁，绝对不是跟我聊天的女大学生。

我满脸疑惑地望着他，他脸上的恼怒多过于羞愧。半晌，他点了根烟，很坦然地告诉我，那女人是他单位搞公关的，能给他拉来很多大客户，对他事业有很大帮助。而帮助他的前提条件就是，他们要在一起。

我才弄明白这个脸模子生得好的孙文，原来这么有女人缘，不仅出轨，还同时勾搭了两个，一个陪无数老板睡觉的公关，一个给钱就脱衣服的大学生。一下子老的、中的、小的他都有，真是个男人中的典范。

离婚已成定局，我把从律师那儿拿回来的离婚文件拿出来，让他签字。他看完了，问为什么房子归我。我不想跟他多说，把电脑里的资料给他过目。我告诉他，如果不按我的办法离那就不离，你自己出去住，或者我把这个大学生的聊天内容给你那个公关小姐过目，融洽一下你们的感情。

他有些愣住，我也没管他就进了房间，把音响放到最大声，边听音乐边流泪。等我哭得眼睛肿了出去时，他已经不在了，我开始给他收拾东西。等收拾得差不多的时候，电话响了，我接起来，是他的妈妈。这次的口气就截然不同了，大概是听孙文说了下一个儿媳妇很会赚钱，又能帮他儿子干事业，又听说离婚我要房子，于是她破口大骂。她指责我没本事拴男人的心；指责我不生孩子；指责我成天疑神疑鬼的，把男人逼疯了；指责我不是个好妻子，配不上他家孙文。她说让我趁早离婚，别以为拖就能拖出好处来，越拖越难找二婚。

我冷笑着说:"离你妈的婚,找你妈的二婚!你们一家人都是从狗窝里钻出来的贱人!"骂完就挂了,这是我头一次骂脏话,觉得真是爽极了。什么一家人都是假的,生你的才是一家人,公公婆婆再好都是两家人,翻起脸来比什么戏都精彩。

蔷薇听说我被婆婆骂了以后,立刻到我家来给我做伴。我们一起呼喝着把孙文祖宗十八代都给骂了。骂完以后,我的心情畅快了许多,拿起存折就去取钱。蔷薇问我干什么,我说给我妈买首饰去。

买了足足两万块钱的金饰。蔷薇直夸我有见识,套在自己妈手上的才是自己的,又叫我把剩下的钱存到我妈户头里去。我一拍大腿,赶紧奔银行转存去了。

之后我接到了法院的离婚诉讼。我去了把资料一交,心想着法院要是判得不好我就不离,就一句话,不离!什么脸面不脸面的,都被人抛弃了还顾得上脸面?我单位的同事知道了我的事情以后,都很同情我紧着安慰我,年纪长点的都凑来给我出招,就连老板也常常问我要不要他帮忙。

我冲他们所有人嘿嘿一笑,说:"早就过不下去了,你们谁给我介绍个大款?"

反正也没脸没皮了,我不想成天在一片同情声中工作。很快,这件事就被新来的女秘书和老板的绯闻所取代,大家也不再议论这事。

最后孙文做出让步,房子一人一半,要不我给他二十万,要不他分期给我二十五万。我呸!鬼才理你,不同意,我全要!反正你那头急着离,咱们死磕呗,房子我住着,拖一天我就赚一天。

这天我刚下班,准备去搭地铁。刚下公司大楼,就看见路边的一辆红色马自达里出来个少妇。她打扮妖艳但一点不具有美感,搔首弄姿地朝我走来。

"是小苏吧!"

我一听声,就知道是谁。我仰起头,高傲地藐视了她一眼。现在的我已经不是前阵子心理崩溃的我了,虽然心情还是忧郁居多,但是已经彻底地想通了。我比她年轻,比她漂亮,虽说被她抢了老公显得气势弱点，但这是在我们公司楼下，我呼喊一声，一大群阿姨大婶们的口水都能淹死她这个老三！

"我们能谈谈吗？"她慢慢靠近我，身上仿佛带着那贱男人的味道。

"没什么好说的，要说在这儿说，我很忙。"我立刻闪后一点。

她笑了下，眼神分明是在说："小样儿，你忙什么？家里又没男人让你回去做饭……"

"你就放手吧，你们是不可能有结果的。我和他是真心相爱，我可以让他少奋斗十年，而你不行，所以他不会跟你在一起了。"

我深深地吸了一口气，发现身后站着人，竟是蔷薇和一个男人。蔷薇很淡定地在那男人手上一拧，那男人吃痛地走过来挽住我。对，确实是挽住我……

"苏苏，回家吧，我来接你下班。"我吃惊，我诧异，我惊愕……看看蔷薇，她正朝我使眼色，我讪讪地往男人身上靠靠。

"嗯，马上就好。"然后我朝小三，不……老三瞥了一眼，"看到了？我很忙，先回去了。你回去跟孙文说，想离婚就快点签字，反正都要少奋斗十年了，那个没供完的房子算什么？那么爱你就干脆点，别拖到你人老珠黄，他奋斗好了，直接把你踹了，那时候你就划不来了！你回去赶紧做做他的思想工作！"

说完，我就带着完美的弧线转身。当我看到一辆白色奔驰停在路边，我的脑袋一片空白，演大了吧……我被那陌生男子推上车，蔷薇则朝我们使眼色叫我们先走。

于是我就莫名其妙地被载走了。

"你是……蔷薇雇来的？车是租来的？这得花多少钱啊！我回头得还给她……"那男人明显有些憋屈。也不答我的话，开了几分钟又折了回去。蔷薇熟练地拉开车门，一下子就把我拎后面去，自己坐上副驾驶的位置。

"真是来得早不如来得巧，一来就看见大奶对小三！怎么样，姐们儿？我够义气吧，男人都借你使了！"我恍然大悟，怪不得这男人这么憋屈，敢情是被拿来当猴子耍了。

"谢谢你们哦！不好意思！"我赶紧道谢，心里暗暗称赞蔷薇真人不露相啊，好手段！好谋略！空手套了这么个白金狼，长得还不错呢。貌似蔷薇还比我大点，我都离婚了，人家还正吃香，想到这里，我哭丧着脸，为自己的人生忧伤起来。

第二天，我刚出门就看见孙文靠在家门口等我。我有些吃惊，他看见我出来，立刻在楼道里朝我吼起来。

"你跟那个男的是什么关系?!什么时候认识的?!"他的怒吼让我很纳闷，你都二老婆三老婆了，我再找个男人怎么了？难不成你去当风流汉，我在家给你立贞节牌坊？你居然还一脸正义地斥责我不守妇道。

我理都没理他，直接路过他，下楼去上班了。谁知刚下楼就看见一奔驰在路边停着，一帅男在车上靠着。

蔷薇也太够义气了吧！太神了，连贱男人什么时候来找我都算准了！

我回头优雅地朝贱男微微一笑，更加优雅地上了奔驰男的车，朝他喷着尾气走了。

可我随后就收敛起来，很小心地对奔驰男说："那个，谢谢你哦，真不好意思，我的事老麻烦你们，你跟蔷薇说不必再麻烦你来了，已经很感谢你们了。"我看他完全不理我，我就诺诺地闭了口。

到了公司楼下，同事们看见我被奔驰男送来都很惊异，女人们眼里的光彩早已由同情换成了羡慕，纷纷来跟我打听。我只能假装什么情况都没有发生，但看到同事们羡慕的眼神，我的虚荣心在很大程度上得到了满足。

♣
# 第二章
# 奔驰男慷慨的救命草

事情的发展远远超出了我的想象，奔驰男是有几天不来了，孙文倒是成天到我的公司楼下等我质问我，追着我求证，居然还威胁我，要是不把话说清他就搬回家里住。

我白了他一眼，回家就把锁换了。我的遭遇被蔷薇知道了以后，她又把奔驰男派来了。奔驰男来了以后，孙文果然不来了。他当然不来，来了也只能看到我被个男人塞进车里，朝他喷着尾气疾驰而去，多伤自尊啊。

平静了几天后，我跟奔驰男笑着说以后别来了，真是麻烦你了。他还是一脸特不屑的样子。我碰了一鼻子灰，第二天他还是照样出现在楼下。

我实在是感激涕零，简直把蔷薇当我亲妈，比亲妈还要好。我给她打电话，把我的感激之情、肺腑之言通通告诉她，把她夸得天上有地下无的，电话那头她一直咯咯咯地笑个不停。我说孙文已经不来缠我了，你叫你男朋友撤退吧，这几天老麻烦他，怪不好意思的。

她听到这句话突然冷了下来，我还以为手机信号有问题。喂了好几声，她才声音怪怪地说好，然后就挂了。我不知所以，也没多想。

奔驰男果然没来了。我在公司女同事们不时流露出的幸灾乐祸的眼光里自得其乐地生活着。结果自得了没几天，下班回家又看到奔驰男在楼下。我不禁纳闷了，难道蔷薇来接我下班吃饭吗？我往车里看看，没其他人。

"蔷薇呢？"奔驰男并没有回答我，只是瞥了我一眼，开了门让我上车。我知道他冷得跟木头似的，也不愿多说，只是到了家跟他说拜拜，然后上楼，一连几天都是如此。我彻底地郁闷了，连忙给蔷薇打电话，结果蔷薇给按掉了，不接我电话。我感到隐隐的不安，周末买些水果去蔷薇的公寓，结果开了门就后悔了，因为是个陌生的男人给我开的门，而且他还穿着浴袍。我知道不妙，正准备说走错了，却见蔷薇过来看是谁，看到我脸色一白。

我把水果递给她，那男人颇不自在，家里地方又小，于是他说他去买烟，只剩我跟蔷薇。

"蔷薇，你怎么这么不珍惜。那个奔驰男不挺好的吗？你们闹什么呢？你不喜欢他？那男的是什么人？有什么来头？"我一连串的问号，被蔷薇冷若冰霜的脸挡了回来。她连着剥了五个橘子，然后揉到手心一挤。汁水流进杯子里，她端起来就喝掉。这个女人八成是疯了！

"我跟他分手了。"她喝完说，"我被他甩了。"

"你撒谎能不能走个谱？他昨天还送我回家呢，真分了，他还有这么热心？你别跟我装大象，别瞎玩了，那么好个人。"

"就是因为你分的。他爱上你了。"

我惊愕地看着蔷薇，半句话也说不出。我不知道她说的真假，但我完全没有准备，所以我急得一句辩解的话也说不出，只知道跟机关枪似的连说："不可能的，不可能的！"

她不理我，我们尴尬了半天，我急得都快哭了。她最后才叹了口气说："算了，便宜你总比便宜了别人好……你们好好的。他不是个坏男人，分手还给了我三十万呢。"

我木然地回到家里，脑子里很混乱。我是不会和朋友的男友在一起的。但这男的也太黏人了！

第二天我看到他在楼下，于是我就从小道绕走，去搭了地铁，多绕了点路差点儿迟到。下班时又看见他在楼下，我有些抓狂，怒气冲冲地上去跟他理论。晓之以理动之以情，晓以大义，晓以利害，什么男人的情意啊，男人的责任啊，男人的价值观啊。等我说完了，他面无表情地问我："饿了吗？"

他又接着说："我请你吃饭。"

我确实是饿得很，想到晚上回去还要自己做，于是便不客气地蹭上车去吃了自助餐。我吃完了一盘又一盘，鱼子酱、龙虾直接全盘上，饮料？切，谁喝？干死、渴死也不喝。喝饱了多不划算啊！

我们吃完出来，就感觉瑟瑟的寒风直往我的脸上吹。

人说无巧不成书，得意忘形出门见鬼，所以我撞见了孙文那对狗男女。他们正勾肩搭背、卿卿我我地朝我们走来。我大方地瞧着他们，他们走近了也瞧见了我。一时间，电闪雷鸣，风云际会。我再次很优雅地上了奔驰车，朝他们喷了尾气呼啸而去。

车上，我苦口婆心地劝说他跟蔷薇复合。他听了半天没说话，最后直愣愣地问了我一句："你离婚的案子是多大的金额差价？"

这……什么意思？我比出两个手指说："二……二十来万。"

他瞥了我一眼，说："我给你二十万，把字签了。"

我特有骨气地喊道："这钱谁给都没用，该他给的我分文不让！叫他爱钱，我就让他没钱！"

奔驰男再次看了我一眼，但这一眼里更多的是质疑。

"你不会想用这钱来套住他吧？有意思吗？"

我呸，他呼出的空气我都嫌脏，套他？我稀罕他？我不想多做解释。下了车我就跟他说，以后别来找我了，我不可能接受我朋友的男朋友，然后不等他有所表示就上楼了。

第二天，他果然没来接我上班，可是我一进公司就发现同事们看我的眼神多了几分艳羡。我很纳闷，进了办公室发现我的案几上赫然摆着一大束火红的玫瑰花。以我对花束的半径和紧密度的了解，大概有一百朵。我有些石化，办公室里一些平时跟我挺要好的女同事都凑过来问八卦，还问我有没有类似的朋友介绍给她们。

连着几天，我每天都会收到不同种类的花束，都是九十九朵。我的办公桌周围成了花的海洋。女同事们都爱花，这个来讨一朵那个来讨一束，装扮起自己的桌子来。茶余饭后，我又成了焦点内容。老板已经很明显地表示过不悦，瞪过我好几次了。我赶紧低调地把花处理掉，然后按照卡片上的手机号码打过去。

"喂，你搞什么？我可真不喜欢你，别送花了行吗？影响了同事的工作情绪，老板要炒我鱿鱼了！你听到没？"

他那边是愉快的笑声，等我说完，他就约我吃饭。

本人的最大弱点就是抵挡不了食物的诱惑，跟他出去吃过几次饭了，每次都是以"吃个饭而已，朋友关系不算什么"为借口安慰自己。谁让我对食物没什么抵抗力。

然后，他又约我出去购物。我再次没抵抗力。

等我提着大包小包兴冲冲地回到家，发现门口排排站着的是孙文、孙文他妈、孙文他爸还有……我妈。

"苏苏，你上哪儿去了？怎么回来这么晚？我们等你半天了，手机怎么关机了？"一上来我妈先满脸焦急地叨叨。我忍不住白了她一眼。你搞清楚状况没有？你跟那家人站那么近干什么？

"妈，你怎么来了？"我把手里的袋子放到地上，没打算让他们进去。

"亲家说找不着你的人了，我这不着急嘛。"

"打住！什么亲家？你没有亲家了。"我瞪着牛眼，扫了一个那三个神情迥异的人，"妈，你先回去，我没事，别担心！"

"小苏，有什么事一家人坐下来谈，你先把门打开让咱们爸妈进去坐下说。"孙文这家伙是虚伪得够彻底，我忍住呕吐的冲动开了门，他还特绅士地把我的袋子都提进来，惹得我妈一阵歆歆。

"再怎么说也是一家人，换什么锁啊？"

"小两口有事总要解决啊，冷战没用！"

"干什么要换门锁，这房子还没判呢！"

"你也没我们想的那么贤妻良母啊，不也勾搭了个男的。"

一进门就听那家三口在那儿叨叨，我预感到下面将要有一场激烈的争吵。我妈是个嘴笨心软爱名声的人，这种局面似乎对我很不利，我深吸一口气。

　　"孙文，你今天带你爸妈过来是吵架的吗？如果是，我立刻报警。我妈有高血压、冠心病、低血脂，要是把我妈折腾出病来，就算咱们离婚了，你也得负责她的下半辈子。如果不是，请你快点说明来意，我很累，要休息。"

　　"首先你得说明白那个男的跟你是什么关系？然后咱们的房子怎么处理？今天得把事给解决了。"

　　"首先那个男的跟我什么关系跟你没关系，我是在咱们分手以后认识他的跟分房子不相干。其次……"

　　"怎么不相干？"他妈立刻瞪着眼，跳起来，"哪有这么快就找到下家的，你骗三岁小孩啊！你这个阴险的、假正经又不要脸的女人……"

　　未等我反驳，出人意料的一幕发生了，从来都老实巴交的妈妈突然从沙发上触电似的跳起来，冲上去揪住孙文他妈的头发就给了她一巴掌。

　　"你说什么？你骂苏苏什么？你再说一遍！"

　　我被妈妈的举动震住了。她一脸的泪水告诉我一个道理，再老实的妈妈也会拼命保护自己的孩子。

　　不过，老妈，你发飙也得看场合，这阵势哪能打架！我们俩娘们儿对俩爷们儿还加个悍妇。我赶紧上去拉她："妈，妈，你先回去，我找警察来处理，你别气别气……"

　　孙文他爹倒是一直没说话，他媳妇被打也没上来帮手，倒是一副大家长公正严明的模样。他妈岂肯善罢甘休，上来就要挠我，我毕竟比她年轻，一下就把她的手钳住。

　　"别动，你要打架我们奉陪！不过你们要来解决事情就得拿个解决事情的诚意，你这样动手动口的，我就一直拖，你能怎么样？别把我惹急了！"我掏出电话，给奔驰男拨过去。

　　"到家了吗？能不能来我家一趟，最好带个律师过来，我这儿处理离婚呢。"听我打电话的口气，他们家那三口都非常惊讶，孙文他妈也主动地收了声，然后三个人静默地等待着传说中的奔驰男到来。

我不知道为什么要打给他，可是似乎我真的没有什么人可以依靠了。人生中唯一一根救命草……以至于他出现的时候，我的思维还是混乱的。

他的律师详细地把条款列出来，双方开始讨价还价，见我丝毫没有让步的意思，大家全都看着我，问我一次性给三十万行不行。我瞪着眼睛看着他们。这个房子买了三年，卖也只能当二手房卖，但是市场价涨了百分之十，算来价值有九十万再加装修，已经付清了四十万，这样算下来就等于说还是给了我一半的房钱，不过倒是把装修费还给我了。

妈妈的殷切眼神告诉我，行啦，就这样吧，见好就收了，别闹了。而对方三个人的眼神告诉我，你也赚到了，算补偿你了，再没多的了。最后一语定乾坤的是奔驰男，他说："签了吧，那二十万我补给你。"说完还揽着我的腰，把我牵到茶几上示意我签字。我不好立刻表现得兴高采烈，反差太大显得我这人特没品、特俗、特爱钱，所以我还是一副义愤填膺、心不甘情不愿的样子。

他又在我耳边用大家都能听得到的声音轻声说："签吧，明天我再给你买个公寓。明天我们就去看楼盘！"

在大家下巴都掉下来的瞬间，我大笔一挥，婚就这么离了，一下子轻松不少。我愉快地站起来，发现笑得最愉快的居然是奔驰男。我也顾不得多想，约好了一手交钱一手交房的时间，我就急着把那些脏东西扫地出门。

等缓下来，妈妈看看我和完全没有要走的意思的奔驰男，似乎我们的关系确实已经近到了不能再近的地步，就犹豫着要走，免得打扰我们。却见奔驰男快速地走到妈妈面前说："阿姨，您好，我是岳剑。苏苏以后就由我来照顾，您放心吧。"妈妈很明显地受到惊吓，木木地点头，然后就要走。我忙留她跟我住一晚。她觉得不自在，坚持要走，而那个叫岳剑的奔驰男坚持要送她回家。

送走他们，确实松了口气。泡在浴缸里，回想起刚才的片段，发现律师似乎早就打算好三十万成交，连文件都起草好了。这个奔驰……岳剑，还真是蛮厉害的。突然意识到，认识这么久，我才刚刚知道他的名字。

等我洗完澡换了睡衣准备睡了，突然门铃响了，我跑到门边把猫眼儿掀开，岳剑又回来了。

"你干吗？怎么没回家？"

"嗯，怕你一个人伤心，来陪陪你。顺便跟你谈谈二十万的事，再顺便谈谈明天去买房子的事。"他说得很轻松，就这当口，我就把他放进了屋。我承认我心动了。

"真买房子？"我咕嘟一声，咽了下口水。

"对啊，你马上搬出去总要有个地方住。我给你买个小公寓。"

"为……什么给我买啊？"

"你是我的女朋友。"

我没有反驳，我没抵抗力啊。穷了半辈子的我，自以为英勇不屈的我，还是没能抵住岳剑要给我买房子的诱惑。

隔天，我们就欢快地手牵手逛楼盘，最后当场就敲定了一个单室套精装现房，四十五平，一室一厅一卫一厨，五十五万。我有些咋舌，貌似作为礼物贵了点。谁知他随手掏出电话打起来，一会儿就有个笑得跟亲孙见爷爷似的西装男子走过来，跟他攀谈。我坐那儿打瞌睡的工夫，他就签了单付了款，不过我看见成交价格竟然是四十万。我瞪大眼睛再看一次，真的是四十万！

这家伙什么来头，说几句话就抹掉了十五万？

问他半天，他就随便回了点不痛不痒不明不白的说辞给我。我也不在乎了，真的不在乎了！在我看到这合同上购房人填的是我的名字时……还在乎个屁啊！天哪，我的亲娘啊，这男人真大方……

等我搬进新房子住下来，我还迷糊，感觉一切都像做梦似的。我和妈妈互相搀扶着，以刘姥姥逛大观园的态度膜拜着每一寸空间，虽然很小，还是足足让我们欣赏了半个小时。

"啧啧，这孩子真是的，给你买这房子让他家人知道了，不跟家里闹别扭吗？"

"您什么眼神？看清楚了！这房主可是您女儿一个人，什么纠纷也没有，别担心！"

"你们，什么时候结婚？"

我语塞……结婚……我才离……

突然意识到，我拿了人家这么大手笔的礼物竟然还对他一无所知。他家里有什么人？他是做什么的？他该不会有老婆吧？我不会不明不白的当了小三吧?！我大惊，站起来，脑海里浮现出大奶对小三的场面。

送走我妈，也不要脸皮了，立刻拿起电话打给蔷薇。蔷薇明白我的意思以后，冷笑了一声告诉我岳剑是标准的单身，不必担心。

之后岳剑一直没打电话给我，我甚至怀疑他是不是忘记自己曾经一时头脑发热，买过一个房子送给某个倒霉的女人了。我还在想是不是我太穷酸了，拿了人一套房子就当他是大债主供着，把自己当他的私人东西似的。也许人家本来就是钱多烧得慌，没那意思……还是赶紧去婚姻介绍所登个记什么的，听说四月份女士登记是免费的……

第二天上班，同事们都听说我爽快地离婚了，还迅速地搞到了一套房子。她们赞我是新时代女性的代表，最后都哄我请客。我一直都不是个大方的人，但是现在三十万在手，新房子在手，我似乎再也没有不请客的理由了。于是我带领着同事们浩浩荡荡地开赴城中性价比较高的夜店，开了个VIP包厢，点了组合洋酒，开始嘶叫狂吼，场面实在是惨不忍睹。我出了包间透气，外面倒是凉快多了，站着一票小姐等着进包间试台上班。我看看自己穿的及膝的黑裙子，与她们那质地较差的带着亮片闪闪的黑裙子竟有些雷同。为了让自己与她们区分开来，我就往下走走，路过总统套房时正巧门开了，里面出来一人跟我差点儿撞上。我晃了一眼，随意地瞥进包间，顿时愣了。如果没看错，坐在阴暗沙发角落，被小姐坐着大腿，喝得正欢的人是岳剑。

没等我再看几眼，那个出来的人就把门带上了，很轻蔑地看着我说："看什么看，里面都点过了，不缺小姐，别看了！"

我抬头给他个超级白眼，毫无形象地朝他吼了句："老娘找儿子的！"不等他反应，我扭头就走了。

那天一直神志恍惚，以至于结账时都没在意二十一后面有两个零。

第二天打扫时看见账单心疼得肉都掉了，三分之二的月薪就这样没了。

我边擦地边骂："男人没几个好东西，都是下贱货、垃圾，正经女人不要，尽喜欢找些不三不四的……我呸，谁稀罕你们这些垃圾！"

骂完一身轻松，我给自己泡了杯茶，放松了下神经。电话响了，正是那岳剑打来的。问我房子住得习惯吗，有没有甲醛味，下水道都正常吧。我一一正经作答。

最后他说约我吃饭，我们就一起坐在了餐厅里。

此时我完全不顾忌形象了，反正这衰男我也不想要，送我的房子也别指望能收回去。名字都写了我的了！最多只能做到跟你吃饭喝茶聊天谈理想，其他的那我就死猪不怕开水烫了！我打定了主意就一身轻松，吃完了一碟又一碟，消灭了一盘又一盘，最后摸着滚圆的肚子擦擦嘴。

他有些愕然地问我："吃这么多，你不怕胖吗？"

我豪爽地一挥手，丢给他一个妩媚到恶心的眼神。

"胖？姐姐这么辣的身材在这摆着，实在是让我不知道'胖'这个字怎么写？如果我说我好想长肉哦，你会不会觉得我很贱啊？"我很猥琐地捂着嘴嘿嘿笑。不信你这贱男看到我这副惨相还敢再约我！

只见他呵呵一笑，摸索着从钱包里抽出一张卡，放到我面前。

"二十万。"

"买了房子还给我钱……"

"答应给你的。"

我半晌没反应过来这是离婚费还是分手费，如果是分手费那我就爽歪了。果然跟蔷薇讲的一样，真是"不错"的男人。

突然觉得很不称职，自己只是陪吃饭，陪购物，一次"义务"都没履行过，就拿人家这么多钱，实在是很不好意思。想到这里，我把已经拿到手里的卡又推回去，然后心里斗争了一下又收了回来。我坚定地站起来一把拉过他。

"跟我回家！"

他惊愕地跟着我去了我家。进门我给他倒了杯水就去洗澡，洗完出来开始剥他衣服让他去洗澡。他莫名其妙看着我，但看到一个女人如此热情，他也不好意思拒绝，于是就哗啦哗啦地洗开了。等他进去洗了，我又开始忐忑，这是我第一次跟孙贱男以外的男人在一起，有些紧张。我揭开浴袍，看看自己的身材，应该不会让对方觉得亏吧！

等我准备好一切，他就出来了。他的腰上裹着浴巾，身材不错。我坐在床上朝他笑笑，他也感觉有些局促，场面顿时尴尬！我想，算了，老娘是离过婚的女人，主动就主动点吧，反正也不要脸了。我拿出翠红楼姑娘专业开苞童子鸡的态度，下床去牵他，把他引到床边，然后脱了浴袍。他自然也不会客气，朝我露出个迷人的眼神，欺身上来。于是就这样，我的钱和房子总算享受得顺理成章了。

第二天，他居然送了一大束蓝色妖姬到我的办公室。我给他发了信息，告诉他以后不用送了，我是个老女人，不需要像小姑娘那样哄的。他回了条肉麻到死的短信："你昨天就像这花似的，活脱脱的一个魅惑妖精。"

我老脸一红不回短信了，然后又打电话给我妈妈叫她给我安排些相亲会什么的。我也不小了，趁还有点资本的时候赶紧找个靠谱的男人。

我毕竟还算优秀的，很快就在无数的应征男中挑选了三个：一个是国家干部，快四十，离异无子；另两个都是事业小成的大龄青年。我挑了件倍儿好看的裙子，准备去赴约。

刚出门，岳剑的电话到了，问我有没有时间，我说没有，他问我去干什么，我说去相亲。他沉默了一下，立刻狂风暴雨地吼道："秦苏，你立刻给我回家去老实待着，我马上去你那儿；要是看不见你，我就把你的皮给剥了！"

我惊恐地把电话挂了，这是赤裸裸的威胁啊！难道我就卖给他了不成？一时间我还真是不敢继续往前走，只好跑回家，装成刚准备出门根本不是在等他的模样。

他不消一刻就到了，门给擂得隆隆响。我小心地打开门，看见他铁青着脸瞪着我。

"相亲？跟谁？你居然还要去相亲？你把我当什么了？"面对一连串的责问，我倒没话说了，住着人家房子花着人家钱还去相亲，确实是说不过去。

"我已经二十七岁了，我不能这么玩下去，耽误了青春事小，耽误了找个好老公事大。我可不想因小失大……"我的话成功地让他眼睛瞪得更大了。我知道他下面要说什么，赶紧继续道："你看你，英俊潇洒，温柔多金，又没结婚；我没钱，又是个离过婚的女人，跟你结婚是不可能的。"

他呼了一口气，直接把我推进房里。我以为他想来个暴力性美学征服我什么的，于是我紧张地调整了身体的肌肉准备随时应战，结果他只是把我推到了床上跟我面对面坐着。好吧，我承认我刚刚还有点期待来着。

他拉着我的手，看着我。

"苏苏，我爱你，我想娶你。"

我瞧瞧他一脸诚恳的模样，心里不忍说破却又抵挡不住冲动。

"我不喜欢你这样的花花公子，什么女人都要，老的、嫩的，白领、小姐，未婚的、离婚的……我是个传统的女人，我想安稳地过日子，我们不合适！"

我看他一脸的震惊，立刻补充道："我那天跟同事去夜店玩，正好路过看见你抱着一个小姐坐在你的大腿上，我难得出去玩一次，就那么巧遇到你了，看来你是常客吧？"

"我可以解释的！"他连忙说。

我煽情地以中指掩其口，摇摇头微闭眼睛，两颗大泪就落下来了。

"不需要跟我解释，你不知道离过婚的女人在感情上是有多谨慎。虽然我离过婚，但我绝对不会那么草率地对待我自己……"

他见我"痛苦地"闭上眼睛，赶紧一把抱住我。

"苏苏，绝对不是你想的那样。那天是生意场上的前辈的生日，我必须应酬，我绝对没有做其他事。以后我会顾及你的感受，我会尽量减少去那些地方的次数，好吗？请你原谅我！"

我接受了他的解释，破涕为笑。我不过是挤出两滴眼泪应景而已，别那么大惊小怪的。我果然是个演技派！

♣

第三章
# 所有人事已非的景色里，我最喜欢你

　　他开始尽一个称职男朋友的责任，每天给我打电话约我吃午饭。不过他似乎很忙，而且一直一直没有再表露想要跟我结婚的意思，也没提到要带我去见他的家人。我也不好逼他，但是实在是耽误不起啊！

　　过了两三个月，我依旧是不紧不慢地让我妈甄选着相亲人选，并且偷偷约见了两个，但不知道是我眼光太高还是对方长相太寒碜，怎么都挑不中。还有人一见面就跟我说："我是厅级干部，有公车公房享受津贴。"

　　我瞧了他一眼，出生年月是六字打头的，跟我爸妈一个年代，只稍晚几年而已。可恨的是，送来的都是十年前的照片，本人真是肥头大耳不招人待见，却偏偏还不停提问："家里都有什么人啊？为什么离婚啊？是不是你有什么不好的癖好？离婚有孩子吗？为什么没孩子？是不是身体有问题？什么工作啊？薪水多少啊？有房子要供吗？"

　　不就是一小干部吗，公款买房了不起呀！我当场就甩脸子走了，后来妈妈再打电话叫我去相亲，我死也不肯去了。

　　这天才下班，就接到岳剑的电话。我跟他挺别扭的，说是未婚夫吧，我们没正式确定关系，也没见过父母，而且我似乎配不上他。但他又每天给我打电话，况且房子钞票都给了……这情况，怎么都像养小老婆。他在电话里轻描淡写地说，今天他家里的两个姐姐都从国外回来了，想请我去他家吃饭。

我愉快地挂了电话，突然一激灵，这是……我这才反应过来，开始紧张了起来。

终于来了吗？今天会被狂轰滥炸吗？终结者要上演了吗？

不管怎样，我得争取一下，转头就去银行取钱，直奔东方商城女装部。等我挑好了衣服回家化了妆，岳剑已经来接我了。我下楼，风情万种地朝他走去时，清楚地看见他眼睛里的惊讶。我不好意思地笑笑，我还是很有魅力的。

到了他家，一一认识了以后，才知道这个家庭有多复杂。他妈跟他爸离婚，但是还住一起；他爸又给他找了个后妈，据说跟他大姐一样大；他后妈还带着个拖油瓶儿子住这里；他的两个姐姐在美国定居，今天刚回来；他的爷爷奶奶也跟他们住一起，目前正炯炯有神地盯着我，眼神一点儿也不差。

我复杂地看了岳剑一眼，他就是在这样的家庭成长的？太恐怖了……那这家的女主人到底是谁？

"爷爷奶奶好，叔叔好，阿姨好，阿姨好，姐姐们好！"我心里在呜咽，"这真的不是我的错，难道我不知道这样叫起来很奇怪吗？"

"你就是小苏？"没想到最先开口的是他后妈。我尴尬地望了望他的亲妈。

"听说你结过婚？"我顿时石化……这开头就开批判会吗？不要先吃点什么填填肚子？她是准备要告诉我，我跟他家岳剑是多么的不相配？我理了理戴在脖子上的配饰，按住满脸不悦正欲发作的岳剑的手。

"是的，阿姨，我刚离婚。"我满脸的真诚，她则一脸轻蔑。我就纳闷了，她怎么能趾高气扬成那样？人家大老婆、儿子、女儿都在身边呢，无论是从数量上还是从气势上，你都输了一截啊，凭什么那么神气？我瞧瞧她身后跟她一样神气的拖油瓶小孩，心里啧啧了一下，这就更想不通了。你说大人有个身份还说得过去，这野孩子傲气个什么劲儿啊？我丈量了一下这孩子的身高，估摸了一下他的战斗力，发现他完全不是我的对手。于是，我不由得扬扬得意起来。

一声冷哼将我从天马行空的思绪中拉了回来。我咳嗽一声，掩饰自己的神游太虚，赶紧堆起了一副二十四孝媳妇的嘴脸。她看我确实恭顺得气人，倒抽了口气，耸起描得尖细的眉毛，眉心拧成一团，声音不大却句句厉声厉气："岳剑跟我们说，你温婉贤淑，人漂亮有内涵。我真好奇，你怎么会离婚呢？"

"这不关小苏的事，小苏在这事上没有错。你乱插什么嘴？"岳剑明显有爆发的迹象。

我赶紧拉着他，摆出诚惶诚恐的样子。这瞬间，我看见了围观者从老到小的眼里都对我流露出极大的同情和关心。我心里乐了，更加诚惶诚恐可怜巴巴地看着后妈。

"阿姨，我……"然后我就再也说不下去了。岳爸爸瞪了后妈一眼，一语定乾坤道："孩子第一次来家吃饭，这是干什么？先吃饭。"

"我也是为岳剑好，毕竟咱们岳剑是初婚，哪能如此草率地娶个二婚。他的亲妈不做主，只能由我给他把把关。我操心还操出罪来了？"她一副委屈得老大不爽的样子。虽然在我看来这是极其恶心和卑劣的，但岳剑的爸爸很吃这一套，悄悄地给她使眼色递小话。

我再次捕捉到了周围人包括了岳剑亲妈、亲姐姐们和岳剑在内的所有人眼中的杀气。我清了清嗓子，走到正气呼呼地坐在沙发里的后妈面前，眨着诚恳得能滴出水来的晶莹透亮的大眼睛。

"阿姨，我是有过一段婚姻，所以我更加懂得婚姻的可贵之处。让我在以后的人生中能更加积极，更加懂得爱自己的丈夫，更懂得如何去经营婚姻。我想我可以给岳剑幸福，这种成熟的幸福，阿姨不是比我们所有人都更有体会吗？"

她一愣，随即尴尬地瞟我一眼，不自然地摸摸头发。

我心里嘿嘿一笑，"小样儿，你有本事在这儿说你跟了岳剑他爸不幸福！"

岳剑的两个姐姐听得都笑了起来，直拿眼神表扬我够厉害。我虚心接受，任由她们一把拉过我，家长里短问候起来。我一直担心他们家人会层层把关三司会审，没想到只要撂倒他后妈就行了。我不由得感叹自己幸运，岳剑的直系亲属都是很宽容的人，那个后妈以后可以忽略。即使你再拿鼻孔瞪着我也没用，我就是不明着惹你生气！

聚会是相当愉快的。岳剑亲妈不怎么说话，但眼神和蔼，眼角眉梢的细纹让她整个人显得温柔得很。爷爷奶奶倒是很开朗健谈，我这个话篓子自然是找到了组织似的发挥起了我的特长，拿出过年跟我爷爷奶奶要红包的甜蜜劲儿哄他们，逗得他们眼眯眯嘴歪歪。很快，这俩老人家就被我忽悠倒了，还把岳剑叫过来，问他打算什么时候娶我过门。

走的时候，俩老人恨不得让我再提着二斤香肠和辣白菜带回去才好。从岳剑他们断断续续的劝阻声中，我大概听明白了，原来这俩老人的业余爱好就是腌制咸货但味道不好！

第二天，我回家跟我妈报告了我去未来婆婆家的经过。我妈对我的办事效率瞠目结舌，直言她女儿有交际花的范儿。我说："妈，得定日子了！"我妈更是张口无语。

当时我正在跟同事李阿姨学习织毛衣。我打算送给岳剑一份情人节的礼物，可我是个小气的人，贵的不会买，便宜的又没有必要买。所以，这高中生才干的事我索性也干一回。我正苦思冥想着如何把我四十五块买的一条围巾拆开重新改造，把它编织得又漂亮又像我自己织的，岳剑的电话彻底让我愣住。他的父母要来我家正式提亲了！

当晚，我、爸爸和妈妈三个人裹起头巾，全副武装，抡起拖把、钢丝球、洗洁精、清洁液齐上阵，把家里收拾得窗明几净。用爸爸的话说，咱们没钱去打肿脸充胖子装有钱人家，但是咱们至少得告诉人家我们也是体面人，生活习惯好，家里也干干净净的。大概觉得女儿离婚他们很有负疚感，爸爸和妈妈十分重视这次提亲。只叹时间不够用，否则连外墙都要粉刷一下；又念叨着这门也该换换了，老房子了门铃坏了，猫眼儿都模糊了，只能起吓唬作用。

等一切准备停当，妈妈居然破天荒地要求我给她化个淡妆，爸爸拿出舍不得喝的茶叶在杯子里分装好。

门铃响的时候，我们仨居然都很迟钝，互相望望都没去开门。最后还是我叹口气去开了。岳剑的爸爸和亲妈、后妈先后走进来，我纳闷，这是什么模式？岳剑的婚事怎么说也该是他亲妈管吧，你个后娘瞎掺和什么？

我尴尬地向我的爸爸妈妈介绍了来人身份。妈妈前阵子就听我说过了，爸爸显然是受思想传统影响很大，一时半会儿还不能接受。他特鄙夷地看了岳剑的爸爸一眼。我着实捏了把冷汗，幸好在爸爸鄙夷的当口，岳剑他爸正跟我妈寒暄着，没瞧见。

"两个孩子的事还要你们多操心，这么大老远跑来真是太客气了。"我妈妈依旧是一副老好人的恭顺，不住地请他们用茶。岳剑的父母脸上都笑呵呵的，唯独岳剑的后妈那张像是被霜打的茄子加了红石榴精华的脸上满是鄙夷。幸好她一直没插上话，都是岳剑爸在和我妈妈讨论。后来说到彩礼的问题，卡壳了。

说真的，在我父母看来，我虽然是他们的心头肉，但是他们总归能清醒地记得我是一个离婚的女人，自然不能跟黄花闺女似的要求太多，所以也没打算计较彩礼什么的。但人家是大户人家，一定要，给也不能硬是不要而抹了人家的面子。毕竟岳剑是独生子，我爸妈早就商量好了，亲家说多少就定多少，不往下抹，也绝不会抬半分钱。

岳剑爸说是彩礼给个吉利数，九十九万九千九百九十九。我爸妈听到后都有些惶恐。我记得我们家除了当年拆迁时短暂地持有过这么多数目的钞票，然而不到两个月就转手献给了伟大祖国欣欣向荣的房地产事业。之后，这样的天文数字对于我们家而言就是江湖上的传说了。现在突然又要拿到这么大一笔钱……我妈震惊地看了我一眼，她的眼神分明在说："这就是传说中的儿女运吗！"

岳剑爸持续微笑中，岳剑妈持续从容中，岳剑持续淡定中，只有后妈开始哼哼起来。

"我说亲家，别犹豫了，见好就收吧。这价格都比得上娶个名门闺秀黄花大闺女了！"

她这话立刻招来我爸的强烈愤慨，侮辱他可以，但绝不能侮辱他女儿！眼看我爸那暴脾气要上来了，我妈立刻拉住他，叫他去厨房把洗好的水果拿出来。岳剑爸一脸的抱歉，狠狠地瞪了岳剑后妈一眼，然后问我妈行不行。我妈此时脸色已经是通红一片了。她是个极腼腆老实的人，刚才支开我爸已经是她能在大场合里勇敢的极限了，所以当被问到这话时又语塞了。她朝我看看又朝厨房看看，最后诺诺地说等他爸来说吧。

我不禁翻了个白眼，直拿眼神催她别考虑了就这样了，别被那后妈几句话一激就乱了方寸，以我爸那脾气他很有可能甩出"我嫁女儿半分钱不要你们家的，我们不欠你们什么"这种话来。

若是那样我可受不了。钱不是主要问题，关键是面子问题，开始就被这后妈吃定了，以后怎么办？我一个离过婚的女人本来就气势弱，若是再一分彩礼都不要地进门，那不被人鄙视死！我可不能这么窝囊。

我拿眼睛瞄着我妈催她动作快点别磨蹭了。我妈偏偏不理解我的意思，以为我要使什么心眼似的，还装得一副从容镇定的样子配合我。我真是想死的心都有了。都怪我这女儿太不孝顺，从出去上学开始就没跟家里人亲过，除了要钱，都没怎么跟他们交流，毕业、工作、嫁人，在一个城市都没抽出多少时间去看他们，所以活该我没办法让我妈读懂我的眼神。我叹了口气，开始自责，原来任何事都是有因必有果的。

我看见我爸端了水果出来，心里凉飕飕的。完了完了，老头子神经不正常起来，谁也拗不过他呀！果然我爸在那后妈再一次的挑衅中拍板道："我们家是嫁女儿不是卖女儿，我们都是本分人家！一分不要又怎样？只要他们小两口好好的，我们就满意。别说得人人都贪钱似的，我这一辈子过得不富贵，但没跟谁低过头！"他还要继续发表演说，我妈适时地拉他坐下，大家都尴尬起来。我满脸的不快，岳剑更是满脸的焦急，再看看那得逞的女人得意扬扬的样子，我真是恨得牙痒。

谁知此时，从未在公开场合发表意见的岳剑妈开口了。我赶紧坐直了身子，以膜拜的姿态聆听我的婆婆大人示下。

"这彩礼是一定要的，只能多不能少。我们家就这一个孩子，小苏又乖巧懂事，彩礼是我们长辈对他们婚姻的美好祝愿，怎么能不要？那不是让他们触霉头吗？亲家，你们说呢？"

大家都听听，这叫一个有文化，这叫一个有内涵，这话说得多在理，多无可辩驳！啧啧，这声，多动听多美妙多富有诗情画意！我再次感激地膜拜着我的婆婆，强忍着喉头就快迸发出来的一声充满强烈感情的"妈"！

我爸妈也默许地点点头，大家又一阵赞同。我和岳剑都应景地相视凝望，表演感情贼好，"焦不离孟，孟不离焦"的戏。长辈们看了都感动万分，我爸妈感觉良好，这家人好，这孩子更好，这事就这么拍板定了。后妈，你再白眼也没用，定了，懂不？人家就一个儿子，有本事你再生个来！再说你就算生了，等他长大，岳剑早就接管公司，想排挤你们还不容易？

于是，我就在一片哗然中，在离婚四个月后，在大家都怀疑起我人品的当口，在所有人都议论着也许受害人是孙文而我才是出轨的那个的时候，毅然地筹备起了婚礼。

蔷薇扑上来重重地拍我的肩头，说："你太牛了，老娘钓了他两年都没搞定，你上来就拖他进坟墓了。咱们俩果然不是一个重量级的！"

蔷薇非要做我的伴娘，没办法，即使尴尬我也不能拒绝她，谁叫我有罪呢？我当初还信誓旦旦地跟她赌咒来着。哎，我真是个没自律能力的人啊！她倒放得开，再见面也不觉得尴尬，还说要带头闹洞房呢，谁让她是伴娘。我甜蜜地看着未来老公和好友，觉得人生真像一出戏，场景变换得真快，人物、角色、情感、归宿，转眼间就换场了。

当我沉浸在对美好未来的幻想中不能自拔时，接到了孙文的电话，我刚一听声就给挂了，真不想让他影响到我要结婚的喜悦心情。结果当我满面春风地去上班时，在公司楼下看见他。

"你要结婚了？你才离婚多久就结婚了？"他有些气恼，上来就冲我吼。我真的很不理解他气恼个什么劲儿？我结婚关他什么事？我一句话都不说，把眼睛觑成四十五度鄙视他。

"苏苏，我错了。我们分开后，我才发现我是这么的想念你，我们的回忆全部涌进我的脑海里，睡梦中都会叫你的名字。原来我是这么的爱你，我只是被工作冲昏了头脑，我……原谅我好吗？我愿意为你做任何事，真的，只要你肯原谅我。我马上就跟那个女人分手！"他上来拽住我的袖子，我嫌恶地撇开他，并用眼神告诉他，你已经出局了。

他毫不在乎，继续说着。特别值得注意的是，他的眼神饱含着浓情，浓得化不开的深情啊！他的态度诚恳到隔壁街守了五十年寡、立了七八座贞节牌坊的老奶奶都愿意嫁给他。

"苏苏，我每天回到我们的家就会被回忆占据，你睡过的被子，我完整地保存着。厕所、墙壁、床头还是从前那样，到处都是你贴过的双眼皮胶贴，我都舍不得撕下来。你这个懒丫头，想到以后是别人来照顾你了，我们再也没有关系了，我的心就好痛，你还记不记得我们当年……"

我很配合地随着他回忆了一阵儿，他看我迷惘，不禁大喜。

"苏苏，我爱你，你才是我一生中唯一的爱人，我再也不能失去你了，我们复婚吧……"

"哈！"我突然打断他，夸张地大笑一声，"就等你这句话啦！"

他一听，立刻大喜过望。只见贱男眼巴巴地望着我，以为我等他复婚等很久了。

不过，我很歉意地看看他道："孙文，我就是要看你这憋屈地求我复婚的样子！你知道离婚的女人伤在哪儿吗？就是不甘心被淘汰啊。成就感在哪儿？就是看着前夫后悔的样子啊。现在我好满足哦……"我夸张的表情成功地让他的脸色黯淡下去。

"苏苏，你不原谅我，我理解，但是你能不能给我点时间。你不要这么急着结婚，你再观察观察，然后再比较一下想跟谁在一起。俗话说，夫妻还是原配好！"我给了他一个超级大白眼。当初你急吼吼地跟我离婚时怎么没听说过这句话？真是双重标准得太严重了。我鄙视得连他的脸都不想看，实在没耐性跟他兜圈子。

"我不想跟你废话，这么跟你说吧，他给我买了五十五万的房子，给了一百万的存款，给我妈买了别墅，还送了四克拉 D-colour 的粉钻。你呢，帮我把钱还清了我就跟你好，在这之前别来烦我，行不？"

"这么多钱……"

"嗯，是这样的。没事我先上班了，婚礼我就不请你了。您呢，正值事业上升期，也别有事没事出现在我眼前。您不觉得自己做的那些事恶心吗？还敢跑我面前晃。你不嫌丢人，我还嫌丢人呢！让我同事看到我跟你在一起又得骂我没出息，还连带你再次被鄙视，我多不好意思！"说完，我转身扬眉吐气地上了楼。

结婚那天，很多以前没联系过的同学和朋友都来了。个个或肥或肿或黑或营养不良的脸上都洋溢着笑容，并献上各自诚挚的祝福。我瞧了之后就纳闷了，我们以前也没见关系好啊，怎么现在都变这么铁了？

直到蔷薇用极具穿透力的眼神恶狠狠地看着他们，高傲的鼻孔里轻蔑地哼出了若干声鄙夷："这些人来……哼哼，找工作的，跳槽的，借钱的，攀生意的，找男朋友的……"

婚礼上，我彻底石化了……

并没有想象中的不愉快和尴尬，我和岳剑相处得很和谐。离婚或分手的女人们请记住，只要你真的热爱生活，世界上没什么合适不合适。幸福就在转瞬之间而已。

今天的我和以前的我是完全不同的两个人。除了父母没变，一切都变了。住所、身边人、心情，甚至连性格都变了。

新婚头一天的大清早，我惬意地喝着早茶，看着正翻看英文报纸的岳剑。他抬头看看我，朝我笑笑。

"傻样儿，在想什么呢？笑得那么甜。"

"亲爱的，我发现在所有人事已非的景色里，我最喜欢你。"

# 第四章
# 蜜月旅行

我们的蜜月旅行从计划到执行都是混乱的。

本来岳剑公事太多,打算去云南大理玩几天就回来,在我一副苦大仇深、二婚不受待见的委屈媳妇相面前,岳剑这厮彻底地败了。我们的目的地改为了黄金圣地迪拜,行程也延长到了九天。

一大清早,我就开始收拾行李,婚礼还没办时我就列好了蜜月所需携带物品的清单,所以今天收拾起来手脚麻利,那速度风驰电掣一般。岳剑下班回来,看见我气喘吁吁地坐在打包好了的大大小小的箱子上,却是一头"黑线"。

"你这是要旅行还是托运东西,带这么多你吃得消吗?"他过来揽住我,在我脸上亲了一下。

"东西都是精挑细选的,少一件都不行。"我拉他坐下,然后把好不容易合上的箱盖打开。

"老公,你看,这一箱是我们俩的衣服和鞋子,我已经查询过迪拜的天气和温度了,这衣服都是合适的。九天啊,每人带两身不算多吧?你不能到酒店还洗衣服找人晾晒吧?"

"可以干洗,这是酒店的基本服务。"他微笑的脸让我大窘。秦苏啊秦苏,你怎么能在你的男人面前显得这么土呢?我心虚地看他一眼,见他没表现出鄙夷,赶紧嘿嘿一笑,接着说:"是啊,你说这酒店服务是挺好，不知道人长得黑不黑啊？"

他没理我的胡扯，直接走过来，蹲在我的箱子面前，不顾我的阻拦乱翻。这种大户人家的少爷就是难伺候，太不珍惜人家忙了一天的劳动成果了。

"你带着这些干吗？"他提着一大包餐巾纸、湿纸巾、卫生巾、卫生棉护垫……

"都是必备品啊，特别是湿纸巾，迪拜那儿水少，没地方洗手就惨了。其他，也许需要呢，九天啊，什么事都有可能发生！"

"你的意思是你的生理期要到了，那还出去玩什么，你这不是胡闹吗？要我说就在云南玩两天算了。"我没等他说完，一把抢过他手上的卫生用品豪爽地丢掉。

"你说得对！带着这些破玩意儿干吗，反正也用不着！"

他白了我一眼，继续往外丢东西。

"咦？户口本、身份证、结婚证……你带这么多证件干什么？"他的眼神中有明显的惊愕。

我看他实在外行，就用极具爱心和耐心的口吻对他说："你出门在外不备齐全了，万一有个急事可怎么办啊？户口本和身份证是证明咱们不是偷渡的，结婚证是应付查房的，迪拜保守，说不定没证件就说咱们非法同居给抓起来……"他毫不留情地把我拿橡皮筋捆得结结实实的证件一件一件地抽出，只留下身份证和护照。还特鄙夷地看着我，叫我实在没勇气辩驳。

"不要！夫君大人！那些药是应急用的，绝对不能扔！

"防晒油、橄榄液都是我的东西，女人没那个会死的！你不能不带，那里太阳那么大，喂！我这娇嫩的皮肤……

"那是迪拜的紧急电话本，我好不容易才查到的，不仅有医院的、警务的，连电召的士、巴士路线咨询、机场的都查清了，你给我！别、别，亲爱的，就带着吧……"

他不仅丝毫不为我凄惨的叫声所动，反而越扔越来劲儿。直到他从皮箱底部拿出个黑不溜秋的大家伙，我才看见他额头上的青筋暴起。

"秦苏！这又是个什么玩意儿，乌漆抹黑的，这么重。你脑子里在想什么啊？"

我委屈得眼泪汪汪，小声说："那是验金机……"

他听后眼角狂跳，然后很快地调整了一下，深吸几口气，看我委屈的样子又不忍说我，默默地把那大家伙丢出来。那大家伙在地板上滚了几圈才静下来。我心里哀悼着我花了几百块从网上淘来的验金机。此去迪拜少不了买黄金，我都答应给我妈还有大姨妈二姑子的买些便宜黄金回来。现在假货那么多，买假了我该找哪国的"3·15"去投诉啊，关键是我不能让我妈成天戴着一堆假货出门啊！

眼见他又扔出了一打我塞得很隐秘的东西。我忙上去接住，瞪着眼睛看着他。

"喂，这个总要带吧，这么重要这么私人的东西。"我手里攥着便携的套套，话说这个牌子迪拜不一定有卖，带这个我总是有道理的吧，又不占空间又不重，凭什么不带？

他微微朝我一笑，露出洁白的牙齿。

"我们都结婚了，还用那个干吗？"他白白的大板牙真欠揍啊！我屈辱地把套套藏在屁股口袋里，默默地在心里把他骂了无数遍，又偷偷吞下了月服的避孕药。

最后，我们轻装简从地出发了，每人只背了个小小的包。用他的话说是，麻雀虽小，五脏俱全，但我却很没有安全感，在去机场的路上不停地问他钱带够了没？在那边机场可以兑换不？到了候机厅我还在不停地问，以至于周围的叔叔阿姨都用一副鄙夷的眼光看着我，潜台词是："小样儿，到处嚷嚷什么，有点钱嘚瑟的你！"

岳剑最后不得不拿胳膊搂住我，用手捂着我的嘴巴。他脸上维持着快掉下来的微笑，一直到登机坐定后才放开我。

其实，我早已给自己定下了目标，在岳剑面前不可以表现得太乡巴佬。再美的景色我只能在心里默默欢呼雀跃，然后面上淡淡地颔首表示赞许即可；再豪华的酒店我只能在心中为我白活了的二十七年呜咽，然后神情从容淡定且颇有气质地走进去；再贵的账单我也只能放在心里滴血，为我老公的钱包悄悄肉疼，然后面上丝毫不在意地拿眼神一扫而过不留痕迹，适当的时候我还可以替我老公签单，留下我洒脱不羁的字迹。

可是当我站在世界第一高楼迪拜塔面前，突然涌出感慨，我是多么的渺小啊！但是能造出这么宏伟的建筑，人类又是多么伟大啊！啧啧……

我紧靠着岳剑，他不动我不动，他一动我就黏着他走，他有些好笑地看着我。

"干吗呢？瞎紧张什么？我们先休息一晚，明天再出去观光。"岳剑大步流星，我连连点头跟上。

我们住二十七楼，等侍者礼貌周到地帮我们把行李安置好，我也有礼貌地向他道谢。我准备等岳剑从厕所出来后，就进去洗澡解乏。

可转头发现，这侍者仍然谦恭有礼地站在我们房间一角。我觉得奇怪，莫非这酒店真高级成这样，有专门在房间听候差遣的侍者？我坐在沙发上打量着他，黑黑的皮肤，洁白的帽子和制服，身材不高不矮，有没有长胡子倒没看出来，皮肤太黑了，分不清哪是胡子。

我又打量了一下房间，只有一间房啊，难道这侍者要一直站在这儿陪我们？他不会困吗？而且房间里多个人多别扭，要站也该站外面去啊！小夫妻要是想做点融洽感情的事，那不是还要劳烦人免费听床？我浑身一凉，准备上前跟他交涉。我可是有尊严有人权的中国女性，怎么能跟你们这里的妇女似的受压迫？

我在心里默默地复习了一下我的英语，准备了下说词。刚走到他面前还没开口，就看见他朝我露出洁白的牙齿，继而笑得跟朵花似的。我一愣，也嘿嘿一笑，正打算说点什么打发他时，厕所门开了。岳剑出来估计也被那侍者惊愕住了。为了防止他跟乡巴佬似的不理解，导致在我面前失了男子汉的风范，我赶紧跟他解释这新的酒店比较高端，每个房间都配个侍者。

我刚解释完，就发现岳剑的脸在抽动，赶紧安慰他道："别急啊，我马上就把他打发走，怎么说你老婆的英文水平也是过了六级的。"

"他是要小费！"他一动不动地朝我吐出几个字，然后见我没有动作，拿起茶几上的钱包递给我。

"他帮你拿了行李，所以你要给他小费。"

我愣愣地看着岳剑。这……是我丢人了？就帮拿一下包还要小费？我又没有要他拿，他自己凑上来非要帮我拿，我还以为是酒店服务太好呢！

我黑着脸走向那侍者，他看我过去，立刻条件反射似的露出他赖以生存的洁白牙齿和天真无邪的笑容。我在钱包里翻了半天，最后白了正在换衣服的岳剑一眼，什么嘛，连个零钱都没有！抽出一张百元面值的美金递给侍者。他开心地合上洁白的大牙向我鞠躬，然后退了出去。

天哪！这迪拜真是天堂，钱这么好赚，帮你拎个包包就赚去了七百多人民币啊！

岳剑看我心疼不已的样子，不由自主地笑起来，说："快去洗澡吧，你心里的呻吟和呐喊我都听到了，到这儿来玩哪儿能不花钱，别心疼了，老公有钱。"

我小心翼翼地白了他一眼，你要不是我的老公，我才不心疼你的钱呢。

晚上我们去127层过了浪漫的小夜曲之夜。别说，岳剑这人还真的挺会搞浪漫的。我们坐在烛光摇曳的玫瑰餐桌旁，吃着爱心型的牛排，手持印有"I love you"字样的餐具，听着黑人提琴师沉醉地闭着眼演奏《爱的天堂》，我幸福得眯着眼从心底到汗毛孔都陶醉了，怎一个"幸福"二字了得啊！

看着对面笑靥如花地望着我的岳剑，我只想坦白地问他一个问题，"老公，咱们什么时候回房？"

可惜他完全不能理会我眼中赤裸裸的渴望，用完餐继续带我在观光台上吹风，给我讲述迪拜的变迁，如何成为中东的经济枢纽，俨然一个传道授业的讲师。我恨得牙痒痒，很想把他打晕扛走。后来渐渐被冷风吹得淡定了很多，也听进去了些，点着头微笑着发表些见解。正聊得兴起时，一对老夫妻手牵手走到我们面前，用生涩的中文说想请我们帮忙拍照。我欣然答应，这种在国外树立中国人正面形象的事情我最乐意干了。我用英语回应了他们，他们很开心，我给他们拍了几张常规的，他们觉得不过瘾，然后又连续摆了几个很肉麻的造型。亲脸颊发展到接吻，拥抱发展到腾空抱起。幸亏那老爷爷身体保养得好，能抱得动，那老奶奶的体格可是重量级的。

他们跟我们道别前还说了许多祝福我们的话，我听得开心极了。我看看岳剑英气勃勃的脸，心想，如果能这样一直到老，该有多美好。他显然有些迟钝，以为我不耐烦了，于是有礼貌地跟老夫妻道别，拉着我回房就寝。

回房间的路上，我们一前一后走着。我边走边想着回了房的龌龊事。我摸摸自己因为娇羞烧红的脸，暗暗鄙视自己，怎么跟青春期的少女似的，也太不成熟了！突然前面的岳剑猛地一回头，我没注意一头撞上了他的胸膛。

"苏苏，我突然想到一件很重要的事！"他一脸兴奋，我有些惊讶，到底什么事？

"你知道吗，如果在蜜月时遇到白头偕老的夫妇就会得到上天的祝福。我们一定会幸福的！"他的雀跃让我心底涌出些许感动。

第一次认识到我跟岳剑之间，不再是为了房子为了金钱为了名誉的借口在一起。现在他已经是我的合法丈夫了。

即使旅途疲劳也丝毫不能妨碍我们蜜月夜的激情。虽然我们都是缺乏情趣的人，最大的闺房乐趣也只不过在前戏贫几句。

"爱妃过来侍寝。"

我白着眼，瞧着天花板不动。

"看什么看，上床脱衣服。"

我依旧黑着脸，低头看着地面不动。

"爱妃乖，明天朕给你大把大把的银子，你爱买什么买什么！"

我红着脸，看着他动了……

第二天，"皇上"果然没有食言，真的是要什么买什么，我的满足感飙升。购物之于女人的诱惑，正如女人之于男人的诱惑一样，乐趣无穷啊！我只操心我该怎么把这么多东西运回我的祖国。当我顶着巨大的压力回去时，我的身心难免会遭受到海关叔叔无情的眼光啊……我把从祖国人民身上剥削来的血汗钱，无私地撒向了富得流油的外国人。我深深地陷入自责自省当中。

但想到我的老娘看到这么多金子的时候一定会很亢奋，就算是为了孝顺牺牲我的名节了。我的脸颊抽搐着，眉头耸动着，内心纠结着，很明显的痛苦与煎熬啊！

其实说真的，迪拜没我想象中那么神奇。虽然这里一半是海水一半是沙漠，一半是蓝色一半是金色，却远远不如资料片和摄影作品里看到的那么美。

到了第四天，我们上了人工岛，住进了很有特色的小木屋公寓。每间小屋都是一模一样的，只不过门牌不同。我们住的这间在临海的第二排。

这里的设施和服务确实好，晚上还有专为游客准备的沙滩晚会。我拉着岳剑去凑热闹，到的时候正好赶上发汽水和啤酒，我拎着酒桶到招待处去领。排在我前面的是一个亚洲女孩，她身材娇小可爱，双手规矩地并拢在小腹处，一看就是日本人。我瞄了她几眼也就没在意了，要是咱们中国人我还可以上去攀谈几句，毕竟也算是他乡遇故知嘛。

她打了满满一桶酒以后，又用英语要了一桶汽水。我乐了，还有跟我一样这么爱贪小便宜的。一人只发了一个桶，她愣是跟招待处又要了一个来装汽水。

有她为我开了先河，我很开心。她领完就该我了，我上前把事前准备好的两个桶一放，一桶酒一桶汽水。谁知我酒还没领到，突然一阵冰凉从我背后灌来。在背后女子的惊呼声中，我意识到自己被人浇了个透湿。

"对不起，对不起！我不是有意的！"先前那个排在我前面，身材娇小的女孩连忙跟我道歉。本该痛斥她一顿的，但听她讲的是中文，愣是叫我骂不出口了。

"怎么这么不小心？"看到这种情况，从远处跑过来的岳剑脸上有些气恼。我才发现自己已经是半个透视装了，黑色的内衣跟外穿似的显眼。要不是有黑夜做掩护，后果不堪设想。我赶紧吐吐舌头，准备回房去把衣服换了。肇事的老乡连忙说他们的房间就在第一排，离得近，让我去她那儿换身她的衣服，然后她再把我的衣服送去干洗。

我来不及多想就被她拉着飞奔而去。进了她的木屋，她拿出件倍儿好看的裙子给我比试了一下，我就换上了。

"真巧，遇上了同乡，姐姐你们是哪儿的？"在我换衣服时，她提问。可惜我不觉得巧，遇到你这倒霉鬼。

"南京的。"我麻利地拉上拉链。一阵欣慰，我居然穿得上她这么小型号的衣服，太幸福了。

"很近啊，我和我老公是上海的。你们夫妻是来这儿度假吗？"她接过我的脏衣服，拿去给侍者干洗。

我看她虽然大大咧咧，但人倒是不坏，就跟她攀谈起来。得知她叫宋雪，她和她老公竟然也是来度蜜月的，我们就手牵手一路聊起来。她老公是个社会精英，做投资公司的。她的家庭富裕，算是个千金小姐。

宋雪很健谈，跟缺心眼的小女孩似的，给我说她老公多帅多有才，跟她简直是郎才女貌。我心里白了她无数眼，低头瞄瞄她的胸部。我就纳闷了，人说胸大无脑，可是这……按道理她该聪明绝顶才对啊！

来时五分钟的路程，走回来硬是花了一刻钟。见到岳剑时，他正跟一个年轻人聊得起劲儿，等我旁边的女孩亲热地上去搂住那年轻人的脖子，我才反应过来这是一家的。

——认识以后，我们这两对中国游客成了"铁四角"。我们比他们夫妻年长几岁，但到底都是年轻人，整晚喝酒助兴。岳剑跟小雪的老公聊得很投机，称兄道弟的，都是商业上的话题。我则被小雪拉到篝火中间去跟热情的原住民一起跳舞。平时我是个一本正经的人，但说真的，玩乐可是我的强项，又加上酒精的作用，真是放纵得有些放荡啊。到后来我都不知道拉了多少男人的手跳过舞，我只感觉自己飘啊飘啊，都找不着北了。

岳剑哪儿还有心情管我，他跟小雪的老公相见恨晚，喝了个烂醉，最后直呼吃不消。两个男人醉醺醺地到舞场找我们，要我们回去睡觉。我跟小雪正兴奋得爹娘都不管了，哪儿还能管他们，在小雪一再保证会把我安全送回去之后，他们就回去了。看着他们歪歪扭扭离去的姿态，我们几乎笑得岔了气。

又玩了会儿，我感觉头越来越沉，估计是这本地的啤酒后劲儿太大。正打算坐下歇歇，突然下起了雨，篝火都灭了。我看下雨了，散场吧！也玩得差不多了，回去抱着老公睡觉去。可是小雪却满脸不乐意，这姑娘一看就是爱疯爱玩的丫头。后来组织方出来宣布，转会场，到地下酒吧通宵。小雪乐坏了，拉着我要去，我已经晕得不行了。我说不玩了，再玩要出人命了。她可不愿意，最后我也管不了她了，我只想回房间倒头睡觉，顺便在回去的路上为她的男人哀悼下。

能认得路，对于喝醉的我来说，实在是件了不起的事情，这都归功于我刚才回去换衣裳记住了路。喝了太多酒所以脚底打滑，我一摇一晃地走到我们小木屋门口。

天！还没带钥匙，我使劲儿地拍打着门，恨不得撞进去就爬上床，什么也不想管了。

等门开的时候，我都坐地上靠着门睡着了，随后我闻到男人的味道，我咧开嘴嘿嘿一笑。

"老公，我回来了，你想我吗？我想你了，我不招呼你了，这酒劲儿真大，我要睡了，不说了……"我熟练准确地爬上了床，衣服不脱就钻进被子里。一会儿口干喊了声"水"，然后就有清凉的水灌进嘴里。我惬意极了，被男人伺候的感觉真是浑身舒坦啊。找岳剑当老公真是不错，又能养我又好使唤，实在是不可多得的好男人。

我闭着眼睛晕着脑袋甜蜜起来，昏昏沉沉地抱住他的手臂直往怀里塞。这小子居然还挣扎，我直接给他拉到床上来个武力解决得了！

南柯一梦般的我醒了，大脑一片空白。这屋子很像我们那间，但旁边睡的可不像我的男人！我猛然意识到自己似乎犯了一个不可饶恕的错误。我看自己近乎赤裸的身体在晨曦下泛着很明显的被极度滋润的光泽，再从床上睡着的那位熟悉的陌生人鼻孔里呼出的沉重的呼吸声判断他的劳累程度。我瘫了……

我拽起一旁的衣服，三下五除二地穿起来，脑子里很乱，这是什么情况，我到底在搞什么？怎么什么事都能被我搞砸了！度个蜜月还能遇到这种倒霉事，真是想死的心都有了。

我准备闪人，大家假装什么都没发生过好了，反正那死男人昨天也醉酒，让他以为自己做了个春梦好了。我刚要打开门，门铃突然响了。不会是小雪玩了通宵回来了吧？我吓得一激灵，差点儿躲卫生间里去。我定了一下心神。别慌别慌，是福不是祸，是祸躲不过，要镇定要镇定。

手哆哆嗦嗦地拉开门，门外却站着个笑容可掬的服务生，手上托着我昨晚送去干洗的裙子。我接过来说声"谢谢"，他依旧站着不动。

又要小费？如果他够机灵的话，一定能发现我身上散发的不是金钱的光芒，而是即将爆发的小宇宙。老娘心情不好，你可别跟我要小费了！眼看我就要忍不住了。突然一只手扒在门上把门拉开，另一只手递出一张美元。那服务生立刻就走了。

这么说，那死男人醒了。我转头怒目而视。

就是这个人把我多年来的忠贞给破坏了！最重要的是我们这样站在一起好尴尬啊。我总得说点什么，不说什么我也得干点什么，否则就太不像个女人了。我脑子里在想着是不是跟他打声招呼，问他早餐吃点什么呢，可手上却不由自主地啪的一声脆响落在他的左脸颊上。

看着他还没有反应过来的震惊的脸，我决定夺门而去。我要回家！再次把门拉开，门外竟站着一脸错愕、准备敲门、通宵归来的小雪。

"我，这……来找你，看你回来没？你不在，我……拿衣服的。"我七七八八地瞎解释，举着衣服乱说事。真倒霉，人生中最黑暗的一天，我的妈呀，还有什么一起来吧！

"哦，这样。衣服送过来了。苏姐，我不招呼你进去坐了，我有点不行了……"我看她也是醉得厉害，赶紧把她让进屋，之后我就以迅雷不及掩耳之势狂奔回我的男人身边。

眼看到了我和岳剑的小屋了，此时我才知道后怕，为什么这么粗心居然记错了地方。我脑子里到底在想什么，怎么会只记得我回去换衣服的地方，还把那儿当自己房间呢？

说来最不地道的就是那个男人，欺负喝醉酒的女人算什么男人！我漫无目的地走着，几乎快到门口才想起来我身上没有带钥匙。一时倒霉的念头几乎把我逼得抓狂，为什么这么变态？真是比死还难受！我沮丧得不知怎么办，难道敲门让岳剑起来帮我开门不成？

他要是问我怎么回来这么迟，可我又没跟小雪在一起，我一夜去哪儿了？我该如何回答？他已经不再是一个乐于助人的路人甲，他现在是我的丈夫啊！

我站到门前的时候，双腿忍不住地发起抖来。手刚碰到门板时发现门竟然是虚掩着的。突然间眼睛里强忍不住热气上涌，一大颗泪吧嗒一声落在甲板式古旧的地板上，我不禁诧异于我的感性和脆弱。他只是为我留了一夜门而已。

即使醉了，他也记得妻子还在外面。

即使醉了，他也能清楚地记得妻子没带钥匙。

而我只是醉了，就记不得回去的路，还上了别人的床。

我轻轻地推开门，里面很安静，能够清楚地听到岳剑并不重的呼吸声。看到他安静的睡相，突如其来的安全感包围了我。我很想抱抱他，却怕把他弄醒。我苦笑着，事实上我想死的心都有了。

换下了脏衣服进了浴室，水不敢拧太大，冰冷的镜子被水汽模糊得只能隐约浮现我身体的大概轮廓。此刻这样的模糊正合我意，我从来没有像现在这样讨厌自己的身体，讨厌这让我感到屈辱的身体。我胡乱地洗了澡，把之前换下的衣服都送去干洗，给自己倒了杯热水，静静地坐在房间里看着岳剑熟睡的样子等着他醒来。

说实话，我对岳剑并不了解，我也没有想过要去了解他。即使结婚了，我对他的所知也还是仅限于我们之间相处的那些事，无外乎吃吃喝喝，逛街买东西买房子，其他的我一概不了解。我不知道他对我的感情到底是抱有什么目的，也一直只当自己是中了六合彩，匆忙间就嫁过来了。我们之间似乎缺少很重要的东西，却又结合得如此顺理成章，不知道是我太轻率还是他太鲁莽。

而在我犯了大错之后，我头一次感觉到归属感。我强烈地知道，我是属于这个在我那么困难的时候帮助过我的男人。我对他的需要，已经不只是物质和生活，而是拥有，彼此拥有。

　　我打定主意，这次的事只是发生在我和小雪的老公之间，只有我们两个人知道，而且这又是国外，回去之后就各奔东西，谁会记得谁？我要尽量劝说岳剑早点回国，即使要再待几天也尽量不跟他们碰面，只要回国就好了。我站起来，步伐有力地走到床边，摸摸岳剑那已经渐渐熟悉的脸。亲爱的，对不起，今后我会加倍地爱你的。

　　走到外面的长廊里吹着风，心头一阵阵地痛。

　　"怎么大早晨在这儿吹风？早晨海风寒，别冻着了。"一件大衣披到我的身上，顿时感到温暖。我看着头发还翘着边的岳剑，激动地站起来，大衣掉到了地上。岳剑正奇怪，突然被我摁住深吻。

　　岳剑大窘，连忙推我，手直挥，活像受欺辱的小姑娘，说："苏苏，我还没刷牙呢……"

　　我闭着眼睛不理他。小子，我不嫌你臭。我只是迫不及待地想告诉你，我爱你。

　　经过石破天惊的一吻，我们的感情急速升温，噼里啪啦，火星直冒。我牵着脸色猪肝紫的他的手，一前一后地回了我们的小屋。我们一起做了牛排，煎了鸡蛋，榨了果汁，并一起享用早餐。

　　"老公，我们别玩了，这就回去吧。原来迪拜也没想象中那么有趣，而且你公司还有那么多事要处理，我看你睡觉都皱着眉头。不如我们明天就回去吧！"吃早餐的当口，我把心里编造好的词说出来，岳剑意外地一愣，有点不可思议地瞧着我。

　　"怎么了，昨晚跟小雪闹不愉快了？前一会儿还玩得兴高采烈、乐不思蜀的，一下子就转变这么快。你昨天什么时候回来的，玩得挺晚的吧！"

　　我语塞，脸色一下子白了，叉子捣着盘子里的牛排，发出清脆的碰撞声。他看我不说话，以为被说中了，不好意思地挠挠头。"不是不可以提前回去，只是难得来一趟，不想让你扫兴而归。毕竟这是咱们的蜜月旅行。来的时候高高兴兴的，走的时候可不能憋屈！"他温暖的手抚过我的头发，我一下子安心下来。

看看我的岳剑，挺拔的姿态，分明的棱角，此刻如此的柔和。还有什么比自己的丈夫更值得自己留恋的呢？

最后我们决定第二天就回国，今天该玩玩该吃吃，绝不亏待自己。整个白天我都拖着岳剑走街串巷满地跑，把当地小吃都吃了一遍，饱到不能再饱才回到岛上，坐在凉亭里点了两杯咖啡，吹吹风顺便消化消化。

刚坐下就感到旁边有视线从我身上扫过，我是习惯了这样的场面，谁叫姐生得皮相好。岳剑，你不用掩饰尽情地自豪吧！当然，为了表示矜持，我没探索那视线的源头，只是保持美好的微笑和坐姿，跟对面的岳剑侃侃而谈。直到我们被一阵熟悉的清脆活泼的笑声惊骇住，回头一看才发现，身后那桌正是小雪跟她老公。

我立刻脸色青紫，幸好有夜幕的掩护才没有被岳剑发现我的不对劲儿。我刚想起身招呼岳剑早点回去休息，就看到岳剑已经露出了招牌微笑，向我身后点头了。我心一沉，躲不过去了……

"苏苏姐，原来你们在这儿啊，今天一天都没看见你们人影，我们两人无聊死了，你们上哪儿去了？"小雪的尖厉嗓门穿透力极强，震得我耳膜嗡嗡响了半天才安静下来。我还没露出个差不多的笑脸，那宋雪的手已经拍到了我的肩膀上。

不一会儿，一桌就变成了四个人。四人中两人心怀鬼胎，其中两人绿帽加傻帽。

"这么说你们今天去逛了很多地方哦，你们夫妻俩真是浪漫啊。不像我跟言，他昨天醉酒太累没什么精神，一整天哪儿都没去，午餐都是叫到屋里吃的。"她半娇半嗔地瞪了她口中的"言"一眼。我心里凉飕飕的，看都不敢看他，一个劲儿地咕咚咕咚喝着鲜榨的果汁。

言朝我的方向暧昧一笑，伸着懒腰，冲岳剑解释道："昨晚太累。今天一天都骨头酥酥的。这酒真不能多喝，喝多误事又伤身。"

"是啊，我也这感觉，这儿的酒后劲太大。我睡了都起不来了。"岳剑理解地点头。

我可以保证此刻我手里的玻璃杯有被我捏碎的危险。此人太可恨，犯了这种错，还不以为耻反以为荣！拿我老公当猴耍吗？他又拿自己妻子当什么？要不是人都在，我真想拎起杯子就砸他脑袋上。

　　我再也不想跟他多待一会儿，哪怕是一秒钟！

　　我腾地站起来，把大家都吓了一跳。我吸了一口气，向岳剑露出个还算得上是温和的笑脸。

　　"亲爱的，我们回去准备准备吧，明天还要赶飞机。"

　　"你们明天就走了吗？"小雪瞪大眼睛，"不是说要再待四天吗？难得跟你们这么志同道合，我和言还特意把假期往后延了四天，打算跟你们一道回去呢！你们怎么这么突然就要走了？"

　　我看到岳剑那十分抱歉的脸，再也忍受不了这该死的气氛。

　　"小雪，真是对不起，我们有点急事必须回去处理。回国我们再联系，好吗？"我们昨天已交换过联系方式，虽然我很想让他们忘记这档子事。

　　小雪有些错愕，我已经不想理会她的心情和想法，毕竟此去一别再不见面。这对大家都好啊！临离开之前，那个死男人还用一副很无辜的表情盯着我。我很想踹他两脚，以示我比他无辜得多！

　　这事从我们离开迪拜那一刻起，在我的心里就已经画上了句号，何况那晚我什么都不记得。

　　从此，我在面对岳剑的时候就是一张白纸。我会加倍地爱他和他的家庭，我也会处理好跟公公婆婆乃至后妈的关系。我要好好地把我们的婚姻经营下去。我只想我们幸福，除此之外，别无他念。

　　从人工岛到机场，从机场到南京禄口国际机场，再从机场回家，整个过程漫长而和谐。我不由得心生感慨，夫妻和谐是一件多么有利于社会的事啊！

♣

第五章
# 泼妇秦苏变身

　　回到我们位于月牙湖花园的大房子，我的心情真是舒服得不得了。我对这个新家还是有点陌生，毕竟只睡了三晚，还没有跟迪拜的酒店感情深厚呢。我得开始跟它培养培养感情。

　　一进屋就看到墙上的结婚照，照片里的我穿着婚纱，一脸幸福地看着身旁的岳剑。脑海里浮现彼时的自己，衣衫不整地和一个男人躺在一起，突然强烈的恶心和不适袭来。岳剑连忙过来问我怎么了，是不是太累了。看到他全无矫饰的焦急，我就一阵心疼。

　　其实我是害怕的，害怕有一天自己的秘密会被发现，害怕自己会失去岳剑。我一遍遍地安慰自己那只是一个意外，也不全是我的错。我明白随着时间的推移，这件事会被我隐藏到心灵深处，越缩越小，而我的生活会继续着。

　　我们的婚房是一个复式结构的联排双拼洋房，隔壁住着一对英国工程师夫妇，先生姓史密斯。听到这个消息的时候，我还跟岳剑诡异地对视了一眼，我们竟然跟史密斯夫妇做了邻居！并且在我们新婚当晚他们夫妇还亲自上门送来了礼物，祝贺我们新婚和入住。作为邻里来说，我们感觉很开心。在中国哪儿找这么有礼貌的邻居啊！所以一回来我就去敲了隔壁的门，亲热地跟史密斯太太拥抱，向她赠送了迪拜的海壳珍珠。她非常高兴，连连向我致谢，并客气地邀请我们夫妇一起晚餐。我婉言谢绝了她的邀请。

回去时，我跟岳剑报告了我的交际成果，岳剑笑呵呵地说："你这么下去，英语水平就要大跃进了。"

我嘟瑟得白眼直翻。

晚上睡得很好，旅途的劳累和沉重的精神压力都释放了。一觉醒来有种轻盈得想飘的感觉。太棒了！我看岳剑还在熟睡，轻手轻脚地起身，去厨房开始做早餐。两个煎蛋、两杯奶、两块吐司、两根腊肠，搞定！突然觉得让他一个男人跟我一样吃这么少会不会有点虐待他？于是我又放了两片吐司在他的腊肠上，然后又从我的腊肠上切了点给他。可是这样看起来太不美观了，我索性把他的腊肠都切成了小片，这就看不出来了吧。我又忙活了一阵儿，摆好餐具。

大概听到厨房的叮叮当当声，他终于起来了。

一句话不说，先钻进洗手间洗漱。这是个好的生活习惯，也很尊重人，但让我有点受冷落的感觉啊。我坐桌子边等他来吃早餐，顺便听他夸夸我勤劳贤惠。

等他出来时已经是肤白面净，一口白牙，灿烂地朝我笑着。

吃着早饭，他有些别扭地挥舞着手里的叉子，把我切的厚度不均的腊肠又起来塞进嘴里，一句话也没说，还颇有些将就的意味。好吧，我就当你在心里表扬过了。

"苏苏，下午我回来接你，我们一起去看你爸妈，顺便把你买的东西给送过去。"他边说边把盘子一推，里面还剩了半个蛋，我承认，那儿有些煎煳了……

"行，那你先去公司吧，回来前给我打个电话。"既然他一心想着我爸妈，我就暂时原谅他对我劳动成果的不礼貌吧。

他走了以后，我开始收拾桌子。我还有好几天婚假，这几天我都能潇洒地休息。我给妈妈打了电话，告诉她我们回家吃晚饭。她立刻如临大敌似的紧张起来，连忙问我岳剑喜欢吃什么菜，我隔着电话白她一眼。

"别把女婿当神供着，你越供他越神气，弄点青菜萝卜羹就行了。"

妈妈还傻乎乎地问我青菜萝卜能做成羹吗?

坐在床上开始分礼物贴标签。贵重的都挑出来给我妈和我亲婆婆。至于那后妈,我尽量无视她,分到最后看有没有多余的礼物就随便给她个;反正不管给她什么,她也不会待见我。

分好以后,我又给蔷薇打了电话,告诉她我回来了。她正跟一男的逛街呢,小日子过得很爽,竟然翘班去逛街。跟我通话时的声音要多娇滴滴有多娇滴滴,冷得我直牙颤。我小心翼翼地跟她说,带了礼物给她。她娇笑一声,然后压低声音凑着话筒对我说:"嚯嚯嚯……老娘现在最不缺的就是礼物了。"

此女人绝对妖精转世,专门榨干男人的钱袋。

看来今天她老人家也没空理会我了,礼物我就先帮她留着,什么时候碰到什么时候给她吧。

然后,我就观察起我的家,楼上楼下,五室两厅两卫双阳台一露台。装修现代简约,到处都是名家手笔。家里唯一出自宜家的家具就是我那个小笔记本桌子,其他都是意大利进口的皮具。瞧这日子过的,那叫一个奢侈!亏我适应能力强,要是别的什么女人非得乐出精神病来。我突然有了种"天降大任于斯人"的自豪感和历史使命感。

下午四点,岳剑回来换了身衣服,跟我一起把后备厢塞得满满当当,然后开着他的奔驰,一阵风似的到了我城南的娘家。老爸老妈异常的兴奋,不停问我迪拜好玩不好玩,有哪些景致,有没有拍照片。我津津乐道地跟他们分享了半天,岳剑在旁边喝了三四杯茶水,偶尔插两句以示他还存在。等说到了晚饭都要凉了,我妈才依依不舍地说先吃饭,边吃边聊。我不禁白了她一眼。吃完饭,我刚准备把好东西亮出来给我妈高兴高兴,门铃就一声接一声地响了。进来的全是我七大姑八大姨表姐堂姐……我有些脑子转不过来,到底是谁把我回娘家的事给透露出去的呢?来得这么齐这么巧这么不约而同!我目瞪口呆的样子把岳剑给窘住了,他咳嗽一声示意我可以开始发东西了。

那天,我的心碎了一地。本来全是给我妈的东西,那些最值钱的金饰都被分散开撒了出去。我妈还一副自豪的模样,真亏她装得出来。

要是我早就吐血了。

送走了一群狼，我嗔怪地看了我妈一眼，我妈却一点不心疼，浑身上下洋溢着巨大的自豪感。女人啊，真是多大年纪都要张脸……没办法，难得孝顺一次，奢侈一把，让老娘爽去吧！

回家路上我还憋屈着。黄灿灿的金子都给了外人，我的心啊！我一脸的苦瓜相把专心致志开车的岳剑逗乐了，一直笑我守财奴。我白了他一眼，女人不小气，男人哪能成大器？每一个成功男人的背后都有一个抠门儿的女人。

第二天一大清早，我这个勤劳顾家的女人都没醒的时候，家里的电话响了。我闭着眼推推旁边的男人，可他一点起来的意思也没有。我只能苦命地摸索着接起电话。

一听，竟然是公公大人。我立刻睁开眼睛清清嗓子，坐起身来毕恭毕敬地听大家长指示。

"哦，好的。嗯，好！嗯，知道了爸。嗯，好好好！"如此这般一个劲儿地点头，我的头都晕了。挂了电话我才想明白刚刚的谈话内容是什么，原来要我们回去参加家庭宴会。据说有很多大客户会过来，还有很多没见过的亲戚朋友，叫我们小两口准备准备，毕竟是新婚头一次在众人面前亮相，务必不可失礼了。

我打了个响指，深深吸了一口气，突然猛地睁开眼睛，大吼一声。

"岳剑！给我钱！"

等我拉着蔷薇，在东方商城里左比画右比画，大到礼服鞋子，小到护甲油，都买齐了。蔷薇瞧着我，直说我没出息，一副没见过大场面的样子。怕什么呢？

我挺憋屈地回瞪了她一眼。我这怎么说也是处女秀，不光是我一个人的面子问题，牵涉到我老公、我公公，甚至我婆婆在家里的地位问题，更会影响到我未来宝贝的遗产继承问题。虽然我想的太多了点，但是这说明事事都不可以马虎，得有万全的准备。蔷薇被我说得一愣一愣的，最后老实地陪我去做美容，做头发，全程都没有怨言。我都有些感动了，我的好蔷薇！

从岳剑的车里下来时，我先优雅地伸出来一条细长高贵的腿。车门打开的刹那，有冷风吹来，一向身体强壮的我竟然不可抑制地大声打了个喷嚏。我心里一慌，有种不好的预感。

岳剑没有觉察出任何的不妥，紧紧搂了我一下，问我是不是穿得少着凉了，然后又往上拉拉我有些低胸的大V领黑色晚礼服。我朝他甜甜一笑，我老公对我真好。

我们以一副夫妻恩爱羡煞旁人的姿态进了酒店，我老远就看见了我婆婆大人正和她的两个女儿一起聊着天，旁边就是打扮得花枝招展的后妈，正跟一堆穿戴重金属的阿姨聊得热火朝天。我摇摇头，真是太没素质了，怎么跟我高贵的婆婆大人比。我边叹息边满面忠厚地笑着冲我亲婆婆迎上去。

"妈，我们来了！大姐，二姐都到了呀，我们来晚了点。"他们一看到我们立刻就喜笑颜开。大户人家里，到了岳剑亲妈这个年纪，再没什么比儿女旺更值得骄傲的了，所以我的婆婆大人此刻冲我们笑得格外开怀，丝毫不介意旁边站的就是自己原配的二老婆。我上前亲热地挽住婆婆的手，跟她嘘寒问暖起来；她一副受用得不得了的表情，把旁边的后妈气得够呛。两个姐姐也和颜悦色地询问了我们的蜜月情况，岳剑跟他妈妈说了会儿话就去男宾那儿应酬了。我乖巧地紧跟在婆婆身后，端茶、倒水、递果盘，比亲女儿还亲。大姐二姐都直说，以后不在妈身边也能放心了。

我跟在婆婆和两个姐姐身后被介绍给来宾。我用着从八点黄金档电视剧那儿学来的系列动作，高贵地端着高脚酒杯，满场敬酒满场认识人，矜持地做出一副名门闺秀的模样。婆婆眼睛都笑开了花，也不顾鱼尾纹不鱼尾纹的，笑得脸上的粉都簌簌往下掉，我连忙拿出张湿巾给婆婆。婆婆这才注意到自己的脸有些不适，又条件反射地瞥了那正以女主人姿态跷着二郎腿、双目神采奕奕、三分高贵七分装、稳坐于大厅沙发上的后妈一眼，发出一声冷哼，不着痕迹地脱开身去了洗手间补妆。

我汗涔涔了一把，这婆婆真是难伺候啊。谁知道她心里想的是什么，一会儿晴一会儿阴。我看着旁边完全无视我正和几个大龄女青年聊得热火朝天的姐姐们，心里拔凉拔凉的。这个家庭实在怪异得让人闷死啊，一家聚会有两个女主人。这就算了，还个个都习以为常的样子……难道只有我觉得别扭吗？说到这两个姐姐也是够心宽的，自己的老妈憋屈了都不知道去安慰一下。难道都已经麻木了吗？真是复杂啊。我就摸着石头过河，走一步是一步吧。

我一个人有点冷场，婆婆闪了，姐姐们不搭理我，旁人我又都不认识，又要扮矜持高贵，总不能找个地歇着吧，于是我就假装很欣赏酒店的糕点，并挨个欣赏了下。我的脸上挂着迷人的笑容，不时露出赞赏的表情，以示我也是本次宴会的内部家属，对酒店的食物安排基本满意。

等我欣赏到第二十五个小吃时，岳剑走了过来。在我被冷落得几乎要冻住的当口，我的老公及时地察觉到我落单的无奈，轻声细语地问我是不是无聊了。我甜甜地冲他一笑，向他表示赞赏。

他呵呵一笑，说："我陪你啊。"

于是我们终于感受到了被关注的感觉，各色眼光唰唰唰地冲我们来了。原来这就是传说中的"双剑合璧"啊！我落单他落单时都没人觉得我们有什么特别，我们俩凑一块了，大家才发现，哦，这就是岳家那对新婚小夫妻。

就在我们含情脉脉地互相凝视的时候，我敏锐地从射向我们的眼光中精确地分辨到了一道恶毒的目光。我迅速扭头一看，一个气质温和、样貌端庄的女子正站在不远的地方，用与她身份气质完全不相符的恶毒目光看着我。

我纳闷，我没得罪过谁啊。在这家宴上，我谦卑，我低调，我恭顺，虽是新人但也是正宗大房，又不是二奶什么的，招人不待见，莫非因为比她漂亮，抢了她的风头，惹她不高兴了？我反省了一下自己，下次得抹点黑灰再出门，免得遭人妒忌。

岳剑扯扯我的头发，笑我这时候居然也有工夫神游太虚。我板起脸打算撒娇使蛮，之后再说两句好听的哄哄他，贯彻我打两巴掌给一个甜枣的政策。接着就感觉一阵杀气越来越近。

果不其然，后妈终于从她高贵的沙发神坛上下来了，以藐视的眼神朝我婀娜多姿地走来，身后还跟了刚刚那个眼光恶毒的淑女。不过，现在的她看起来是那么的……柔弱。我感受到有强烈的"查克拉"向我靠近，身体里的小宇宙都兴奋起来了，纷纷问道："主人是不是要打架?"

我的汗毛孔感受到了从未有过的压迫感和兴奋感。从后妈那奸笑的嘴脸不难看出，该女子多半是能让我难堪的主。我回头看看岳剑，他正面无表情地看着走到我们跟前的两人。我又怀疑起我的猜想来，莫非我猜错了?

"小苏，你才进门，很多东西都不懂。来……"后妈破天荒地拉起我的手。我完全没有受宠若惊，只有无限恶心，任由她拉着手，"生意上的事你不懂，但是该交际的还是得交际。我不就是一步一步从不懂走过来的吗!我给你介绍个朋友，这位是小琳，是咱们家的老朋友闻伯伯的女儿，多跟她交往交往，可以懂不少东西。你们年轻人要多交流。"我瞧着这阵势，后妈一脸的阴笑明显是有阴谋。果然她又随随便便地加了一句："小琳对我们家可熟得很，以前跟我们岳剑交往过好长一阵子。你什么事都多问问她，家里的亲戚朋友该称呼什么，她都清楚得很。"

我面色淡定地跟后妈致谢，再双倍镇定地朝那眼眸定格在岳剑身上的小琳打了招呼，然后才很自然地回身看看我的老公此刻是不是眼神迷惘了。他仍然异常地镇定，好像刚才说的不是他似的，他只是在旁边等我跟朋友打招呼的模范先生。

我纳闷得头都大了。叫小琳的丫头显然是很失望的，她一脸受伤的样子楚楚可怜。如果我之前没有看到她那凌厉的眼神，此刻我一定会对她表示万分同情，可我偏偏知道她是只大尾巴狼，我是绝不会给她半点同情的。

后妈见我和岳剑的表情没有半点不自然，有些恼怒。她顿了一下，跟我笑笑，然后不自然地走了。小琳从盘子里端起一杯酒，走到岳剑面前，微红的小脸熠熠发光。从我一个女人的角度都能看出来，她的战斗力指数极强，很可能是继我之后的又一颗集演技派实力派偶像派于一体的冉冉升起的新星。

在他与岳剑成功对视的瞬间，我清楚地感受到了来自她体内强力的"查克拉"沸腾着扑向了岳剑。惨了，岳剑这个只见了我几次就能把蔷薇甩了的意志力不坚定的家伙，能不能抵挡住这有着超强战斗力的丫头片子的攻势？

岳剑淡淡地朝她笑笑，说："呵呵，小琳今年多大了？再不回来我都记不得你长相了。"

只见小琳的电流顿时熄了，面色也冷下来，胡乱地说了几句就离开了。临走那一瞥真是叫我终生难忘啊，那怨毒，啧啧。

我朝岳剑一笑，说："装得不错嘛，小美眉送上门来都这么淡定，有一手！"

"学着点吧，以后有男人这样勾搭你，你也得跟我似的。"岳剑朝我呵呵一笑。

他端着酒杯，得意扬扬地去了男人堆里，留下我背对着他眉开眼笑。

岳剑，相信背过身去的你也跟我一样在眉开眼笑。这样真好，我真的有信心了。我大概是耗费了我积攒了几辈子的好福气遇到了你。

婆婆从化妆间出来，心情明显有些不太好。我不想去碰钉子，转了个身进了偏厅。这里人少，灯暗，音响声大，综合起来看很适合……我进去之后就后悔了，万一撞见一对什么人在这儿谈理想怎么办？我正打算退回大厅去，一转身就看见不远处正站着马力全开的闻琳小姐，身边还陪衬着几个明显是已经义愤填膺到极致，脚趾头支配着大脑的丫头片子。她们个个都一副兽血沸腾、跃跃欲试地等着帮闻琳出头的架势。

我忍住已经要溢出来的笑，这些年轻人真是冲动啊。小琳啊小琳，亏我还那么看好你，你的心情这么溢于言表，还怎么当演技派？真有本事就该跟我欢天喜地的姐妹情深打成一片，再伺机阴我啊。这几个菜包子太小儿科了吧。

我挑了块蛋糕，一个人坐角落里吃得不亦乐乎。那几个女孩在旁边看了半天，看我吃完蛋糕吃鱼丸，吃完鱼丸吃贡丸，吃完贡丸吃鱼子酱。吃完鱼子酱我终于歇了，站起来来回回走了几步。那头响起了一阵跃跃欲试的声响，可是我运动了下又坐下接着吃。

眼看着小琳和那几个丫头片子已经气得要翻白眼了，目光追随着我满餐桌跑，几乎都要气炸。我也不忍心啊，给她们个爆发的机会吧！

我装作透气，跑到阳台，镇定地微笑，大笑，贱笑。

转身，三个丫头一字排开站在我面前。

"真是不要脸……"

"抢人家的男朋友……"

"离婚的女人还好意思嫁我们岳剑哥，太恶心了！"

"识相的就快点自己离开吧，趁岳剑没把你扫地出门！"

"把岳剑哥还给小琳！"

我不由得翻了个白眼。可不是我存心做架势，但这真是太幼稚了吧？就这样还敢帮人出头？我悲哀地看着她们铜铃般的死鱼眼、鼓起的腮帮子和憋得通红的小脸，我觉得有必要给她们长一点见识，让她们知道什么是一个真正的泼妇应该具备的素质。虽然我长期以来一直是个标准的淑女，以贵妇举止作为行为准则，但作为演技派和实力派，我发挥起来也不是盖的。

偷眼看过去，厅里没人注意到我们，里面音响开得也够大。我索性把玻璃酒杯往地上一摔，左手叉腰，右手指人，左脚豪迈地叉在栏杆上，深吸一口气，一张口，气贯长虹，技惊四座。

"首先，你们几个可以换件衣服再和我讲话吗？我看见你们的穿着，一副随时都可能去对面电线杆上撒尿、对着男人吹口哨的样子，我就难受。你长成这样完全超出了姐姐强大的语言范围，面对你这张脸，姐大海般的词汇量都显得紧张，长得如此个性如此抑扬顿挫还好意思出来吓人，回家用砂轮把你的脸磨平再出来见人行不？你们的闻琳姐舍出这个身份牵着你出来，也只能保证你不让动物园的抓走，其他你们也得自己想办法呀。谁他妈的十八辈子没干好事才不小心认识了你，就是把你扔垃圾焚烧厂里都不够环保！姐年纪是比你们大，不过希望你在姐这年纪的时候，能穿得像个人点，长得跟阿凡达区别大点，而不是还像今天这样一副随时站在大街上靠着电线杆子撒尿、对男人吹口哨的德行，悲剧！不知道是哪个医院出产的残次品，你那晚上才开门营业的双料婊子老娘把胎盘养大了把你丢掉了……"

骂完收工，足足五分钟没喘气。

那三个小丫头片子都目瞪口呆地看着我。

"出息！敢在你老祖宗面前卖弄唇舌。高血脂吗？喝点肠清茶顺顺管道先！"我恶狠狠地凝视着她们。晚风吹拂过我的发梢，她们都没从震惊中醒悟过来，眼神都还迷离着，我再次轻轻拨弄了下我的秀发。

她们的表情都逐渐由迷离转为惊恐，反应过来就赶紧往厅里撤了。我叫住最后一个染着鸡尾色头发的姑娘。

"以后别叫岳剑'哥'，谁能叫我老公'哥'得由我说了算，听到没？"不等我说完，几个丫头就一溜烟没影了。

偌大的露台上只留我一个人欣赏自己超强的战斗力指数。遥望星空，简直一眼能望穿银河系啊！忽然间涌起孤独寂寞之感，高处不胜寒啊，只想仰天长啸一声，"姐不在江湖，却依然独孤求败败败败……"

等我收拾好激动的心情走回大厅，就看见一脸焦急的岳剑正跟他妈说着什么，看到我才转而有了笑容。

"你上哪儿去了？"

"我刚才有点闷，上阳台吹风去了，你找我有事？"

"我看闻琳她们也不在，怕她们欺负你。"

我一脸幸福地望着他，无限娇羞。他有些不好意思，咳嗽了一下。我心里笑颠了，岳剑，你真是太藐视你媳妇了。你看看正蹲在角落的那几个丫头片子惊恐的模样就该明白了，你的媳妇可不是会挨欺负的人。

跟着岳剑一起乖巧地在婆婆面前伺候着，两个姐姐也很配合地簇拥着婆婆大人站了过来。婆婆顿时气场十足，拉风极了！我瞟了眼摆明了有些不爽快的后妈一眼，她身边站着和周围人群格格不入、非常重金属穿着打扮的几个中老年阿姨，只见她们一身五花膘清一色的烫头卷，那副狗眼看人低的模样让人看了就厌恶。现在她们正朝我们努嘴比画着什么。我注意到了，婆婆自然也注意到了，所以我们都怒视着她们。这个后妈娘家带来的这些俗气的亲戚真是丢岳家的脸。

我目测了下这群阿姨乃泼妇中最低级，比我三姑二姨她们差远了。对我来说，她们就是一群涌上来都是小意思。放眼望去，这个会场里的泼妇没有一个比我厉害的。绝对是高处不胜寒，何况我还这么年轻！人生真是寂寞啊寂寞。

我得意地笑着。我怕谁啊？我就是一只跑到羊群里的狼，我的羊皮可是岳剑花重金买的高级货。我可是只有后台的狼！

看到婆婆实在是有些气闷后妈带来的这群外来人口。她一脸不爽的样子坚定了我的信心，我发自肺腑地想为我的亲婆婆大人出口恶气。一个邪恶的计划在我智慧的脑瓜里迅速诞生。

我拉过岳剑冲向后妈群，逐一认识了，搞清楚了她们的身份。一个是后妈的亲娘，一个是后妈的亲姨妈，一个是岳剑表姑。"表"……行啦，眼睛别翻了，就是你了，关系不亲，打了也是白打。哈哈！我兴奋得脸颊通红。岳剑在一旁不明所以地问我笑什么，我飞给他个安心的眼神，推他去别处转转。我则一个人在后妈直径五米的范围以内嘚瑟地转悠，摸摸花篮，看看金鱼，不时地听到从她们那里传出不和谐的声音。

"这女人八成是冲着钱来的！"

"老不要脸了，年龄这么大，又是二婚，不知道使什么手段进的门！"

"这年头的人，真不要脸，听说那父母也不要脸，给钱就好意思要，二婚的女儿要我肯定当破烂菜丢掉。"

"啧啧……真是什么人养什么女儿！"

我忍了半天，终于等到周围无人，我上去就狠狠地给了正说得唾沫星子横飞的表姑一个大耳光。她万万没料到我竟动手打人，还是穿着礼服的新媳妇，真打啊！

我的眼神是愤怒的，情绪是激动的，气势是恢宏的，仪表高贵天成，模样凛然不可侵犯，一下子把后妈党镇住了，被打的表姑也忘记还手了。等那表姑反应过来尖叫着要跟我还手，一下子远处的人的目光都朝这儿看来，我的婆婆和姐姐们也走过来。我看情绪酝酿得差不多了，当即端正厉声大喝道："你敢骂我父母！你知道我爸爸是干什么的吗？"

那表姑以为我爸爸真是什么了不起的人物就犹豫住了，我贼贼一笑，朝后妈党凑过去悄悄说一句："嘘……我爸爸是警察！"

一石激起千层浪啊，表姑彻底被激怒，叫嚣着，嘶吼着，蹦跶着，兽血沸腾了。

"你个死丫头是什么东西，敢打我！你想死了你？"后妈赶紧拉住她，不能让她丢人。人群渐渐围拢过来，我婆婆那方已经看出了端倪，正笑得前仰后合地看着我表演。我怎么能不卖力？

趁着人群拥挤，表姑又被按住了，我也夹在看热闹的人中大声喊了句："注意素质啊，注意素质！"边说边上身保持不动，下身伸出我的长腿用高跟鞋狠狠踹了表姑几脚，然后我挤眉弄眼嬉皮笑脸地挑衅她，"就是我踹的就是我踹的！你来踹我呀！"

表姑已经有了遏制不住的迹象，在后妈党的魔掌中挣扎着。我笑嘻嘻地用口型对她说："纯傻帽儿！"

她彻底崩溃。我往后一闪手上的酒杯一歪斜，整杯酒就那么不小心上了她的身，艳红艳红的，贼好看。表姑终于朝我嘶吼着冲了过来。

正巧爸爸进来了，看到这混乱的场景，严厉地吼了一声："闹什么？"

后妈立刻上来拽住表姑，不顾仪态风度地大声呵斥道："你神经了，上个小孩子的当！"这后妈一直在扮高贵拼气场，能气急败坏到这程度也不容易了，可见我的功力还是很有前途的。我摆出不关我的事，跟我没关系的表情，装乖巧扮矜持地朝我婆婆走去，一副乖媳妇的模样。此时，我的亲婆婆大人哪儿还有半点不爽气，早已眉开眼笑了。我这么好的儿媳妇去哪儿找？这么跟婆婆同仇敌忾穿一条裤子的儿媳妇去哪儿找？我在心里把自己夸赞了一番，我知道婆婆是想夸奖我的，只是碍于长辈该有的风范不好明着夸我，她那笑得全是鱼尾纹的眼角早已深深地出卖了她。

等我潇洒地以战胜者姿态经过后妈党身边时，我清晰地听到了磨牙的声音。我折腾了半天有点累了，坐下吃了点水果润喉咙。突然看见大门口走进来两个人，正是先前那被我教训过的闻琳和一个看起来就很彪悍的中年妇女，我下巴掉地上了。莫非这丫头片子去找了帮手来治我？我顿时警铃大作。不妙了，我得想个主意。

回身看了眼后妈党，后妈大概是意识到跟这堆重金属阿姨待在一起确实掉身份，人早已不知道闪哪儿去了，那傻乎乎的表姑正用仇视愤恨的眼神看着我。我心里乐了一下。秦苏，你真顽皮！这玩得好就是坐山观虎斗，玩不好就是被两泼妇围殴啊……

我远远地关注着小琳和那中年妇女的动向，小琳一走我就立刻走到彪悍大婶面前，很有礼貌地介绍了自己并向她问了好。她心胸倒还宽广，听到我是岳剑的媳妇也没表现出不满，只是不大搭理我，但是我语气恭敬态度礼貌，所以她也只能跟我有一句没一句地扯着。在外人看来我们俩简直关系好透了，瞧我这小脸媚儿的，一看她就是我亲妈。

过了一会儿，这彪悍大婶终于觉察出了些什么端倪，凑过来轻声问："那边那个女人，你认识吗？怎么老是对我们指指点点的？怎么感觉在骂我们？"

我"寻声望去"，正是表姑眼冒金星地望着我们在跟旁边的老妇女说着什么。不用想，一定是恶毒得不得了的话。我心里嘿嘿一声，脸上一脸歉意，说道："阿姨，我正要跟您说呢。那个是岳剑的后妈的表亲，跟咱们家本不沾亲带故的，因为我是岳家的新媳妇，为了讨好我，一个劲儿地说小琳的坏话。我跟小琳一见如故的，关系本来很好了，她还在那儿一个劲儿地说……刚看您进来了，她们又开始说您，我是怕您听到心里难受才过来陪您说说话。哎，不说这些了，反正您别管她就是，我们去那边坐坐别听她说就行。"

我的表情要多抱歉有多抱歉，这彪悍大婶听得火星直冒，竟敢说她女儿！

"她说我们小琳什么了？小秦，你快告诉我！"彪悍大婶虎背熊腰，眼若铜铃。

"说……说小琳不要脸，分手了还死乞白赖地跟着，还说……是……婊那什么……养的贱人，人家都结婚不要她了还巴巴地跑来热脸贴人冷屁股……"我声音越说越小，倒不是全在演戏，怕把她惹急了连我也揍了。

我话还没说完，这大婶就马力全开地冲过去，我赶紧跑在她前面赶到表姑面前耳语一句。

"你惨了，我妈来了，看你还不死！"

话刚完，彪悍大婶就扑了上来，表姑也嗷嗷地站起来，眼看就要一场大战，我赶紧闪到一边。

"下作的老婊子，你敢骂我女儿，你算哪根葱哪瓣蒜？"彪悍大婶冲上去就揪住表姑的头发，表姑也毫不示弱，两人扭打起来。我眼看那大婶完全没有她看起来那么凶悍，隐隐地要吃亏，奔出去找到了正和一帮小姑娘喝着闷酒的小琳。

"别喝了，快去看看吧，你妈跟岳剑后妈的表姑打起来了，她骂你妈老不要脸，打得可严重了！"小琳一听，酒杯一扔就奔她妈去了，一看到战斗场景惨不忍睹，一声悲愤的"妈"从她喉间哽出。只见她妈见到女儿愣住的当口，那表姑上来又是一大巴掌，小琳抡起细胳膊就往上冲，我看她细胳膊细腿的，就体贴地往她手里塞了瓶香槟。

"怕你吃亏啊！"我情深义重的语气闻琳没来得及细细体会，上去一下子就将香槟打在了表姑头上。呀！头破血流。

战斗结束了。

看到公公黑黑的脸，后妈羞愤的脸，婆婆幸灾乐祸的脸，以及岳剑淡定从容的脸，我偷偷地比出两个指头，耶！本次宴会以我完胜告终。

深夜，我和岳剑站在酒店外面送宾客，大家都跟我热情地告别。本来这工作轮不到我的，可惜后妈被表姑气病了，公公也脸色不好，婆婆才叫我们俩来送客的。

本次宴会上，大家一致认为新媳妇秦苏表现得体，对婆婆谦恭，对朋友有礼，对后妈友爱。表姑因为表现狂野被岳剑爸毫不留情地呵斥以后不许请到家里来，后妈也因此受了极大的牵连。闻琳妈参与了打架斗殴，导致闻家人在岳家人心中的地位直线下滑，小琳再也嘚瑟不起来了。婆婆一直冷眼看戏，保持着高贵的姿态，捍卫了岳家的名声。

第二天，我在岳剑爷爷奶奶面前一通马屁，把他们的原配儿媳妇夸得天上有地下无的。婆婆谦虚地笑着，看我的眼神实在是亲切，我不禁陶醉了，和谐社会真是离不开和谐家庭啊！

## 第六章
# 遇见希望他 "故" 掉的故人

　　自从迪拜回来以后，一切都相安无事，岳剑完全没有察觉到那晚的异样。我面对他虽时常有愧疚和不安，但也渐渐地被我们开心的生活节奏所掩盖。

　　婚假过了我照旧去上班，虽然岳剑认为我不需要工作，但是作为新时代的女性，我不能一切都指望男人。即使薪水少，我仍然需要有自己的工作，摇身一晃我又成了办公室小白。

　　生活步入了正轨，我和岳剑享受起了甜蜜的夫妻生活。单位里的同事自从知道了我嫁了一个有钱的老公，看我的眼神不免有些异样。当然，你们不理解我为什么家有金山银山还要出来挣这点工资，那是你们思想意识浅薄，哈哈哈……

　　老板一直很繁忙，见面的第一天，他从外面进来，对正一丝不苟、埋头苦干的我说："小苏来上班啦，玩得怎么样？嗯，年轻人好好干！"没等我回答一句话，他就自说自话地把所有流程省略了，我张着嘴没吐出一个字，老板办公室的门已经吧嗒关上了。

　　这什么老板？太不拿劳动人民当员工了！

　　不过我很快就原谅了他，因为公司里一直在传我们上海总公司即将上市了，我们的顶头上司马上要被调任了，问题是不知是升还是降。于是我就很理解老板的心情了，男人嘛，事业是脊梁骨，他心里焦虑也是正常的。作为一个成熟的女性，我们要用博大的胸怀宽容他理解他。可我随即就跟旁边的李阿姨交头接耳，嚼起了老板的舌根子："老板怎么不跟那新女秘书折腾了？是不是怕作风问题影响到行政业绩啊？"

星期一早上，我睡过了头，以为还是礼拜天呢！我叫出租车司机用直追波音的速度开，可是早高峰实在是太堵了，我一看手机，已经迟到十五分钟了。没办法了，自己看开点吧，只能在车里跟自己生闷气。等我冲进办公室，却发现没人理会我的迟到，打卡处的人都不在。我发现单位里的气氛有些怪怪的，每个人都在低声交头接耳说着什么，连一向跟我亲厚的李姐都在那堆人里说得神神秘秘的，我来了都不跟我打招呼。作为资深八卦小组组长，我怎么能这么落伍呢？于是我把包放下，端了茶杯去休息间冲咖啡，顺手拉住单位新来的一个茶水小妹，也学着别人那样像特务接头一样鬼鬼祟祟问道："出什么事了？"

这姑娘虽是新来的，但表情也很专业，环顾左右确认周围没人注意后，才拉着我来到角落低声说："苏姐，原来你还不知道啊？"

此女再次看看周围没人注意后，才压下声音说："听说总公司要来一位新的经理，高层对我们分公司这两年的业绩很不满意，才委派一个新领导来，我们这个老板马上要调回去，所以弄得公司人心惶惶的，不知道新官上任会不会烧火，都怕烧到自己头上。换领导对我们这些新人来说也是一次机会啊，我要抓住机会，使尽浑身解数搞定新经理！"

现在的年轻妹妹真是不得了！思想开放，语言辛辣，手段高明。我真是老了，摇摇头回到工作岗位上，趴在桌子上念叨起来："新的总经理，不知道是什么样的人？千万别像以前那个老不正经的经理，最好是注重工作业绩那种的，要懂得欣赏我的才干才行。"

自打和岳剑结婚以来，家里吃的穿的用的都是岳剑一人负责，虽然我们是夫妻，但至少我得把自己的价值发挥出来，才不至于让婆家人看不起。领导换人给了我一丝升迁的机会，我得好好工作好好表现。

由于事关公司高层变动，办公室里一直都处在一种莫名的亢奋、担心、迷茫夹杂着冷漠的氛围中。同事们的脸上浮现出不同的表情，幸灾乐祸的、惋惜的、焦急的、蠢蠢欲动的，平时看似关系不错的同事们，突然间出现了淡淡的火药味，彼此猜疑，各怀鬼胎。

看着办公室里形形色色的人情世故，我忽然很想岳剑，什么叫度时如年，我终于体会到了。终于熬到了下班时间，我迅速收拾东西下楼。

黑色窄袖的西服，修长挺拔的身姿，靠着车门，指尖夹着抽了半只香烟的岳剑，不用多说，很拉风。路过的行人中不时地有几个年轻的女孩看他，我鼻子哼哼唧唧地走过去，把包往他怀里一塞。

"长得帅了不起啊！"

可是路上一向温和的他却跟我闹急眼了，说非要给我买车。我就不明白怎么有这么爱花钱的男人！还非得给买车，不同意还跟你急眼，我真纳闷了，是不是他的脑子先天有缺陷？

我说："你要是觉得你每天自己来接麻烦，我打车回去好了。"

他眼睛一瞪不同意。

我又跟他说："那你把买车的钱给我好了，我会连同我妈一起感恩戴德你好几辈子的。"

他不说话，最后严厉地吐出几个字。

"车订单已经下了！后天就到了。"

我呜咽着，我七年前考的驾照，而且从来没机会碰车，我敢开吗？

隔天，车送来了。我穿着睡衣奔下楼一看，不由得使劲揉揉眼睛，给我买宝马！给一个月薪三千的人买宝马，岳剑，你脑子里在想什么？

当然，我是不可能拒绝的。我欢喜地摸着我的车，心里乐颠了，我也有开宝马的时候。现在姐出入有宝马，购物有金卡。人生还能有什么更高的追求？

等我正式开车上路的那天，是一个风和日丽的星期一，也是一个迟到的日子。我的宝马再快也奈何不了便秘得水泄不通的交通。我坐在车里欲哭无泪，拉风的车后面贴着我更拉风的黑色粗体字："新手上路，生人勿近。"堵在路上的时候，周围的车不停朝我按喇叭，我忐忑极了。

我火急火燎地赶到公司，上了电梯后，心里琢磨着老板不会因为要调职心情不好，正好逮着我迟到就把我开了吧？那真是倒了血霉啊！

刚进办公室往打卡那儿冲，结果还没靠近就被李姐一把拽了过去。

"别打卡了，快来开会，新老总到了！"

我几乎是刚甩下了包就被拖进会议室，里面人满为患，我们只能挨着桌子随便找了个地方坐下。我观察了一下，几乎所有员工都在，就是不知道哪位是新老总。我来回张望了半天，都没发现类似于老总的身影出现，只好跟李姐打听是谁。

李姐颇为严肃地狠狠瞪了我一眼，我赶紧低下头。突然一声娇咳，我循声望去，可不就是和前老总暧昧不清的王秘书嘛！怎么了这是，对我有意见？瞪我？哼我？翻我？你眼睛疼？我有点丈二和尚摸不着头，是我今天开新车来被她瞧见了？啧啧……女人的嫉妒心真容易泛滥。

我不禁为自己的胸怀宽广感到骄傲。她难道不应该为我这种新时代的女性典范喝彩吗？怎么能用那种吃不到葡萄说葡萄酸的样子来证明她自己的肤浅呢？

我继续在自我膨胀中寻找快乐，但很快我就快乐不起来了。当我看到一个年轻英俊的男人在众人的瞩目下走进会议室，我真的笑不出来了。这个男人春风得意，西装笔挺，正是那该死的小雪的老公。叫什么言来着？我的大脑有些死机，一时想不起来。

我的手不自觉地抖起来，恨不得立即奔出会议室，但是又怕被人瞧出端倪。我紧张地把头埋得低低的，李姐看我神色不对，踢了我一下。她用眼神警告我，那意思是说这样的举止对新老总是很不礼貌的。

我只能略略抬起头，眼神躲闪着，往老总那儿望去，却不料正对上了他的目光。虽然看不到镜子，但我可以肯定，现在我的脸绝对和干了一瓶二锅头没什么区别。我再次把头低下去，顺便把全世界都咒了一遍，不带这么玩我的！

纷乱的思绪让我完全没有听到"领导"讲了些什么，耳朵里只是一直回荡着他那充满了磁性的声音。那声音充满了魔力，让周围的女同事一个个春心荡漾，然后听到有人喊我的名字。旁边的李姐拿胳膊捅捅我，我才茫然地抬起头来。他正含笑望过来，周围的女同事正用带着异样色彩的眼睛注视着我，王秘书脸板得老正了，鼻子里哼唧着，似乎在说："秦苏，开会你也能开小差！"接着一份提升我为特级行政总监的人事任命文件就传到了我手里。

我愣了，直觉告诉我，这是一起有预谋、有组织、有后续情节的非偶然性事件，而我很可能在这次事件中被残忍地迫害到体无完肤。我不能让此事发生，绝对不能。我拿着文件的手不再抖了，愤恨地给了那个始作俑者一个轻蔑的白眼。

做了一个深呼吸，我把二郎腿一跷，嘴角拉起一个不屑的弧度，伸出两根手指在大理石桌面上有节奏地敲击。几个女同事的目光呆滞地随着手指头上下移动。

大不了老娘不干了，惹不起我还躲不起吗？

为了不引人注意，我决定等会议结束后直接回家，然后寄封辞职信给公司。哼，就凭我的才能……好吧，那不一定找得到比这强的工作，那就凭我家岳剑的人脉，我还找不着吗？就算不靠人脉，我去给我老公当秘书总行了吧！退一万步说，就算我真没工作，我回家当少奶奶白吃白喝总行了吧！大不了当老妈子呗！

等把所有问题都给想通了，我的心情无比轻松畅快起来。这个男人真是变态，他是出于什么目的才来南京的呢？是纯属碰巧调到分公司，然后看到我顾念起一夜风流也算半个熟人才提拔我的？再怎么也不可能是专门为了我调过来的吧？我虽然自恋但还有些自知之明的。

漫长的会议终于结束了，我一听要散会，瞅准门想第一个跑出去，结果听王秘书喊道："今天新任命的相关人员，请到总经理办公室来一下。"我装作耳朵失聪，却被李姐一把拉住，她朝总经理努了努嘴。我真是哭笑不得，不如直接跟他面对面把话说清楚得了。

我和其他三位同事一起坐在总经理办公室的沙发上，喝着王大秘书亲手泡的咖啡，我已经做好了腹泻的准备，谁知道这个表面和谐、内心河蟹的女人会在里面加什么料。

总经理同志在宽大的办公桌后面看着年度预算报表。我跟他们说专业话题肯定显得很业余，我的工作范畴也很业余。我实在不知道我能说点什么，何况我一句话也不想说。虽然他没看我一眼，但我依旧如坐针毡。

"秦苏，你在这儿工作四年了，你对公司未来的前景有没有什么建设性的意见？"年轻的总经理很专注，连提问的时候也没有抬头，显得他必须珍惜生命的每一秒钟。

问我？我只能茫然，当真把我当员工了？马上就要跟你辞职了，你还抓紧时间刁难我？你的时间很宝贵，姐的时间也不能浪费。

没办法，旁边三位眼镜比嘴唇厚的专业人才正等着听我的意见，后面的王大秘书的冷哼，我都听得一清二楚，如果我没什么建设性的意见提出来倒真是很没面子啊。走也要走得潇洒！我低头咳嗽一下，清了清嗓子。

"我认为现在网络营销模式已经普及，并且很可能成为今后市场营销的主要模式。我们公司的业务范畴一直局限于国内的实体营销，对于网络架构几乎从来不考虑，而我们的竞争对手已经开始做起了门户营销网站。不过我个人认为，只单纯地做门户网站并不能促进销售，简捷有效的方法是开辟 B2B 外贸营销。国内市场份额的不足完全可以通过国际市场弥补，并且用国际的声誉来影响国内，相互补充，这样公司的前景应该比走寻常路要更具挑战性，更加充满机遇。"我胡诌了一通，我哪懂那么多，但至少我要说得很肯定，这样显得我很专业，至少在气势上不输给人家。王大秘书显然被我镇住了，一贯鄙视我的眼神凝结了一下，其他三个专业技术人才也显然对我这么个旁门左道的小文案刮目相看。我们的新老总微微一笑。

"说得不错，B2B 平台确实是以后不可缺少的贸易组成部分。"他就这么不咸不淡地说了一句，然后各自勉励了一番就匆匆宣布散会。我没动，准备跟他说说清楚，其实在心里面我知道该如何表述，或者说如何整理好情绪跟他对话。当然了，内容只包括摊牌和辞职。

"秦苏，你留一下！"他很自然地叫住我，已经凑上前去大献殷勤的王大秘书一愣，不知道老总为什么这么器重我，这么器重一个已婚两次的妇女到底有什么目的。

我站那儿尴尬起来，我没动，王大秘书也没动。我琢磨着她在这儿有些话我怎么说！我拿眼神示意总经理支开她，可是那家伙完全忽略我的眼神，只是自顾自地把桌上的文件塞进碎纸机，然后对我说："秦苏，我约了你老公一起吃饭。上次一别我们也很久没见了，一起聚聚吧，难得这么巧，我调过来了。"

他说得相当轻松，好像真是那么回事似的。王秘书看我的眼神里刹那间就充满了光彩，原来我对她不是威胁，原来我这飞上枝头的野鸟竟然也是公司新老总的好友之妻。我在她灼热的注视中看到了"化敌为友"四个明晃晃的大字。

我张着嘴巴，有些秘密不说出来真能让人憋死。我现在真想把王秘书一棒槌打昏，然后拧着总经理的耳朵跟他泼妇一回，叫他小子别再干扰我的生活。

"秦苏？"他唤了我一句。

我忽闪着眼睛，心里有口气一上一下，调整了半天才缓过来。

"万总，吃饭就不必了吧，我正要跟您说我打算辞职了。我先生今天有事恐怕不能赴您的邀请，而且大家好像不是很熟，以后没必要联系了，我想以您的地位和智慧应该不难理解我们的处境。"我的语言是平静的，声音是清脆的，语调是掷地有声的。王秘书听得一愣一愣的，她大概在想，这秦苏什么毛病，累死累活干这么多年，难得升职了居然要辞职，还跟新老总这么说话。

冷场了，房间里很安静，甚至可以听到办公桌上那个水晶沙漏中传出的细微声响。万言挑起嘴角，眼睛弯成了月牙，细细地打量着我。我心里一虚，顿时难受起来。

"会不会他此刻脑子里想的是我没穿衣服的样子？"我想到这里，突然觉得他那笑容无比邪恶，赶紧把文件夹抱在胸口凶狠地回瞪着他。

"我跟你先生在生意上有些合作，一直有联系，这次申请调来南京也是方便我们对项目进程的沟通。下班已经约好了一起吃饭，你就不要推辞了，跟新领导一起吃饭，没人会说你走后门的。你真是太耿直了点，领导是熟人就不能工作了吗？谁会说你闲话不成？是吧，王秘书！"

他随随便便几句话就把我堵得无言以对，偏巧这王秘书有机会拍领导熟人马屁，一个劲儿地夸我作风正派，把我陈芝麻烂谷子的英勇事迹都翻出来好一顿吹捧。谁都知道以前她都是说秦苏是只木讷的傻鸟……

哦，好吧，我承认她的大脑比常人更复杂，不会被突然转向的价值观和世界观甩成一堆糨糊。

我不禁想翻白眼，怎么办，真要牵扯起来我还怎么活？我和岳剑平静的生活真要被打破不成？我心里的堵实在是想爆发，却找不到突破口。最后我心一横，很不淑女地打乱了马屁秘书的长篇大论，高八度的语调连我自己都感觉到有些失态。

"王秘书，可以请你先出去下吗？我有重要的工作情况跟老板汇报。"

她被我生硬的语气打断，顿时感到有些窘迫，然后在我和一脸笑意的总经理之间隐晦地扫视了几眼，便很自觉地带上门出去了。

"你想怎么样？"我两手撑在大理石办公桌面上半俯着身子，颇有气势地朝着他吼。

"什么想怎么样？我还想问你为什么反应那么强烈，我只是请你们夫妻吃顿饭，联络下感情，跟你先生谈谈生意，仅此而已。不知道你在想什么？"

我只知道，从他那戏谑的眼神里透露出来的完全不是他所说的那么回事。他似乎很享受地眯着眼欣赏我咬牙切齿的模样。

我暴跳如雷，却无法找到宣泄的方式。

"我要辞职！"我就丢给他一句甩头就走。不甘心就这么走了呀！新买的车我还没在同事们面前嘚瑟过呢！不是我非显摆不可，可是女人的车子、房子，甚至白金的狗链子都是用来摆显的啊！

"你先生一定会觉得很奇怪。"他不紧不慢的话让我放缓了脚步，"为什么我一上任你就要辞职，这不是很奇怪吗？"

我的手已经拉住了办公室的门，却没有拉开。他看我没走出去，露出一个隐含着满意的笑容。

"你太敏感了，秦苏，我只是想跟你先生合做生意，没有其他任何目的，你在我的公司里工作这并没有冲突。大家都是成年人，不要有那些不切实际的幼稚想法，你的不配合会造成我们男人的很多困扰。你明白吗？"

我回过头，冷冷地看着他。

"自然，那晚的事情不会有人记得，只当是一场意外。我们是上司和下属，仅此而已。"

说得好，说得非常好。实在是说出了我的心里话，真是非常善解人意的男人。我快步走过去，朝他微微一笑。

"意外，我就是个意外……您说得很对，我没必要辞职，我也没必要说什么'只当被狗咬了'的蠢话来照顾我自己的面子。但是请允许我做一件事来缓解我这段时间以来的郁闷和精神刺激。"我抄起王大秘书亲手泡制的爱心咖啡，哗啦一声，把没反应过来的他从头到尾浇了个通透。咖啡显然还是烫的，因为他头发上在升腾着蒸汽，看到他被烫的瞬间下意识地一激灵，我笑了。

没再管他，我走出办公室，回到我的岗位去办公。同事们都听了王秘书的第一快报，已经知道了我跟新老板竟然有这层关系在里面，难怪那么多人里单单只提拔了我。同事们都纷纷过来给我道贺，祝我爱情事业双丰收，跟我关系一般的同事都拼了命地巴结我。

我扬起眉眼接受他们的恭维。赞吧，赶紧的，老娘现在心情好，你们吹破了天也没事，我绝对听得舒服。管他呢，什么一夜情不一夜情，这世道谁不会一夜情？让你跟新来的老板一夜情你不去？什么贱人不贱人，这世道什么人不贱？你不贱吗？你不贱能这样恭维我吗？

总之，我一天都晕乎乎的。老板在办公室里一直没出来，只见王秘书殷勤地跑进跑出多半是协助他换衣服。

下班了，我照旧收拾了东西，准备抬腿走人，还要去看看我的锃亮的宝贝车有没有多几条划痕或是被心思阴险的人画上"某某到此一游"。我刚进电梯站稳，就看到王秘书火急火燎地冲过来，靠电梯口的女同事直接按住关门键不松手，那厮就被关在门外了。我心里乐了，谁叫你平时嚣张跋扈人缘那么差。电梯里的女同事相视而笑，心照不宣地幸灾乐祸了一把。

到了楼下，我去停车场取车，电话响了，是个陌生号码打来的。我接起来，就听到王秘书那大小姐声音朝我噼里啪啦地甩开了话匣子。大概意思是老板要我别急着走，过会儿载我一起去和岳剑会面，然后一起吃饭。我呵呵一笑，抬起头朝二十三楼老板办公室的位置望去，然后在电话里叫王大秘书转告万言不必搭便车了，我老公刚给买了车，宝马车。然后我扭着轻快的步子去取车了。

　　二十三楼的玻璃窗只能折射出刺目的光线，完全察觉不到玻璃窗后面的人影。

　　等我开着我的Z系列潇洒地上路拐了个弯后，我立刻放慢了速度。

　　我是新手，开车手抖。对于我而言，开车无异于一场考试。我正聚精会神高度集中时电话响了，我手忙脚乱地接起来。

　　"喂，老公。嗯，在开车呢！我不紧张啊……我声音很紧张吗？不可能吧！我有驾照的。"天知道驾照和紧张有什么关系。

　　"吃饭，哦，知道。是我老板了……要不我不去吧，今天事挺多的。点名我出席？我的面子有那么大吗？刚才怎么没发现他格外重视我呢！……显然啊，都是给你面子，我哪有面子……嘿嘿……幸福，很幸福！好的就这么说，拜……"我汗涔涔地挂了电话。除了开车打电话紧张得出汗，更重要的是我跟我老公演戏充满了负罪感，欺骗他一次可以说无心，如果让他一直在我的演艺生涯中扮演被骗对象，我宁愿去杀了那个万言，然后我再自杀以谢天下，让此事永远不见天日。当然我也只是想想，我这么怕死的一个人……算了，我还是尽量本色演出吧。

　　我把车开到奥体中心，今天请客的地方就在那儿。停好车后，我看到老公的车已经在那儿了，我跑过去摸了摸他的窗玻璃，格外亲切。正打算进餐厅，突然一辆TT驶到我面前，车窗摇下来，赫然是我的新领导，正一脸风骚地望着我傻笑。

　　"开得真慢，我足足盯了你一路。你傻乎乎的都不知道打转向灯吗？看你开车比F1还刺激，紧张得我出了一身汗。"我愣着神张着嘴。我看着他的脸依旧不觉得顺眼，想骂他骂不出口，想和谐点说话又觉得我下作，我只能摇摇头进餐厅去找我亲爱的岳先生了。

刚进去就看到岳剑在吧台跟服务生说着什么，我上去一拍他肩膀搂住他，笑嘻嘻地问他在干吗。他被我吓了一跳，扬扬手里的两包烟。

"买两包，我不抽人家也要抽嘛。"他表情一贯单一，所以现在脸部柔和的样子真是讨喜。我不管餐厅人多，上去朝着他的白白小脸亲了一口。他脸顿时红了，讷讷地望着我。

拜托，你不要再对我露出那样的表情了，实在可爱得冒泡。别让我大白天产生把你推倒的邪念，实在太喜欢了！

他说万言已经订好了包间，我没告诉他那人已经到门口了，忙催着他先进包间坐下等万言。这个餐厅我没来过，包间一格一格的像日本的小格坊。我们刚坐在垫子上还没坐热乎呢，万言就进来了，他歉意的表情逼真十足，不去演戏实在是好莱坞的损失。

"抱歉，路上堵车了。你知道这个时间夜生活刚刚开始，总会出现令人不愉快的事，真是太抱歉了。"然后又看看我，"嫂子走那么快，我下班还想载你一起过来呢，你却自己开车过来了。"

我被他一声"嫂子"喊得七魄去了六魄，还有一魄也已经飘移了。这家伙真是比我还会演啊！那表情逼真得怎一个"贱"字了得！

我善良、可爱、不明真相的老公连忙站起来，可惜这个包间实在不怎么样，矮得不行，岳剑一站起来就撞到了头，我心疼得连忙帮他揉揉。他尴尬地冲万言摆摆手说："没事儿，我就是怕堵车来早了点。我们都才到。"

万言眼睛闪烁了一下，微微一笑，挑了下眉毛。

等我们坐到一起，两位男士都很有涵养，发扬了女士优先的光荣传统。我很自然地当选了首位点菜官，接过了跪在榻榻米上的女服务员递来的菜单。

因为是日式寿喜烧，所以都是涮的东西，这是我的口味，但是岳剑受不了辛辣，爱吃清淡的，他只能涮一下直接塞进嘴里，并对那种绿色的膏状物体敬而远之。

我给他点了盘卷寿司和一些天妇罗，岳剑喜欢把这东西蘸上一些赤味增。据他自己说，蘸上这东西就有大酱的味道了。

至于那个人的爱好，我问都没问直接把菜单给了服务生。他自然也不生气抿嘴笑笑，跟我和气地对望几秒。我立刻把脸转过去看着岳剑正把烟仔细地拆开，他这人做事就是太认真，连拆包烟也要缝对缝对线的仔细工整。他专注的样子真的很像个孩子，不像某个只会笑得假得要死的面具男。我的岳先生就是那么真，让人很安心。

他们寒暄的时候，我把面前的餐桌都用纸巾仔细地擦了一遍。当然餐具也不能放过。这餐厅档次很高，但并不表示档次高的餐厅的消毒柜档次也高。

岳剑温柔地看着我为他擦好碗筷，摸摸我的脑袋，我甜甜地朝他一笑。对视间瞬里啪啦火花直冒，我瞥见万言把头转向窗外。

男人们经常会把工作和用餐的时间搞混淆，我听不明白他们在讨论的那些生意经，也不想明白。日本火锅很受欢迎，可能是房价涨得比物价要快很多，所以黑心的老板不断地把房间缩小以增加更多招待客人的位置。

该死的，他们也应该考虑一下顾客的感受，房间里太闷了。我没地方瞧，最后还是把眼睛放到了正侃侃而谈的万言身上。被泼了咖啡以后，他换了身淡米色西服，配了深棕色领带。也是，年轻多金高学历，想没品位也很难。

万言一个仰头大笑的动作露出了西服下面的大半截领带，而灯光打在他的领带夹上，很快吸引了我的目光，切割完美的钻石在那个做工精细的白金领带夹上熠熠生辉。我赶紧抬手捂在鼻子下面，我感觉我张大的嘴可以塞进一个鸡蛋。太奢侈了吧！我抚摸着我无名指的婚戒上凹镶的小钻，心想这人究竟是太年轻，生怕别人不知道他有钱，像我和岳剑多低调，婚戒都只弄这么简单朴素的样式。

我朝他手上看去，竟是空空如也。我有些愕然，突然想到小雪没有跟在他身边。

"宋雪呢，怎么没来？"

"她在上海给她爸爸打理公司，那边不能离了人。"

老婆不在身边就能扮单身？这男人的心理素质真是过硬！我毫不

掩饰地鄙视了他一眼，然后自顾自地拉起岳剑的手，抚摩着他无名指上的婚戒。岳剑有些窘迫，他嗔怪地看了我一眼，意思是叫我在客人面前不要这么没礼貌。他一定是以为我跟小雪相处得有感情才为小雪不愤故意气万言。

这顿饭吃的是既微妙又闷气。我第一次在面对火锅时吃不下东西，就看见我不停地涮东西，涮了却不吃全部堆在碗里，等我这儿堆不下又全堆给岳剑。岳剑很高兴，老婆温柔体贴，又给添酒又给夹菜，还不时上手帮他擦嘴，在同性又是合作伙伴的万言面前显得倍儿有面子。

万言那小子也是喝得高兴了，一杯接一杯地敬岳剑。我不能喝，否则我肯定帮岳剑挡酒了。一会儿，面带微笑的服务小姐跪在旁边，将一个精美的磨砂玻璃瓶拿了下去，然后又拿来一瓶。在榻榻米边上那些磨砂玻璃瓶被整齐地码放了两排。我回头扫了一眼，别说喝了，看着都有点头晕。

我老公的酒量还可以，但万言的酒量似乎更甚。结束时，可怜的老公已经双目无神了，还嚷着晚上去夜店续摊。我白了他一眼，你倒是挺喜欢那些地方的！我看菜没怎么吃太浪费了，谁知道刚伸筷子，就被对面那家伙夹住，偏巧我从小不怎么会使筷子，被他夹得死死的，动都动不了。我有些羞恼，这人怎么回事，当我老公的面调戏我不成？

我紧张地回头望望岳先生，发现他正微微地眯着眼睛看着我们俩。

"万言，你干什么？"我条件反射地把筷子丢进了锅里。

他一愣，用带着醉意的声音道："嫂子，跟你开个玩笑。难道你以为我调戏你不成？你老公在这儿呢，你怕什么？脸皮太薄了，你还怕岳剑误会我们啊！大哥，你说是不是？"

醉酒装疯卖傻这招你用的是够烂够俗的，谁没看见你眼睛里狡黠的笑？谁没看到你那扯到了耳根子的嘴角？

偏偏我家岳先生突然来劲儿了。他挺直腰板，一副无所谓的样子，对万言摆了摆手，舌头好像打了个结。他说："不怕！苏苏跟了我，我知道她，她是什么样的人我很了解。对兄弟你我也放心。"然后他端起面前的酒杯又喝空了。

"我老婆在你手下做事，我放一百个心。你也好好给我监督她，权当兄长我拜托你。只要你们别搞到床上，什么场合应酬的你就得多担待了。"

我要去扶他坐下的手悬在半空里，停住了。万言显然也不知道要如何应付岳剑说的这番话，目瞪口呆地望着岳剑。岳剑才发现自己说了些糊涂话，连忙摇摇脑袋，让自己稍微清醒一点。

"我喝多了。"岳剑糊里糊涂地坐下来靠着我，像个小孩子似的跟我撒娇说，"老婆，我喝多了……你们别那么看着我，我说错话了行不？我跟你们开个玩笑啊……搞得跟真有这事似的！"

我跟万言对望一眼，不知道岳剑到底是出于什么原因才会说那番话。即便只是个酒后玩笑，也让我浑身战栗了。我拍拍他的背，轻声说："老公，你喝多了，我们回家吧。"他像小孩子似的耍赖不肯走，他身体太壮实，他要不想走，我还真是拖不动他。

"好好好，带你回家躲被窝里喝酒去。"我赶紧哄着他。

"不洗澡。"

我差点儿一头栽倒在桌子上，岳剑还真没拿万言当外人，这是喝到一定程度了，都开始公开和我谈条件。

"不洗澡就不洗澡。"我也豁出去了，我跟自己的男人说什么，关别人什么事儿呀。

"不脱袜子。"

"可以，没问题。"

"好好好，允许你使坏，批准了，这次保证不要银子。"

"好好好！你说得都对……"

这么着才跟万言合力把他弄上车。临走前，万言朝我暧昧一笑，把我的车门关上又嘱咐我系上安全带。我白了他一眼，发现自己跟他还真没什么可告别的说辞，索性就把车窗摇上去发动车子。车窗关闭还有两指缝隙的当口他按住了我的玻璃。我吃了一惊，连忙把关窗键给按下来，生怕他把我才买的车子给搞得功能失调。

"什么事？"

"刚才你那么哄男人，真可爱！你老公真幸福。"他说完，脸色有些困窘，再没说一句话，转身朝自己的车走去。我从后视镜看他的背影有那么点落寞的味道，但我不理会他的感受，我只知道这男人贪心不足，终究会鸡飞蛋打、人财两空。

一路上岳剑很乖，没闹腾也没吐，这倒叫我省心不少。起初还担心他在我精神高度紧张时呕吐，我还特意准备了塑料袋。那种手忙脚乱的情景我想想都害怕。幸亏他表现还不错，一路都乖乖的，抓了三次脸，还有呼噜打得响了点。

回到家，他是彻底没有了意识。我千辛万苦地拍打他，他就是不醒，我使出吃奶的劲儿把他从车里拖出来，然后扶他走，可实在使不出劲儿。他一下子压在我身上，天，我的腰！我叫苦不迭地在那儿欲哭无泪。幸好隔壁的史密斯先生从外面回来看到了我们。

他帮我把岳剑扔在了床上，我千恩万谢地送走他，然后去洗了脸。

我出来以后，打算给岳剑擦擦身子再让他睡觉。说实话，岳剑这家伙的洁癖比我严重，要是让他酒醒了以后知道他没洗澡臭烘烘的就钻被窝了，他肯定又要我把被子床单洗了。我怎么能跟我自己过不去呢？所以我得给他擦擦身子。

我上去先把他的衬衫脱了，他的西服哪儿去了？天哪，好像喝酒时他把衣服脱了放椅背上了。我哀号了一声，岳剑最喜欢他那件阿玛尼的浅咖啡西服，而我是唯一清醒的当事人，这家伙肯定把账算我身上。我干脆也说自己喝醉了好了，我去开瓶酒倒衣服上去。

等我打好水准备好毛巾，开始脱他裤子解他皮带。谁知这家伙突然一把抓住我的手，把我吓了一跳。到底是醉了还是没醉啊？动作这么灵敏迅速，不会是装醉吧？

我打开他的手继续解他的皮带，他确实喝多了，平时紧致的小肚子也大了不少，把皮带撑得紧紧的。我刚把扣子解开拉下拉链，他又拽住了我的手，嘴里还喃喃着什么。

我好奇地凑上去听他说什么，一听我就呆住了。

♣

第七章

# 不要解我裤子，我结过婚了

"不要解我裤子，我结过婚了。"

躺在醉得不省人事的岳剑身边，我号啕大哭起来，大颗大颗的眼泪掉在床上。

感动已经不足以形容，那简直是震撼，在这个风雨飘摇的爱情世界里，岳剑的一句话给了我无限的温暖，说"你让我知道了这世上还是有好男人的"或者"你给了我爱的希望"这种话显得矫情，但确实是我内心的真实感受。我的岳先生真的是不一样。

因为他的一句话，我决定大晚上一个人去给他取衣服。餐厅服务员应该会发现客人丢了东西放存放处吧。我穿好衣服走出家门，已经很晚了，刚学会开车的我还不敢走夜路，我打了辆出租车直奔奥体中心方向。一进门口，砰地跟一个人撞了满怀，我头晕了一下，才发现撞我的人是万言。

他胳膊里搭的正是岳剑的西服。我愣了几秒。

"你怎么在这儿？不是早就回去了吗？"

他上来扶我时，鼻子里还有浓重的酒气。这家伙喝得也不少，还能站着不倒，真能扛啊！

"我到家刚洗了澡，出来就接到电话说岳剑的西服丢这儿了。我想了想就来取了，准备明天给你。谁知在这儿就碰上你了！"他把衣服给我。我接过来，跟他说声谢谢，转头就走。我上了大道准备拦车，他在后面叫住了我。

"秦苏！"他上来不解地望着我，"没开车来？"

"嗯，太晚了，我还不太会开车，不安全。"

"那我送你回去吧！"他的言语虽然是和善的，但是酒气熏得我都要醉了。我实在不敢把自己的生命交给这个酒精超标又曾经欺负过我的男人手上。

"不必了，我打车回去很方便的，倒是你酒喝了不少，回去小心点。"就是这么一句话，我看到了他的眼睛在黑夜里突然迸发出晶亮。我抖了一下，他立刻察觉。

"怎么，害怕我，不敢上我的车？我是老虎吗？会吃了你？"

我白了他一眼，我怕你？谁怕谁还不一定呢。我只是爱护我自己的生命，不想跟你个醉鬼一般见识罢了。

"在这儿等着，我马上把车开过来。"

他不等我有所表示就往停车场去了。我尴尬地站着，什么人嘛，这么自说自话的！我有说过要坐你车了吗？我赶紧拦出租车，在他来之前我先走掉比较好。

可偏偏奥体这地段偏僻，时间又晚，还真没什么空车。在我急得抓耳挠腮的当口，他的TT已经开到了我面前，我斜着眼睛看他。

"上来吧！在这儿很难打到车的。你一个女人在这遇到坏人怎么办？作为你的上司，我关心你的安全，这总是可以的吧！"他笑得无辜。我就被这个无辜的笑容给蒙骗了，只安慰了自己一下就上了车。他的车里有好闻的BOSS香水的味道，身上却是淡淡的。我特奇怪地看他一眼，这人真变态，香水不洒衣服上居然喷车里。

"很奇怪吗？这样就像浸在香气里，比任何香水的喷头都均匀全面。你以后也可以试试。"他总是这么聪明吗？我愕然，我想什么他都能一清二楚，还是每个坐过他车的人都会问他这问题？

我赶紧摆出一副我根本不关心这个事情的样子，把岳剑的西服摊开，铺在我坐下来只齐大腿的裙子上，遮住黑丝长腿，叫你小子不怀好意的眼神没有目标可以猥亵。

气氛很尴尬，他时不时地看我两眼，也不说话，眼神叫我吃不透。我看着窗外的夜景，对于我这样的路盲来说，能勉强从家开车到公司就已经算阿弥陀佛上帝保佑了。我不清楚这个万言他是如何能认识我家的，还开得如此表情坦然、如此神态自若、如此顺风顺水，我家他是肯定没去过的。他到底有什么神通？

车里是BOSS香水和清酒发酵混合成的气味，特别的迷人，熏得我都有些晕晕的。他咳嗽了一声，声音有些嘶哑。我瞧着尴尬，就挑起了话题。

"对了，这家店怎么有你的电话？你不是才来南京吗？"

"这家店的老板是我朋友，昨天我刚到南京就给我弄了个贵宾卡。你喜欢去那儿吃的话以后可以直接算在我的账上。"他的音调怪怪的，我看他确实喝得有点多，就不敢再跟他说话，怕他不认真开车酿出惨剧来。

呸呸呸！我赶紧摇摇头，把这么可怕的想法甩掉。我可不想明天晨报头条上挂着这样一则新闻：二婚女子离奇嫁入豪门，不出一月竟偷食男上司，惨遭车祸被撞飞……

太惨了！我在心里默默祈祷，还好这些还没发生，否则真是死不瞑目啊！

"想什么呢，岳剑醉得够呛吧？我都担心你没办法把他弄进屋。"他继续说。

为了防止他把这个话题继续下去而分心开车，给车祸留下隐患，我冷冷地说："他是我老公不必你操心，好好开你的车！"

他果然没接话，车内的气氛顿时降到冰点，忽然听他冷哼一声。我知道他生气了，但我的命多值钱啊，宁愿低三下四地哄他开心也不能拿我的命开玩笑。我的表情恭敬起来，免得气得他没看见红灯什么的，那就矫枉过正了。

车子的性能很好，安静得很。为了缓和尴尬的气氛，我把音乐打开了。第一首就是James的《You Are Beautiful》。我本来是很喜欢这首歌的，但这首歌的歌词对于我和万言来说是如此的……敏感，几乎可以说是恰如其分地诠释了他对我的爱恋和无力的遗憾。当然前提是请允许我自恋一下。

我点下一首歌，却发现按键失灵了，一按就重复，一按就从开头唱起。我纳闷，是这家伙坏了还是我太土不会玩高科技？我用求助的眼神望着万言，他的表情怪怪的，根本不搭理我。我只能一个劲儿地按着暂停和点歌，突然我的手腕被一只突如其来的大手攥住了。

"万言，你干什么？"我尖叫起来，嗓音尖厉得让我自己都难以相信。

"你不用按了，音乐库里只有这一首歌。"音乐终于可以顺畅地播放下去，慵懒质朴的男声里的热切爱恋已经洋溢在车内。可惜我只想快点听到最后一句："该面对现实了，我们永远不会在一起。"

我想象不出他一个人开着车，一遍一遍地听着这首歌时是怎样的一种心情，我也无法理解他可能出现的这种心情是如何形成的。

此刻只想快点回到我醉酒的岳先生身边。

再次沉默了下来，我再也不想找任何话题制造任何声响。我只想离开这辆该死的车，离开这个不甚清醒的男人，回到我那个更不清醒的丈夫身边去。

我裹着岳剑的衣服希望能给自己带来一点温暖。我缩在座上显得楚楚可怜。但是没料到的是，我的恐惧激怒了开车的男人。几近半夜，路上没什么车了，他把 TT 开出了风驰电掣的效果，我吓呆了。天知道我最怕的事不是搞砸了男女关系，而是把命丢了，我紧紧抓住安全带和扶手，可怜兮兮地望着他，以博取同情。他看都不看我一眼，眼睛红红的，像兔子似的，不，像只被挑衅的饿狼。我真怕他一时想不开会，带我去撞大桥，于是眼睛一眨不眨地盯着他。

等我发现路灯越来越暗而四周也越来越静谧，我才回过神来。

"万言！你要带我去哪儿？这不是去我家的路！"我使劲拍了他一下，他不理我继续开。这里光线很暗，经过仔细辨认，我才看出这里是紫金山。

"你到底想怎样？你喝多了，快停车，我自己回家！"

他依旧固执地不理我，我已经做好了跳车的准备。虽然我没有那么大的胆子，但是至少我得有忠烈的想法，否则太对不起我从小受过的熏陶了。是的，我看过杨门女将。

在我的脑子超频运转并且闪过几千种可能发生的事情以后，野兽般咆哮前进的车终于停了，像野兽终于耗尽了体力，一切戛然而止。我的大脑一片空白，我看着眼前的男人，判断着他的情绪，不敢贸然开口。此刻，我是小松鼠，他是捕鼠器，保不齐就吧唧一口咬了我，给我来个拦腰斩断。

我努力让自己显得无辜点、可怜点、纯情点、实在点，努力回想着大眼电子狗的QQ表情，努力地瘪着嘴巴，把眼睛瞪得大大的。

"秦苏，我想念你的身体。"

在我数千种的设想中，我发誓绝对没有想到过这句。但是他说了，而且异常肯定。我已经不知道该拿什么反应给他。我虽然没有心脏功能缺陷，但这种刺激还是少来一点的好。我只是张着嘴巴，一副吃惊的烂俗表情。他转过头看着我，借着一闪一闪的车灯，我可以清晰地看到他眼中跳跃的火焰，那里有嫉妒有欲望。

我的心终于还是颤抖起来。我往车门边缩了一下，这个轻微的动作似乎挑动了他的神经，他一把拉住我，我赶紧拉车门，心却"咚"地下沉了。车门被他锁了！

"万言……你别吓我好吗？我们，我们是朋友！我是岳剑的老婆，你不能这样！"

"够了！"他眼里的暴怒似乎要溢出眼眶，"你不必一直提醒我你是个结了婚的人！如果不是你闯进我的房里，爬到我的床上，我怎么会在这里？如果不是你，我此刻还是个幸福的已婚男人。你既然出现在我的生命里了，怎么能自己全身而退只留我一个人在旋涡里挣扎？你太自私了，秦苏！"他的眼里有愤怒，还有雾气。在我大脑惊愕得一片空白的时候，他吻了我。那种带着酒气的吻让我好难受，我不顾一切地推开他，他却单手压住了我的手开始剥我的衣服。很难想象我一个女人是如何跟他搏斗的，但我真的用尽了力气，最后只能停止挣扎，只剩无力的哭泣。

他看到我满脸的泪水突然迟疑了，眼神也瞬间清亮起来，眉心皱成三道，深吸一口气甩甩头，这个姿势他至少停留了十秒。

他缓缓直起身子，拿起一瓶放在车角落里的矿泉水走到车外，打开了瓶盖让水从头顶缓缓地流下。

我顾不得擦眼泪赶紧坐起来把衣服整好。此时的我已经不那么害怕了，突然觉得事情再坏也就如此，还能坏到哪儿去呢？他终究是个人罢了！

我朝车外看去，深夜的风很凉让淋得透湿的万言忍不住打了哆嗦。他回头朝我苦笑着说："今天是我和你在这个城市相遇的第一天，我们见了两次面就弄脏了我两套衣服。虽然这次是我自己干的，但……这感觉实在很糟糕。"他又哆嗦了一下，深呼出一口气，既而像对我又像对自己喃喃道："实在不怎么样……"

我望着他，"抒发好感情没？什么时候送我回家？"

他有些错愕，很快又神态自若，接着若有所思地问："为什么不哭了？是觉得我很差劲，再也不想理我了是吗？"

"不会啊，我跌倒了爬起来再哭，被欺负了回了家再哭，哭完我们还是朋友。终究我也有错。"我的坦然让他沉默了。

我们相距五米并僵持了好久，最后也许是他受不了寒冷或是无奈，浑身湿漉漉的他终于上了车。在导航的帮助下他顺利地让我看到了我们家的复式小洋楼。

"再见，万总！"我给了他一个礼貌的微笑，头也不回地进了屋。

我不了解他的心情，也从未想过踏足他的生活，我只希望不会再有伤害，所有人都过得很好。尤其是岳剑，我最不想他受到伤害。

进了屋，岳剑还在呼呼大睡，盖着被子睡得很舒服的样子。我突然觉得看见他真好，哪怕是睡着的他，哪怕是醉酒的他，只要在他身边，我就是安心的，只有他能给我温暖。

整齐的衣服叠放在床头，家里收拾得干干净净，进了洗手间发现牙膏都挤好了，早餐已经准备好放在桌上而且丰盛得不像话。第二天一早，岳剑醒来后见到的就是这番景象。

"老婆，你这是怎么了？不像你的风格啊！"他挠挠后脑勺，再指着桌上的蛋饼和皮蛋瘦肉粥，"这些完全已经超出了你能够到达的范围啊！"

"从此，你老婆要为你学做菜。以后我们不在外面吃，也不让你动手做了，我要把你照顾得好好的，喂得白白的。来，坐下吃早饭吧。"

"老婆，你掐我一下，这种幸福来得太突然了，我想知道我是不是还没有醒酒。"他跑过来抱住我，拿着我的手放在他脸上。我把他的脸拉成一个向上的弧度，我喜欢看他开心的样子。

今天，我会照常去上班，作为新上任的行政总监，我会比以前更努力。我不要再恐惧再彷徨，该怎么样自然会怎么样，躲避后退，都无法改变什么。我只要坚持我的原则，其他的都是可有可无的小事。人活着的时候就要自己开心点，也让自己在乎的人开心点，因为我们以后要死很久。既然老天给我安排了这一出戏，我不演完岂不是有违天意？

我跟老公亲热地吻别后，就各自上车。奔驰和宝马一前一后从车库里出发，上了大路背道而驰，分道扬镳。

车库门口正好看到李姐。她挎着小包，手捧着煎饼和豆浆正吃得热乎，看到我从车里出来吃了一惊，咳嗽得把吃下去的煎饼都吐了出来，瞪着眼睛说："这就开车了？你老公也太惯你了吧，昨天刚升职，今天就奖了辆宝马？你这小妮子也太招摇了，我这么大年纪都有些不能淡定了，我眼红！"我走上前亲热地揽住她，给她拍拍背顺气。

"岳剑不知道抽什么风一定要买。可能是他接我下班接得烦了。我很快就要成怨妇了，还不得趁着没成黄脸婆之前赶紧嘚瑟一下。"我跟李姐的革命阶级友谊是持久且坚固的。我们是黄金搭档，在八卦事业和迟到早退的问题上配合得天衣无缝。谁让我当年进公司就是落她手上调教的呢！

等我们出了电梯，正好看见王秘书在走廊上对着玻璃镜子摆弄头发。我们俩对视一笑，耸耸肩，没跟她打招呼，直接进办公室。

在我就要跨进办公室的一刹那，背后传来王秘书夸张的声音。

"苏苏姐，早啊！"

旁边急着在进办公室前把最后一口煎饼吃下去的李姐一口把煎饼喷出来，赶紧吸一口豆浆却又呛住了，李姐又是笑又是咳嗽的，把脸憋得通红。

我惊恐地转头对着笑靥如花的王秘书回了个"你早"，然后赶紧拽着李姐进了办公室。这待遇我可消受不起。

办公室的气氛格外诡异，同事们对我非常热情，一下子让我找不着北了。

平时喊我"小苏"的，都一点不别扭、一点不生疏地叫起了"苏苏姐"；年纪比我大的，喊我"小苏"的时候语调充满了感情。幸亏我的适应能力强，只用了半天就优哉游哉地适应了这种工作氛围。

老总目前处于潜伏阶段，暂时没看到人影。看到王秘书殷勤无比地进进出出，我猜他人应该在办公室。王秘书每次带门出来，都是面若桃花，惹人无限遐想。不过，我们都表示很淡定，因为群众早已习惯了她的自作娇羞，以显示自己受到老板的垂青，在我们这些普通员工面前是多么不普通，多么截然不同。

她喜欢炒作自己，而且深谙此道。但实际上，我们都认为她只是一只傻鸟。

作为行政总监的我，已经不能再停留在偷空就跟李姐嚼舌根子的高度了。职不是白升的，工资不是白涨的，我必须拿出干劲儿来，证明我是能够为人类做伟大贡献的。于是，我开始翻看行政总监职责表。

行使对公司行政人事日常工作监督管理的权力，对所分管的工作全面负责？这意思是除了总经理办公室里的那位以外全归我管？我悄悄扫视了一眼整个公司，连楼上带楼下近百号人呢！我也成了小头头儿了？

怪不得集体巴结我，原来我真是"苏苏姐"了！万言这浑蛋也总算做了件好事。我得意扬扬地摇头晃脑，旁边的李姐伸过头来问："小苏，什么事能高兴成这样？是不是怀孕了？"

"别乱说，这跟怀孕有什么关系？！"

"现在还能有什么比怀孕更值得你高兴的事吗？说实在的，你年纪也不小了。"老妇女就是这么扫兴，我白了她一眼。李姐，你果然老了！女人要以事业为重。不过，我们家岳先生是独子，孩子确实很重要的。

我茫然地摸摸肚子，这个月的例假好像推迟了很久。该不会……我才升职啊，刚打算展开我事业的蓝图，怎么能就这么毁在孩子手里呢？不会的不会的，我一直都有吃避孕药。突然电话响了，蔷薇的号码在来电显示上闪烁得分外起劲儿，跟这女人说话得找个没人的地方，保不齐就被她那豪迈的嗓子带动得呼喝着叫爹骂娘的没形象。我跑到茶水间去听电话。这死女人一听到我的声音就先夸张地叫了一声，问我什么时候有空跟她一起逛街、喝茶，顺便联络感情。这女人最近肯定是感情和钱包都春风得意，于是跟我嘚瑟来了，我哪能不应？跟她约了时间又絮叨着给她的礼物已经要发霉了，什么时候领回去，然后又八卦了一下她新男朋友的情况，最后我才发现我们在不知不觉中已经聊了整整四十分钟。我挂了电话才意识到我已经离职了很久。

我还记得一个同事因翘班半小时去幼儿园接孩子被罚款的事。我冷汗直冒，赶紧瞄瞄外面，似乎一切正常啊，出去一看一个人也没有，我惊讶……人呢？

等我坐下来，我才意识到，已经是午休的时间了，李姐居然不等我就去吃饭了。我恼死了，最讨厌一个人去餐厅。收拾了下桌子，我准备下去买点快餐，反正我不挑食。

正当我低头找钱包的时候，面前出现了一个巨大的人影。之所以觉得他巨大，是因为他挡住了直射在我身上的太阳光，我眯着眼睛看了半天才看清，赫然是万言啊！

"万总，你怎么在这儿？"

他继续走他和煦如春风的微笑路线。

"看你没吃饭，就问问你要不要一起去吃，反正我也是一个人。"

"我现在是只过'三八'不过'六一'的已婚妇女，请勿制造办公室绯闻。饭就不必一起吃了，但如果你去吃给我带一份回来……我倒不介意。不要带山珍海味、鱼翅鲍鱼啊，我不习惯奢侈。"

"好啊！那你等我一会儿，我很快回来！"

我只是开个玩笑，没想到他竟当真了。我才不管他，你买你的，我吃我的。我把钱包拿在手上，看他离开以后，打算叫个外卖什么的。上次那个订餐电话被我放哪儿了？我找了半天好不容易找到，正准备打，电话响了。

是岳先生的来电！我虽然肚子饿得咕咕叫，但不得不装作一副吃饱了正闲得无聊且他的电话来得非常及时的样子。否则非把他弄急了，还要说我不好好吃饭，弄不好就跑来看着我吃不可。

我一边为我的肚子哀悼一边跟岳剑有说有笑，讨论今天中午公司餐厅的菜色。

猪蹄有没有炖透；那个宫保鸡丁烧得又油又辣，正合胃口；公司的大排越来越小，小排的骨头却越来越大；蔬菜都炒得像猪食，黏糊糊的。嗯，肯定不减肥，吃了一整碗米饭一粒米没剩，饭后还吃了点水果……从头到尾，我脸上一直都挂着对食物很满意的微笑，对着电话那边的岳剑滔滔不绝地讲述着我的午饭盛况，说得唇齿留香。

等我好不容易挂了他的电话，我的肚子里已经痛苦得翻江倒海。我一转身，发现隔壁桌边坐了个人，正一脸好笑地望着我。我的脑子里轰地一下炸开了！这该死的万言，居然一直在这儿不声不响地欣赏我的演技。真是丢人丢到家了！

他没说话，只是抿着嘴笑，从纸袋里把吃的拿出来。我看着一桌子的汉堡、薯条、鸡翅，却一点胃口也没有。此刻我只想找块豆腐撞死！秦苏啊，你怎么就专门干丢人的事呢？专业户吗？我回忆了一下我刚才讲述餐厅食物时那满足的语调，以及我那和谐的笑容，旁边的他是不是看得很过瘾，要拍着桌子捂着肚子狂笑呢？他一定忍得很辛苦吧？你爷爷的，万言！

我尴尬地啃着鸡翅，牙齿咬得咯咯响。对于吃，任何人的食物我都无法抗拒，但看到他也很自然地坐我对面拿起汉堡吃得开心，我就奇怪。

"你还没吃吗？"不是吧？你个小气鬼！我以为这么多都是我一个

人的午饭，加个大男人一起吃，我哪还吃得饱？你以为你喂小鸡吗？

他理所当然地点点头，说："你不是还没吃吗，怕你等久了会饿。反正我也是一个人吃，不如就一起买上来了。"

我气得翻白眼，上海男人都这么小气吗？请人吃饭不是吃火锅就是啃快餐，简陋点也就算了，还就买这么一点点，还两个人吃！你家宋雪平时就跟这和小鸡似的食量吗？

我赶紧咬了一口汉堡，啃了一口鸡块，又把鸡翅给挪到我跟前，再恨不得把薯条一根根全舔一遍，全舔了我就饿不着了。你就自求多福吧！在对待吃的问题上，我坚定得跟对待国家主权问题一样严肃和毫不让步，就算你是我的领导，我也不会跟你客气。

他好笑地看着我的举动。好吧，我承认他是带着一丝惊愕而又好笑地看着我的举动。我翻了个白眼，怎么，堂堂一个上市公司总经理请客，垃圾食品都拿得出手，还好意思笑我吃得多吗？吃得多怎么了，姐的身材照样好，不吃肉怎么行？不吃肉姐胸前的波涛怎么汹涌？不吃肉你迷恋的姐的前凸后翘的S形从哪儿来？你这种小弟弟迷恋熟女御姐的心理我能不了解吗？肤浅，太肤浅，我都不屑得说你！

我在心里为自己辩解了以后，顿时觉得舒服了很多。说真的，我良好的心理素质一直都是我能像小强一样顽强地活着的必胜法宝。

"秦苏，到我办公室去吃吧，在这儿被人看见我们一起吃，不太好吧。"他看看表。

我心想这家伙果然是偷情高手，这种细枝末节都考虑进去了。我很想说要不你自己拿个汉堡回办公室去吃吧，我在这负责打扫战场就行了。不过，我是个善解人意的女人，并且我深深地知道那么说的结果就是他继续留下来在这儿吃。于是五分钟后，我们已经坐在他的会客厅里了。

这里我只来过一次，还是刚进公司的时候。那时老板看我长得不错又刚出学校嫩得冒泡，以为我好上手叫我进来汇报工作。在我很不识趣的配合下，我再也没有机会踏足这个老板的神秘圣地。只有王秘书以及她的前任刘秘书之流会出现在这里跟老板谈理想。

我不由得回忆了一下，当时老板要跟我谈谈工作，谈谈从学校到社会的感受，谈谈人生，谈谈理想。我当时表现得丝毫不买账，并且丝毫不畏惧，而且还很风趣地回答道："总经理，别跟我谈理想成吗？我戒了！"

我当时怎么回答得那么斩钉截铁？我怎么能那么机智勇敢，那么不畏强暴呢？

现在我则有点担心，虽然他没喝酒，而且经过昨天的事我已经对他放下了恐惧，但我的表情仍然很明显地表现出一副吃完快闪的样子。

他自然察觉到了，只是一直没表现出不悦，其间他出去打了个电话，回来坐下后就一个劲儿地找话题。从但丁的神曲到哥德巴赫猜想，成功地把我的兴趣挑起了。作为一个文学爱好者和一个严谨的伪学者，我表示对他很欣赏，他显然是受过高等教育并且有着独立的人生观、海量的阅读量以及强大的记忆能力。总之很对我的胃口啊！我忽而朝他说得唾沫横飞，忽而笑得花枝乱颤，他则坦然地接受我的言论；但是，对于一些原则性问题，他总是固执己见。在我们互相找论据的当口，突然有人敲门打断了我们热火朝天的文学交流。

进来的是光艳照人、前凸后翘、年轻美貌的王秘书。她一进来，脸上的表情凝固在她娇笑转眼就尴尬的瞬间。看到我在这里，她极其惊讶。我大窘，难道她会把她在这儿和领导们干的龌龊事合理想象嫁接到我身上？我惊出了一身汗。

她看看我和万言，然后尴尬地说："抱歉，打扰了。"然后就带门出去了。我跳起来就去追她。

她可是个八卦天后，关于她的新闻多，由她制造的新闻更多。前面就说过了，王秘书不仅精通八卦，更擅长自我炒作，但她的本职工作却是狗仔啊！这要是叫她给宣扬出去，我非得背上个已婚两次的不良妇女勾搭年轻上司的恶名。我招谁惹谁了，我才升职啊！

♣
第八章
# 不能言说的秘密

　　"王秘书!"我在走廊里叫住她把她拽到角落里。她显然觉得我是在撬她墙角、钓她凯子,用满是气愤和不解的眼睛瞪着我。

　　"你可别误会了这事,要不然万总怪你,可别说我没提醒过你。"我用故作神秘的语气对她说。

　　"什么意思? 苏姐,你别玩我了,我人笨,你直说吧!"她眨着大眼睛。

　　"这是老板的大秘密,我可不能跟你说,说了怕他怪罪我。不过王秘书你……"我故意迟疑了一下。

　　她立刻巴结上来说:"苏苏姐,你就别卖关子了,我的口风很紧的。你跟我说了,我心里也好有个底,您就照顾照顾我吧,好歹我们也同事这么久了。"

　　"这……"

　　"其实,老板是已婚男士。"我这话一出口,王秘书立刻捂住张得老大的嘴,眼睛瞪得更大。吃惊了一会儿,她又恢复平淡的语气,却掩饰不住失望,缓缓地说道:"他那么优秀的男人,当然会有好多女人抢着跟他。结婚也正常啊!"

　　我为王秘书的觉悟和应变能力喝彩,怪不得她在老板们面前那么吃香,原来如此善解人意,把因地制宜这千古名策发挥到了淋漓尽致的地步。

交换了秘密以后，我跟她一下子由以前的互相白眼瞬间变成了姐妹情深，一起不顾形象地撩起裙子蹲在墙角，话家常似的议论这事。

"原来如此，那他老婆肯定很漂亮吧？那样的千金小姐肯定很优秀。我们是不能比的！苏苏姐，你跟她关系虽然好，但你怎么处理万总这头呢？毕竟是你上司啊！"

"怎么办？没看我两头急嘛。今天万总请我吃快餐就是想叫我别把南京这边的情况都让小雪知道，叫我避重就轻一点。哎……我也很为难啊！一头是姐妹，一头是上司。真纠结！"我又奥斯卡了，表情、神态、眼神……那叫一个演技派！

"苏苏姐，你也挺难的。"王秘书体贴得感同身受似的，跟着我一起皱着眉头。

我无奈地望着她，心里狂笑。

危机解除，当然了，是在牺牲万言的代价下解除的。不过这个代价对我是完全没影响的。

第二天，全公司上上下下都知道了年轻英俊的上司已经名花有主了。这自然要归功于"口风很紧"的王秘书。不过这个消息并没有影响公司广大女性同胞对新老总的热情，甚至热情的女同胞更多了。我就有些奇怪，碰碰旁边的李姐问这是什么情况。

李姐戴着眼镜瞥了我一眼，说："现在社会多开放，结婚怎么了？现在的女人谁还在乎这个？年轻姑娘觉得结婚的男人成熟稳重，已婚女人庆幸自己也有了机会，本来没想法的这下可迸发点小小心思了。结婚算什么？你不都离过了！"

唉！又提我的伤心事，李姐真不厚道。离婚是我愿意的吗？我那不是遇人不淑嘛！别把我作为反面教材挂嘴边行不行？

"现在的女人脑子里都想什么呀？看人事部的柳文文，拿着文件夹都来来回回跑总经理办公室两趟了。她孩子都要办百日宴了吧？"我歪着脑袋，盯着柳少妇还没恢复的身材在我眼前晃来晃去。

"呵，她还年轻呢，有孩子怎么样？我要是年轻个几岁，我也对老板搔首弄姿去。"

"啧啧，李姐，原来你对万总的身体和心灵也抱有如此邪恶的想法……没想到没想到！"

下班后，李姐约我一起去给柳文文即将满月的孩子买个礼物。以前我最烦在办公室里收到"红色炸弹"，烦送红票子，现在票子倒不是最烦的了，开始烦票子送了还不见得人记得。索性我们这次都商量好了，给孩子买个差不多的满月礼。我跟李姐最后一人挑一件首饰。我金琐，她玉锁，都不过五百块，当礼物正好合适，跟出个份子钱差不多，至少人看着的时候想得到这是公司某某的人情份子。

这么一趟折腾下来就挺晚了，我把李姐送回家，就准备赶回去。我下班时给岳剑发过信息，叫他自己在外面吃，也不知道他吃的什么。

我刚发动了车子，电话就响了，岳剑打来的，估计等急了吧。刚接通就听到他和煦如春风的笑和他一成不变的后宫故事。

"爱妃，今日朕翻你牌子，快速速回宫侍寝。"

"皇上，您还是招其他妹妹伺候吧，臣妾今日乏了。"

"你这什么妃子，这么牛哄哄的！快给我回来，自觉上床脱衣服！"

"……"

挂了电话，我边开车边傻笑。有岳剑这么个老公，我真的很满足。

接下来的几天，我的工作很忙碌，新接手行政工作，很多工作范畴都不熟，但是我很认真地边学边做，很充实，也很有成就感。

我刚闲下来，喝口水敲敲腿，QQ就叫了，是个陌生人，我都不记得什么时候加的他好友。于是我没怎么理会，却见那头又发来一首诗。

我一瞧，心里暗暗喝彩，这是原创啊，好文采！我一向敬佩有才华的人，于是从来不搭理网上无聊的人的秦苏，也就是我，跟他聊起来，而且越聊越来劲儿。我发现他简直上知天文下知地理，还对哲学有自己独特的见解。简直，啧啧……这谁呀？

在好奇心的驱使下我点开他的空间，好似一盆凉水当头把我浇得火星子噼里啪啦直溅。我冲动地一拍键盘，手指不冷静地敲起来。

"万言！你真的很无聊啊！你在办公室里很闲是不是？我可忙得

要死，没工夫跟你玩猫捉耗子！"

他那头立刻发了个太阳脸给我。笑笑笑，笑你个头啊！太阳！

他又发了句："看你闲下来了才跟你聊聊的，干活时我可不能让你懈怠偷懒，薪水不是白领的。"我简直想冲进他的办公室把他拎起来暴打一顿。我长得像冤大头吗？我认真工作，好不容易闲下了还得陪你打发时间。我是老牛吗？

他没说话了，却隔会儿就发首情诗过来。这家伙泡姐真费脑子，小诗一首接一首的，这点心思要是用在文学上，早拿诺贝尔文学奖了。

在我欣赏他的大作时，电话响了，是个陌生号码，我有礼貌地接听，却是个意想不到的人。

"哦，是小雪啊……"

她还是那副傻乎乎、缺心眼的样子，声音甜美却说话大嗓门，听着真让人揪心。她跟我寒暄了半天才绕进正题。

"言在南京过得怎么样？"

怎么样？你是他的老婆，你不问他却来问我怎么样？

"应该不错吧，我看他整天都忙公司的事情，才刚刚接管这边的工作，有很多事情需要处理。"

"他有没有不乖啊？"

我不禁翻个白眼，你以为姐姐我时间那么多吗？他上班能怎么不乖呢？他下班不乖我又怎么看得见呢？亏你还能这么天真无邪，问我他乖不乖，我说你家男人正给我写情诗，你信吗？

"你作为他的妻子就要相信他，这才是婚姻幸福的不二法则。"这要是法则我怎么会离婚？我真是太恶心了，把赤裸裸的谎言再次赤裸裸地传授给另一个围城中不明真相的女性。

"可是，我好担心啊，他那么优秀，异性缘那么旺，我担心得整晚睡不着。我都想是不是每天白天在上海上班，晚上去南京睡觉呢。我都快受不了了！苏苏姐，我该怎么办？"

又是一个可怜的女人，即使她出身高贵却也为男人磨平了脊梁。怎样的心情，才能让一个骄傲的小女人对同性说出这么可怜的话？我仿佛看到了那个曾经在深夜里辗转反侧的自己。

"小雪，你别担心，你只有安心地做好上海的公司，在事业上能帮助他，他才绝不会背弃你。男人……"我其实还想说更多，但是怕传给她太多的消极思想，就没再说下去了。也许别人的婚姻我没资格插话，我只能在心里跟她保证，我不会是他们婚姻的破坏者。

"苏苏姐，你要帮我看着他点啊，有什么事给我电话，我真的很害怕。刚好你在他公司上班，现在我只能指望你了。"

我面带微笑，心里却堵得慌，小雪的话真的让我无地自容。如果她知道了真相，会如何怨恨我？

挂了电话，我再也没有心情欣赏万大才子的情诗，干脆退出 QQ 坐那儿发呆，等着下班。

李姐发现了我的异样，用胳膊肘捅捅我，说："想什么呢，这么入神？跟老公吵架了？"

我笑笑，表示我没有事。其实我什么都没想，只是单纯地发呆而已。

星期六，我准时出现在蔷薇面前，她围着我的车转了一圈，竖起大拇指。

"你真行，岳剑给你治得服服帖帖。我服了你了，秦苏！"

其实，我真的很想告诉她，你别跟我提岳剑，行吗？提了老让我想起你们在一起的情景，很扫兴。

"怎么，我说说你老公，你就不高兴了？你个死丫头最近嚣张了许多，还跟我面前吃起醋来，出息了你！"她一巴掌拍到我背上，险些让我一个趔趄跌出人行道。

"你能不能文明点？君子动口不动手，我的老命差点儿都被你拍送掉了。"我白了她几眼继续说，"以后说话注意点，你和岳剑那点前尘破事是我心中的刺，别哪壶不开提哪壶，我最近对他的占有欲直线上升，别惹我发飙！"我嘚瑟起来，就忘记了岳剑是我从蔷薇手上抢来的。

"结婚以后你的脾气还大了！人家小媳妇结婚后都从良了，你怎么还变成泼妇了？夫妻生活不和谐还是怎么回事？这么暴躁！"

我眼睛翻抽筋了，这女人就不能文明点，非得说得这么没内涵吗？

我踩着高跟鞋跟她一道以贵妇的姿态颐指气使地转了若干专柜，冷哼了若干鼻孔朝天的柜台专员，当然也刷爆了卡。

其实很多都是不必买的衣服，但是蔷薇自从搭上了凯子后就完全是暴发户的作风。什么都要买，拣贵的买，打折的坚决不买。我瞧她那德行，凑过去小声问："你男人是煤老板？"

"是做房地产的。"她恶狠狠地瞪我一眼。

"都差不多……"我低声继续，"你怎么不挎着花白条纹的麻袋装着钱来，那多显摆，刷卡有什么意思……"

于是，我被暴揍了。以我二十七岁的高龄被揍是件很丢脸的事，直到蔷薇给我买了钻石项链，我才眉开眼笑地忘记了刚才发生的事。

蔷薇绝对是个今朝有酒今朝醉的主儿，以我今天的身家，我都没舍得给她买件衣服。啧啧，这就是女人和女人之间赤裸裸的差距。像我这种小气的女人才是好女人，你那么大方容易被男人认为是缺心眼。

我知道我这么埋汰她是有些缺德的，特别是在她刚给我买了钻石项链的情况下。

我们逛累了就去吃点东西，刚近餐厅，我就闻到了一股难闻的油腥味儿，不可抑制的恶心感袭来，我蹲下来开始干呕。

"死女人，你怎么了？"看我什么都没呕出来，她恍然大悟，"你怀孕了？"

没等我反应过来，蔷薇已经激动地握住了我的手说："秦苏，恭喜啊！你总算熬出头了！"

我直翻白眼，呕一下就有身孕，你也太敏感了，不过根据揣测再联系实际倒真有几分像了。我苦着脸，我的职业女性生涯，我的事业上升期啊！

"你那什么表情？多美的事啊！岳家就他这么一个儿子，你那是单传，要是一举得男，你在岳家的地位就是雷打不动、风撼不倒，看那个阿三还敢欺负你不？说半句重话就叫她滚蛋！"

"阿三"是蔷薇对岳剑后妈的称呼，因为在她认为，一切原配健在的二婚都是第三者，就像当年毛爷爷说"一切不以结婚为目的的恋爱都是要流氓"一个道理。

"不知道是不是呢，我刚升了职。"

"去医院检查啊，我陪你去，现在就去！升职哪有生龙子重要？你脑子里在想什么啊，我看你还是把工作辞了在家养身体好了，这破工作一个月还挣不到两件衣服钱，屈不屈啊！你那车踩一脚就十块钱，你算算账！"

"不是钱的问题，主要是现在我还没有做好心理准备，而且我不想去医院。"

"那跟我走！"

我被带到了药房买了验孕棒。蔷薇千叮万嘱我出了结果一定要告诉她。我答应下来就匆匆回家了。趁岳剑还没下班，我在洗手间紧张兮兮地鼓捣了半天，看到结果，我的心一沉，正好听到外面岳剑的车进来了。我赶紧把东西全丢进垃圾桶，然后在上面铺上一层手纸。等我脸色不定地给岳剑开门时，他给了我一个大大的拥抱。

"怎么了？脸色不好。太累了？今天都逛了些什么成果回来？"他看着客厅里的大包小包直摇头，"啧啧，我娶了个败金女王回来啊。不得了，我得更加用心赚钱才行啊！你这效率，啧啧，养不起你啊，我的宝贝老婆！"

我哪还有精神跟他斗嘴，脸上挂着一抹尴尬的笑，不知道说什么好。正难受着，突然看看岳剑，再看看厨房，我尖叫起来。

"糟了，忘记做饭了！"

岳剑什么话也没说，也没表情，不声不响地把刚脱下的衣服又穿上了，拉上我手。

"好啦，你今天也逛累了，我们出去吃吧！"

"可是我答应过要每天做饭给你吃的，我答应过要把你照顾好的。"我一边被他拖着走，一边承认错误。

"是是是，我非要你省点力气。不是你的错……"

饭后回家，我给岳剑削了苹果，作为代价，他得陪我看八点档泡沫剧。

"岳剑，你要实在不想看你就去洗澡吧，看着你这张敷衍的脸会影响我看电视的心情的。"

"陪老婆看电视是丈夫应尽的义务，我是绝对不会有怨言的。"他把我团在怀里，顺着大腿一路摸到脚上，眉头一皱。

"怎么这么凉，成天手冷脚冷的也不知道穿衣服。冻着了怎么好，这么大人了！"

他的呵斥让我忍不住笑出来，平时严肃的形象没树立好啊，你这么训我我也不怕你。我伸出手想抚平他皱起的额头。

"跟你说话听见没，赶快去穿衣服，家里这么暖和，你别冻得跟小白菜似的叫我心疼……"他搂住我的手，我没给他继续说下去的机会，挣开他的手朝他的脸凑过去，在他挺拔的鼻尖上轻轻吮了一下。他瞬时就不说话了，温柔地看着我。我抱着他的手，跟他深情对望，但他不会读懂我眼神里的意思，我想告诉他，我决定为他生下这个孩子。

"我先去洗澡了。"他放开我站起来，转头丢了条毯子给我。"披上看电视。"

"老公，你去洗澡吧，洗完出来我跟你说件事。"我满眼笑意地望着他点点头。

"那现在说吧，我又不急着洗。"

"你先去洗，此事必须斋戒沐浴才可以听。"我说得神神秘秘，他好奇心也不强，于是就晃了晃脑袋，同意了。听着洗澡间传来的哗哗水声，我格外地安心。

也许我们有了孩子一切就都不一样了。既然老天安排了孩子的降临，我们自然却之不恭。

想通了一切，我的心情轻松了许多，专心看着泡沫剧。说起来这电视剧的情节是要多曲折就有多曲折，女主角身世坎坷，博取了我很多眼泪！今天她尤其悲剧，得了白血病却查出怀了孕，真是倒了血霉，谁家能倒霉成这样？

更悲剧的是竟然还有两个男人抢着要当孩子的爸爸，在她最需要她老公的时候，她老公知道了她跟别人有一腿。

我的心突然一紧。我朝着浴室看了看。岳剑洗澡的水声渐渐小了，我心里的不安越来越大。不会那么巧吧？我上个月的例假很正常啊，就是量少了点。

　　就在我胡思乱想的当口，我的手机突然响了，把我吓了一跳。我跑去接起来，是蔷薇。

　　"有没有？"

　　"嗯。"

　　"真的啊！好事，你赶紧告诉岳剑啊！"

　　"没有那么简单。明天再说吧，我去你家找你。"我把电话挂了，忐忑地坐在沙发上哆嗦，幸好我还没有告诉岳剑。

　　正想着，岳剑已经从浴室里出来了。他对我的电话表示了好奇，但是没问我是什么人有什么事。他一向很尊重我，所以我得坦白。我告诉他是蔷薇，他一听立刻不再问下去。当然了，他和蔷薇两人即使装得再释然，终究是在一起过，想变成普通朋友确实是很有难度的。

　　"你刚说有什么事要告诉我？我澡也洗过了……"他自然没忘记我之前说了什么，但是此刻我还真难编出件像样的事来搪塞他。

　　"嗯？说什么？扭扭捏捏的！"他追问的样子让我心头一颤，分辨得出他眼里的疑惑越来越浓，我顺势倒进他怀里吮了他胸前的水珠。

　　"斋戒，沐浴，造小人！老公做功课的时间到了……"我眨着眼睛，狡黠中带着妩媚，成功地把我的岳先生骗进了卧室，自此再没问起到底是什么事。

　　第二天，我在蔷薇的陪同下去了医院。我特别讨厌医院，冷冰冰的，让人恐惧。我像个未成年少女来验孕似的扭捏，蔷薇似乎很熟稔，有她在，整个流程都很流畅。等待化验单的过程像是在等待宣判，我坐在一堆年轻的女孩中，显得比她们还慌张。

　　蔷薇实在不能理解我为什么这么怕怀孕，她不停地给我说工作再怎么好都不如孩子是个宝。她怎么会知道我的痛楚。

　　拿到报告时，我只觉得，该来的总是会来的，怎么躲也躲不掉。怀孕九周，算日子，那段时间我正和岳剑在迪拜度蜜月。这是在跟我开玩笑吗？

蔷薇很为我高兴，她眼里的喜悦不是伪装的。我很感激她，但是我实在笑不出来。我不能对岳剑那么残忍，如果孩子不是他的，岂不是让他变成了一个彻头彻尾的傻瓜。不要，这个孩子我不要。

"秦苏，你犯什么愣啊？快打电话给婆婆报喜！这么大的事，岳家人要乐坏了！"她拎着我的袖子甩了半天，见我只是愣着，着急得想打我，但想到我是个孕妇又不能对我那么粗鲁。

"蔷薇，我想把孩子打掉。这段时间可以住你家吗？"我的语气着实把蔷薇吓得够呛。

"秦苏，说吧，你是想死还是不想活了？为什么好好的孩子不要？你年纪又不小了，也该生孩子了，干吗那么执拗？你那事业能做成什么样，以后还不是要指望儿女！你傻啊你？"没等她说完，我的眼泪就哗哗地下来了。我何尝不想做个幸福满满的母亲，但是这孩子我实在没办法去言说。我只知道我现在想法很坚定。

"别哭啊，你有什么事你说啊，我们是好姐妹，你可以把你的苦恼告诉我。我可以给你拿主意啊。"蔷薇连忙把我拉到僻静的角落给我擦着眼泪。

"我想去你家住几天，你收留我吧。"我继续哀求她，其实我想告诉她住她那儿是想叫她照顾我小月子，但我没心情打趣只想快点解决这个问题。

"秦苏，你真的太自私了。你有没有想过，岳剑是这个孩子的爸爸，他也有权利决定孩子的去留，你这样做只会惹出家庭矛盾来。你想过没，要是让岳家知道你偷偷把孩子打掉了，他们该多恨你？你别大脑发热，把好好的少奶奶生活给葬送了！"蔷薇说得头头是道。我知道暂时没借口去劝服她，我就放弃向她求助，脑子里迅速有了第二套自救方案。大不了我住酒店吧，请个月子保姆什么的，跟岳剑就说出差，叫万言帮我圆个谎。至于该不该跟万言把实情说出来还需要好好想想。如果他也不想惹麻烦那就最好，怕只怕他的脑子跟正常人不同……

我回到家里，静静地坐着什么也不想，肚子里死气沉沉的，哪有半点怀孕的迹象？恐怕这孩子潜意识里得知他妈妈不要他受到了深深的打击。我也受到了极大的打击，我的身体要遭罪，我的孩子要去送死，我怎么能平静？我坐了半天，突然想到化验单还在包里，赶紧找出来拿到书房扔进了粉碎机里。这件事不能让岳剑知道，不管如何我希望他一无所知。罪也好，孽也好，我一个人承担。

第二天，我一直犹豫着怎么跟万言开口。我的焦虑被李姐看得一清二楚。

"怎么了，小苏，是不是想请假？你直接跟王秘书说一声，让她转告总经理就行了。有事你先走吧，你都是总监了怎么还跟个刚出校门的孩子似的，瞧你那出息！"我被训得愣头愣脑的。我是真的很想叫王秘书转告，但这事我该怎么说？

我决定写封信发到他邮箱里，我整理好措辞就敲起来。

　　万言，我要请一个礼拜的假。我怀孕了，时间是九周。因此我不能确定孩子的父亲是岳剑还是你。我不打算要，岳剑现在还不知道，我也不打算让他知道，所以你得帮我告诉他，你派我去外地出差了，其他的事我自己解决。

我犹豫了一下还是发了出去。等了很久都没回应，我不由得朝总经理的办公室张望了一眼。难道他都不看邮箱的？还是在思考……

"苏苏姐，总经理请你到他办公室去一趟。"王秘书出来，朝我殷勤道。我手心出汗，推开那扇门，看到的依旧是和煦如春风的笑脸。

笑笑笑，你居然还笑得出来，若不是因为你，我如今该有多幸福！

"别笑了，我没心情。到底给不给假？反正我主意已经打定了，谁都别劝我，也别指望让岳剑给你养孩子，让你来当现成的老爹。"

万言一脸惊愕。

"你没看我给你发的电子邮件？"

他脸上持续的惊愕和他动手查看电脑的反应告诉我，他还不知道。

"你别查了，我不想浪费时间。我有了九个星期的身孕，但我没办法确定孩子的父亲是谁。我现在要去把他打掉，我需要你帮我瞒住岳剑。其他的我已经打算好了，不会麻烦到你，只要你派出差一段时间帮我打个圆谎就好。"我说得语言清晰连贯，条理分明，但万言还是一脸的错愕。当一个男人得知不是自己妻子的女人怀了自己的孩子的消息时多半是这个表情。我能理解，也不觉得难过，反正我也不爱他，没什么痛心的。

"我不同意。不管是谁的孩子，你没资格去剥夺他的生命。"他逐渐严肃起来。

这真是今年我听到的最好笑的笑话。我没都资格去剥夺他的生命，等他生出来不是岳剑的，他就会要了我和岳剑的命。

"你没资格说这种话。如果是你的，请问你打算怎么办？"

"我把他养大。"

"那我怎么跟岳剑解释，怎么跟小雪解释，你有没有搞错？我们是有家庭的人，我们没资格轻率。"

"如果你愿意跟我在一起，我可以离婚。"

我好笑地张着嘴，实在不知道该如何说他。

"行，你不帮我，我自有办法，请你就当什么都不知道吧。你最好替我保密，否则我都不知道我会做出什么事情来。我现在已经快崩溃了，你别刺激我！"

我站起来，由于激动，头一晕又重重地坐倒在椅子里。万言赶紧上来扶我。我甩开他，把这些天来的压抑和委屈都爆发出来。

"请你不要再打扰我的生活，你什么都不能帮我，只能给我带来无尽的麻烦，我恨透你了！你这个倒霉鬼，我再也不想看到你了！"我哭着推开他。我不想软弱，但是我真的是不知道该怎么办。

万言没办法，只能哄着我顺着我，承认自己错了，演技拙劣得不行。

"我错了，真的错了。我不该给你开门，更不该任你爬到我床上去。我真错了，我应该当场就把你送回去。"

"你什么意思？敢情是我自己倒贴，你不要白不要，是不是？你给我说清楚，你这是赤裸裸地埋汰我，你成心的！"我恨不得跟他拼了。

这是什么男人！连哄人都不会。

"不是那意思，苏苏，你冷静点，现在不是在解决问题吗？你现在这么激动是完全不能解决任何问题的。"

"怎么冷静？我现在该怎么办？你们男人真是自私，出了事就叫女人冷静。当初你怎么不知道冷静呢？你要是冷静点，我现在一定很幸福，不用每天活得这么累，这么难堪。我不想失去岳剑，我不想失去我的家庭……"我蹲在地上号哭得厉害，看不清他的表情，只知道他手忙脚乱地在拿面巾纸。突然，清脆的敲门声把我惊得从地上立刻弹起来，万言马上把纸巾递到我手上。我背过去对着窗玻璃把脸擦了擦。本想躲去会客厅，但外面同事都看到我进了总经理办公室，要是我不在这儿，肯定在会客厅里，那我更是跳进黄河也洗不清了。

我坐到椅子上，万言喊了声"进来"，就听到王秘书用那重低音的高跟有节奏地走进来。

"万总，这是人力资源部刚递的报告，有三份是需要总经理签字的。"她的声音非常好听，但是我可没工夫欣赏她的莺歌燕语，左右躲闪着尽量不让她看到我的核桃眼。万言很理解我的处境十分配合我，他几乎没看文件只扫了一眼就签了，签好了递给王秘书。可这没眼色的女人丝毫没有要走的意思，她站在我旁边，极其友好地对我说道："苏苏姐，我帮你泡一杯咖啡吧！"

"不必了，你出去吧，我跟秦苏还有些重要的事要谈。"万言一脸严肃，王秘书赶紧赔着笑退出去了。

我抬头看看他，他面色沉重，我看连他都沉重了我就更沉重了。真倒霉，我怎么运气这么差？

"你派我去青岛出差吧，说是去谈采购协议，去个十天左右的，行吗？"

"你想太多了，也许这孩子根本就是岳剑的，你别这么无理取闹，否则大家都后悔。"

"我只要你给我开个假证明，你这都不愿意，你要逼死我吗？我怎么可能把这个孩子生下来，你这个阴险的小人，你以为我不知道你在想什么吗？你做梦！"我朝他一阵乱喷。

"好好好，不要就不要，你别激动，对孩子不好！"

"我不要！孩子关我什么事？你快派我去青岛，今天就去，我不想回家了，看到岳剑我都难过死了，我不要回家了，我今天就去把孩子打了。你现在就给我开派遣证明，现在就给岳剑打电话告诉他，快点！"

"好好好，你等着我马上就办，你别激动，好好坐着。"他边说边给我倒了杯热水，以哄不懂事小孩和无理取闹老太太的姿态哄着我，我的心情方才平复下来。

"批文件啊！"我继续催到。在中国跟领导打交道办事情，再也没有比女人乱撒泼和老人装犯病更有效果的了。最后，我的领导终于同意了我的请求。

我见他写公文格外认真，就在旁边把笔记本电脑转过来，查了几家大医院的电话，打算先去预订下来，刚准备拨号又被万言拦下了。

"我找熟人，医院我来安排。你一个女人什么都不懂，这样去预约，起码几天后才能上手术台。你别操心了，我来安排。"看他说得那么有经验的样子，我半信半疑、半推半就地听了他的安排，只是我疑惑他的态度为何会转变得如此迅速和坚定。

"你怎么安排？你才来几天，连医院的人都认识了？"

他停下手中事情，看着我，一字一顿说道："秦苏，这事是我的错。你是无辜的，我伤害了你，所以我会做一切我能做到的事来保护你，把对你的伤害减到最低。请你试着相信我，好吗？"

我自然没理由相信他从此就是好人了，即使他满脸写着"我是好人，你相信我吧"，但我又不是小红帽，傻乎乎的就喊他大爷了不成？

尽管不信任，但我目前找不到比他更能依靠的人了。我和他在此事上，是拴在同一根绳子上的蚂蚱。

"记得帮我打电话给岳剑时，要他不要担心，说得轻松点，说我和女同事一起去的。"我叮嘱他，既而又补充说，"还要说，这次出差很轻松，跟旅游差不多，不用应酬喝酒的，也不会有危险的……"我越说鼻子越酸，万言也是一脸的沉默，第一次让我感觉他看起来像个好人。

他走到我跟前，轻轻地抱住我。

他的怀抱不带有一丝情欲，他知道如果他的怀抱是热情的，我一定会像一只小兽一样躲开，所以他的怀抱注定只是温暖的。

"你什么时候给岳剑打电话？"

"我……不知道啊，我还没想好怎么说。我不想骗他的……"我的呼吸有些困难，"我出去走走，这儿太压抑了。"

对于一个即将要上手术台的女人，确实很难有个愉快的心情。

"我下班了，我要一个人想想。"我整理了下情绪。

"你去哪儿？你别急，等等我，我把这儿交代下……"

我没理他，出去收拾了东西。李姐看我神情不对忙，拉着我收拾东西的手问："小苏，怎么了这是？"然后看看我从总经理办公室出来时没带紧的门，压低声音说："老总吼你了？你这丫头这么大人了，怎么这点气都受不了？都跟你说多少遍了，领导的训斥那得和吃饭拉屎一样习惯才行，都当委屈受，那这日子还要不要过了，你别往心里去……"她叨叨得让我吃不消，我红着眼睛跟她打个招呼就冲出了办公室，我怕再待下去会当着全办公室人的面哭出来。

下楼取了车子，都坐进去发动了，却不知道该去哪儿。回家吗？自己现在的状态，怎么才能在岳剑面前继续游刃有余地扮演平常的自己呢？我没信心，我怕我会哭出来，我怕我会在睡梦中说出来，我怕欺骗他的时候眼神里还继续带着无辜，我想躲得远远的。

一念至此，我又下了车，攥着车钥匙一个人漫无目的地朝快车道跑去，并不是想去撞车，只是想去感受一下临界点的刺激，好让我能稍微正常点。堕胎有什么好紧张的，人家十来岁的小姑娘上午堕胎，下午就左手棒冰右手香烟。秦苏，你真没出息，甭管别人理解不理解，你自己要坚信，你是为了正义，为了社会和谐，为了以后没纠纷，为了不酿出更大的悲剧而舍生取义、杀子成仁！

可是为什么心这么痛啊？虽然我对于做母亲没有概念，也谈不上母爱泛滥，但这确实是第一次让我有杀人犯罪的感觉。说一次谎话就要一圆再圆，做一件错事就要一错再错。现在这就是报应吗？

"秦苏！你站住！你要干什么？"一个男人的声音在熙攘的车流声中显得格外刺耳。没等我寻声望去，男人就冲过来一把扯住我。

"疯了你，这是快车道！你找死吗？什么大不了的事，你就这么点能耐吗？这就要死要活了？"万言朝我狂吼一通。等他拉扯着我上了人行道，他对我晓之以理动之以情晓以利害晓以大义。这家伙的口才绝对不输于我，怪不得做生意谈判什么的他都亲自出马。

如果我轻生，那我简直猪狗不如，死了就是卑鄙无耻下流、不忠不义不仁不孝，不仅不能死，还要勇敢地活，那活着简直就是对世界和谐以及人道主义事业做出了极大的贡献。死了被说得比基地组织还要邪恶，而活着就比党对祖国人民还要重要。

"懂了吗？"他咽了口口水。

我张着嘴，无话可说。对一个泼妇来说，最大的打击就是遇到了一个有专业知识的雄辩家，特别是这个雄辩家还散发着正义的光辉。

"我不知道该怎么跟他说我出差的事情，我怕我会说不下去，我怕看见他担心我叮嘱我的样子，我说不定会当场抱着他哭出来。"

他沉默了几秒，眼睛里一片黯淡。

"秦苏，今天别回去了，去我那儿住一晚，明天直接带你去医院。岳剑那里你就交给我吧。你今晚给他打个电话，说你已经到青岛了。没事儿，我保证不会有事的。请相信我，好吗？"

我望着他的眼睛，我知道此刻再没有比去他那儿坐小月子更好的办法了，至少我能得到照顾，怎么说他也是当事人，也是该负责任的。但我却本能地排斥着他的靠近，我怕跟他离得太近再惹祸上身。

"你一个人能去哪儿？去哪儿我都会不安心的。有钱的确能请到人照顾你，但是那种光景太可怜了，我不能同意。苏苏，听我的好吗？"他用不容置疑的口吻对我说。

"我先给岳剑打电话，然后我就关机。"我打定主意，开始翻号码，手指却不停地颤抖。

♣

# 第九章
# 孕事坎坷

　　"老婆！"他那边的声音有些激动，不知道为什么，我一听到他的声音就慌了，赶紧把准备好的话都翻出来说："老公，我马上要去青岛，紧急出差大概七八天。现在就要随队出发了。今晚我不回去了，老公你别担心我，我任务很简单的。去去就回，好了不跟你说了，我们赶飞机呢，详情你问万总吧！"

　　"我看到……"

　　"我挂了，来不及了……老公别担心我！"我啪地把手机合上，直接关机。在听到他说那句"我看到"时，我的心脏都停止跳动了，难道他看到了我的验孕试纸？现在无论发生了什么我都要矢口否认，我不能让他知道。

　　"要是他知道我怀孕了怎么办？"我喃喃起来。

　　"走吧，我带你去我那儿。"万言不理会发呆的我，直接拽着我的胳膊往他停车的地方走去。我似乎听到岳剑叫我的声音，我正打算往回看，却被万言一把塞进了车里。这个男人的控制欲真强，完全无视我的自主性。

　　我想现在岳剑正在他公司里忙呢，怎么可能出现在这里，八成是我的脑神经太紧张了。我靠在车座上，BOSS香水的味道让我绷了许久的神经松弛了下来，我渐渐有了睡意。我闭上眼睛找了个舒服的姿势就靠着车座睡着了。如果我能睁着眼睛往后看看，那么我一定能看见岳剑向车子行驶方向仓皇追来的身影在和我渐行渐远。

等我被一阵电话铃声吵醒时，我的头脑还是很不清醒摸索了半天才抓起电话。

我喉咙堵得厉害，用沙哑的声音说："喂？"

电话那头却是一片沉默，突然耳中传来一声咆哮似的尖叫，我耳膜一震，险些把电话扔掉。不过这一震倒是让我彻底清醒了，这里不是我家而是万言家，而能发出这么尖厉叫声的人，至今我只认识两位，一位是蔷薇，另一位自然是这个家的女主人。

"你是谁？你说你是谁？你怎么会在万言那儿？你们什么关系……"那头已经明显气到颤抖。

"小雪，不是你想的那样！是我啊，秦苏！我在这儿是……我要……我……"我突然发现我真是傻得跟十三似的，我干吗承认我是谁？我那声"喂"也不能让她认定就是我啊！就让万言一个人倒霉好了！关键是，我现在没办法跟她解释清楚啊，我说什么呢？说我打胎，来他男人这儿？难道他男人是妇科圣手？这完全没办法解释啊。

我真是想死的心都有了，这不是自己把自己给套进去了吗？我抓着电话，欲哭无泪。面对对方狂暴的语言攻击和恶毒的咒骂，我真想豪迈地朝她喊一句："闭嘴吧，再叨叨把你男人抢了！"然后把电话线一拔了事。

要是能那么冲动就好了。可惜我才没把握她的男人就是真的喜欢我，而且我更不能失去我的岳剑。这场面我怎么收拾啊？我真是个闯祸精，什么好事也办不了尽干坏事。

我以尽量平静的语气把事情说一半留一半地跟小雪解释了，她那头只是哭，一句话也不说，我最后无力地说了句，信不信由你吧，万言只是我领导，然后我就把电话挂了。

我赶紧给万言打过去告诉他刚刚发生的事情，那头占线，估计小雪已经抢先一步噼里啪啦地开骂了。

我无奈地苦笑了一声，靠着床瘫坐在地板上。

莫非我是祸星转世，谁遇到我都得倒霉？这对小夫妻本来多好啊，男才女貌金童玉女，现在搞得女的哭天喊地，男的焦头烂额。

唉，算了吧，万言那种不安分的东西可不是什么好男人，就算没我，也会有小 A 小 B 小 C，我何必把自己想得那么举足轻重呢？

我又含泪想了一遍我家岳剑，他要是没遇到我，估计和蔷薇过得也很好吧，好歹蔷薇也是初婚，哪像我！岳剑娶我肯定没少被人白眼议论。那么好的孩子，偏摊上我这么个老婆，虽说我一直都没介意过别人的眼光，但我怎么会不知道自己是二婚女。

后悔的事太多了，最后悔的就是如果当初我没有坚持去迪拜度蜜月，现在我们该少多少烦恼啊，可能都已经给我的婆婆大人报喜了。又怎么会是这种偷偷摸摸等手术的凄凉光景？

不知坐着发呆了多久，我被一阵急促的车鸣声惊回了现实，接着就是门被用力打开，岳剑冲了进来。我在大脑空白状态下被他一把大力地搂住，耳中尽是他的哽咽。

"苏苏，你为什么要这样，你吓死我了你知道吗？我以为，以为你要丢下我……"他的声音不可抑制地颤抖着，牙齿咬合得吱吱作响。我不明所以，任他抱着，抬头看着万言，他没看我，眼睛没有聚焦地看着窗外肆意倾泻的午后阳光。

我明白他避开我的眼神就表示他出卖了我。我不禁觉得好笑，真是个善于迂回的人，费这大劲儿干什么，当时直接岳剑打个电话不就好了。

岳剑显然没有打算在万言家里谈事情，他在上车前跟万言彼此贴耳说了几句，又是眼神交流又是大力地拍拍对方的背。我就知道他们的关系已经由普通合伙人上升为好兄弟了，还是那种有特殊感情的兄弟情谊，而这份特殊感情的产生自然是因为万言在岳剑儿子生死的事上立了大功。

我不禁扯起嘴角自嘲道："到底是谁的儿子？"

临走前我给车外的万言一个凄惨的微笑，我想问他，他准备置我于死地到何种地步？

岳剑上了车看了我一眼，已经没有当初抱我时那种急切的温柔，整个人身上带着寒气，车内的气氛一下降到冰点。我知道此事我全错，即使是岳剑知道的范围也是我全错。他专心致志地把车开得极快，我只好把脸侧到一边，无聊地看着车外一路倒回去的绿化带，还有路边一闪而过的打情骂俏的情侣。

　　一路上他没跟我说半句话。

　　进了门，他用力地把钥匙丢到玻璃茶几上。我好想躲回房间里睡觉再也不起来，可无论如何我总得和给他一个交代。

　　"过来，坐下！"他的声音里，有着让我陌生又惧怕的威严。我终于明白以前不是我不怕他，而是他没真的发怒。其实他暴怒的样子真的让我很恐惧。

　　我小心翼翼地坐在他对面，他摸索出烟，手边没打火机，又去房间里拿，等他点着了，用力吸了一大口，然后长长地喷出了一口气，好像要极力平静自己的情绪，但又实在无能为力。

　　我平时看到他抽烟肯定是大眼瞪小眼地鄙视他、呵斥他、谴责他、严重警告他，可今天我不敢，连象征性的咳嗽都省了，只是在他喷出残烟的瞬间侧了下身子。不知道是不是觉察到我的细微动作，他坐直了身子，把烟按灭在烟灰缸里。他两手交叠，好看白皙的手指上那明晃晃的白金戒指提醒着我，眼前的男人跟我是一对。

　　"为什么不要孩子？工作比孩子重要吗？就算真不要，是不是该跟我说一声，好歹我也是孩子父亲，这点小权利还是有的吧？你就算是告诉我一声，岳剑，你曾有个孩子，你的生育能力还是正常的，我也好放心放心，不是吗？"他显然是受到了极大的打击，眼睛红红的，跟我肿肿的眼睛遥相呼应。

　　"我错了，是我的错，你别难过了。"我先道歉，不管怎么说，我的态度要摆正。

　　"你错了？这是错了的问题吗？我想问你，如果万言他不打电话给我，我是不是一辈子就被蒙在鼓里，一辈子也不知道这个孩子？秦苏，我真没想到你会……有一天会这样对我。你知道吗？我今天过得有多惊心动魄！你知道吗？我痛苦得……"他把烟灰缸里按掉的烟又拿起来点着了，猛吸了几口缓了一会儿。

"我中午回家取材料，想起来那张纸好像被我扔了，我只好去翻门外的垃圾，结果给我翻到了什么？我看到了怎么能不急？我以为你只是没告诉我，我高兴坏了，我兴冲冲地跑去你的公司找你，老远就看到你站在楼下。我要喊你回头，偏偏这时你打电话告诉我你去出差了。真是活见鬼！我就站你背后看着你和万言纠缠不清地在拉扯，你却告诉我你去赶飞机，还上他车走了，我连追都追不上。打你电话关机，打他电话没人接。我怀孕的老婆和另一个男人在一起算怎么回事？我当时的心情你能理解吗？最后虽不是我想的那样，却比那样更让我难受……今天过得太刺激了……"他脸上的痛苦让我心疼极了，我好想抱住他，告诉他一切都不是真的，我爱他，我想为他生孩子。

"你能想象得到我开着车满城转就是找不到你们的感受吗？我到处打电话打听万言住址，可我问谁去？一个人都不知道！我找不到，我多着急，你知道吗？"他几乎是吼起来。我知道他需要发泄，我早已做好了准备，但是我依然被吓哭了，却不敢拿纸擦泪，只好捂着嘴任它流。

"好在他给我打电话告诉我，我老婆怀孕了不想要，是我老婆太能干了不想这么快要孩子，所以要请领导帮忙一起骗我偷偷去做流产。秦苏，你知道那是什么感觉吗？好像我是一个和你不相干的人，你的孩子我没有资格参与，我是局外人，我像个笑话要别的男人来告诉我，我老婆怀孕我老婆打胎，我是什么？我他妈什么都不是！是不是，秦苏？"我再也忍不住，哭着扑上去抱住他，他的身体也抖动着，我知道他哭了。

"岳剑，对不起，我真的不是故意的。如果知道现在会这样，我情愿……"

抱头痛哭的窘境被我们演绎得分外自然。我的岳先生哭得像个孩子。哭了一会儿，我感觉胳膊上凉凉的，别人泪水都是滚烫的，岳剑是不是泪腺冻住了，怎么是冰凉爽滑的？

我松开他一看，顿时悲剧。这小子太恶心了，把鼻涕蹭到我胳膊上了。真是哭笑不得，他也窘得半死，连忙拿纸给我擦，然后我们俩都破涕为笑，看着对方的核桃眼。

"看你下次还敢不敢自作主张？"他继续叫嚣着，经过了刚才流鼻涕的窘境，之前的嚣张气焰已经不复存在。我赶紧赔着笑脸，凑上去示好，表示以后一切听从党和国家的安排，但我仍然不放弃一丝希望。

"那个，孩子就一定得要吗？你媳妇目前正处于事业的上升期，而且这段日子都没好好吃饭，又吃了好多避孕药，所以这孩子完全就是个避孕失败的产物。带着这种不被期待的心情来到世上的孩子，你就不怕他生出来是个兔唇、斜眼、白痴什么的？"我说得严重，可他却一副云淡风轻的神情，尽管眼睛红肿得不像话。

"不怕，是怪物我也养大他！反正我岳剑的孩子没有胎死腹中的道理。苏苏，这是我们的孩子，我作为爸爸一定会保护好他！"

好吧，你很负责任，但是我的心在撕裂。你知道不知道这很可能会要了我的命啊！

折腾了一天的我们洗了个鸳鸯浴联络感情。他摸着我的肚子，像个毛手毛脚的小猴子，不停地碰一下，对自己的孩子显示出了极大的兴趣和爱心，还时不时大叫道："动了，动了，蠕动呢！太可爱了，是不是？"

我白了他一眼，你以为怀的是毛毛虫，还蠕动……

"才九周哪能有胎动？还是个小指甲大的玩意儿。你别心急。"我看他温暖的父爱光辉已经满满当当了，实在不忍心再提什么流产之类的话来扫他的兴伤他的心，虽然我仍然没有死心。

不过，唯一的好处就是岳剑表示从今天起不让我做饭，我表示同意。他继而表示希望我辞职在家好好安胎。

"才两个月不到安什么胎？肚子都没大呢，你太矫情了吧，我才升的职。"目前，我已经把才升职作为一句万能胶来抵御各方压力。他想想也同意了，只是一个劲儿地嘱咐我要小心身体，在办公室能站着就不要动，能坐着就不要站着。恨不得派个保姆去公司伺候我，还说公司那儿会跟万言打招呼让他照顾我。

听到万言的名字我全身一冷，这个男人隐藏得太深了，先缓住我再找岳剑。我不由得冷笑，你以为你这样做能得到什么？

次日，我准时去上班，进了办公室跟同事打了招呼，我就一头钻进总经理办公室。

"你别说话，听我说！"一进去就伸手阻止了做好说话准备的万言。他眼中有血丝，显然没有睡好，除了为我的事操心他还得应付宋雪。

"这个孩子，有机会我就让他消失，你以为你那种手段可以得逞吗？我跟你没什么好说的，只是想奉劝你一句，做事情别太过，否则，总会引火烧身。"撂下话我就打算离开，他在身后叫住我，声音有些沙哑。

"秦苏，不管你信不信，我没有任何邪恶的目的，我只是想争取一些可能的机会。我希望你能公平一点，这个孩子是被期望的，无论是谁的，我都希望你能把他生下来，让老天来决定他的未来，好吗？"他殷切地望着我，眼里尽是焦灼。

可是，我不会同情他，因为这些伤害已经不可避免地发生了。我望着他的眼睛，一字一顿地说道："即使我把孩子生下来，他都是属于岳剑。我和孩子永远属于岳剑，而你自始至终都是局外人。"

他没有再说一句话，只是扯起了一抹微笑，一直到我摔门而去，他仍旧那样笑着，不表示欢喜也不表示遗憾。

我怀孕的事没有告诉任何人，在闺房里我用武力征服了岳剑，让他先别告诉他父母，等孩子养足三个月再说。岳剑起先不肯，迫于我的淫威，他终于答应了，但我仍有点不放心，他答应的状态是意乱情迷的，谁知道他睡醒了是不是就欢天喜地地哄他那四个老人家去了？

我再次打了电话给他，叮嘱他这是风俗不可以破坏，要是孩子出事了别怨我，把他吓得一愣一愣的，直说我迷信。我又再三恐吓他，他方才一再保证绝不做伤害孩子的事。

不多会儿，小雪的电话打来了，我想都没想就接了。谁知小雪的态度异常地好，一听声音我就知道万言这个雄辩家已经很顺利把她摆平了。

要说做男人做到他这份儿上也太成功了，居然让自己的老婆给"小三"打电话道歉。我要听到有女人睡我男人床上接电话，再怎么解释也不能接受。

我一边听着小雪的诚恳言辞，一边朝总经理办公室的磨砂玻璃竖起大拇指。万言，你有两把刷子。

"真不知道你遇到这事，孩子多好啊，干吗不要？女人有事业心是好事，孩子也是家庭稳定的关键啊。我想要还没有呢！苏苏姐，你可要想开点。"得，她居然也来劝我了，真是万言调教出来的好老婆，果然够乖够听话。

"那天，我真是气极了才口不择言地骂你的。我不是故意的，真的是因为我太生气了，我要知道你当时是那样的处境和心情，我怎么也不会……真对不起！"

行了，小雪你别说了，再说我就要折寿了。

"是我有错在先。如果我不那么糊涂，想着要拿掉孩子……真的是找不到人帮忙，朋友、家人都不会同意我流产的，我没办法只能求万言帮我。不好意思，害你误会了，小雪。"

欺骗已是我的生活所需。

此刻我的心情不再忐忑，一切谎言都变得自然、生动、真实。我从来都不认为我是个善良的女人，此刻我也不会在乎我是否更邪恶。

回到家，在我的逼问下，岳剑坦承自己只把我怀孕的消息告诉了他大姐，并且保证他大姐绝对不会告诉他的母亲大人。对于他的保证，我是很不信任的。幸好把宝宝生下来的决心已经渐渐坚定，所以对外宣布我也不是很在意了。

隔天岳剑去出差了，我在他离开前对他叮嘱了一通，叫他注意安全，并且警告性地在他的包包里塞了一盒套套。他的脸色很窘，却不敢跟我摆脸子唱对头戏，谁让我是伟大的孕妇。

他不在的几晚我真是度日如年，倒不是长夜漫漫寂寞得无法睡眠，而是我的婆婆大人从岳剑他姐那儿知道了我怀孕的事后激动不已，亲自前来慰问。

她拉着我的手，煽情了一大通责任和使命，并且邀请我第二天晚上去府上向爷爷奶奶汇报孕期工作，说说心得体会和思想动态。我脸上的惨笑一直挂到婆婆大人仪态万方地登上保姆车，朝还在傻傻挥手的我喷着尾烟而去。

第二天晚上，我准时出现在公公婆婆、爷爷奶奶、后妈和两位姐姐面前。我的笑容是艰涩的，眼神是闪躲的，声音是颤抖的。

"现在孩子懂的保养知识不比我们少，会自己照顾自己的，我们到时候多做点好汤送去好了，今天先开饭吧！"公公看出了我的不自在，赶紧让他的双亲大人停止叮嘱。我感激地望了公公一眼。

今天后妈对我的态度依旧不冷不热，但明显气势弱了很多，多数时候只是不太理我，偶尔说两句女人不要太娇贵之类的不痛不痒的话。于是我自动屏蔽了她的所有言论，要知道一切对我造不成杀伤力的言论都是废话，后妈还请继续努力。

第三天，本以为终于得到解放的我，又被叫回了娘家。妈妈眼睛红红的，激动地拉着我的手说我终于混出头了。

我不禁白眼，你女儿就这点能耐，就靠最原始的母凭子贵才能算是混出头了？未免太瞧不起我了，连自己的亲妈都瞧不起自己，我这人生也太失败了！

所以一晚上我都不太高兴，妈妈才不管我的情绪，一个劲儿地叫我别吃这个别吃那个，我不耐烦地说："你别说了，昨天在大宅子已经听烂掉了，老的说完更老的说，现在回家还没个清净，不就怀个孕吗？多大的事啊！"

我妈眼睛一瞪不高兴了："你这什么态度，我是你老娘啊！我当然都是为你好！翅膀硬了还是我女儿，说你两句都不行了……"

完了，我随口的几句不耐烦立刻为我招致了杀身之祸。妈妈从翅膀硬了一直谴责到不孝顺，我无奈地叹着气。

终于盼到了岳剑回来，我不顾他旅途劳累就扑上去呱啦呱啦地向他吐苦水，把这几天的委屈和无助描述得凄凄惨惨戚戚。他边脱衣服边听我说，表情没有一丝不耐。我一直追到了洗手间，边看他洗澡边说。

"我洗澡呢，别把你衣服弄湿了，过会儿再说吧。"他朝我商量道。我看他这么给面子怎么能不配合，于是我风情万种地一回头，表示在床上等他。我回了房间爬上床，正好看见他的手机在床头。老公出差归来，手机触手可及。

我毫不犹豫地抓起来翻短信，一看头都大了。原来我家平时酷酷的岳先生竟是个大骚包！发件箱里是他群发的消息，收信者多达二十几人。

"哈哈，本人正在出差就不一一打电话了，向大家通报一声，我老婆怀孕了！"

看到这儿，已经不能用激动来形容我现在的心情，那是赤裸裸的无语啊！岳剑真是个演技派，我这么有洞察力的人都没窥见他隐藏起来的真面目。真是无比的惭愧！

我继续翻看他的收件箱。回信是各式各样的。

"恭喜了，为你感到幸福！"（这是最正常的。）

"行啊，岳剑！多日不见，原来您在规划祖国下一代的蓝图啊！"（这还算比较正常的。）

"等满月，一定包一个大红包给干儿子！"（这是比较实在的。）

"哎，孩子出来了又要放一次血，明年老子又要多一份人情份子！"（他竟然还认识经济不宽裕的人，还是守财奴。）

"有你小子乐不出来的时候！"（这是一两岁孩子的爹。）

"那你小子还不赶快请客，记得是大餐！"（这是跟我似的只知道吃的。）

"等生了闺女再跟我联系，儿子就免了！"（这是给儿子物色娃娃亲的。）

"那我可怎么办，看来真的没戏了！"（我倒，他的朋友里还有对我念念不忘？其实是我自恋了，也许是对他念念不忘的，现在 BL 是王道啊！）

"你这个叛徒！"（这是当年一块发誓将来不要孩子的。）

"好事啊，等下生出来看长得是像我还是像你还是像隔壁老赵……"（这是爱说荤笑话的。）

"我就纳闷，你怎么一出差就当爹了呢？"（这是非常之无耻的。）

"真的，岳总，我发誓不是我干的！"（最让人吐血的。）

"傻乐什么啊，你当爹我还当爷爷呢！"（这谁啊，他老爹？我一看还真是他老爹。）

"岳剑哥哥，你家里有了孩子可不能不管我们母子啊！"（这玩笑开得也太大了。）

"你老婆不方便的这几个月你可以来找我。"（这谁？太缺德，逗他流口水！）

看完了，我笑够了，把手机放回原处。岳剑的形象成功地被他自己的短信给颠覆了。一直以来我都没有好好地去了解过他，想不到跟我是一路人啊，人前扮正经人后羊痫疯，都一路人，亏我们还忍得那么辛苦。他那些狐朋狗友跟我的那些比起来，有过之而无不及啊！

等岳剑从浴室出来，看到酥胸半露、眼角含春的我正脉脉秋水地望着他，这家伙就嗷嗷地扑上来。我娇笑一声，抵住他的胸膛。

"不许动！老实交代，有没有在外面做不正当的勾当？"

他急巴巴地表示绝对没有任何不合法行为发生，连梦里都是规规矩矩的。这么虚伪。我推开他表示不满。

他连忙揽住我说："老婆，我带了礼物给你。"

我立刻两眼放光放弃抵抗抓住他胳膊问是什么。他照旧继续他急切的动作，在我的不抵抗政策下顺利把我压倒，给我明媚的诡异一笑。

"朕三日积蓄，一毫不差地全数归你，爱妃！"

第二天晚上，我跟岳剑一起去大宅正式向几位老人家磕头报喜。

今天大姐二姐也到了，从没见过面的姐夫们也一起来了，大姐四岁的儿子也一并带来了，人聚得还挺齐。

给爷爷奶奶磕完头以后，我怀着激动的心情领取到了四个大红包。捏一捏，嘴角不着痕迹地咧开了，一年的工资有了。

我想找个空把红包拿回车里放好，免得抓手上不方便；要是碰见了小朋友什么的，他跟我要我还不好意思不给。话说这孩子第一次见面是不是该给个见面礼什么的？

不管了，我一狠心把红包丢给岳剑。给不给小孩子是你的事，回了家你还得把相同数目的钱交到我手里，一分钱都不能少！

他显然认为我把钱交给他是在长辈面前给他做脸的表现，爱抚地摸摸我的头以示赞赏。我斜着四十五度的眼睛觑他，这家伙的反应确实不怎么样，死笨死笨的！

然后我就坐在沙发上听着岳剑跟他的姐夫们聊股市，听得我无聊得皮痒痒，忽然右边婆婆大人的一句话飘到我耳边。

"最近腰腿疼的毛病犯了……"

我得令，立刻谄媚地上右边去了，关切地问："妈，怎么了？是不是下雨下得潮气太重了？"

两个姐姐相视而笑，婆婆的脸色有些窘。我真后悔没把整句听完就急巴巴地凑上来了，这下肯定是闹了什么笑话。

"没什么，是认识的一个朋友腰腿疼的毛病犯了，我正念叨呢。"婆婆笑得有些尴尬，两个姐姐相视一笑。

"一个叔叔。"二姐揶揄地补充道。我恍然大悟，看来婆婆并不是我想象中的忍辱负重啊，她也在积极地寻找第二春！可敬可敬，住前夫的房子，泡自己的凯子，让别人说去吧！果然是岳剑的妈，我秦苏的婆婆，就是大气就是高端！

我敬佩的眼神让婆婆有些不好意思，她拘谨起来咳嗽一声，恢复了以往威严不可侵犯的模样。我知趣地赔笑，说了几句今天天气不错之类的废话，华丽地退回岳剑他们的阵地。

我出了一头的汗，对于婆婆大人显然不把我当自己人的做法颇有些微词，我可是把她作为最高精神领袖来瞻仰的，怎么能这么对我，太寒了广大人民群众的心了。

听不懂岳剑他们讨论股市，也不能跟婆婆和姐姐们唠家常，我觉得很无聊。这时，我发现了小客厅里大姐的孩子一个人在里面玩，想表现一下对孩子的爱心，于是我就跑去打算陪他玩会儿，反正他也落单我也落单，凑合吧。正好我又是孕妇，沾沾孩子气是有好处的。

他长得圆乎乎的，像个球似的，跌倒了连翻个身都费劲。我用我最娇柔的声音问他叫什么。

"我叫林第。伯母！"我去！叫我伯母？

我白眼一翻，"叫姐姐！"

"不，你是大婶！"

这是什么破孩子！虽然辈分没错，但是你叫声姐姐会死吗？我回头冲到客厅拿了钱包，抽出几张百元钞票。

"小孩子，喊姐姐，这钱就给你了！"我有些恶狠狠地说。

不知道他是被吓住还是受诱惑了，怯生生地盯着钱，叫道："姐姐。"

我满意地看着他把钱拿走，又突然觉得我跟个小孩子较劲儿有点傻，还被他喊声姐姐骗了几百块。我这智商怎么了？

我很想把钱要回来，又不好意思说，再说他也不一定给，说不定要急了跑去他妈那告状，说我欺负他，把我逼他叫姐姐的事一说……我还做不做人了？

于是……

"小朋友，来来来，姐姐教你叠纸船。把刚刚姐姐给你的票票拿出来，姐姐给你叠个大的，能在海上航行的。"我温柔地连哄带骗。小孩坚定地摇摇头。

"我去拿更大的纸！"然后头也不回地钻进隔壁房间，拿出一沓报纸给我。

"姐姐，我们一起叠，看谁叠的好！"我满头"黑线"。

这孩子在我发愣的当口，又跑去看书了。

他抱着书抓耳挠腮的样子非常可爱。听岳剑说这孩子才丁点大，大姐就让他学这学那的，说是一学就会，一看就懂，可见这孩子还真是聪明。

"来，给姐姐念念你学的东西，看看你学得好不好。"

这孩子看我感兴趣，就举着课本咿咿呀呀地开念了。

"人……生……是……什么？"

我一惊，这孩子才几岁啊，就开始想这么深奥的问题了！啧啧啧……果然是天才啊！我活二十七年，还没思考过这么深入的问题呢，真是让人汗颜啊！我坐直身子，严肃地思考了一下，心里暗暗组织了一下语言，对于小孩子人生的初步概念，我得认真想想再回答他。

孩子接着念道："人参……是……—……种……中……草……药！"

这要是我的孩子，我肯定揍他！突然不想管他了，就叫他去一边玩，我坐在小客厅里看电视。

看电视不由得就调到了少儿频道，毕竟我马上就要初为人母，像我母猴子似的性格肯定带不好孩子，我得好好看看。先看了会儿教家长怎么识别家里的药品和危险品。我一一记下了，这个很重要。然后又说到给孩子洗澡的问题，我看得格外认真。一会儿专家让所有的妈妈们考察自己的孩子，说是看看小孩遇到危险怎样处理。

我想这专家真聪明啊，先锻炼锻炼孩子让他们有安全意识，高啊！真有先见之明！于是，我就把目光投向旁边已经把心思转移到玩手指的大姐儿子身上，先拿这小子试试手。

我站起来把门关了就把他叫到面前想考考他。

一句话没说，突然装作晕倒的样子倒在沙发上，我看他会怎么办。聪明的孩子该去叫大人或者打电话什么的吧，我心里笑着，看他打算怎么办。

"姐姐……姐姐！你怎么了？"可爱的童声喊着，并用手翻了翻我的眼皮。真是聪明的孩子啊！

"伯母……你真的死了吗？"他的语气里充满了疑惑还有淡淡的悲伤。我心里一紧，不会把孩子吓着吧？我别真把孩子吓坏了。

然后我又歪沙发上等了好一会儿，没听见动静。我纳闷了，歪头透过眯缝的眼，我看到他在数我钱包里的钱。

我狂暴！

当晚，我差点儿被气得憋过气去。要是我的孩子生出来是这样的，我可以一死以谢天下了。

临走时，他跟我亲热地拜拜，还蹭到我脸上亲了一口，表示他喜欢我。我无奈地假笑，谁又知道我的心里早已悲伤逆流成河……

♣
# 第十章
# 蔷薇的春天如此破烂

我怀孕的事已经在办公室传开了，同事们都跟我道了喜。我在办公室也成了重点保护对象，谁都知道我的丈夫是个金龟独子，我这肚子里的自然就是龙种。李姐更是叫我别上班了回家养着。

我心里屈死，半点怀孕的感觉都没有，却要承受别人看孕妇般的眼光。我的身材没肿啊，干吗拿我当孕妇看？更可气的是，万言每天都叫王秘书给我送参茶。美其名曰，放他那儿他也不喝不如拿给秦苏喝，做个顺水人情。

谁不知道那参茶是近期才出现在他办公桌上的？

最夸张的是，他还给我搞了个巨大的软垫。我的天，我每天活蹦乱跳的就差没上房揭瓦了，用得着这么小心翼翼地给我制造恐惧，烘托紧张气氛吗？

说也奇怪，怀孕十周至今没有出现妊娠反应，呕吐、头晕、恶心的症状都没有，每天照样鲜活得很，鲜活得甚至让我自己都疑惑起来。

"我到底有没有怀孕啊？"

岳剑听到这话时，正在喝早茶看报纸，被我一说，也不由一愣。

"可是有很多人知道你怀孕了啊，不要闹笑话哦！"

我心虚了，这总不至于弄错了吧。真错了，那这破医院也差不多该关门了。我忍不住怀疑，于是又买了试纸，在岳剑的监督下认真地测了，果真是怀孕的。至于没妊娠反应，那大概是我身体太强悍了，连岳剑都竖起大拇指夸赞道："我老婆果然天赋异禀！"

隔天蔷薇约了我一起出去喝茶，这女人今天火气贼大，上来就一屁股坐在凳子上，气喘吁吁跟得了哮喘似的，还拉着风箱似的鼻音。她粗鲁地翻开菜单，颐指气使地朝服务员比画了几个点心和饮料。

她一脸不爽地摇着头，表情落寞中透着杀气，朝仔细观察着她的我毫不淑女地喊起来："看什么看，没见过美女啊？没见过世面！"

"你吃了火药了？是你约我出来的耶！我现在可是家里的重点保护对象，我是冒着被口水喷死的危险才来的，你居然这个态度！"

"我怎么你了？现在说话大声点都不行了吗？怀孕了不起啊？"她的嗓门成功地把周围人的目光吸引住。大家都把眼光投到我的肚子上，我大窘，拿包放腿上挡住并不明显的肚子。

"你到底干什么？"

"找你出来聊聊啊！闷得慌！"她二郎腿一跷，自顾自地说，"下个月有个大学同学聚会啊，你身子不重就去吧。难得组织一次，好像还是那个暴发户的凯子组织的。"她看我好像不感兴趣，继续说，"好歹你现在身份不同了，也让他们见识见识什么叫阔太范儿！以前那个老喜欢跟你较劲儿的林辰，这次让她再嚣张看看！"

她跟林辰的宿怨已久，从刚进大学校园到现在还在暗战，真够持久的，我一直都是坚定地和蔷薇站在一边的。虽然蔷薇一直说林辰爱跟我比较，但实际上我只是不明真相的旁观群众。好吧，为了蔷薇我也该去的，谁叫这死女人跟我是至交呢！

今天蔷薇的情绪一直都不好，我想多半是感情又出问题了，正想着怎么问她，她的电话就响了。

"张总！是，在和朋友喝咖啡。没事没事，不打扰……您说……是这样的，张总，你在家里的电脑上按了 CTRL+C，然后在公司的电脑上再按 CTRL+V 是肯定不行的。即使同一篇文章也不行……不不，多贵的电脑都不行……"

我听着她说的话，脑子一下掉链子。蔷薇挂了电话，继续喝了口咖啡，似乎她一点也不觉得刚才的对话有什么不妥。

"那是什么人啊？怎么那么白痴？"

"我的顶头上司，现在看上我了，屁大点事也要问我，我烦着呢！"蔷薇继续晃着她的左右闲不住的腿。

"你又回去正常上班了？不潇洒了？"

"没办法，老娘又被甩了，不上班吃什么，回家吃自己啊？"

我早已料到是这样，叹了口气说："你就不能自己抓紧点，年纪也不小了，找个合适的就嫁了，别老把自己当嫩白菜似的。现在流行的是二十岁的，多老的男人都喜欢二十岁的。我们这年纪已经是非主流了，别自己太稀罕自己！"我说到一半的时候，她就开始拿白眼翻我。

"我有过从良的美好愿望啊，我看好过岳剑啊，想骗他进坟墓啊，可是一不小心被你撬墙脚了，也不想想姐这浑浑噩噩的人生谁造成的！"这女人眼瞪的，眼斜的，眼珠翻的……我立刻心虚，拍着肚子安慰自己，既然已经这样了，孩子都这么大了，就别愧疚了！何况又不是我有预谋的，完全是情不自禁。

我赶紧换话题。

"你跟那暴发户怎么分手了？不是我八卦啊，我是关心你。给你点中肯的意见，你也看见我的成功经验了，跟我学有前途！"

蔷薇一听我提起前男友，立刻浑身上下一阵紧绷，小宇宙燃烧得噼里啪啦的。我瞧这战斗指数绝对是泼妇瘾发作的前兆，赶紧低声："这是公共场合你别开骂啊！注意点影响。"

她那眼神要多愤怒有多愤怒，拳头捏得要多响有多响。

"你不知道，姐们儿我这次可是被玩惨了！原来那男的有老婆。你不知道姐们儿这次被骗得多惨，贞操事小，关键是我还带他回了家，去了朋友的生日，去了朋友的婚礼，去了亲戚家小孩的满月酒，我恶心不恶心，惨不惨？姐现在被人家的老婆追杀，上班都要戴黑超裹风衣。"

"追杀？那我跟你在一起喝茶有危险吗？我可是孕妇……"

蔷薇气得白眼翻得险些下不来了。

她拉着我一把鼻涕一把泪地叙说了一个惊天动地、匪夷所思却有点感人肺腑的爱情故事。这个故事里没有坏人，所有人都是被逼的，所有人都是无奈的无赖。这个暴发户与灰姑娘的故事，轰轰烈烈地巡回上演了四个多月，玩遍了浪漫和激情。最后的结果是，此君早有妇，此妇很悍妒，家中万贯财，全是悍妇铸。简单来说，这个暴发户是个吃软饭的水货。十二点过了，灰姑娘被打回原形，没捞到一点钱，悲剧啊……

听完她的叙述，我非常善解人意地问了她点实质性的问题："那你上次送我的钻石项链，还要还给你吗？"顷刻间就遭到了她的白眼。

"不是钱的问题，我现在就是伤心被男人骗了。"

"你爱他？"我也进入了状态，用沉静不失感性、深情不失端庄的语调问着。

"我爱他个担担面！只是痛心。姐驰骋江湖这么多年，没想到晚节不保，被一个男人给骗了！"

我叹了口气，蔷薇你真不应景，我刚进入状态。

"还好现在没多少人知道，不过这种纸包不住火的事迟早是要被传开的……何况那个死女人一直在追杀我，我被骚扰得要疯了！"

"她有那么恐怖吗？怎么追杀你了？在你家门口用喷漆写字催债了？"

"她每天都叫一个男人打电话威胁我，一会儿黑道大哥来吓唬我，一会儿派出所'干事'警告我说我妨害别人家庭。为什么我就这么倒霉，为什么？"

"算了，不说了，姐忧郁了……"

"就你还忧郁？你得了吧，那心眼粗得跟下水道似的。"

她给我一记白眼，说："你真是土了吧唧的，这年头不得个抑郁症什么的，你都不好意思见朋友。"

我被她说得无语，确实啊，这年头忧郁最时尚了。在没有意义的叹息声中，夕阳的余晖洒在我们两个身上。

我的工作是相当轻松的，万言格外地看顾我的身孕，我是基本上做到了能站着绝不走着，能坐着绝不站着。我的婆婆大人更离谱，居然让大宅子的保姆三天两头给我送大补汤。我深深地意识到，要是再这么吃着懒着，我的身材很快就要以一个大跃进的速度变成全新的妇女秦苏了。于是，我开始注意运动，开始逃避婆婆的补汤，开始找理由出去蹦跶。

可喜的是我长了肉，小腹也真的有一点点隆起了。这说明我的宝贝还是在茁壮成长的。

自从蔷薇分手以后，她三天两头就给我打电话，抱怨上司如何骚扰她，那女人如何追杀她，她是如何顽强地与上司搏斗，又是如何凶悍地跟那大老婆过招的。我听得格外吃惊，蔷薇什么时候这么英勇不屈这么坚忍不拔了？后来才知道，原来是跟上司在温床上肉搏，跟那女人是在电话中对骂。

从来不让我感到意外的蔷薇啊！

轰轰烈烈的同学聚会在鸟不拉屎、鸡不生蛋的方山温泉会所举行。组织者是素有"钱多烧包、闲就蛋疼"的祖国欣欣向荣的房地产事业继承人之一的王思。他奉行一贯的烧包政策，包了最豪华的会所，定了最高档的宾馆，开了最贵的宴席，吃最大的澳洲龙虾，品最正的鲍鱼。

我开着宝马车载着颓废的蔷薇，微微开了点小窗，风把我的长发吹起，后镜里的我是如此的意气风发、扬眉吐气。

我们到的时候，同学都差不多到了。外地的同学都是提前赶来的，被安排住四星宾馆。下车前我们在车里补好了妆，怎么说我们姐俩也是大学时代的男生们心目中念念不忘、你争我夺的主儿，现在虽然快三十岁了，形象也不能太对不起观众。

等我们进了厅，就立刻有夸张的尖叫响起，赫然是本次活动组织者王思，他正一脸贱笑并风骚地朝我们走来，身上的肥肉一颤一颤的，险些把油抖了下来。

"两位大美女终于来了，我们这群狼都望眼欲穿了！"

"路不熟，费了点时间。"我小心翼翼地捂住肚子，避开他的爪子。意思是提醒他我是有身孕的人了，别毛手毛脚的。这厮也不迟钝，立刻拱到蔷薇身边，亲热地跟她嬉皮笑脸起来。亏得蔷薇的思维和内心都强大，居然也能笑得花枝乱颤。

我们和同学一一打了招呼，真是人到三十方知恨。还没到三十，我已经很明显地感觉到了大家的变化。女人脸上的粉越来越厚，衣着也不再挑鲜艳的穿，开始计较别人的看法。男人的胡茬越来越懒地停留在脸上，有的人甚至不再计较有了啤酒肚，而且把这作为一种炫耀的资本，没办法啊应酬多，酒不喝不行。

无论你是在魔兽、CS，还是蹦迪、泡吧，无论你装得多嫩，岁月总会在你的心理和身体上留下烙印，再厚的粉妆、再多的应酬借口都无法掩饰变老，掩饰永远都不能改变事实。曾经人见人爱的林辰林大美女，此刻正依旧姿态高贵地端着酒杯在一群男人中巧笑倩兮。我心中哑笑，看你还能笑几年？三十岁一过，一样是人老珠黄一根草而已，要是不提前抓紧丰富自己的内涵，就等着人见人烦吧，没什么比花瓶老了更让人扼腕痛惜的了。

蔷薇一看到林辰立刻马力全开，挑衅地看着正在草丛中周旋的林美人。林辰也毫不顾忌地回敬了蔷薇一个恶毒的眼神。

"哟，蔷薇，您来了也不招呼一声，我差点儿没发现，怎么越长越低调了？最近憔悴了很多嘛……啧啧，滋润不够呀！不是听说你跟了个大老板吗，不应该这么颓啊？"依旧是那个讨厌的声音。说实话，不隔着这层蔷薇的关系我也不喜欢这个林辰，除了本能的同性相斥，还看不惯她做人太高调，爱伤人又恶毒，一点儿素质都没有。

"哦，私事不劳您惦记着，您先管管好自己的事吧。听说你跟那穷光蛋前男友分分合合数十载，打算什么时候修成正果啊？我也好去凑个份子喝杯喜酒，给你祝福祝福！"蔷薇叉起了腰，这是她要开始泼妇的表现。

"我这个人一向传统本分，不像某些人光知道钱和大款，也不管人家多大年纪，什么长相，有没有老婆。"说完还往女人堆里喊了一句，"这个社会就是给这些没道德的女人搅坏的。"

"呵！"蔷薇高调一喷，"谁不知道你是缺爱了就去找穷光蛋，缺钱了就去找大款，当婊子还要立牌坊，你够折腾的！"对方脸上一阵青白，大家都分别劝着才见面别这么不客气。蔷薇看看我，我笑而不语。等王思出来打圆场，双方都散了，这第一回合算是蔷薇略胜一筹。我吃饭时一个劲儿地跟她说小话，对她表示佩服。她白我若干眼，鄙视我关键时候不出手只是干瞧着。

我们这桌坐的都是比较贵气的主儿。除了我还有几个男同志结了婚，其他都是黄金单身男女，王思那个骚包已经赤裸裸地看了蔷薇好几眼了，连带收回眼神时扫我的余光都让我寒毛直立。

"秦苏，你喝点这个汤，对身体很好的，尤其是孕妇！"我惊讶地望着正无事献殷勤给我盛汤的某人。

"得了吧，子聪哥，人家秦苏孩子都有了，你这么一碗汤盛给秦苏，是深深地出卖了你未遂的遗憾哪！"蔷薇的论调引得一桌人哈哈大笑，邻桌的都伸头问情况。

陈子聪是我大学时的忠实追求者，无奈长相平凡缺乏表现力的他从来都是沦为"路人甲"和"那个谁"的那种人。直到我和孙文确立恋爱关系的时候，才听说有这么号人在操场上边哭边跑了一夜，最后累得瘫在草坪上送医院住了好几天才调养过来。

当时听说了这事，我还欷歔来着，然后渐渐忘了这档子事，直到毕业、工作、结婚、离婚、再婚。活了二十七年，就是活一个马不停蹄地错过、不知不觉地陌路和轻而易举地辜负，怎么能不欷歔？而今天，还有人记得为我盛一碗汤，我愣了半天才从他手里接过来。手指相触的刹那，感觉到了温暖，我们相视而笑。

"秦苏，你这孩子可娇贵啊！你多保重，生出来个儿子你就是夫家的功臣了！"

"呵呵，儿子、女儿我都喜欢。"终于把话题回到我身上了，我无奈地笑笑。蔷薇摸摸我肚子，得意地笑笑说："尖的，准是儿子。"

王思不要脸地立刻来了句："蔷薇，你看咱们俩都单着多难受，你也老大不小了，要不就打打折，从了我吧！我们好歹也是同学一场，肥水不流外人田！咱今年也争取一发即中，明年就准备孩子的满月酒，你看怎么样？"大家都知道这似是而非的玩笑就看蔷薇一念之间了。我瞧瞧蔷薇，你别这么离谱啊，咱虽被男人甩了也得维持平时一半的价值观啊，审美观再如何降低也要严格区分开人类和家禽啊！

岂料蔷薇悲剧地咯咯笑起来，花枝乱颤的，我都仿佛听到了她脸上的粉粉簌簌往下掉的声音。我赶紧把我的小碟子捂住，别给我吃到肚子里。

"行呀，咱谁跟谁，知根知底的，我放心。"

我去！我心里咯噔一下。蔷薇你丫太不挑食了！我默默地看了她一眼，埋头吃菜。

"恋爱谈得差不多就结婚吧，咱们女人不像他们男人能耗。"

"哪谈了！都单着呢。今天还说来南京要不找秦苏给我们介绍介绍，反正你那儿资源多。"

"恋爱还是要年轻时谈才好些。年纪大了，上来就互相问你谈过几个我谈过几个，或者干脆问你睡过几个我睡过几个，还都特坦然、特豁达、特不当回事儿。"蔷薇的话立刻让全场伤感。

王思立刻凑上来，端着酒杯给蔷薇敬酒，一手搭她身上说："蔷薇，哥稀罕你很久了，你一直都不看哥一眼，今天同学都齐了，哥年纪也不小了，就让大家做个见证，咱凑一对吧！合适咱就领证去！"

我愣愣地看着他们，不知唱的是哪出，哪里来的深情，一张嘴都暗恋多年了。

蔷薇不知道是真的很吃这一套还是给个台阶让他下，低着头想了想。最后，蔷薇笑了。

饭后，蔷薇就跟着王思一高一矮、一胖一瘦、一前一后地往温泉深处去谈理想了。作为朋友，我不知道这迅猛如洪水的变化是好是坏，但我知道蔷薇此刻是开心的。至少，林辰那气歪了的嘴就能让她笑上好一阵子。

我跟几个闲得需要感叹人生的已婚妇女扎成一堆，谈家庭，谈孩子。问我现在的生活，我都拣低调的说，毕竟每个人的人生是不同的，没必要让她们参加完同学聚会，都回家闹离婚去。那样就真是人生悲剧了。

真没有什么熟悉的感觉了，每个人都跟原来不一样，就像他们眼里的秦苏，也已经变成了一个高深莫测的豪门少妇。这点从林辰不再趁着蔷薇不在欺负我就可以看出来，她现在只远远地站着跟别人说话，有意无意地把视线扫过我却绝不停留。

　　看了好几次时间，都过去两个多小时了。蔷薇也太离谱了，我给她打电话，没接。过了二十分钟回了过来，我叫她差不多就行了，别太过了。女人悲剧一次叫不慎，悲剧两次叫不幸，悲剧三次就是纯傻帽。她抑扬顿挫地抱怨说已经不幸了，我摇摇头把电话挂了。

　　谁知过了不到半小时，蔷薇的电话又打来了。

　　"秦苏，你快把车开到这边的红山宾馆来，大事不妙，我刚在这宾馆的走廊上看到那母夜叉了，被她逮到我就惨。你快来接我，我现在在酒店的房间里不敢出去。"

　　母夜叉，就是那个"前男友"的老婆？怎么这么背，这种事都能碰上！

　　"王思呢？他听说这事把你扔下就跑了？什么男人啊！"

　　"他刚接了个电话说有事，就回你们那边去了，我说要洗个澡所以在这儿耽误了，刚出去就撞见她上电梯，我看到她在楼下大厅里坐着呢。你别问先把车子开过来，我到时候遮着脸你掩护我出去，快点来。"

　　我无奈地叹气，我这老牛般任劳任怨的苦命，到哪儿都得做牛做马伺候人。

　　我扶扶腰，放慢速度挪上车，到了那红色圆顶的宾馆，上了213号房，只敲了一下门就被扯进去了。我吓了一跳，进去后才发现我这是进了老虎洞了。

　　蔷薇很显然是挨揍了，脸上分明的五指印和抓痕提醒我去注意散落在地上的头发。好家伙，这明显是刚刚爆发了纯女人之间一对一的殴斗。不过房间里只有两个女的，男的有六个，个个身上都是龙啊凤的，生怕别人不知道自己是混社会的。旁边两个趾高气扬的妇女气场十足，显然对自己刚才的胜利很满意。此时，群众的目光全都放在我身上，这时把我拉进去的瘦高男粗暴地推搡我去蔷薇身边。

　　我挺挺肚子，让他们意识到我是手无缚鸡之力的弱小孕妇，黑社会也不能随便欺负我。

　　"哟，都怀了孩子的人了，还这么不要脸！你八成跟这小贱人一样都是开门营业的吧？讨生活真不容易，几个月了还出来揽生意？下贱坏子！"

上来就骂我，还连我孩子都骂了。

"这位阿姨，我是蔷薇朋友。您先生的事是您先生欺瞒在先，蔷薇也是受害者，你凭什么就指责蔷薇，况且现在已经不联系了。您就别揭您先生的疮疤，惹得家庭不和。"

她瞪着我说："你算老几，老娘问你话了吗？你有什么资格教我怎么做？今天你倒霉，跟这个小贱人一起落我手里了，我不整死你们，我就白在道上混了这么多年！"这是要玩真的不成？

"大姐，今天我们也是同学聚会才来这儿的。我们要是不回去，他们也会报警，到时候找来了，大家脸上都难看。"我赶紧给她降一个年龄段，以求她火气消点。偏偏蔷薇像是被打傻了，突然笑了起来。

"姓王的，你有种就冲我来！我朋友怀孕了，你敢动她一根手指头，你们以后都别想在苏浙沪这片混了！"蔷薇朝她吐了口唾沫，然后叫我走。我皱着眉头，你都说这话了我怎么走，我拿我那一万八的衣服袖子给她擦擦脸。

"哟，你傍的是哪个老板啊？原来怀的还是龙种啊，还威胁上人了，好意思呀你？社会上就你们这些不要脸还狗仗人势的女人多才会乌烟瘴气的。老娘今天还就顺便替天行道了。打你怎么了，打了不就打了！"说着撸袖子上来就要扇我，我忙护住肚子，顺便踢倒旁边的凳子，把她绊了个趔趄，差点儿栽到我身上。

她恼羞成怒站起来，蔷薇上去就护着我跟她扭打，眼看蔷薇要吃亏，我急得准备出去呼救。突然我手机响了，是王思打的。我估摸着蔷薇电话已经被他们没收了，王思打不通她的才打给我。我赶紧飞快地接了，朝他喊："王思，快过来213房间救我们，我们被劫持了！快报警！"刚说完，电话就被恶狠狠地抢去了，顷刻被摔成两半。我的心也两半了，才买了一个多月！

母夜叉旁边的同伴骂骂咧咧的上来就要挠我，我赶紧拿手护住头，说真的，骂人我会，打架我还真不擅长。我需要武器，却被推到厕所边，手边没武器，我瞄了眼四周，只有个垃圾桶，里面还有刚用过的套套。我鄙夷地瞟了眼蔷薇，说时迟那时快，我抄起垃圾桶往那老妇女头上一扣，然后就冲出去拉开房间门朝外面大喊，刚喊了半句就被拖回去了。这次换了俩大汉上来按着我胳膊，被按住的瞬间心里突然涌起了一种莫名的自豪感。我果然是女中豪杰，需要这几个壮汉才能对付。

估计我要被抽几巴掌了，躲不掉……

脑海里已经想象出了数十种被抽的惨状，我就是如此有备无患的一个人，总是先把最坏的打算、最惨的状况给估算好，到时候就不会那么痛苦了。

结果母夜叉只是恶骂了我一通并没有施暴，然后叫手下把我们拖出去强行塞进一辆面包车里，她自己也坐了进来，拉上门就开车走了。

看这阵势我是真有点怕了，这女人八成是疯了，居然当众就这么把我们俩给拖过大厅弄上车。

跟我们玩纯黑社会了！

我担忧地看着自己的肚子，心想着："孩子，别学坏啊，这不是胎教，你可不能出来混黑社会，你要学习的是如何像妈妈一样智勇双全、英勇不屈。"

我和蔷薇交换了下眼神，彼此沟通了一下。

"姐，你说弄成这样至于吗？再这样，我们都演不下去了。"我一脸悲剧。

蔷薇立刻喝止了我，然后用恳求的目光注视我并摇摇头。

母夜叉成功地被疑惑了。

"你们这唱的是哪出？还瞒了我什么？说！"

"姐，你别逼我们，我们是专业的，但你这么搞真的叫我们吃不消了。你看我都是有孩子的人了，我还要这么辛苦地演，我犯得着吗？你要是把我孩子怎么了，我怎么跟我老公交代？我不干了，钱退给你家，行了吧？我不干了！"我激动地张牙舞爪，那母夜叉疑惑得忙按住我的手，"什么不干了？退钱？什么钱？"

"苏苏，你不能说，我们是有职业道德的，你说了以后我们在业内还怎么拓展业务？大不了这次挨点打，不能说！"

我一脸严肃地推开蔷薇的手，大喊一声道："我们有苦衷的。"

母夜叉问："苦衷？"

我说："其实我们是演员。"

母夜叉问："演员？"

我说："我们是逼不得已才这样做的，已经收钱签了合约了。"

母夜叉问："逼不得已？合约？"

我说："我们是为了你好，你先生是为了你好。"

母夜叉问："为了我好？"

干什么老学我？

接下来，我为母夜叉讲述了一个爹不是亲爹、妈不是亲妈、奶奶不是亲奶奶、爷爷不是亲爷爷的悲惨凄凉、身患绝症、情深义重、绝种好男人为了心爱女人能继续美好生活下去，忍痛抛弃她再寻新欢，让其死心的纯粹虚构如有雷同绝对见鬼的悲情故事，而蔷薇只是因为拿了她老公一笔演出费而已，配合他，让她放开对他的爱！我只配合蔷薇而已，岂料大姐竟如此……

哭了，母夜叉居然哭了！感动了半晌，她拉着我的手说："你们为什么不早点告诉我，大林什么时候得这个病的？怎么会这么想？我……我怎么会抛下他！"

她又拉着蔷薇的手说："真傻，我真傻，我怎么会相信那么老实的大林会……"

她哭着喊着要回去安慰大林，此时车已经开离了汤山温泉几十公里了，但我们仍然善解人意地表示可以在这儿就近下车，不必送我们回去了。她神色匆匆地把我们丢在最近的一个公交站台，我们朝着面包车挥手，一直到看不见了才放下已经摇僵掉的手，卸下脸上的笑容无奈地对视一眼。

这儿鸡不生蛋鸟不拉屎的地方，别说出租车，就连公交车也得等上几十分钟，而我们只能搭公交车回去取车。既然要等很久，我干脆不顾形象，直接一屁股坐地上了。

蔷薇懊恼地抓着头发，已经被揪掉好几撮。我看着她的样子，不由得笑了。

　　"还记得我们当年大学那会儿七比二十吗？"

　　"怎么不记得！不是排队去学校澡堂洗澡嘛。有两个女的跟我们叫板，被我们两宿舍的七个人直接拍翻，回来的时候出现了二十多！那滋味，啧啧……"

　　"至今回味啊！"

　　"你好意思？你都没挨揍，只是在那儿喊啊喊的，丢不丢人！我的头发给拽了多少下来那次，散场的时候地上都是我的头发飘啊飘的。"

　　"当时我是核心领导，指导思想你懂不？当然要保全我！我被拍翻了，谁指挥你们安全撤退？"

　　"你个不要脸的死女人！"

　　"啧啧，多少人围观啊！都看呆了！在场的男的回去以后都在感慨，女生打架好恐怖。"

　　"我们班男生的这种恐惧一直持续到了毕业。"

　　"……"

　　好不容易在胡侃中等来了公交，我们俩挂着彩，得意扬扬地上了车。这时间等得可够长的，我们直接把大学四年都回忆了一遍。这公交调度太差了！

　　车上人都是老实巴交的本地人，我们俩姑娘挺漂亮的脸蛋一看就是挨揍了，于是都齐刷刷地看着我们。我的脸一下子就红了。

　　蔷薇可不管，她口气不好地向一对小年轻嚷："能让个座儿吗？没看见孕妇吗？"

　　其中坐外侧的男孩看蔷薇身后的我确实有着不仔细辨认就看不出来的肚子，赶紧站起来，神情颇有些不好意思。我倒尴尬了，于是只好道了声谢谢，便坐了下来。

　　蔷薇却还要来事，肿着脸向旁边的姑娘喊："你是怎么回事？说了有孕妇你还坐着！"说完还手捂着肚子做孕妇状。我鄙视地看她一眼，你要坐我给你坐，干吗这么泼妇，居然还装孕妇。

那姑娘瞧瞧她，又瞧瞧我，又看自己成了车上众人的焦点，脸涨得通红，不情愿地站起来。蔷薇一屁股坐下去，瞥我一眼，然后自顾自地捋她的头发。

"冒昧地问一句，您怀孕几个月了？"那个女生可能反应过来自己受了愚弄，口气很不好，好像是鼓起了莫大的勇气才朝蔷薇大声问道。

蔷薇抬起脸，脸上十分淡定。

"大概一个多小时吧！"说完，全车愕然。她继续低头捋头发，完全不介意旁边的小姑娘摩拳擦掌要揍人。

我尴尬地把头低下，心里默念，我不认识她……

一路低头无语。

我只是头发乱了点，并没什么其他损伤，所以还算比较正常。蔷薇就不一样了，弄完头发弄脸，弄完脸还要打理衣服，简直手忙脚乱。

车上人的目光一直停留在她的身上。我抽空小声鄙视了她一会儿，装孕妇的事干得太龌龊。她却满不在乎，回答我说："怀了也不一定，受孕这种事实在说不准。"

"我分明看见了厕所垃圾桶里的……"

"两次……"她没等我说完，比出两个手指，一脸胜利的自豪。

我对她的价值观万分佩服，完全不能理解。

好不容易回到温泉，我们到原先那房间去梳洗了一番，蔷薇找回了电话，给王思报平安。而我那被判腰斩的手机尸体正寂寞地躺在地板上。我捡起来冲它呜呜了几声，蔷薇一把拿过去丢进垃圾桶说："别看了，明天姐给你买个新的。"

"靠，我得把里面的卡拿出来！"

这次的风波让我认识到，惹谁都不要惹女人。

蔷薇梨花带雨地被王思千呵万护地接走了，让我一个孕妇独自驾车回家，真没天理啊！回去也没跟岳剑提这事儿，其实也没什么好说的。说我被已婚的旧时爱慕者献殷勤了？不是找不自在嘛！说他前女友蔷薇跟又矮又胖的王思闪电上床了？还不是找不自在嘛！这么算下来，还真没什么事可供娱乐的，只能告诉他我不小心把手机摔坏了。

♣

# 第十一章
# 秘密只能默默忍受

第二天，我刚到办公室坐下不到半小时，快递就来了，蔷薇真给我买了同款手机。我插上卡就给她打电话，那头她又笑得跟花似的。

"姐们儿应该的，咱们俩谁跟谁！"废话，当然是应该的，不是因为你，我的手机能坏吗？

"你跟王思……"

"先谈着呗，还行啊！要不然你这款手机就用了我一个月工资啊！现在姐又不用去上班了。"

"……"

下班前，我妈打电话叫我们回家吃饭。两个老人家把岳剑说得跟小学生似的，注意这个注意那个；又说请他多多包涵，他们的女儿本来脾气就不好，怀孕时脾气更不会好。岳剑的脸都要笑僵掉了，我于心不忍，不住地去阻止我爸我妈，请他们高抬贵手。

总算是汗涔涔地离开了娘家，我不好意思地对岳剑边打哈哈边表示道："今天，我来开车，您老人家的耳朵受累了，就在一边休息好了。"

他叹了口气，把我往副驾上一赶，边发动车子边叨叨："上你们家来一次听的唠叨抵得过在我家一年的。"

我翻着白眼说："岳剑，你什么态度？"

我终于吐了。从老娘家回来的第三天早晨开始，吃点油腥的东西

134

就有反应，吐得我不禁感叹世事无常，平时最爱吃的鸡腿什么的，我居然达到了看见它们就想吐的境界。直到我已经什么都吃不下了，却还能吐得黄胆水都出来。我才意识到生孩子真是件要人命的活，再这样下去我不死也得残废啊！何况肚子里还有孩子。

闻讯赶来的婆婆用深情款款的慈爱目光和循循善诱的温言细语引导着我，以一切都为了孩子为最高指导思想，我无奈地端着据说已经脱了油的乳鸽汤，再看看岳剑心疼的眼神，憋着气一股脑儿全倒进嘴里。

擦擦嘴，我呼了一口气忍了很久，又飞快地扑到厕所去狂呕起来，边呕边听着婆婆叹气的声音。

"怎么就这么不争气，一会儿都忍不住？"

岳剑进来拍拍我的背，给我擦嘴，担心极了。我顺势靠进他怀里，瘪起嘴准备哭，但婆婆在外面我不能哭。他看着我惨兮兮的可怜模样，爱怜地抱着我，在我耳边细声细语地哄着我说："乖，苏苏不哭不哭，我们不生了好不好？早知道会这样，不如不要了。我可怜的老婆，都是我不好！"

岳剑，你真虚伪！现在不要还来得及啊……

作为杰出的新时代女性，我坚持去上班。在办公室里倒很少想吐，估计是我有很强的依赖心理，在家格外的脆弱，在办公室就格外的坚强。

一到午休时间我就寂寞得心里发慌，摸起电话就打给我老娘。话说老娘一个人在家也无聊，听到我的声音不得立刻兴奋死了。

可是不知道老娘是不是昨晚打麻将输了钱，对我并不友好。我说："老妈，你不知道怀孕有多辛苦多难受！"

就这么简单的一句话却招来了老娘恶毒的攻击。

"我不知道？你有没有弄错，我不知道，你从哪儿来的？"我见势不妙，赶紧打哈哈赔不是。看来娇是撒不成了，也是，我都当娘了，还去自己妈那儿找奶吃，也太不成熟了。

再打给蔷薇，她接了以后朝我欢天喜地恭贺了半天，说我总算是属于个正常孕妇了，这下好了，孩子生出来不会是个烧火棍了。

我隔着电话翻她白眼，要不是打不过她，我早跟她翻脸了。敢咒我的孩子，那真是罪该万死！

"你跟王思怎么样了？"

"好着呢，刚给我买辆车，红色海马！"

"哟，够效率！"

"我们是有真感情的啊。"

"你认真的？"

"我们是认真的，他这人长得是寒碜了点，但是人还真不赖，傻了吧唧的。我想只要他对我好就行了，女人嘛，帅有屁用，可以用脸刷卡吗？"

"嗯，你自己拿主意吧，做姐妹的暂时祝福你。"

"行啊，结婚请你们主婚。"

"靠，都到这步了？"

"瞎玩呗……"

这蔷薇也算得上瞎猫逮到孤独老厨子了，终于又过上了顿顿有肉吃的生活。

万言最近对我十分照顾，处处顺着我。工作上，我是绝对的决策者，每次开会，我的任何提议都被他一票通过，直接省去了大家讨论的程序，不给群众讨论的空间。基层纷纷表示，现在开会再也不枯燥冗长，平时四十分钟的会，现在二十分钟还能空出五分钟的时间来喝茶、聊天、看报纸。这样高规格的待遇让同事们艳羡不已，一时间总经理对我关爱有加，同事们纷纷劝我早点回去养胎，龙子要紧。

俨然，我已成为一个占着茅坑不拉屎的闲人典型。

我怎么会看不到那些嫉妒又被掩饰得矫揉造作的眼神？但是我不怕！我要为公司，为我的工作，为我的工资，战斗到最后一刻。

我在家洗澡的时候，幸福地抚摩着小肚子，对着镜子照了半天，一点也不觉得腹部隆起有多丑，反而觉得幸福极了。

突然我感觉到肚子动了一下，尽管医生说三个月的肚子完全不可能感受到胎动，但是作为这孩子亲娘的我还是明显地感觉到了有那么一刹那的蠕动。

我激动地大叫起来。

岳剑以为我在浴室出了什么事，火急火燎地冲进来。

"动了，真的动了，我感觉到了！"我大叫着。

他吓了一跳，随即舒口气，拿毛巾给我擦干身子，把睡衣给我穿好。

"别冻着，洗好就回房间进被窝。"

我被他牵进被窝哄了会儿，然后他去客厅看文件，我一个人在房间看书。

看的自然是关于育儿方面的书，是岳剑的二姐从加拿大买的原版脑科博士著作《教你如何开发儿童早期教育》。

书中提到胎教并不是从五个月起才有效果，从怀孕的那一刻起，母体受到的任何外界刺激都会以特殊的传导方式把信息传递给正处于混沌期的婴儿，大概就是关于神经源方面的知识。我也不太看得懂，因为这是一本完完全全的英文读物。

作为一个中国人，我一直以我六级过得极度轻松而自豪的，并且也一度沾沾自喜地把我的雅思成绩作为一项资本填在我的应聘简历表格里。但是读这么原版的书，还是觉得很吃力，能看懂个大概已经是我的极限了。不过在岳剑面前，我那翻书的速度让他刮目相看，直呼原来我是内涵帝。

关于这个胎教问题，我已经感觉到了事情的严重性，因为我已经浪费了建立孩子初步思维意识世界的黄金时期。在前三个月里，母体是惶恐不安的，哭，闹，焦虑，泼妇，打架，斗殴……我不敢想了，这孩子坏了！

我赶紧清清嗓子，准备给宝宝普及下音乐知识，左手托书，右手抚肚。

"好一朵美丽的茉莉花，好一朵美丽的茉莉花，满园花开香也香不过它，我有心采一朵戴，又怕看花的人儿要将我骂……"

"苏苏，干吗呢？"

岳剑疑惑的声音从客厅传来，八成是好奇为什么我大半夜唱歌。

"胎教，我在给我的宝贝实行早期教育，你别打断我。"

"呵呵，你继续！"他笑得有些戏谑，我继续我的茉莉花。

"茉莉花开，雪也白不过它，我有心采一朵戴，又怕旁人笑话……呕……呜……"还没唱完我又犯起了恶心，我冲进厕所奔向马桶，接着就听到岳剑那愉快的笑声。

我就纳闷了，你老婆我这么辛苦，你还有脸笑，还笑得那么大声那么明目张胆！

等我吐完一手擦嘴一手扶墙，做娇弱状地走出来。看着抿嘴笑的岳剑正心不在焉地看文件，一副身在曹营心在汉的模样。

"你笑什么？有你这么当老公的吗？看你老婆这么折腾，你怎么还笑得出来？"

"我高兴啊！"

"高兴什么？"

"我儿子是天才啊！这么小就能听得出歌唱得好坏，你瞧，他听不下去了才让你吐的……"

我放弃了娇弱，放弃了矜持，放弃了素质，很单纯、很质朴、很天然地端起我泼妇的范儿，朝他宣战了。最后以我的完胜告终，他被我打得连夜里做梦都在叫饶命。

真是不怨我，不打狠了不长记性。叫你再敢随便笑话我！

看他睡得实在很痛苦，为了尽快消除我在可爱的岳先生心目中留下的凶悍形象，第二天趁他还没醒，我就主动下床做早餐，温柔贤淑的样子跟昨晚施暴的时候判若两人。

"老公，昨天我被鬼上身了……"

"老公，昨天我真的被鬼上身了……"

"再也不打你了，还疼吗？"

等我哄好他就兴高采烈地去上班了。做了半天计划书，腰酸腿疼，还好没到小腿浮肿的阶段，我还是能出门见人的。中午饭我叫李姐给我买回来吃，结果还没等到她回来，万言就给我买了。他这次很懂事，买了一大盒日本料理让我一个人慢慢吃。他看我吃了一会儿，听到走廊里有笑声，就自觉地回了办公室。

午休的时候，王秘书进进出出总经理办公室数次，李姐啧啧地感叹："这小妮子越来越勤劳了，中午休息都不放过老板，有点不拿下不罢休的意思。"

我嘿嘿一笑，这王秘书也是个有潜力的人啊！

"俗话说日久生情，保不齐我们风流倜傥的老板就降低要求兼收并蓄了。"

八卦是办公室的生存利器，是和同事交际的必备法宝。聊天不聊点八卦就难以投机，难以产生推心置腹的错觉。所以，李姐跟我平时聊得最多的就是八卦。现在我已经是小领导了，而且还是老板名义上的亲戚，老板面前的红人。她居然还跟我说老板的八卦，真不知道她是太把我当自己人还是脑子太简单。

眼看这王秘书在我眼前晃了若干次，我心里莫名地烦躁起来。这女人怎么回事，不知道孕妇脾气暴躁吗？走来走去选美啊？就算是选美，我又不是评委，在我面前走来走去做什么！就算我是评委，我也不会选你啊！

过了一会儿，万言从办公室出来，手上拿着文件夹，身上带着一阵隐隐的 BOSS 香水的风，看了我一眼就从我的身边轻轻地经过了。办公室女同事的眼珠子都不由自主地跟着他转，那股气势魅惑众生。我若是与他没有故事，大概也会被他深深吸引。他身上确实有男人中少见的气质。

王秘书跟在后面送老板上电梯，回来后立刻讨好似的以知情人姿态告诉我，老板去跟香港来的客户吃饭，顺便谈一下德基广场的项目。

我赶紧表示了对老板的无限崇拜并对王秘书的工作态度加以充分的肯定。不想跟她多说话，我就拿起公关文件仔细看起来。她刚一走，李姐就凑过来问老板去哪儿了，我无奈地再给她八卦了一遍，然后她又去给全办公室广播一遍。

突然电话响了，一看竟是万言打来的，我客气地接听。他叫我把他电脑里的重要资料立刻发到指定的邮箱，我记了他电脑密码和收件人地址以后准备去他办公室，正抱怨着这老板真烦人，突然看到王秘书正婀娜多姿地向我走来。

"王秘书，万总打电话过来亲自交代你去给他发封重要文件，切记不能耽误！一笔大买卖，这是密码。"我把刚刚记下的电脑密码和收件人地址给她。此刻她眼中绝对有了潮气。

万总，把他的电脑密码给我了！此刻王秘书的心里肯定在为此澎湃着。然后她就激动地去了，我坐椅子上的屁股没挪动一下。

万言啊万言，要是被王秘书发现了什么小电影有色图片什么的，不怪我啊真不怪我，阿弥陀佛！

之后我就没关心这事了。我一心一意地打着瞌睡，孕妇确实是嗜睡的，我深深地体会到了困意是不挑时间来袭的。

等王秘书出来的时候，隔壁李姐拿胳膊肘捅捅我。

"小苏，王秘书从办公室出来后脸色怎么那么难看，还那样看着你！"

我眯着眼瞧她一眼，确实是脸色不定且神情紧张的样子。

这么点承受能力还怎么在老板手下混啊！八成是看到了不该看的东西，比如猛力的小电影什么的。难道万言也陈大师上身，热爱摄影艺术，搞了很多人体美学某照门？啧啧……能把无比开放的王秘书惊吓成这副表情。万言，你也是够厉害啊！

万言回来的时候，我还考虑要不要告诉他王秘书知道了他的密码。不过，他那么谨慎的人应该懂得常常换密码的道理。

只是王秘书看我的眼神确实有些奇怪，三番五次想找我说话都被旁边的李姐还有隔壁的小赵给打扰了。我可纳闷她究竟要跟我说什么，欲言又止可不是她的风格。

下班我跟蔷薇约好一起喝茶。她现在的生活过得油滋滋的，美得冒泡，看到我眼睛立刻放光。

"秦苏，这儿！"

这姑娘正常的时候说话声挺细、挺甜、挺好听的。不过她多数时候都是不正常的。

我很享受跟正常的她在一起的时光。我们像两个优雅的贵妇，在闲庭下饮茶，多有意境。以前也来这家，跟她一起简直就像俩暴发户的媳妇，呼呼喝喝，就差没脱鞋赤脚蹲凳子上大口大口地吐着老痰。不可想象啊，意境差了何止千里。

看来她和王思那小子进展得很好，我看到了她手上的范思哲手链正夺目地昭示着自己的价格，手上拿的 LV 包又换了个新款。

"小日子过得滋润嘛。"

"相当滋润。"

"那个母夜叉没再找你麻烦？"

"好着呢，还特意打电话给我赔不是，说她不该打我，估计回去问那个贱男人，那贱人肯定全部承认全部配合。他巴不得我们那么说，你以为这些天他有好日子过？"

"呵呵，那还得装病啊？"

"那是他自己想办法的事，我可不管。"

"别好了伤疤忘了疼，趁红火抓紧存点本钱。别花钱如流水，再买点物业也好，当给自己存养老钱啊！"

"还用你说，我当然知道。我们最近已经在看楼盘了，他打算在市中心给我买个房子。我把原来的那个公寓租出去，然后搬去和他住。"

"写谁名字？"

"给我买当然是写我名字。"

"那可不一定，我认识的王思可是很小气的。"

"他对我是不一样的。"蔷薇一脸的幸福。

我突然感觉心里放下重重的担子。

"早点结婚吧，我包个大红包祝贺你。"

"结婚还不就我一句话的事儿，可我还想再多给对方点时间。"

我微笑着，这样的秦苏和这样的蔷薇真的很好。我打算找个时间邀请她和王思去我家做客，既然大家都释怀，而且都已经成定局，以我和蔷薇这么好的关系，去家里做客是理所当然的。

突然电话响了。居然是今天一直神神秘秘的王秘书。我不知道她到底是什么情况，老是要找我谈事情似的。

"喂，王秘书。"

"秦苏，我有个秘密要跟你做交易。你愿意吗？"

上来就硬邦邦的一句，我心一沉。

"什么秘密？"

"关于那封邮件，我今天在万总邮箱里看到的你的邮件。"我脑子里空白了一下，继而又陷入混沌之中。好像是有这么一封邮件，我给万言发的那封关于孩子的邮件。万言竟然没有删掉！

是我，居然是我自己把万言的密码给她的，竟然是我！

难道我这一生都跳不出这个怪圈了吗？我就要被困死在这件事情里出不来了吗？

"你说话，到底行还是不行？"她那头的语气很紧张。

"你说。"

"我想调到上海总部去做总监，这事你跟万总交涉，你们的事我不参与。我只想得点实惠，我不是多嘴的人，我也不是胆大包天的人，我很有分寸。你们自己考虑，行不行的，明天给我回句话。"她说完就挂了。

蔷薇不知道情况，看我接电话脸色都变了，忙问："怎么了，说什么秘密不秘密的？什么事啊？"

我连忙摇头喝了几口茶，拿起手包就跟蔷薇说先走了。蔷薇知道大概出了事也不留我，只叫我开车小心。

我上了车没发动，先给万言打电话，手颤抖着连拨号都困难。

等我把如何偷懒叫王秘书去给他发资料这件事跟万言说了以后，他一点不见慌张，紧着安慰我不会有事，他会处理。我不知真假，如何能放心，最后决定还是约王秘书出来谈谈为好。

可是，她却坚持不肯出来跟我见面，大概是怕我跟她玩黑社会什么的。我急得像热锅上的蚂蚁，又不敢回家，只好再给万言打电话请他给她调去上海得了。毕竟这件事她给抖出去毁的是两个家庭，此刻就是要我给她我的全部身家我都愿意，只要不要破坏我的幸福我什么都可以答应。

万言以很肯定的语气叫我不要插手这事，他越叫我放心我就越担心。但是没别的法子，我只好先回家。家里是空落落的，岳剑还没到家。隔了会儿，他打电话回来说有应酬，我嘱咐了他少喝点酒，就一个人随便在冰箱找了点吃的，心情糟糕到不行。

我正心思不定地看着电视，电话又响了。我紧张地拿过来一看是个陌生号码。

"喂！"

"喂个屁啊！你哥的声音都听不出来了？"

"我老娘只生我一个。"在我心情极度不爽的时候蹦出来个自称哥的，实在是找骂。

"小丫头片子越来越厉害了你！当真变妇女了就把自己当泼妇使了？我是伍仁，伍哥啊！"带着一口很标准的南普（南京普通话）口音的破锣嗓子在电话里炸响。

这样才足够提醒到我，这真是我哥，我的小伍哥，从小因为名字和月饼"伍仁"重名而被我们疯狂嘲笑的伍仁哥！

伍仁是一个纯粹的人，一个高尚的人，一个脱离了低级趣味的人。因为太纯粹，以至于老是被人坑被人骗，显得有些傻。因为太高尚，以至于打架斗殴考试作弊被抓都他一人背黑锅。因为脱离了低级趣味，以至于他到高三毕业还被男生笑话不知道 A 片是什么，他的所有脑容量只装得下蜡笔小新、哆啦 A 梦，还有卡卡西。

就是这样一个人，他居然是我哥，是我名义上的哥哥。

一直以来，他都是个在学校框架结构底层的蚁民。家庭条件一般，外貌一般，学习狂差，又没点小聪明，学习学不会，又不会混黑社会。当年连我都为他揪心啊！作为一个看着他长大的学妹，我见证了学校公告牌上他此起彼伏、前赴后继的纪律处分在大黄榜的更替史，心里默默地为他计算着这一学期是不是比上学期再创新高了。

但他一直像小强一样没有被开除掉。因为他犯的都是小事，认错态度又良好，据说在政教处都是一把鼻涕一把泪的，他的妈妈都跑学校跟着哭天抢地好几回。就这样从初一开始他就一直比我大一级，一直到高三他复读了一年，我们总算赶上了。

那是一个春不春夏不夏的四月末，在晚自习结束后，我独自骑着我的二四女式小捷安特像平常一样往家赶，结果走到半路被一伙喝了酒的小流氓拦了车子。

可以想象我当时没现在这么彪悍还是个纯洁如小鹿般的小丫头片子，那时的我是多么的恐惧！后来据伍仁给我描述说，我当时是瞪着惊恐的眼睛水汪汪的，那是相当危险，很容易激起雄性的兽欲。正当他们拉扯我动手动脚欲行非礼之事时，伍仁出现了！

他虽不帅却高大，虽不聪明却真的四肢发达。在那场一对五的激烈战斗中伍仁并没有胜利。在看到他被板砖盖了头血流如注的时候，我尖厉的叫声划破了夜空。

小流氓跑了，伍仁也倒了。

我对他第一个真正意义上的正眼相看的印象就是黑黑的他在黑黑的夜里满脸的鲜血，并咧嘴给了我一个微笑。

后来我认了他做哥哥，他也为此在病床上躺了半个多月，头裹了一个多月的纱布。

那时我和蔷薇总笑他傻，蔷薇大美女是高中才转到我们学校的，一来就抢了我经营多年的山头，风头很劲。她当年对这个颇有英雄气概而又傻头傻脑的伍仁颇有好感，一度想跟他处对象来着。谁知那傻子极度不解风情，在蔷薇努力了半年后，大家都上了大学，这事也不了了之。

"伍仁！"我泪流满面。

"啊！哭什么！姑奶奶听着我声音也不用这么激动吧！我受不起啊……"他还是老样子，废话特多。

"你怎么知道死回来了，不是说在天津扎了根吗？怎么又死回来了？媳妇跑了还是儿子不是自己的？你倒是够倒霉的！"我朝他口无遮拦地乱说。

"嘿嘿，明天请你吃饭，桌上细说吧！再叫上蔷薇，吃火锅，别嫌哥寒碜，哥放血请你们吃牛排，你们还不一定稀罕。明天正好周末，出来让哥看看我们苏苏还水灵不水灵。"

"伍仁，水灵不起来了……"

"我在外面，手机要没电了，苏苏，明天别睡懒觉，早点起，我到时候给你打电话！"

伍仁的回归，让我低沉的心情总算有了一点安慰。兵来将挡，水来土掩，不信我就扑腾不出这条臭水沟！

第二天，我特意穿了个清纯点的绿色小裙，打扮了一番去见我的伍仁哥。床上的岳剑看着我殷勤地打扮，鼻子里哼哼了半天，我故意不看他。他在那儿阴阳怪气的。

"打扮什么呀，又不是去见情人。

"快三十的人了，穿得跟十八九岁一样装嫩。"

他看我一直没理他，最后我临出门前，他一把拽住我，在我脸上左右各亲一口。"注意点分寸啊，已婚啊，三个月啊，别瞎折腾！"

我向他一欠身，"是，夫君大人！"

伍仁在火锅店里开了个包间，我挨着门牌找过去，老远就听到了蔷薇那夸张的笑声。我直接推门进去。

"笑笑笑，能不能注意点素质啊，隔半条街就能循着你这声找到。"

蔷薇眉眼都没来得及收起来，满目盈盈。伍仁还是那样高大威猛，不过给人感觉沉稳了很多，毕竟也快三十的人了。他坐在那儿眼睛盯着我的脸看了几秒，就往我的肚子看去。

"看什么看！没见过孕妇啊？"我不好意思地拿包遮住小腹，这感觉还是有点别扭。特别是在发小面前，怀孕有些奇怪。

"孕妇我见得多了，没见过苏苏你这么臭美的。小绿裙子小蛮腰，瞧你脸上粉，啧啧，化学品对孩子不好。"伍仁笑着递给我杯子；给我倒了杯温水。

"哥，你回来就欺负我。是不是嫂子真不要你了，回来欺负我和蔷薇寻找点平衡？你可别有这心思啊！我和蔷薇目前都名花有主了，你欺负我们是没事，我们有恶势力，你可想清楚了啊！"

"谁舍得欺负你啊，我可记得伍哥上学那会儿最稀罕你。瞧那下雨送伞冬天送暖水袋的殷勤劲儿，想想我就来气。"蔷薇到现在还愤愤不平。伍仁呵呵一笑，露出满口白牙。

"哥不像你们，个个都出息。读书读不过你们，混也混不过你们，哥我都快而立之年了，还是茕茕孑立，形单影只。哥我受伤了……"

我们纷纷表示纳闷。

"伍哥，你还没结婚吗？"这是我问的。

"伍哥，你什么时候会背诗了？"这是蔷薇问的。

他有些发窘，继而又恢复笑意。

"怎么跟哥都这么多年没见了，还不能士别三日刮目相看一次？这么看不起我，蔷薇丫头，我对你是相当的失望呢！"

"问你话呢！别岔开话题，老婆呢？"我继续关心地问。

"没结婚啊！还单着。现在不流行什么单身贵族似的生活嘛！"

"你成功地挤进贵族行列了？"

"是就好了，也不会单着。"

我和蔷薇整齐地冲他翻了个白眼。

他继续讲述，脸上有了些小忧伤。

"哥到现在就谈过一个女朋友，大二时候谈的。女朋友后来出去深造，留学回来没几天就把我甩了，可怜老子还守身如玉等了她那么久！"

这么悲剧，我深深地同情我的伍哥。可是蔷薇……

"别埋怨了，型号已经对不上了，你1号大的螺丝去拧人家3号大的螺母，怎么拧呢？再说了，国外的排放标准还跟我们不一样呢！"

"……"

蔷薇这女人真是不善解人意，伍哥遇到这么伤心的事应该好好安慰，怎么能说得这么直白来打击他呢！

"哥，那你分手以后还一直留天津工作等她？"

"等她？她长得像貂蝉啊，我等她？这样的女人再回来找我，我也叫她滚，指着她鼻子说，你给我滚，马不停蹄地滚，有多远滚多远，别脏了哥的眼。"我和蔷薇嘿嘿地笑，该不是你抱人大腿几年被人踹了无数次，终于窘迫地离开了吧。

"哥，你在天津混了这么多年，怎么又跑回来了，混得不如意吗？"

"江湖险恶，不行就撤！"他看着我，面色镇定，"哥也看开了，这年头，没什么铁饭碗，铁饭碗的真实含义不是在一个地方吃一辈子饭，而是一辈子到哪儿都有饭吃。哥回来照样吃香的喝辣的！"

我和蔷薇逐渐瞪大的眼睛都深深地流露出对他的敬佩之情。行啊，现在的伍仁已经从大脑空荡荡的小白一跃上升为思想家哲学家。他见了我们的反应十分满意，甚至有些自豪，继续说："我伍仁是个平凡的人，也是个特别的人，所以我只是个特别平凡的人。哥从来没有一步登天的幼稚想法，一直都踏实地一个萝卜一个坑地走着。我毕业后做过六份工作，谁要说我不努力我跟谁急！现在回南京发展，一样有自己的一片天！"他情绪高昂，意气风发。

"哥。"蔷薇深情地握住伍仁的手，"谢谢你，真是好久没有人把牛皮吹得这么清新脱俗了！真是长见识了。伍哥，你进步了，真的。"

我呵呵一笑，正好点的菜上来了。我夹了个生菜涮涮。伍仁忙招呼我们随便吃，吃多少也没关系。

"伍哥，其实你以前的样子挺好的，我和蔷薇都特别喜欢。别用世故的样子来武装自己，它会水土不服，跟我们不必见外！你永远都是我们的伍哥，不会变的。"我的话让他大受感动，蔷薇也应景地点点头。我们仨就差手拉手抖一抖再抱头痛哭了。

我爱吃火锅，但是现在怀孕了，王秘书的威胁又搅得我心神不宁，所以我只夹了几根菜叶子放在碗里。唉，也不知道万言处理得怎么样了。

三个人开始胡侃上学那会儿的事。我们必侃的段子就是伍仁哥英雄救美、拳打脚踢小流氓、英勇挂彩的事。事隔这么多年，他依然记得那么清晰，连带我们也历历在目地复习了一遍，我是多么的楚楚可怜，而他是如何的英勇不屈，完全略过了他被轻易撂倒放血的过程。我们都不忍心拆穿他。

过一会儿，他开始要酒，蔷薇陪他喝。两人喝了点啤酒不过瘾，要上白的。我拍拍蔷薇叫她悠着点，伍仁醉了我可帮不上忙抬他。蔷薇也喝高兴了，完全忽略我，叫我安静吃菜，别理他们。我心里本来就烦躁，又碰上俩酒鬼，真是活见鬼了！

看他们一杯一杯地干，我坐那儿实在是难受，便给万言发信息。他立刻回过来说正在处理，叫我别担心。我这才安心下来，总归男人处理这种事要成熟点，我没社会资源又没魄力，跟她求情也没用，就算按她的要求调去上海，不找点东西牵制她，她那嘴巴迟早还是要漏出去。

我吃了点猪脑，据说这玩意儿吃了补脑。我忍着恶心慢慢吃，吃一口猪脑吃一口酱，味道倒还不错。

等伍仁喝趴下了，蔷薇这才停手，脸不红心不跳地朝我说："伍哥心里难受，你不让他喝，他今天回去能哭出来。"

我朝她笑了笑，这才发现原来蔷薇是这么心细如尘的女子，她也有想温暖一个人的时候。

"笑得我害怕，干吗？我可是有男朋友的，你别瞎想！"如果不是她的脸上带起了一抹红晕，我倒真不相信她还会残存些少女情怀。

"伍哥喝太多了，我去买单，顺便叫俩服务员过来帮忙，你就坐这儿等。"

我看看旁边喝得晕乎乎的伍仁哥。真好，看到他，心情就会很好。我朝他微笑着，他好像有觉察到，动了一下，嘴里嘟嘟囔囔着。

"苏苏，你怎么又结婚？哥的一切都是来迟的……"

这是一句断断续续却异常完整的句子。伍仁的心，难道我是第一天才明白的吗？只是他不说我不说，大家都好过。

我和蔷薇费力地扶着伍仁上了蔷薇的车，蔷薇叫我自己回去，她送伍哥就成。我嘱咐她有事就给我打电话，然后各自驾车走了。

刚要发动车子，万言的电话来了。他语气平静地告诉我事情解决了，给了王秘书十五万把她解雇了，还写了欠条，若是以后走漏风声就让她还钱。

我叹了口气，心里的石头总算落了地。这不失为一个好办法，总之没人跟钱过不去，她一个偶然白捡了十五万，要是我高兴都来不及，谁闲着没事还去嚼别人的舌根子？

## 第十二章
# 暴风雨的前夜

等我兴高采烈地回家，看到岳剑正蹲浴室里倒腾，我换了鞋进去，问道："干吗呢？"

他拿着尺子在量浴室的长宽，然后指着墙角一块马赛克似的垫子。

"那个是防滑的，你以后洗澡不方便，我做一块防滑垫，方便你洗澡。"他的额头沁了点汗珠，我感动地上去吻他的汗。这样的岳剑我是无论如何都不能放手的！叫我横刀立马、扫平天下、踏尸而过，我也要跟他在一起。

等第二天我去上班的时候，同事们都吃惊地发现王秘书消失了，位置被二号机要秘书林秘书取代。只有我是知道内幕的，但是别人问，我还是露出比谁都吃惊的表情。

人们纷纷表示万总是个喜怒无常的人，平时看他对王秘书也是青睐有加，说开就开了，连个申辩的机会都没有给。

然后又有人觉得蹊跷，就算是犯错误也该等到工作日解决啊，怎么在周末就决定了，于是大家都合理猜测，大概是两人的私人恩怨。再有人向我求证时，我做了个恐怖的眼神示意大家，这事必须噤若寒蝉，否则就会引火烧身。

风平浪静的日子过起来非常的痛快，没有王秘书以后，我觉得我的世界充满了色彩，原来她的存在是一件那么不让人赏心悦目的事情。

等蔷薇的电话再打来的时候，我十分不想出去跟她聚，跟她聚会犹如家庭妇女提菜篮子逛菜场，但她说伍仁也去，我这才欣然同意前往。伍仁刚被蔷薇介绍进王思的地产公司，据说做得还不错，好歹不是个吃闲饭的。

见到伍仁时，他已是另一番精神面貌了。他神采飞扬地跟蔷薇笑得前仰后合，看来他们关系已经很亲密了。我现在到哪儿都觉得累，所以进去就一屁股坐下。

"蔷薇，伺候着！"

蔷薇上来给我个大白眼，杯子重重地往我面前一放，伍仁就屁颠儿屁颠儿上来给我倒茶。

"苏苏姐，初到贵宝地混日子，平时多照应点小弟。"他演谄媚演得挺到位啊，我很给面子地顺着演下去受用地点点头。

"怎么小伍没去泡双十好年华的大学妞儿，有空跟我们这些老得掐不动的妇女矫情啊？"

他表情到位地拍一拍大腿，满脸痛苦地说："都是这天气给闹的，夏天要过去了！"

蔷薇把他的腿往一边一踢。

"天气和泡妞有关系吗？"

我笑呵呵地看他们活宝似的。

"秋天到了，天气凉爽了，街上美女们的乳沟和大腿也将消失不见了，哥们儿的心中瞬间充满了无限的仇恨，真是丧尽天良好个秋啊！"伍仁一脸哀痛。

我们同时对他表示了不屑和鄙视。

"简直是丢男人的脸，你也就只能在街面上猥琐地看看美女的大腿和乳沟了。"

"最爱南京的夏天，满街黑丝长腿细腰的辣妹！"我看他就差鼻涕口水一起下来了，"可纵使老子喊上一百声'雅蠛蝶'，却也依然阻止不了这秋天的来临夏天的离去。"

可以的话，我想问他是因为什么而复活的，怎么这么不着边际地神神道道。

我拿过菜单，蔷薇继续对他骂骂咧咧。蔷薇看我准备点菜，直接指着最后面的说："别跟他客气，他嘚瑟着呢。"

"行行行，我就拣贵的点。反正伍哥疼我！嗯……我想吃酸菜鱼。"我念叨着，蔷薇听完，一口水喷出来。

"你就这点出息了！从初中到大学就知道点酸菜鱼，现在还酸菜鱼，能不能进步点？我都为你的老公感到羞愧，没把你培养出一点贵族的品位！"

"你再说下去就上升到阶级斗争范畴了，酸菜鱼怎么了？姐爱吃！"伍仁在旁边听得眉开眼笑。蔷薇见说不过我，上去又拿他出气。

"笑，你还好意思的你！这么大人了还这么不踏实，街上那黑丝美腿有什么好看的，多大的人了还不着调呢！"

伍仁手一摊说："我这人不太懂音乐，所以时而不靠谱时而不着调。没办法啊！"

对于他变成痞子一事，我们感到费解，难道现在流行这样的风格？

蔷薇更是反常地气愤，不停地叫他正常点，最后他故作玩世不恭的样子成功地激怒了蔷薇，一勺子敲上去。

"伍仁！你是想死呢还是不想活了？正常点，你给我正常点！"

他捂着脑袋委屈地说："没办法啊，这年头流行坏男人，男人不坏女人不爱。哥都单身得有些疲劳了，迫切想练下嘴皮子去勾搭个女人降降火。再这样下去，都怀疑哥的功能生锈了。"

"伍哥，给你说个实话，女人喜欢坏坏的男人，并不是喜欢长坏了的男人。"蔷薇语重心长地拍着他的肩膀。

"伍哥，其实你是个好人。"我也接过话来。

伍仁绞尽脑汁才想明白了我和蔷薇的意思，整整一顿饭都处于低潮状态。

总之，伍仁在蔷薇的帮助下，在南京总算站住脚跟了。我们作为他的发小都为他感到高兴，下面把媳妇的事解决了就行了。我把蔷薇好一顿夸，直赞她功德无量。

过了两天舒心日子，我发现自己胖了。李姐给我带了些她老家的山东大红枣，据说很营养，而且不发胖。她不住地叮嘱我要少吃些没用的，别把身材搞得太糟糕以后很难恢复。

我当然知道，可是每天被逼着吃这吃那，想不胖太难了。

每天我都要对着肚子发会儿呆，猜测他是男是女，猜测他是岳剑的还是万言的。其实在我心里已经把他默认为岳剑的孩子了。从概率角度来说，万言的概率几乎可以忽略，我就以这种精神胜利法保持了愉快的心情。我希望孩子是健康快乐的，不要被我的心情所影响。

万言每天仍然叫新秘书给我泡参茶，新秘书很年轻，没有以前的王秘书那种市侩的殷勤，却多了份质朴。我在公司的地位她也是清楚的，她像极了我当年才进公司时那般谨慎和稚嫩，双手递茶杯给我时怯生生地叫我苏苏姐。

喝完一杯茶，回头看到李姐趴在电脑面前，眼睛都贴上去了。

"干吗呢，李姐？那样看会把眼睛看坏的！"

她收回脑袋，无奈地摇摇头说："不行了，我现在眼睛坏了，有点近视了，这么大字都看不清。以前我可是两个一点五的视力。工作了十年，用了八年电脑，钱没赚多少眼睛都要废了，皮肤也成豆腐渣工程。想想都不知道活着是为了什么！"

我看着她脸上的斑，确实，她老了。我进来的时候她还年轻，现在岁月的痕迹已经爬上了她的脸。

"你呀，我说你呀，难得有福气嫁进了好人家，就趁年轻多享享福，我是没办法才坐这儿对着电脑的，你以为我想啊？你自己有条件还要来找罪受，真不知道你是怎么想的。"

我拿出镜子看看我的脸，再过十年，这张脸上也要悄悄爬上褶子和斑点吗？

下班后我买了些水果回去做沙拉，岳剑吃得摇头晃脑，直夸我贤惠。我汗颜，你是没见识过什么叫贤惠吗？我们家岳先生真可怜……

睡到半夜里，电话突然响了。我迷糊着起来一看，又是蔷薇！

一个礼拜见我三回了她还想怎么样，拿我当手下还随传随到？挣扎了很久，我还是爬起来跑阳台接了，没好气地朝她吼道："喂！大半夜的你搞什么？"

那头是呜呜的声音，蔷薇也没说话，等我快不耐烦了，她突然哇地大哭起来。

"秦苏，我怎么就这么倒霉！我又分手了！"

等我开始穿衣服准备去蔷薇那儿时，岳剑醒了，他满脸不悦。最后我只得再三保证绝对不会出事，一定会小心，跟他撒了半天的娇才脱身。

半小时后，我出现在蔷薇刚搬进去不到二十天的家里。

蔷薇显然是哭过了，鼻子红红的，眼睛边上用粉遮过了，没抹匀，一块块的在灯光下分外明显。

"蔷薇，谈恋爱就跟炒股似的，股市有风险，入市需谨慎，你知道不？你是典型的入市不谨慎出市又随意。你到底想不想好了？"

"你以为我想啊，不是运气差吗，倒霉就倒我一人身上了！"

"王思怎么了？前两天不是还'焦不离孟，孟不离焦'的，怎么就随随便便地要分手了？"

"恶心死了！想想就恶心！"

"捉奸在床？"

"比这还恶心！"

然后她就开始咬牙切齿地叙述。

"我今天看他回来得晚，也很累了。他洗完澡后我就想给他按摩按摩，然后他说头痛什么的要睡了，我就想和他开个玩笑，假装从床底下搜出来一条女士内裤，其实那是我的内裤。我就质问他，开始他拒不承认，没想到……后来在我的紧逼下，他竟然抱着我开始认错……"

"我去！"

我真是被他们这对半斤八两的雷人情侣雷到了。说真的，能把感情玩得这么儿戏，确实到了一定的境界。蔷薇就是我认识的这种境界里的强人之一。但她永远都认为自己是个受害者，从不去想为什么自己就成了受害者。

我不再去跟她强调什么提升内涵、巩固魅力之类的屁话。因为即使那么做了，也不一定有用，即使有用，蔷薇也不会有耐心去照着做。

我只能一遍遍地安慰她，多弄点钱吧。

"反正这房子是我的，分手了我也不会还他！"

"嗯。那就好。好歹也百十来万呢，二十天，值了！"

"钱是小事，我付出了真感情啊！王思那个贱人，简直是在玩弄我！"

"所以就钱实在点。总归比你跟那个有妇之夫划算点，你就往好处想想得了。现在的男人，谁不坏？就看有没有资格坏。你想找好男人，老实的男人，可是穷光蛋你要吗？要了他也不一定就老实，住你房子开你车去泡妞，你不是恶心得想死啊！"

"你说得我都不想结婚了。这过的什么日子啊！没个正经人了都！"蔷薇撇撇嘴，抱住我喃喃地说，"苏苏，我怎么会突然想哭？难道我也有些逆流成河的小忧伤？"

"你忧伤个担担面！"

她很配合地低下头。

"我这次是真的心灰意冷了，我再也不要臭男人了！"她像个小怨妇似的装娇弱，眨巴着大眼睛看着我。

"男人不如姐妹靠得住，以后还是靠姐妹好了！苏苏……"她边用肉麻死人的声音对我说，边朝我身上靠啊靠的。

"严重鄙视你，蔷薇，你都下定决心了，还叫我跑一趟！你怎么狠得下心！我是孕妇啊，我冒着让岳剑不高兴的风险来见你，你就陈述这几句了事，简直是太没专业精神了，好歹你也寻死觅活一会儿，让我觉得这趟跑得有点价值啊！"我摸着跳得扑通扑通的小心脏，颇为不满。

之后，她指着她寂寞的大床，邀请我在她家睡。

我直接谢绝了。

"你们共赴巫山的地儿，我可不敢睡。王思那身肥油估计要渗进被单好几层，你可得好好洗洗。"我不顾蔷薇又瘪起来的嘴，直接拿着小手包就走了。

等我回到家轻手轻脚地把门推开，却发现卧室的灯还是亮着的。进去一看，岳剑正躺在床上看书。

"你干吗等我？跟你说我去去就回来的。"我把被子给他往上拽拽。

"快点上来，一个孕妇还跑来跑去的。以后不许这样！我今天生气了。"他一下子握住我冰凉的手。

我刮了一下他的鼻子，岳剑之于我的意义，已经不只是一个男人、一个孩子他爹，而是一个梦想。

为了这个梦想永远不会破灭，我会一直努力着。

第二天我去上班，刚进办公室就感觉气氛极为诡异，群众看我的眼神分外躲闪。我快步走到我的办公桌前发现一大束火红的玫瑰摆在我桌上，娇艳欲滴的花瓣招摇地展示着自己的存在价值。

不错，对于女人而言，收到玫瑰花是件倍儿有面子的事，但是如果这个女人已婚，甚至还怀着孕，这就涉及这个女人的人品和作风问题了。我飞快地瞟了眼周围同事的反应，发现大家都在偷偷地瞧着我。

"谁放这儿的？"我低头问旁边一脸关切的李姐。

她朝花上一努嘴说："自己看，那有卡片。"

我把卡片抽出来，头脑一阵发昏，上面写着"总经理办公室"。

这个万言到底是想干什么？想不开要寻死还拉我垫背不成？我气得手发抖，不顾同事们复杂的目光，直接拿着卡片和花就冲进总经理办公室。

我用脚踹开办公室的门。

"万言你到底……"

突然收声是因为我发现办公室里有客人。当然我是不会想到这大早上的才上班就有客人。

万言坐在办公桌前，眉头紧锁地看着对面的女人，看到我冲进来，表情更凝重了。

背对我的是个身材娇小的女子，在我脑子里的疑惑越来越重的时候，她回过头对我欣然一笑。

"秦苏，好久不见。"

♣
# 第十三章
# 小雪来袭

"小雪!"我吃惊地喊道。

等我反应过来赶紧拿手拢了拢头发,却发现手上还抓着花。我想不着痕迹地把花扔出去,她却径直向我走过来,眼睛里的笑意有些骇人,那种眼神我不甚明了,但是可以确定,这个小雪绝对不是我认识的那个天真单纯的小雪。至少,我在她的笑意里没有找到丝毫的善意。她走到我面前拉住我的手。

"多谢你这段时间帮我照顾言。"她的眼神里依旧是含着笑,瞥了眼我一直收在身后的花,"这束花不要忙着丢,是我送你的,感谢你对我这么好,以后我还要继续跟你做好姐妹。"

我手心全是汗。被她松开以后,我悄悄在衣服上擦擦手,心里慌得想拔腿逃跑。这样的小雪是我不认识的,我甚至不确定她是不是知道了些什么。

她打量着我,从脸部一路往下看最后定格在我的肚子上。

"苏苏姐,你怀孕了,你先生一定高兴坏了吧,真是幸福!我也想要个孩子。"她的话是再正常不过的,只是人心虚的时候听什么都是带讽刺的。我大脑空白,跟她扯了几句就匆匆地离开了总经理办公室。我拿着花回到办公桌坐下,却不知道如何处理这花。说起来是小雪送的,我如何能丢了。难不成老板娘送的我还要专程找个花瓶供起来?

李姐看我把花左放右放的，别扭得很，凑过头问："小苏，这花怎么回事？"

"老板娘送的。"我话一出口，立刻震惊全场。我看着周围惊愕的同事才明白，原来他们都伸长耳朵在偷听呢。我把花往桌下一塞，拍拍手，坐到凳子上。

"不错，办公室里的美女就是我们的老板娘了。万总的妻子！你们还有什么不明白的想问的，都一次问清楚了，免得都用那种眼神看着我。"

"苏苏，你说什么傻话呢！"李姐拽拽我，提醒我注意搞好团结。我捂着肚子坐下来，心里七上八下的，不知道小雪这次来到底是什么目的，希望是我多想了，但她的眼神确实令人难以平静。

等我做了份季度销售报表出来，正在等二道工序校正，总经理办公室的门打开了，出来的是满面春风的宋雪和面无表情的万言。大家立刻停下手头的工作看总经理有什么重要指示。

小雪笑得很端庄，很有女主人范儿，眼神扫到我身上的时候格外柔软。我朝她暖暖一笑。办公室里的同事们顿时明白，这秦苏的靠山总算是露面了，原来就是这么个小女人。

"同事们，我在这里宣布一下，从今天起，新同事宋雪将成为本公司的副总经理。大家认识一下，以后大家都是同事了，多交流。"万言的话音未落，已是凉气一阵。

众人都很惊讶，难道是八卦不准？不是说万总的妻子在上海有公司的吗？怎么还跑来南京抢这么个小职位？

小雪的自我介绍和勉励的话我都没有仔细听，但我感觉她好像是被冶炼过的钢材，已经完全蜕变，变得自信、从容，还有浓重的占有欲。

也罢，这样最好，至少万言会有所顾忌。我心里面渐渐轻松起来，再过两个月，我就可以回家安胎了。等我的宝宝出世，我不会带他去做鉴定，我知道他是岳剑的孩子，只会是岳剑的，只能是岳剑的，绝对是岳剑的。

我埋头准备继续校对，却被小雪喊住。

"秦苏，晚上约你老公出来一起吃个饭吧。万言跟他合作的那个项目听说进行得很顺利，咱们两家多走动走动。"

这话说得很大声，在座的都听个透亮。万言面色有些不悦，我有些尴尬地微微一笑，表示同意。她走到我面前突然伸手，吓了我一跳，好在只是帮我整了下刘海。她朝我甜甜地一笑，然后夫唱妇随地挎着万言朝办公室去了。

不知道她到底是什么情况，放着上海的公司不管，跑这儿来看着老公，这也太扯了吧！还是她果真知道些什么了？不可能啊！以后岂不是成同事了，真是滑稽！

"秦苏啊，老板娘来了，以后你可别喝万总的参茶了，我刚才看那女的对你挺警惕的，你们就算是好姐妹也得分清谁是谁的男人。"李姐果然经验老到，一语中的。连她都看得出来，我要再不知道注意我就是纯傻帽了。

谁知道，过了一会儿，那新秘书依旧笑盈盈地端了参茶过来，脸上的谄媚还是那么稚嫩，一点也不自然。

"苏苏姐，参茶！"我接过来连忙喊住她，却忘了她名字是什么。

"小……那谁，没人的时候跟万总说声别泡参茶了，引起误会就不好了。"

她的脸上一阵红，好像我是在责怪她似的，弄得我很尴尬。她赶紧摇手说："苏苏姐，不要紧的，这茶是老板娘让我泡的。她说这习惯还是别改了，她对您是极好的。"

我心里一颤，这下，还有什么是她不知道的？

李姐在旁边听得脸色凝重，连忙告诉小秘书以后谁让泡都不要再泡了。然后李姐把我身子扳过去对着她。

"连我都觉得老板对你好得过分了，更别说人家媳妇了。有误会你就赶紧解释，没误会就赶快跟老板划清界限，免得惹得一身腥气，你都结婚有孩子了，夫家又好，别自己找不自在啊！"她说得句句在理，但是现在已经这样了我怎么解释都是无用的，还越描越黑。何况，我们又不是清白的，我们是真的有剧情……

怎一个"混乱"二字了得！我决定继续走一步算一步的策略，但恐怕我要提前回家安胎了，再这么相处下去迟早得出点纰漏。有纰漏发掘纰漏，没有纰漏制造纰漏……

我打电话给岳剑告诉他，万言夫妇要请他吃饭。他很纳闷地说："他老婆来了关我什么事？"

我一时语塞，正想说要不我帮你推了吧，他又接着来一句："算了，万言也算是帮过我们，去就去吧。"我欲哭无泪。

晚上，我们齐齐到达小雪指定的饭店。偌大的包间只有我们四人，怪冷清的，我连忙往岳剑身边靠靠，谁知小雪把我一把拉住。

"苏苏姐，咱们姐妹俩坐一块，让他们俩男人凑合去。"

我干笑着应下来，手搭着肚子，把所有的注意力集中在等菜这件事上，这样倒是可以减少不安，但这显然是我一厢情愿的想法。小雪又是给我倒水，又是叫人给我热牛奶，一会儿说这个菜孕妇不能吃，一会儿说这个菜吃了对孩子的发育有好处。我不停地点头附和她。岳剑在对面，不时地朝我笑，我心里急得嗷嗷狂叫，岳剑，你老婆正在受摧残，你没看出来吗？还笑！

不过估计在岳剑那单纯的脑子看来，我和小雪真是许久未见的好姐妹，有说不完的话，实在是投缘；就短短的两日相处，竟然处出这么深厚的感情来，简直是社交界的奇葩。我要是去搞外交，外交部长都要换人了。

我自我安慰着，也许小雪真的是太热情了也说不定。虽然她眼神诡异，但是表现还算正常。若是知道了，以她的性格，起码要打得我脱层皮才对。现在这么看来，她顶多也就是个不明真相的群众，最多也就听说她老公对我比较好，心里有点疙瘩而已。

想到这里，我对岳剑甜甜地一笑，拿眼神勾搭他。岳剑不明所以，不知道我为什么突然当众跟他调情，但是他还是很配合的跟我有来有往。小雪看我们秀恩爱，鼻子哼了一声。

"苏苏姐，就你们夫妻感情好。诚心惹我急眼，你们那黏糊劲儿，我们在迪拜时就领教过了，这会儿又来了，你俩真不分场合呀！我很嫉妒你们！"那神情，那娇嗔，那噘起的小嘴，活脱脱是在迪拜的那个宋雪回来了。我心情顿时变好，阴霾一扫而空。

"你家万言不是你在旁边嘛，你嫉妒什么，你们又年轻又没怀孕，该让我们嫉妒才是。"我这话说得赤裸裸的，快赶上黄段子了，把岳剑臊得脸一红，忙丢个眼神给我叫我别乱说话。那小雪听了咯咯笑得差点儿岔过气去。

"话说苏苏姐，你这三个月了，属于安全期，没关系的。别害怕，人家夫妻都是那么过来的！"

我老脸臊得通红，快点结束这个话题吧，再说下去就真成了成人课堂了。我们四个谈这个话题真的太尴尬了，瞧万言那眼神阴郁的，一言不发地坐在那儿玩打火机，照这样再说下去被瞧出个什么端倪就糟了。

我赶紧打哈哈说："菜上来了，大家吃菜。"

一边听着岳剑和万言谈了会儿公司上市的弊端，还有抄黑水、把钱给洗白之类的完全超出我理解范围的东西，一边打扫着我自家后院。这个在前面就说过了，我上了餐桌就跟进了自家后院似的。

刚扫完我最爱吃的虾仁就看见小雪端起高脚杯抿了口红酒。她已经连续自斟自饮半天了。我觉得很不好意思，因为我没能尽好地主之谊陪她喝。

她不时地插话到男人的讨论间，毕竟她是经济学的高材生，跟她相比，我懂得太少了。所以我缩在角落里吃菜，尽量不引人注意。

等到男人的话题结束了，大家突然一时无话干吃东西。小雪打破沉默，朝认真吃饭的我们兴致勃勃地说："最近有没有发生什么新鲜事？我来南京都没发现有什么好玩的地方。对了，苏苏姐怀孕了没办法当向导，要不然还能带我出去转转。"

"我行动还是很方便的。"我赶紧表示。

"那不行哦，苏苏姐，你这宝宝要好好养，半点儿问题都不能出，要不然你老公会跟我急的。"她朝岳剑甜甜一笑，我突然心头一紧。

"以后要是岳剑哥有空就带我在南京玩一圈。言这个懒人对这里不熟又不爱玩，我真是被他气死了！"我边听她说边夹了口菜嚼着。真不知道小雪到底在搞什么鬼，简直有点无理取闹。不过常言道"无理取闹，必有所图"，只看她到底图什么。

"你事真多，真想玩改天我带你出去转转好了。"万言瞥了她一眼，她僵笑着望着他。即使是不明真相的岳剑都明显地感觉到他们之间的气氛很诡异，甚至有了点博弈的意思。

感觉他们之间对望了近十秒，严格地说是眼神对峙了十秒。小雪的脸上是一直挂着笑，那笑更像是惨笑，而万言的表情则是严肃中带着警告。

我正想要不要做点什么，来缓和一下这尴尬的饭桌气氛。我刚抬头咳嗽一声，小雪就立刻转过头来看我，还是笑得那样骇人，我一下愣住了。

"苏苏姐，最近看没看电影？"

我啊了一声，摇摇头。

"我一个人在上海的时候很无聊很寂寞，晚上回家就看看电影什么的，前几天看了《小岛惊魂》。你看过没？"

我不明所以地摇摇头。小雪的表现已经超出了我的理解范围了。她看着我笑笑，不紧不慢地摸着无名指上的戒指，我这才发现万言的手上也已经重新戴起了婚戒。

小雪见我注意到了手上的细节颇为满意，继续介绍道："这个电影里，女主角妮可·基德曼与两个孩子住在一座大宅里。房子很大很古老，她时常能感觉到有其他声音，感觉到有其他东西的存在，神经兮兮地怀疑闹鬼。整部电影气氛诡异，充满了悬念。而到最后却出人意料，原来不是她的房子里有鬼，而是她自己本身是鬼。编剧很强大，短短几个镜头就让故事有了颠覆性的转变。这电影让我懂得有时候我们连自己是人是鬼也会分不清，更何况在这个世界里谁又分得清谁才是贱人。真正贱的人往往是身在贱中不知贱。苏苏姐，你说是吗？"还是那样的笑眼，还是那样的笑容，却几乎是凌厉地把问题丢到我这边。即便是单纯的岳剑也感觉到了小雪话中有话，以及她对我的敌意。

我感觉到如果这个地方我没有处理好，很可能是致命的。一个很简单的可答可不答的问题在此刻却显得如此棘手。我把筷子放下，平静地直视她的眼睛。

即使她不信我，我也要直视她的眼睛，因为岳剑也在看我。我拼命地压抑着双手的颤抖给了她一个笑。她抿了一下嘴唇酒窝更深了，双眼尽是明显的戏谑，却拿满脸无害的笑意掩饰过去。

"人生真是无常啊，看完那个电影我才坚定决心，把上海的公司委托给合伙人打理，一心一意地来守着我的言。"她不等我回答就掠过我转头看着万言，依旧是那副神情却是多了几分挑衅。

我已经没有心思去研究他们现在是为什么较劲儿了。我关心的是他们究竟摊牌到什么地步了。

岳剑已经感觉到了小雪明显是针对我来的，开始闷闷不乐，他抽出一根烟点着了，安静地吸着，整个过程安静而流畅。看他沉默的样子，我的心针扎一样地难受。

"岳剑哥，我先在这儿预定了，苏苏姐身子重了不能陪我去逛南京城，你得奉陪到底！"

岳剑先是一愣，既而鼻子里逸出一声笑，"没问题，你定时间吧。"

我的心已经掉进冰窖，我不知道到底是哪儿出了什么问题。我看着一脸不爽的岳剑，再看看明明得逞却装模作样的小雪，再看看面容平静不知道在想什么的万言，突然意识到我们就是一群傻瓜而已。成天在得意什么啊，我想跟她井水不犯河水地各自守着自己小家庭好好生活，我就想这么守着我的幸福小心翼翼地过一生，可是就连这么简单的想法都不能实现，原来人和人之间真的不是客客气气就能相处的。

这该死的饭局在惨淡的气氛中结束，我们尴尬地道别。在万言和岳剑象征性拥抱着耳语的当口，小雪站在我身后微笑地望着两个男人。

"岳剑真是个不错的男人，就是傻了点。言说过他要的东西都会不择手段地得到，真希望岳剑放聪明点。"

"我老公不笨，他只是善良，请不要把你们夫妻俩那套强盗理论放在人性上说。"我毫无顾忌地驳斥，凡是说岳剑不是的我都无法容忍。

"呵……"小雪几乎嘲笑起来，"看来你很爱你老公嘛，秦苏。"

我懒得理她的冷嘲热讽，直接拉上岳剑上车回家。

一路上我都在等岳剑询问我，可他偏偏一言不发。我知道他在生气，他在怀疑，可我真的没办法拿出些定心丸给他，真的是急得走投无路。最后我实在忍不住抱着他掌握着方向盘的胳膊呜呜地哭了起来。

岳剑继续开着车，眼睛明显地艰涩起来。他突然猛地踩刹车定格在那里，却没有下一步动作，我伏在他手臂上能感觉到他的呼吸起伏。

"秦苏，我相信你。"

他只说了这一句，他只说他信我。

他叹了口气，伸出手揽住我日渐丰盈的腰，专注地给了我一个深情的吻，那么用力，以至于我近乎耗费了一生的力气来承接他这一吻所给予的能量。

不幸中的万幸，岳剑是相信我的，他给了我全盘的信任，总算让我在一团糟的生活中找到了一点点光源。就让我沿着这点点光源沿着崎岖的道路走向光明吧！岳剑，你要等着我！

带着这种极度虔诚的信念，我忐忑地在不似以往那般和谐的家里谨慎地生活着。所以一到礼拜六，我就决定去蔷薇家避避风头喘喘气。

王思那家伙不愧是做房地产的，给蔷薇房子时一点不含糊，半句微词都没有，完全没有想到这是给一个女人的高得离谱的分手费，何况他们才在一起不到二十天。

想当年我……哎，越想越觉得自己悲剧，二十七岁以前都白活了。

我乘电梯直达蔷薇门口，上去就敲门。奇怪的是隔了半响才开，我纳闷地看着脸色酡红的蔷薇。

"房里有男人吧？"我没进去就站门口朝她问。要是不方便我就先走了，免得在这儿耽误人家正事。

"嗯。是啊。"她倒不害臊一口应了。我把玫瑰露往她怀里一塞，准备败兴而归，她连忙拉住我说："走什么呀，没什么不能见的。"

"那我多不好意思。我脸皮薄，这种淫靡的场合不适合我，何况我还怀着孩子呢！"

"秦苏，你还蛮开放的嘛！怀着孩子？不怀孩子你还想怎么着，你还想玩 3P 不成？你脑子里在想什么啊，怀孕把你怀傻了？"

我连忙把她推进家里，回头望望对面那户人家有没有被蔷薇的大嗓门吸引出来看看到底是谁想玩 3P。

"你胡说八道什么啊！我是担心你们那特殊环境把我的宝宝带坏了，现在是在胎教期间。"我脸上一阵儿红一阵儿白。真是服了这个女人了，能给想到那去真是不容易。

"不说清楚你……"

"我先走了，你们慢慢折腾。"我还没来得及转身就又被蔷薇拉住。"走什么呀，你也认识的。"她的老脸居然红了，我朝半敞的卧室里瞄去。

"伍仁！出来吧，要苏苏进去把你揪出来吗？"

我去！此刻我的震惊已经到达了今年的顶峰。如果说蔷薇跟王思在一起那是属于迁就着混混生活费玩，那么蔷薇跟伍仁在一起那就是纯粹地饥不择食了。

在我目瞪口呆还没结束的时候，我看见从蔷薇卧室里挪出来的面红耳赤的伍仁。

"苏苏来啦。"他讷讷地说了一句话就没了尾巴，然后猛地抓起外套说有急事，不顾蔷薇的强烈反对就迅速逃离了事发现场。

等我们坐一起研究这个新情况时，蔷薇表现得很不高兴，伍仁今天的表现让她很受侮辱，然后她就把这个侮辱责怪到我头上，认定伍仁对我余情未了才表现得这么不给她做脸。我除了白眼还能有什么选择？

"我说你就脑子在正常范围内点行吗？成天做些匪夷所思的事情。伍仁是你想要的男人吗？为什么偏偏要把关系弄成这样？"我怕以蔷薇的性格，三天过瘾了就把伍仁给踹了，到时候铁三角就豁了个大口子。

"我对他是认真的，我爱他！"

"你哪次不是认真的？结果呢？蔷薇，我们是铁哥们儿了，非得弄得以后难堪吗？上了床能当只是一起吃了顿饭那么简单吗？你们都是怎么想的，我真想不通。"

"我从高三就爱他，心里一直有他。秦苏，你知道吗？我嫉妒你，嫉妒你不给他回应还一直占着他的心。现在你结婚了，伍仁回来了，我们都清爽了，我要跟他在一起。"蔷薇说得分外认真，她一直是个超出我理解范围的女人。

不过，我显然不是来管他们闲事的。我是来喘气的不是来找不自在的。

"那你们就好好的，我等着明年看你们孩子满月。"我的表态立刻赢得了蔷薇的欢呼。

"话说姐们儿我的回床率还是不错的。本来我跟伍仁也不能发展这么快，就那天送他回家不小心就……结果，今天他忍不住就巴巴地来找我了。我这回床率，啧啧……"

这个女人，我眼睛要翻歪掉了。这有什么好值得炫耀的吗？

"回床率，好词。"我朝她哼哼几声，"不过，姐们儿我不是来听你说艳史的，你们床上过家家的那套我也没有兴趣打听，我烦着呢！"

我一屁股坐在她那塑料皮还没撕的进口意大利沙发上。她端了盘小番茄过来给我。

"孕妇吃酸好。"

我笑着跟她道谢，连着吃了几个，然后想起了什么，继而谨慎地问："你洗手了没？"

她立刻把手凑我鼻子下面让我闻，我大惊，连连后退。

"你这女人能不能文明点，洗过就洗过，要是没洗过闻到点什么我一天都不想吃饭了。"

她愕然，表情要多吃惊有多吃惊，把手伸到鼻子下细细嗅了起来。自言自语道："真能闻出来吗？"

她看着我一副吃了大便的表情，抱歉地笑了，之后她又滔滔不绝地给我讲述起她和伍仁的发展经过。也就这两天的事，原来表面上我们三人其乐融融，实则他俩在暗地里搞了这么多猫猫狗狗，英明的我竟然一点不知道。

终于她的话题结束了，看我还是一副眉头难舒的表情，蔷薇夸张地吼道："秦苏，你别给我这么离谱啊！你别告诉我你心里也有伍仁，我可是对他认真了。你都结婚了少给我撬墙脚，你撬上瘾了还，也太欺负人了，专拣我一个人的撬，你太够意思了！"

看着她扭曲的脸，我直想上去海揍几拳并大喊："你给我醒醒吧，你那伍仁我从头到尾只把他当成月饼看。"但是此时无力跟她掐，只能用悲哀的眼神告诉她是她想得太多。

她见我萎靡不振，一脸关切地问我怎么了，是不是岳剑憋不住出去找食了，我终于忍不住要发怒了。

"不是岳剑的问题，你少给我们家岳剑抹黑！"

"那到底怎么了？你自打结婚后没一日消停的，见你每天都心事重重的，嫁豪门嫁得这么颓废的，我还真是第一次见。"

我看着蔷薇日趋成熟的面孔，我的好友，我们俩认识十几年了。上大学那会儿一起打过架逃过课，考试作弊被抓她一个人扛，从来都不出卖我，出去开房打掩护应付宿舍查房，衣服什么的都共用过，连男朋友都分享了，好像确实难找到像我们这么铁的黄金搭档。也许我真的需要一个人来帮我分担心里的痛楚，可是我又不能全盘托出，除了害怕风险，事实上我自己都不愿提及。

于是我慢慢地以平静的语气告诉她，我的老板对我有特殊好感，但是他老婆来了视我为眼中钉，目前我十分忐忑不知道如何是好。

我说得很简单，云淡风轻，蔷薇却听得捂住了嘴。

"秦苏，想不到你这么厉害了！比你小的优质男都钓得到？我真想死啊，我们俩级数差太多了吧，我想死啊！我还可怜兮兮地挣扎在寻找个经济适用男结婚的路上跛行得苟延残喘，你都玩婚外恋了！我靠，我怎么受得了啊，天啊……是谁，是哪个倒霉生儿子长满屁眼的家伙看上你了？太让我不平衡了！"

她惊叫连连，喝了口水继续瞪我叫我说。我苦笑："你找找重点行不行，现在人家老婆找上门来要玩我，你说我怎么应付？"

"在你的地盘上还怕被玩，你也太悲剧了吧！好歹你手上的流动资金也够找几个有文身的把她拖山上去天崩地裂地揍一顿，吓得她赶快哪儿来回哪儿去！"蔷薇说得好像跟真干过似的熟门熟路，我特鄙视她这种雷声大雨点小的窘人。

"说点实在的。"

"还能怎么办？要不就约出来把误会搞清楚，要不你就回家安胎去。反正肚子也快起来了，你在家享福得了。"

"看来也只有这办法了，但我怕她本身也只是误会，看我有意躲避更认定我和她老公有事就糟糕了，我本纯良被逼无奈。哎……我再看看吧，江湖险恶不行就撤。"

蔷薇的眼神是赤裸裸的无焦距，然后她突然说："我也要找个小弟弟，倍儿有面子！"

我被她强大的思维跳跃能力给惊骇了。

聊了会儿，我陪她下楼去采购食物顺便走一走，缓解下我刚刚久坐的疲劳。在超市一通海买以后，两人都拎着塑料袋像大妈似的拐过弯走过街道，突然旁边蹲着的 A 片小贩站起来朝我们拦过来，对蔷薇说："嘿！妹妹，你快来看看又来新片了。"

蔷薇拎得正累，这一下犹如虎头捋须，怒吼道："'又'什么'又'！我常来光顾吗？我认识你吗？"

那凶悍的铜铃般的眼有力地震慑到了小贩，他畏畏缩缩地收回头去，连忙挥舞 A 片碟边打哈哈边道歉。我们扭头走吧，发现所有路人一概回头，前望，左顾，右盼，三百六十度围观我们。

蔷薇硬是坚强不屈地迈着高傲的步伐，面不改色心不跳地离开，跟这女人在一起永远不愁回头率。

♣
第十四章
# 办公室的博弈

　　产检的那天，岳剑正好有空，他要陪我去医院。我当然求之不得，兴高采烈地跟他一起去了。到医院领了号，我们坐那儿等，因为怀孕，最近对自己的上围充满了自信，所以穿了一件倍儿突出的衣服。

　　岳剑等得有些不耐烦，不时地搓着手，鼻子微微出了点汗，我掏出面纸给他擦汗。我怀孕期间，看见他就会产生强烈的保护欲和泛滥的母爱，像给儿子擦鼻涕似的轻轻地给他擦擦鼻子。他接过纸巾，随手捏着玩起来，跟孩子似的能玩，一会儿就把面纸卷成一个小棒，颇有童趣地喊我："秦苏，秦苏。"

　　我回过头去，他突然拿纸棒对着我的肚皮猛戳一下，我愣住了。只见他自言自语："白刀子进，白刀子出，你的脂肪还真厚。"我顿时无语。

　　五分钟后，他又喊我转过去，这次对着我胸口猛戳，我看他难得兴致这么好，表现得这么可爱，为了配合他，我立马啊了一声，还往后倒了一段距离，他见了又自言自语："你的咪咪还真小，这么短的刀也能戳死你。"随即我看到隔壁坐着的夫妻窃笑……

　　到我看医生时我怎么都觉得他就是一庸医，我跟他说我刚开始只干呕，后来吐得厉害了，吃什么吐什么，体重一个月降了快十斤。那医生沉思了不到半秒，告诉我可能是得了慢性咽炎，先开点治咽炎的药吃，因为是孕妇，要吃最好的那种，他看看我们的衣着，又继续介绍国外有种刚研制出来的顶级的治疗慢性咽炎的药，吃了绝对无副作用，还能舒筋活血，甚至还能给孩子开发大脑补足钙铁锌锡维生素什么的，最后一问价钱一百八。我去！这么神奇的药只卖一百八，那不是此后全世界满地蹦跶的都是天才，该药问世前出生的孩子的家长们此刻都泪流满面。

看我们一脸标准的鄙视的嘴脸，那医生尴尬地咳嗽一声，为了掩饰尴尬，居然冒了句："听你这月瘦十斤的描述，哎呀，原来节食真的可以减肥哦！"

此生所见过的医生最不靠谱的就这位了，连推销药品都不会，医生怎么当的？失败！我们看他实在也没什么经验，估计也没怎么忽悠过人。于是岳剑说还是给开点专门给孕妇补的中药吧，他就屁颠屁颠地开始写处方。

等看完医生我有些疲劳。刚上车岳剑电话响了。他接了说了几句大概是"那可以，一会儿过去"之类的话。我晓得大概是公司有事要他去处理就没再多问，谁知岳剑挂了电话告诉我是小雪打来的。

"她找你有事？"我很紧张，这个小雪找岳剑难不成要说什么？

"说她车抛锚在玄武门隧道了，万言在跟客户谈生意抽不出身，叫我去接她，顺便叫拖车。"

"她不会自己打车走！找你干吗，我老公那么好用吗？"我很明显的不高兴。

"我也不想自己找麻烦啊，但是人都说出口了，第一次找帮忙不好意思拒绝啊。下次就不去了，行不？"岳剑的表情也很无奈，我知道他一直对小雪没什么好感，但是人家是万言老婆，又在南京人生地不熟的，我想想就没说话了。送完我回家，临下车前我亲了他一下，告诉他如果小雪想泡他，一定要坚贞不屈。

他笑着刮了下我的鼻子说："知道，我是有老婆的人。你净想些乱七八糟的。"

进了家门开了电脑，想玩会儿斗地主、连连看什么的不费脑子的，谁知跳出个页面告诉我杀毒软件到期要我充值，十元每月，用银行卡缴是八元每月，我懒得用网银充了，反正我也不能总用电脑，干脆就想把它卸载了，卸载时选择卸载原因，我点了"不想充值"，这时弹出来个页面，"充值三十元使用半年，就是五元每月"，我石化了。

正常十元，银行八元，如果你嫌贵不充值不准备用了，那就五元吧……原来正版是这样讨价还价的。

我玩了好久，岳剑还没回来。我感觉有些饿了，就去翻翻冰箱找了些东西吃。一会儿手机响了，岳剑说是要晚点回来，叫我自己先弄点东西吃。

我猜岳剑是被小雪缠上了，于是平心静气地说："你早点回来哦，你跟小雪离太近我会生气。我生气，孩子心情就不好，以后生出来就是个先天忧郁；我不饿自己，我不饿孩子，我猛吃，我撑死他；我心情不好，就想去跑步，我跑步，孩子就跟着倒霉，上下蹦跶出来摔成什么形状我不负责任。好吧，你早点回来，行吗？"

岳剑那头一片沉默，我正想是不是此刻气氛不对，或者小雪压根儿正在跟他摊牌，我还给他甩下这些不知好歹的话。我浑身的鸡皮疙瘩开足马力翘首准备的时候，岳剑那头就很不给面子地爆发了一阵狂笑。

"秦苏，我真佩服你！真是活宝！行，我马上就回，这宋雪可怜巴巴地叫我请她吃顿饭，她一吃好我就回去看着你和孩子，好不好？"

我这才满意地把电话挂了。

冰箱里没什么熟食，我在电脑前坐久了，我决定出去走走，运动一下，顺便买份熟食回来吃。岳剑跟我的口味差异很大，不能吃辣不能吃咸。我什么都能吃，所以家里的伙食基本都是照顾他的口味。

所以我很久很久没吃辣辣的牛肉和泡椒凤爪了，于是我穿了衣服出门买牛肉和鸡爪，等我迎着夕阳惬意地眯着眼睛幸福地拎着香喷喷的辣牛肉和泡椒凤爪走在回家的路上时，忽然一人牵一狗在我身边擦肩而过，那只狗长得蛮可爱，一只白色的萨摩耶。它看起来很馋，巴巴地跟着我手上的凉拌辣牛肉跑，结果它的主人，一个瘦高个同住一个别墅区也算得上是半个邻居的男人及时拉住它，我清楚地听见他跟狗说："理性点！"我当场呆住……目送着那一人及一只理性的狗在夕阳的余晖下离去。

这段插曲让我很不是滋味，以至于回到家一边吃一边为自己悲哀，我当真连人家萨摩耶的品位档次都没达到吗？于是我拼命地忍住悲剧的念头，开始给我的孩子胎教。拿出儿童读物，用我标准的普通话朗诵安徒生童话。

不过我边读边想笑，这白雪公主怎么就这么傻帽儿，这么容易上当，怪不得叫小白，因为太白痴了。我就要拿这个去教育我的孩子吗？于是我果断地换了本书，拿起了《十万个为什么》。

一会儿蔷薇恼人的电话就来了，我心想要是再说分手了找我去当听众我可不去。结果这次不是，是她的表姐嫁了有钱人，她要去风骚地参加婚宴，咨询我穿什么衣服去比较容易会被搭讪。我哪有心思去研究这些，就随口回答说："红色或白色的旗袍。"

她听了一愣问为什么。我说，那多有中国古典美人的气质！符合传统的优质男择偶标准：内涵，气质，优雅。啧啧……

她一听，果然是这个道理，于是千恩万谢地就去买旗袍了。

我挂了电话才想起来，她不是跟伍仁凑一块了吗，怎么还想着钓金龟呢？真是个复杂的女人啊。

晚上岳剑回来了，我忍受着他浑身的酒气拉住他细细闻他身上的味道。还好没什么诡异的味道，于是催他快去洗澡臭死了。

我准备盘问他到底跟小雪吃什么吃这么久，他洗完上床嘟囔一句话我也没听懂，我看他头脑不清醒就去厨房弄了点酸果汁给他醒酒，刚端回房间就看到他躺床上睡死了。

我瞪着睡得四仰八叉的岳剑，气愤之下仰头"咕咚咕咚"把果汁都给喝了。结果跑了一夜厕所，旁边睡死掉的男人愣是丝毫没有察觉。我痛苦地捂着肚子在床上翻滚，心里哀悼着辣牛肉和泡椒凤爪和……该死的果汁……

第二天拖着病快快的身体去上班，一进办公室就看到笑得跟朵花似的小雪朝我打招呼，真是奇怪，我从来没见过有老板娘每天到得这么早的。我鼓起腮帮子尽力给了她一个微笑，我两腿无力就不挥膀子浪费体力了，小雪，你多担待点吧。

"哟，小苏怎么了？病啦？"李姐看到我煞白的脸吓了一跳。

"我的脸色难看吧！倒霉，昨天喝果汁又吃泡椒凤爪的，肚子不舒服。"小雪走过我身边，忙低下头来细细观察我，"这真是病了，要请假吗？"

"不用了，现在好多了，就是有点发虚。回去也是发呆，没事儿！"她呵呵笑着，然后拍拍我的肩膀，用不大不小的声音问我："岳剑哥回去没事吧？昨天他喝多了，还以为他不能喝，原来酒量还蛮不错，昨天他一人就喝了一瓶马提尼。"

我知道她是想让我不舒服，所以我没有表示出任何的不悦，只是轻轻摇摇头。

小雪见我没反应又补充一句："我还怕你生气呢，想给你打电话解释下的，后来言说还是别解释了，本来都是朋友也没什么。苏苏姐，你不会生我气吧？"然后挑了下眉毛，气场十足地回了她的办公室。

"小苏，你跟老板娘有什么矛盾吧？有矛盾就解决了，别这样成天阴阳怪气的，把好心情给搅了。"李姐见我没什么反应，以为我不以为然，就摇摇头叹着，"你们年轻人啊你们年轻人……"

"我再也不吃辣了……"我趴在桌上，捂着肚子。

"你呀，一点也不知道照顾自己，怀孕的时候哪能生一点病！你是在孕育下一代啊，品种好不好看这九个月，你可别像过家家似的。我怀我们家文文那会儿，感冒了都不吃药的。你可别生病了！"

"嗯，绝不吃药！"我甩甩头想打起精神来，就听旁边的李姐在叹气，眉头皱得紧紧的。她平时挺关心我的，听她叹气我自然不能袖手旁观，忙问她怎么了。

"小孩上学，烦。小升初了，学区正好隔条马路给划雨花区了，我给气死了！正好进不了我上次说那附小，小孩在家闹死了。"

"要交择校费的吧？"

"现在择校费几万几万的领导都不待见，你说我怎么就活得这么苦呢？女人老了到哪儿都不受待见，从小到大，我门门功课都得 A，现在还不如人家小姑娘的一对 C，我憋屈。小时候做梦都想当白领，现在我们成了纯正宗的白领了，今天领了薪水，交了房贷水电，买了油米柴盐，交了学费报了话费，我要打麻将他要抽香烟，摸了口袋，感叹一声，这个月工资又白领了……白领啊白领。"

"我要是当时没离婚一直那么过着，估计现在过得更白领。"

李姐看我的眼神充满了迷茫。我看她那么大年纪都迷茫了，我就更迷茫了。

下午开会，我的位置已经由右手第二把椅子转为右手第四把椅子，但这并没有什么好介意的。我把整理好的提案给呈交上去，秘书礼貌地拿过去递给万言。他细看了以后准备签字，旁边一只手压过来直接把文件拿走了。

众人一片哗然，副总虽然说是老板娘，但是如此在群众面前不给老板做脸的行为还真是有点惊世骇俗。也太不懂事了！

小雪脸上没有丝毫的不适，好像没有觉察到众人的目光似的。

万言自从小雪来了以后就一直是那副严肃的脸，我没见过他笑，可能是因为没敢细细观察过他。他静静地用手指点着桌面，一下，一下。

小雪看完了文件，笑眯眯地对我说："秦苏，恐怕这份提案没有一项能通过的，内容太老了。我看你有身孕了，做这些确实太麻烦，要不我交给别人重新做吧。"

她的话无疑是重重地给了我一巴掌。打小到现在，我从来没被老师领导骂过成绩不好工作不行。现在不仅骂了还是笑着骂，还是在这么多人面前骂，还是指责我的工作态度有问题。这要是以前，我能委屈得哭出来，因为这份提案我不仅征询了很多经验人士的意见，而且还修改了很多次。白天在公司做，回家还趁岳剑不注意，开电脑偷偷做，现在被批得一无是处，我真的很难过。

但是我知道她的用意，我做什么她都不可能满意，我再累死累活地赶一份新的，也只会招来更大的羞辱。

于是我沉默了。

她见我不说话，隔了几秒，准备发布新的指示。

"就按秦苏的提案来，那个提案是我早前跟她研究好的，已经着手布置了，改了要重新动资金。"万言突然撂下一句掷地有声的话，把大伙都吓坏了，这什么情况？

一直传闻总经理跟秦苏关系好，是因为秦苏是老板娘姐妹这层关系。现在看来，完全不是那么回事。

大家看气氛紧张，一时间噤若寒蝉，安静得不得了。明眼人一看就知道，现在是老总为了秦苏直接跟老板娘叫板了。我看了万言一眼，正好跟他眼神交会，我明白地表示我可不想惹得一身风言风语，他立刻把眼睛转开去。

对面的李姐朝我打眼色叫我忍忍，我会意地点点头。

"资金问题我来解决。明年的年度资金预案和计划都是相当重要的，一定要做到最好，所以代价即使高也没办法，谁让你们不经讨论就随便执行这个提案呢，浪费了前期资金。"

她说完就把新提案交给了运营部的负责人。那个负责人的眼神让我永生难忘啊，那是赤裸裸的惊恐。

最后，为了不得罪大 BOSS，据说那个运营总监提交的那份提案，是我的原封提案换了个署名而已。李姐说给我听的时候脸上放光，感觉这是一倍儿有面子的事。我苦笑，看来这奸情恐怕是要坐实了。

晚上约了蔷薇吃晚饭，说是约她吃饭，事实上是她主动约我的，但是强烈要求我付钱，理由是每次都是她请客，这次必须得我请。我本来是不想去吃饭的，绕那么远的路嫌累嫌麻烦，可她都说到这份儿上了，不去不显得我小气吗？虽然我确实很小气，而且那女人点菜不管谁付账都拣贵的点。

反正是付账的，于是我就很自觉地来迟了。定的西餐厅，我去了一看，伍仁也来了。他看到我脸一红，羞涩得跟没见过面的大姑娘似的。

"哟，装纯情这种事不适合你啊！纯情这个词在你身上会表现得水土不服。"我上去就没跟他们客气，对于他们这种混搭的速食主义者，我是相当鄙视的，观念开放得简直不把自己当回事了。再说了，就算不挑食，也该计算下成本，兔子还不吃窝边草呢，草啃光了，以后谁给你挡风遮雨，谁给你暖被窝？

"你别说他了，他脸皮薄。我说我们俩在一起怎么你了，这么不招你待见？"蔷薇义愤填膺，双手叉腰。

"我凭什么告诉你啊，你俩好的时候也没告诉我啊。"

伍仁脸都红了，我看也差不多了，就摆摆手表示行了不说了。

"话说那天的婚礼怎么样？惊艳了没？震撼了没？把新娘子比下去了没？搭讪了没？"一连串的发问后，我就后悔了，现在他们俩是一对了，要是再说蔷薇什么勾搭男人的猫猫狗狗的事就显得很别扭了。我问完就自觉地低头蹭刀子。

可是蔷薇这厮一点也不觉得哪儿别扭，还特咋呼特气愤地朝我说道："还好意思说你给我出的好主意！我当天晚上回来就想跟你说的，那天我果然被搭讪无数。我们桌的菜上没上齐？小姐，麻烦盛点米饭；来两瓶雪花啤酒；请问厕所在哪里？这里是李梅和王二的婚宴吗？然后我就提前退席回家了，把那倒霉旗袍给扔旧货市场卖了八十块。"她显然已经没有当天那么气愤了，要不然我现在的耳朵早就直呼"救命"了。

伍仁看起来早就知道了，嘲笑了她半天。我看着他们这对情侣怎么就这么奇怪，没个恩爱情侣的样子，难道在一起就为了搭个伙解决生理需求？这么潮？炮友？

我一连串的问题都没有问出口，怕伤感情，于是我就接着他们的话题有一搭没一搭地说着废话。

吃的是什么我都没在意，等发现肚子饱了才意识到今天吃的是龙虾。蔷薇乐呵呵地说我现在胃口不错，是好事啊！我摸摸肚子，突然涌起一阵使命感，吃已经不简单是吃而是哺育。顿时伟大得连我自己都震撼了，做母亲真伟大！

听他们侃了一会儿，蔷薇跑去跟伍仁坐一堆往他身上凑。伍仁看看我，居然脸红了，急忙推开蔷薇的手。

"在苏苏面前，这是干什么？"

蔷薇眼睛一瞪说："就是在她面前我才这样的！你得亲我一下，告诉她你现在爱的是我，断了那女人的念想。"

"有病！伍哥是我哥，你的脑子里琢磨点有用的，行吗？"我听到这儿，一口水喷了出来。

她立马说："你这女人有不良记录，我当然要跟你先划好疆土。"

在她无理取闹的威逼下，我只得再三保证绝不跟伍仁单独见面。看蔷薇这紧张兮兮的样子，我倒放心了，看来她这次确实是认真的。

饭后，三人毫无形象地单手扶桌，边说边剔牙。

"我说你们俩准备什么时候办事，都年纪不小了，该办就办了吧，免得夜长梦多。"我龇着牙，想必样子也好看不到哪儿去，索性特豪迈地叼着牙签嚷嚷。

他们俩面面相觑。

"你说你什么时候娶我？"蔷薇见伍仁不表态，索性上去掐他脖子。

"我得先把房子挣到，不能还跟我父母住一块吧？那房子也太小了，才两居室的。"伍仁手忙脚乱地把她推开，无奈地搓搓手。

蔷薇一听却乐了，激动地说："伍仁，你说的有房子就结婚。房子我出，婚礼你出，咱们十一就结呗，怎么样？"

伍仁一时说不出话来。

"伍哥，见过我这么倒贴的傻鸟吗？别傻乐了，你就从了我吧！"蔷薇眨巴着眼睛，朝他暗送秋波。

伍仁乐呵呵的，就是不表态，蔷薇有些恼。我最后表示，现在结婚便宜，就九块钱，这钱我出了。

好不容易把气氛给调整过来，蔷薇问我在公司里怎么处理老板娘的事。我把之前在会议室发生的事跟她说了，伍仁表示一个外地人敢在南京的地盘上这样欺负我，他是不能容忍的，嚷嚷着要找个月黑风高的晚上把她拖到小巷子里就地正法。

蔷薇一把把他按住，恶狠狠地说："你急个什么劲儿，人家老公都没动手你着什么急，你以后只能保护我，你知不知道？秦苏的事你不许插手，听到没？"她这话一说完，立刻遭到我和伍仁的双重白眼。

"重色轻友，见色忘义。"我说。

"无理取闹，必有所图。"伍仁道。

蔷薇意识到我和伍仁站在统一阵线，这局面对她很不利，于是赶紧换了策略跑来我身边，抓着我的手殷勤地表示，她一个人就能帮我放倒老板娘。关键时候还是得姐妹上。

我笑呵呵地问她什么时候动手，她却不说话了。过了半晌，她跟我说："你给我等着，看我让她求生不得求死不能。"

说实在的，我没指望蔷薇真来给我出气，有她在，一定是场泼妇间的大战。最要命的是，要是双方都是泼妇，并且势均力敌，那也算巅峰对决有点看头。可怕的是，光我们这泼妇，人小雪一个劲儿地端着架子扮矜持，我们岂不白白被人看不起？

索性我不再提这事，饭后就各自回家。今天是伍仁付的账，散之前蔷薇还揶揄我说，下次就该我请了，别仗着自己是孕妇，成天只知道白吃白喝。

"我可以不来吃的，真的。下次别请我了，就你俩吃吧，不必不好意思。"

蔷薇恨得牙痒痒，一个劲儿地叫嚣要跟我了断，走之前就听她一个劲儿地"铁公鸡""守财奴"地喊。我笑得前仰后合，跟我斗，先回去打个草稿做个计划书再说。

意想不到的是，第二天我又见到了蔷薇。本来以为这次被我气得够呛，起码半个月不会再找我了，结果这女人竟然这么殷勤地出现在我面前。

快下班的时候，李姐告诉我有人找，蔷薇伸着脖子到处瞧，看到我过来了一把拉住我。

"那女人在哪儿？我瞄了半天，也没见着哪个翻天鼻啊？"

我吃惊，当真是来帮我找茬出气的。好姐姐，你的心意我领了，但是别给我脸上抹黑啊。我赶紧把她往外拉，叫她等我下，我马上就提前下班跟她出去喝茶；即使我表示今天我请客，这女人还是不动心，强烈要求替天行道，为我申张正义。她的嗓门到哪儿都是那么大，以至于里面的同事不时地过来看看出了什么状况。我急得就差什么都说"好好好"，结果她还是不依，说既然来了怎么也要认认人，摸个脸熟以后好下手。就在她赖着不肯走的当口，里面出来一个人。

我脸色变得煞白，小雪出来的时候，蔷薇正好说到"叫那个没本事拴住男人心的女人知道，我们家秦苏不是好欺负的"。

得，这误会是坐实了。我索性也不劝了，无奈地看着脸色未变正向我们走近的小雪。

蔷薇看我反应就意识到她正是让我头痛不已的小雪，立刻斗气全开昂起头迎接她走近。要说蔷薇也是专业的，那高高吊起的眉眼，那矜贵扬起的鼻子，那带着一抹不屑的嘴角，还有那生人勿近的冰冷气势，真是要多有范儿就多有范儿。

我把自己缩在一边扮起了丫鬟。反正事已至此，要是打起来了我就帮蔷薇，干脆打完辞职不干了呗，我回家安心养胎去！

做好了破釜沉舟的打算，我顿时释然了，轻松地看着眼前两人，准备说点开场白什么的。

结果小雪先开口了。

"苏苏姐，是你的朋友吗？怎么不请她进来到会客室坐坐？站这儿说话多不方便！"

蔷薇马上接过来说："不必了，我只是来看看秦苏，进去坐就不用了，我还没那么大的排场。"

"既然是秦苏的朋友，进来坐下有什么不可以。我和秦苏是很好的姐妹呢！她的朋友就是我的朋友。"小雪笑得太假。

"我这人最看不得人家对我阳奉阴违。怕我真进去了，有人心里想的是'妈的'嘴上说的是'好的'，我可别那么没眼色地去丢人现眼了。"蔷薇依旧趾高气扬。

"在公司确实不方便，那我请你们喝茶吧。我叫宋雪，我和秦苏是很铁的姐妹。"

蔷薇跟我眼神飞快地交流一下。这宋雪真能装！

"既然这样，恭敬不如从命了。"

于是，我们仨就坐在了楼下茶社里，三人各自心怀鬼胎地喝着茶。小雪面上一片从容，蔷薇则是急吼吼的想找茬的表情，我心里不禁着急，这不在战术上就落了下风了？赶紧用脚踢踢蔷薇叫她淡定点。谁知这女人以为我是催她先发制人，清清嗓子就开腔了。

"听说你在公司里处处为难秦苏，有你这么做姐妹的吗？当面一套，背后一套，笑得不累吗？看你那脸假的，我要是男人看着也烦。活该！"

我一头虚汗，这蔷薇上来就是人身攻击，我看着强力的她，再看看依旧淡定的小雪，她这会儿肯定觉得我们就是俩没什么素质的泼妇。

"这是什么话，我怎么可能为难我的好姐妹？我什么都可以跟她分享的，哪怕是男人我都不会吝啬。"

"我呸！你太会装了，你把男人给她，她还看不上呢，你别自己偷偷稀罕了，秦苏老公比你男人强太多了，你自己回家稀罕去，别让人笑话！"

"你说我可以，不许说言不是。"

我隐约感觉到小雪身上的小宇宙要爆发。

"我就说他有什么好，不就是一吃里爬外的男人嘛，亏你还稀罕跟个宝似的！我呸，你太会装！"

"我就装！"

"你还好意思承认！装 × 比卖淫更可耻！"

素质，素质，注意点素质，我悄悄用眼神叮嘱蔷薇。

小雪恼了说："你真是狗嘴里吐不出象牙！"

蔷薇立即回应道："你吐一个给我看看。"

小雪沉默……

蔷薇说："你怎么不回嘴？"

小雪得意地笑了，说："狗咬我一口，我不可能咬狗一口。"

蔷薇想含泪远奔……

不过她没有放弃，恶狠狠地盯着小雪。

小雪的泼妇样也出来了，恶狠狠地问："你看屁啊？"

蔷薇立刻兴高采烈地回答："我看你呢。"

"你个胸大无脑的女人，我懒得理你。"小雪翻个白眼。

"总比你胸小无脑好。"蔷薇彻底嗨起来了。

"傻叉！"小雪在女人尊严上被鄙视了，更加泼妇起来。

蔷薇轻松地整整袖子说："你在做自我介绍吗？"

"原来秦苏的朋友这么没素质没修养。我不跟你计较。"小雪愣了半晌，恢复了平时的高贵。

蔷薇大笑道："你好矮啊！"

"关矮什么事？"小雪又愣了。

蔷薇摇着手指说："修养是一时的事，矮是一辈子的事！"

我清楚地看到小雪的身体在颤抖了。

突然她大吼道："你脑子全是屎！"

蔷薇带着同情的微笑，抿了下嘴说："是……全是你哎。"

半晌，蔷薇又补充一句若有似无的叹息，说："你爸妈要是把那十分钟用来散步多好。"

小雪几乎要泪汪汪了，她正处在一个急于转型为泼妇却缺少经验的尴尬阶段，要是有我一半的功力还能跟蔷薇过两招。可惜要想有我这样的反应能力，小雪还需要练习很多年。现在她只能一个劲儿地反复说："没有什么比弱者对强者的鄙视更无力了……没有什么比弱者对强者的鄙视更无力了……"

我看战役差不多就可以结束了，于是拍拍蔷薇的肩膀递给她杯茶。她端起来咕噜就给喝了，然后继续扮贵妇，完胜的微笑绽放在脸上，要多得意有多得意。

"我说小雪，你以后别为难秦苏了，她跟你男人显然不可能有什么，你这么对她，没事也给整出事来了。女人要聪明点，她肚子都这么大了，你还有什么不放心？人家跟老公恩爱着呢，你别没事找事，自寻烦恼。"

蔷薇看看小雪还没从极度亢奋和强烈悲愤中恢复过来的脸，开始继续贯彻她打一巴掌给一红枣的政策。

"小雪啊，你在南京没什么熟人，我跟你也蛮投缘的，你跟秦苏又认识，何必把关系弄得那么僵。刚才我骂你不是有心的，我和秦苏都是实在人，跟你也算不打不相识，这事今天就说开了，以后大家都和平相处，行吗？要是秦苏真有什么对不住你的，我这当姐妹的在这儿代她给你赔不是，以后绝不跟你男人说半句多余的话，行吗？"

我听完蔷薇的一席话，顿时热泪盈眶，蔷薇的形象在刹那间顿时高大起来。

她说完看我，我跟她深情对视，眼神充满了浓浓的敬佩之情，赤裸裸地赞扬她："你真是交际界的一朵奇葩！"

嫉妒啊嫉妒，这口才简直是扭转乾坤，便宜也占了，还不带人还嘴的，最后还叫人拉拉手好朋友，说得感人肺腑啊！

以后再也没有信仰了，如果信耶稣，死后成神；信如来，死后成佛；信蔷薇，死后满状态原地复活。

哦，蔷薇……就不给你写赞美诗了。

小雪的迷惘持续了很久，她大概也在疑惑，自己怎么感觉哪儿不对呢？不过，随后她眼神却逐渐恢复光亮，嘴角开始有了笑意。

我开始有了不好的预感，呼吸重了起来。

"原谅你可以，秦苏。"她看着我，眼神坚定，"你把孩子打掉！"

我浑身一冷，小雪终究还是知道了。

"你心理变态啊，哪有人提这种要求，人家怀孕你嫉妒还是怎么的？"蔷薇推椅子站起来，有迹象要正式发火了，"看来你完全不拿我的话当回事，给脸不要脸！"

小雪此刻嘴角的笑意越来越深了，我紧张地看着她，用眼神企求她，希望她别那么残忍，可是她完全没有在意我的目光，对蔷薇说："秦苏没告诉你她做的丑事吗？"小雪站起来，目光炯炯地与蔷薇对视。

"够了小雪，你不要含血喷人。"我不顾一切地想拦她，她撇开我的纠缠。

"你肚子里的种你自己都不知道是谁的，凭什么生下来？你想过别人的感受吗？想瞒天过海吗？"

蔷薇震惊了，我终于无力地坐了下来。

"呵……好朋友！我看你也不知道吧，她这事瞒得够密实的。你自己问她吧！"小雪满足地笑笑，又看向我严肃地说，"秦苏，你这孩子不能留，否则后果自负。"

她深吸一口气，拿起桌上的手包，扔下三张百元钞票后径自离开。

"秦苏，这不是真的吧？"沉默了良久，蔷薇终于艰难地开口了。我没有说话，嗓子里堵了一口痰。

"这也太扯了，秦苏。"蔷薇一把把我身体扳过去，双手紧紧抓着我的肩，"秦苏，你从小到大都是好学生，却跑来跟我混一块，咱们一直是不可思议的一对。现在你别学我，别跟我似的，行吗？"

"蔷薇……"我眼红红的。

她的眉毛立刻纠结得变形，一把拖起我，也不管我是不是孕妇，拽着我就冲出去。她开着她的红色海马，一路风驰电掣。

"怪不得，怪不得别人怀孕都高兴疯了，就你在那儿要死要活的。"

"怪不得要打胎，怪不得不肯告诉岳剑。"

"回家跟我一五一十地说清楚，要不然我把你皮剥了！"

一路上，蔷薇边开车边咬牙切齿地数落我，我一个劲儿地掉眼泪。进了家门，蔷薇粗鲁地给我递了个毛巾让我擦脸，然后坐下来，开始盯着我叫我交代。

我一五一十地把事情跟她说了，她从头到尾一直是一副下巴跌到地上的表情。陈述完，我们俩都沉默了。

"你怎么能这样对岳剑？"她在听完我的叙述后，给我的第一句话就是这句，之后她又继续沉默了。我难堪得想拔腿跑出去，在最好的闺密面前都如此，更别说让其他人知道了。

最后她起身去拿了两罐啤酒，丢给我时砸得我生疼。

"反正这孩子我也不赞成你要。喝，没事儿！"她这话说得凶狠，我更不敢喝了，拿在手上，那姿势就跟拿着手榴弹似的。

"你现在什么打算？生下来再去鉴定？"她的语气咄咄逼人，我简直像被欺负的孩子要被逼哭了却不敢哭，瞪着红眼眶点点头。

"要是那个男人的，你准备怎么办？"

"不会的。"

"你自己都要去做鉴定，还说什么不会的，你脑子里到底在想什么？你对自己负责任吗？"蔷薇从未有过的凶狠，我吓呆了。

"你不能伤害岳剑，所以这个孩子你必须拿掉。你去和岳剑摊牌，你没有资格欺骗他。"

"可是，我该怎么跟他说……"想到岳剑，我的眼泪就拼命掉下来，"他那么期待这个孩子，而且正常来说这孩子根本就是他的，不可能是那个人的。"

"万一呢，我说万一呢？孩子生下来你敢掐死吗？到时候你想让谁死？让岳剑死吗？要是这事被公开了，你想逼死他吗？你到底是没有脑子，还是没有心啊？你从来不为别人着想的吗？秦苏，你太自私了！"蔷薇说着说着哭了起来。我上去抱着她，跟她一起倒在沙发上哭。

"你怎么能这么自私？你还成天没心没肺地笑，你自己一个人乐，让全世界都难受。秦苏，你太自私了！你有没有考虑过别人？你从我手里把他抢去了，我不能哭不能闹，因为你是我姐们儿，我还得笑，我还得祝福你们。看别人的眼光从我身上掠过去注视着你们，我是什么感受，你考虑过我吗？现在你又这样不考虑岳剑和他家人，自己得过且过，你怎么这样？你怎么这样？"她激动地在我怀里叫着，声音嘶哑得可怕。

"对不起，蔷薇。"

那个下午我们在抱头痛哭里度过，直到声嘶力竭，最后一起倒床上睡着了。

等我被手机吵醒，我才意识到天已经黑了，我赶紧摸到手机接听。

岳剑急坏了，问我怎么还没回家。我连忙清了下嗓子跟他说在蔷薇家玩，然后不小心睡着了。他一定纳闷极了，玩什么能玩睡着？不过他没多问，只叫我赶快回家。

黑夜中，我看到蔷薇坐起来一声不响地看着我接电话。

"我回去了，蔷薇。"

"什么时候做手术，住我这儿来，我伺候你小月子。"

我无声地点点头，摸开灯找到包，逃命似的离开了蔷薇家。

回公司取车，手抖得抓不住钥匙，一路上我的泪不停地流，根本看不清前面的路和车，我甚至有点渴望就这么撞死好了。

♣

第十五章
# 无间道里的输家

自从跟小雪摊牌以后，我反而轻松了些。两人都在明处总比害怕别人躲暗处背后放冷箭的好。可是一早上小雪都没出现，难道她回去跟万言又闹了不成？她到底是怎么知道这事的？

我心里有千般疑问，无奈无人诉说，只能苦苦地熬时间等下班。突然蔷薇来电话，我打了一个激灵，条件反射地给按掉了。按以后我又后悔，躲是躲不过的，还显得很没胆子，于是我就去茶水间回过去。她果然叮嘱我马上找个借口去处理孩子，我只好说我尽快。

其实孩子已经三个多月了，流产很危险。说我自私也好，说我不懂事也好，总之，我不想拿掉孩子，毕竟自己的身体是不能开玩笑的。况且还可能出现最糟糕的状况，若是拿掉的孩子是岳剑的，而我又因为高危流产导致不孕，到那时我就等着哭到死吧。

挂了电话，我准备倒杯水回去喝，一转身看到小雪在我身后，吓了一大跳。

"小雪。"我的声音里充满了恐惧。

"苏苏姐，你居然还来上班，我真是对你又多了几分佩服。"她声音平静地走近我。

"有些事其实是有误会的。我觉得有必要跟你说清楚，无论怎样我想跟你道歉。"

她看着我没有任何表示。我希望她相信我眼里的真诚，我甚至有些渴望她能够理解我，渴望她能跟我站在一起解决问题。

也许是我乞求的目光对她有所震动，她笑着再走近一步。

也许她可以跟我一起想办法来解决我们两家的问题。毕竟我们的利益是一致的，她不想看到这个孩子搞得两个家庭鸡犬不宁。因为我看得出来，她是绝对不会放弃万言的。

我对她笑笑，虽然有些生硬，但我想让她知道我此刻的无助，即使没有万分之一的怜悯，至少也请她知道我是示弱的。谁知一个重重的巴掌落下来，伴着我生硬的笑容定格在我的脸上。

"这巴掌，我本来不想打的。但是靠你这么近，这里又没人，不打我就太看不起我自己了。"

我忍着泪朝她笑笑，说："我该打，小雪，对不住了。"

谁知这句话再次激怒了她，她又给了我一巴掌。

"那就给我记深刻了，秦苏！"巴掌刚落下，我就听到门口传来尖叫声，一个同事跑了出去。

小雪看了会儿跑掉的背影，又回头看着我。

"秦苏，言是我的全部梦想和所有幸福，我不会容忍任何人破坏他，为了他我会不惜一切代价！"她说完后退了几步，慢慢整理好情绪，恢复往日的气度走出去，留我一个刚被扇巴掌的人失魂落魄得不知所措。

我一步都没有离开茶水间，因为害怕出去面对太多同事的疑问和伪关心。我给自己换了杯热水，一个人坐在茶水间里瑟瑟发抖。

一会儿李姐进来，看到我脸色大变，估计是我肿起的面颊把她吓坏了，我赶紧捂住自己的脸。她一个箭步冲我面前来扯下我的手。

"这女人真狠啊，都肿成这样了！"

我再也忍不住了，像找到组织的落单兵似的扑到她身上哭起来。

李姐对我一直都是极好的，虽然工作之初对我多有苛责，但是熟了以后都挺照顾我。她边给我弄热毛巾捂脸边嘴里念叨着，这老板娘太小心眼，连个孕妇的醋都吃，真没出息。

我苦笑，恐怕这会儿外面已经传遍了，而且会越来越离谱。秦苏勾引老板被老板娘扇耳光的著名桥段怕是久久难散了。

正捂着脸为自己悲剧的命运哀号，突然听到外面炸雷似的动静，重物砸地的声音以及……女人刺耳的尖叫。

我们不知道外面发生了什么事。李姐把毛巾塞给我，示意她出去看看。隔了十来分钟，外面来人了，不是李姐，而是总经理新秘书。她看着我，脸色惊惶，估计也是被我的脸吓到了。

她怯生生地走到离我三步的地方，声音抖抖地跟我说："苏苏姐，总经理让你上他那儿去。"

我眼里的疑惑让她鼓起勇气补充了一句："刚才，总经理和老板娘打架了，可凶了！把办公桌给砸了，好像是因为……你……"

我愣了，刚才那声音……

看我还一动不动，秘书赶快靠近我一点，小声说："苏苏姐，你快去吧，总经理这会儿在发脾气。"

估计是还没人敢进来打扫吧，桌椅板凳都横七竖八地倒在地上，文件散落了一地，办公桌不知道被什么钝器给砸了个窟窿出来。这惨相就是我一进总经理办公室的所见。

万言依旧沉静地坐在椅子上发呆，看我进来连忙站起来，不顾我顺手带上的门还没完全合上就一把抱住我，我吓得连忙推他。直到他感觉到我确实是在使吃奶的劲儿推他才松开我，愣愣地看着我肿起的脸。

"秦苏，对不起！我答应过会保护你的。"他心疼的眼神让我有一刹那的错愕和惊恐。我下意识地闪开，他什么也没说，给我拿了些药帮我涂脸上。

"消炎消肿的。"他轻轻地说。

我这才乖巧地让他给我上了点药，凉凉的，涂到脸上舒服极了。我不好意思说话，否则非要他多涂几层才好。这也奇怪我被他老婆打了，却在他面前感觉很丢脸，还一句话都不好意思说。

上完药，他让我在会客室休息。现在我也不好意思出去见人。刚才我是鼓起了多大的勇气，才从同事们中间穿过去走到这儿。我听万言的话去小房间的沙发躺着。他坐在我旁边，眼神随着这个房间里的光线一起晦暗下来。

"苏苏，你是恨我的吧。"他的语气全是惆怅，让我满肚子的苛责没办法硬生生地挤出来。我闭着眼听他说。

"如果我没有来，你一定过得很好，不会像现在这样担惊受怕。你这么容易满足，岳剑……又是个老实的男人，你一定会过得很幸福。"他心中的苦涩我从他的话里听得分明却仍不愿接他的话。

隔了半天他没说话，从微眯缝着的眼睛我可以看得到，他的眼睛一直在我的肚子和脸上徘徊。他一直没有说话，只有一声又一声的叹息。在我头沉得几乎真的快睡着，脸上的火辣渐渐要消散的时候，他的声音又响起了。

"那个时候我犹豫过，我犹豫了很久。"他埋起头，手指深深地插入头发里，像自言自语，但我晓得他知道我没真睡。

"你一定很奇怪，为什么我要这样死缠烂打。"

他静了静，像是等待我给反应，片刻后他又往我身边挪了挪。

"苏苏，如果我说，我对你是一见钟情，你一定觉得这很扯，但是这是真的，信不信是你的事，我得告诉你。第一次见面，我的眼神就没在你身上挪开过，尽管岳剑认为我是在看小雪。因为你俩一整晚上都黏在一块。"

"我跟岳剑深谈了以后，看得出他是个好男人，而且你们很和睦。所以我告诉自己不要想太多，毕竟自己刚结婚。然后……"他吸气的声音很小，但是还是能听得出他抽泣，"然后，你就那样敲门出现了，我当时以为……以为我酒喝多了。你出现的那瞬间，我像是中了头奖，你就那样出现了，温顺地爬到我的床上，乖巧地盖上被子。跟我要水喝，抱我的手，跟我要流氓，可爱极了……我当时犹豫了，我真的犹豫了……可是当时的你太乖巧，让人难以抗拒。秦苏，都是我的错，都是我的错！"

他哭了。

女人总是心软的，当我听到他声泪俱下的表白，且不去判断其中究竟有几分真情，单是这份表白的震撼力，就足以击中我心里最柔软的地方。

感动得坐起来拥抱他给他温暖，我是做不到的，但依旧冰冷地躺着假寐又显得格外突兀做作。于是我睁开眼睛幽幽地对他说："很快就会好的。"

"我们，你和我，已经注定要拴在一起了。怎么能过去？怎么过去？也许，我会是你孩子的父亲。也许，我们可以……"

"你闭嘴！"我激动地坐起来，拼命地踹了他几脚，"混蛋啊你！我有幸福的家庭，你为什么硬要来破坏我？我们说好不相干的！"

"秦苏，我不说了，你别急别急……"

我冷静下来，脸上已经不觉得疼了。坐下，差点儿就想跟他要根烟抽，可惜我是个孕妇。

"小雪怎么知道的？"

"以前那个王秘书，她在小雪那儿拿了从我这儿拿到的十倍。现在找不到人了，也许出国了。"

"她怎么认识小雪？"

"呵呵，小雪……我认识她很多年了，是个防备很严的女人，她对秘书这种事最敏感，所以一早就把她收买了。开始你和那个秘书说的那些跟小雪的姐妹情谊都是些双簧而已。她们从开始就什么都知道，在看到那封邮件前都只是以为我看上你了，看到邮件以后小雪才坐不住跑来了。"

事情的真相竟然是这样，原来这是一出办公室版的无间道。

我哑笑，那个嗓门极大的小雪求我帮她看着万言的电话，竟然不是在求助而是在警告我。

那个傻乎乎就被我忽悠得一愣一愣的王秘书在被我忽悠的时候心里却在暗暗嘲笑我。我一直觉得她可怜，她们都可怜，只有我聪明着。原来我才是那个纯傻帽。

小雪说得对，这是怎样的一出小岛惊魂啊。怀疑这是鬼，那是鬼，鬼害他，鬼害她，原来自己是鬼。鬼生在鬼时不知鬼，人生在贱中不知贱。我他妈装什么清高，在所有人眼里我就是个贱人。我自己还傻呵呵地乐呵了这么久，原来是如此可笑的一个角色。

"我也是昨天才知道的，小雪瞒得很好，来了南京对我一直阴阳怪气的。我只以为她吃醋以为我喜欢你，原来她全都清楚。"他正对我，眼里全是痛楚，"要是早知道，倒该早点让你回家养身体。只是一时私心想每天都能看到你，却害了你受苦……"

"万言，我们别再纠缠这些了好吗？"我皱着眉头，"挨两巴掌没事，我该打，可以让她解气。你今天跟她吵这一架，我这巴掌算是白挨了。她不可能伤害你，只能把气撒我头上！"

"我……又错了。只是当时太气了。"他愣愣地看着我。

我默默地喝着他泡的热茶，脸上的红肿已经退得差不多了。今天这两巴掌是我记事以来第一次被打，还是以这样难堪的局面，若是叫我冷静，我确实不能够装作淡定。恐怕现在外面已经传得沸沸扬扬了吧，秦苏被打了，老板跟老板娘又吵了，秦苏又跑总经理办公室半天不出来。随便哪条都是猛料啊，更何况还是综合的……

我苦笑，嘴长人家身上，我计较这些风言风语，不是跟自己过不去嘛。

在经历了这种倒霉事情以后，我感觉自己的内心已经成长得极为强大了，所以我出去回自己的办公桌上收拾东西的时候并不是太为难。面对同事们闪烁的目光，我也不觉得有多么难堪。李姐从头到尾都在望着我，见我瞧着她，冲我竖起了大拇指。

我乐了。就让他们把今天发生的事当作是一次小三的胜利吧。

我摇摇头，回了李姐一个感激的笑，挎上包昂着头跨出了门，下了楼上了车，扬长而去。

我打算正式在家安心养胎了。蔷薇听说后惊叫起来，问我打算什么时候去打胎。我现在看到她的电话已经不太敢接了，可是这不是不接电话就可以解决的问题。

因为她直接找到我家来了。我给她倒了茶，她坐下来不及喝就开始质问我到底在想什么。我告诉她我的处境，很难不把孩子生下来，希望她能理解我。可是，她似乎关心岳剑的利益多过我，一个劲儿地给我说做人不能这样不厚道。我当然知道自己不厚道，但从我的姐妹嘴里说出这些话，我还是觉得很寒心。

我的生硬嘴角被她看了出来，所以她不再说话，只是让我自己考虑。我回头看到摆在茶几上我和岳剑在迪拜的合照，笑得好甜。

我和岳剑其实才认识七个月而已，而他和蔷薇恋爱了两年啊。

突然心里涌起一种难言的挫败感，我知道，那是强烈的嫉妒。蔷薇在岳剑和我之间选择了站在岳剑那一边，因为他们在一起两年。

怪不得我讨厌蔷薇到我家里来，因为我不想让她靠近我和岳剑的任何领域。我也只是这样一个护食的小女人而已，偏偏还自认大气，想起来也很好笑。

"蔷薇，如果我以后不能生育了，该怎么办？"我幽幽地开口，蔷薇一愣，连忙说不会的，现在的医学那么发达。

我问她："我说孩子不会是万言的，你为什么不能接受呢？可是我说可能失去孕育能力，你就说不会的。为什么同样是有风险的事，你为什么不能选择跟我站在一边呢？"

她不说话了。我默默地看了她半晌。

"你的选择让我好难过。蔷薇，你从来没考虑过我的感受。我可以生下孩子，不管是谁的，我只求能安心跟岳剑一起幸福地生活。以后也可以再生一个，这样大家都很开心，你真的没想过可以这么解决吗？"

"秦苏，你别固执了。到现在除了不明真相的岳剑，根本没人期待那个孩子生下来。你别害人了！"蔷薇站起来，居高临下地看着我。此刻的她是那么的陌生。

"我想，如果岳剑知道真相，他也不会想要这个孩子！"

蔷薇走掉时那个决绝的背影告诉我，我和她再也回不到以前的关系了。损友，闺密，再见了。

我妈听说我不上班了，喜滋滋地拎着补汤跑来看我。他们很少来打扰我们的夫妻小世界，婚后似乎就来过一次，还只是认个路，吃了午饭就回去了。我从来没有留过他们，他们心里也不好受吧。我假装很幸福地喝着我妈做的汤，边喝边赞味道好极了。我妈很开心，直说喜欢喝下次再做了送来。爸爸在客厅里欣赏墙上的壁画，他看起来比去年年轻些了，大概是觉得儿女过得舒坦，他们自己也舒坦了。

我欣慰地笑了，总算这辈子也做了件像样的事。

我提前告诉岳剑我的爸妈来了，让他买点菜回来。他倒省事直接到饭店定了菜送回来。亏我妈还穿戴好了护袖围裙准备下厨给她的宝贝女婿做一桌丰盛的晚餐，以弥补她儿天生缺少的贤惠功能。

岳剑还没回来，菜已经送来，饭店工作人员亲自摆放好，给冷盘配好花色一并上齐了，服务不可谓不周到。

老娘失望地解下围裙，又喜滋滋地围桌子看了一圈，称赞道："我这女婿就是做大事的人，连安排桌饭菜都这么有讲究。"

等岳剑回来，跟我爸开了瓶酒柜里珍藏的八二年的红酒，老爸光知道这酒贵却也喝不出个所以然来，但又不好驳了女婿的面子，只能一个劲儿地喝一口道一句："好酒，好酒啊……"我和老娘觉得他的样子傻极了。

最后不胜酒力的老爸醉得睡着了。岳剑亲自送他们回家，老爸赖在岳剑的背上不肯起来。我不好意思地朝岳剑笑笑，他温柔地望着我，捏捏我的手示意我没关系。

我一直目送着他的车离去，直到尾灯模糊得跟我眼里的泪光一起闪烁不见。如果可以，我永远都不想伤害他，哪怕要我背负起极大的罪孽，只要他觉得自己是幸福的，那就比什么都重要。

我在家闷得无聊的时候，伍仁来看我了，他知道蔷薇在跟我闹别扭，但却不知道到底发生了什么事，见我们不愿意说他也不问了。他来看我也就陪我说说话，比如最近他的工作如何，朋友间发生了什么高兴的事。他口才了得，把我逗得前仰后合。不过他不愿意多待，在岳剑下班前，他准时起身消失，怎么都不肯留下来吃饭。

可是接下来的事却超出了我的想象。

小雪给我发了信息说已经给我安排好了医院，叫我这两天就去把孩子拿掉，否则她就要把事情告诉岳剑。

这真是把我逼到弦上了。

我坐下来想了半天，却发现除了杀人灭口之外根本没什么办法可想。我给万言打电话问他能不能管管他老婆。

他说好，马上回去跟她好好谈。这话的意思就是他也没把握能搞定他老婆。也是，架都打了，还能怎么跟人谈条件？

我挂了电话继续想，可脑子里面全是和岳剑在一起的幸福画面，结婚的这三个多月是那么的让我留恋。

我边想边笑边流泪。从什么时候起，谎言和眼泪已经成了我生活的大部分？这样的幸福真的值得吗？

或许该给自己一条出路。当前路退无可退时，我应该做个了断了。

岳剑，对不起。这次要伤害你了。

我找出纸笔开始写。我要给他写一封坦白信，我要岳剑自己来决定，要不要这个孩子，以及……要不要我。

这封信我写错好几个字，好久不用笔，手生疏了，字歪歪扭扭的。眼泪也模糊了好几个字，可以说是一封残破的告白书。但我不打算重写去美化它，本来就千疮百孔何必去掩盖？

我给万言和小雪分别去了消息，告诉他们我的决定，然后我就坐家里等待岳剑回来。电话在我信息发出去的几分钟后响了。

可令人意外的是，电话是小雪打来的。

她语气激动，让我有些不知所措。大意是秦苏你这个女人天生缺脑子，你坦白了孩子还是要打掉，还连带岳剑痛苦，还连带岳剑和万言的生意要崩盘。

当然我很自然地过滤掉前两条，知道她是顾忌到现在万言和岳剑的项目。

她叫我先别摊牌，让她想想别的办法。我苦笑，现在这情形变得实在让人无奈得有些匪夷所思。

我握着手里叠好的坦白信，不知所措起来。

万言是在第二天来看我的，他憔悴了很多。我不知道他在家跟小雪发生了什么，但是显而易见，他过得也不好。我把他让进家门，给他倒了茶。

"事情搞复杂了。秦苏，离婚吧，我想跟你在一起。"

我张着嘴巴，瞪着眼睛看着大言不惭而又一脸认真的万言，期待从他眼里看到一丝丝的搞笑成分，可是看到的只有满眼的认真。我抄起茶几上的水晶烟灰缸，没有经过任何哪怕是半秒的思考，就直接盖在了他的头上。

额角的血画着轻松的线条流了下来，弧度很美。整个过程他没有闪躲，眼睛闭了好一会儿，想必此刻他一定很头晕。

我看到血时十分镇定，从桌子上抽了几张纸巾递给他。他捂住头一言不发。

"清醒点了吧？万言，我们永远都不可能，不要再说那样的话来刺激我了！把一个女人逼疯了，我想谁都不好过。"

他沉默地点点头，坐了很久才站起身，有些摇晃地离开了。

在他还没来得及走出门的时候，我再也忍不住把那只烟灰缸砸到了地上，剔透的棱角在大理石地面上碎了一地，亮晶晶的，满地都是。

万言走到门口的时候身体停了一下，驻足了几秒，没有回头离开了。

我冷静了下来，自嘲怎么智商越来越低，为了一个不值得生气的人损失了一件工艺品不说，弄了一地还要自己打扫。我蹲在地上边叹息边清理现场。

我决定去见蔷薇，把小雪的意思跟她说了，问她有什么建议。

蔷薇面色不定。这时候她该果断地主动要求陪我去医院才对啊，我很奇怪她那种犹豫的神情究竟是出于什么原因。

我看她也没什么主张就匆匆告辞，回家就看到岳剑正拿个小卡片看。

"看什么呢，老公？"我疑惑。

"邀请卡，给你的。"他把纸片递给我，我拿过来瞧了，竟然是公司发给我的，说是公司组织郊外烧烤的聚餐。

我都在家养胎了，这跟我八竿子打不着的事我跑去干吗？

正准备跟岳剑说我不去，谁知他跑过来搂着我在我耳边轻声说："老婆，出去走走也好，我上班忙没时间在家陪你，你都在家憋得精神恍惚了，出去玩玩也好，要不我那天抽空陪你去？"

"你不要为我的事费心啦，我又不爱出去玩。"我笑着搂住他。

"嗯，你老板和老板娘才给我打了电话，请你务必要出席哦，小雪说以前对你有些误会，现在万言跟她解释清楚了，她想跟你道个歉，顺便带你这个孕妇去散散心。"

我的天呀，又是小雪。现在凡是带上她名字的事情都充满了阴谋的味道。我下意识地浑身一颤，岳剑紧张地问我怎么了，看我一膀子的鸡皮疙瘩，一边帮我搓一边念叨着。

"还是出去走走吧，孕妇最不能闷着，看你现在神经这么敏感，这样对孩子不好。"然后他看看我的脸色又补充道，"你要是不喜欢小雪，你就叫蔷薇陪你去好了，反正她总是有空。"

说到这份上，我除了抱怨自己命苦的鸡皮疙瘩还能有什么怨言？

于是，我打算给蔷薇打个电话，问她那天有没有空。其实我跟她也有些隔膜，尽管我心里还不舒坦，但她毕竟是我最好的姐妹，这几天没了她，顿时觉得我没什么朋友。

要说缘分这种事还真不得不信邪，我跟这女人虽然是损友却真正做到了心有灵犀。我刚拿起电话她就打过来了。

聊了几句废话，大家都没有提到孩子的事，因为话题敏感都自觉避开了，然后我跟她说了出去玩的事，她想都没想就答应了。特爽快，爽快得让我有些疑惑，不过人家既然都这么好说话这么大方了，我当然是求之不得。

跟同事很久没见面了，临出门时我特意打扮了一下，我不想太邋遢，想精神点去见人，给头发和皮肤都做了护理，化了个淡妆，挑了身颇有青春气息的绿色小花高腰塑胸雪纺衫，正好有效地遮掩住了有些隆起的肚子，下身配灰色裤子，又运动又时尚。我满意地对岳剑笑笑，他马上竖起大拇指，称赞我有品位。

临走前他又一通嘱咐，运动要适可而止，不能太累也不能太剧烈，散心为主，走走就好。我笑着骂他是老太婆。

他今天特别黏人，一直送我上车，再拍拍我的小肚子说："宝贝，拜拜！"

♣
第十六章
# 野外聚餐的下场

聚餐的地点在珍珠泉，我和蔷薇在约定的地点碰了头，然后就去寻找大部队。到了山脚，看到久违了一个礼拜多的同事们，我的心情却一点也不激动。我牵着蔷薇走过去，把茶水小妹一屁股挤走，和蔷薇泼妇似的豪迈地插进人堆里。

"说什么呢，李姐！想我了吧？"我朝李姐撒娇，她看到我心情也格外好。我把蔷薇介绍给他们，以蔷薇的口才和装扮淑女的本事，一会儿大家都被她忽悠得集体搬小凳围圈圈听蔷薇大师讲故事。

说得热火朝天，不时有男同事上来搭讪问情况。蔷薇伪娇羞，一口一个人家未婚、单纯、没男友，说得脸不红心不跳。

我乐得肚子疼，可怜的伍仁你在哪里？快来收了这祸害吧！

突然气氛一冷，我回头一看，果然是小雪来了。她穿着一身清凉的夏日运动装，身后是运动打扮的万言。

大家纷纷跟领导打了招呼献了殷勤，然后就开始准备野外行走。我们分三拨儿搭上景区的游览车。

我和蔷薇看到小雪都不大开心，她却主动要求和我们坐一起。我有些心虚，蔷薇给我个安心的眼神，咱们两人还斗不过她？何况大部队都在呢，她是吃了熊心豹子胆了也不敢嘚瑟的。

一车人都很安静，连个说话的都没有。

于是我咳嗽一声，低下头，拿着蔷薇刚做好的水晶指甲左看右看，过了会儿不知道后排哪个人先开的头，大家就讨论起鬼来。

我和蔷薇冷眼旁观，那群俗人说得起劲儿，都抢着讲自己八竿子打不着的老家的灵异事件，讲得活灵活现，个个都像亲身经历似的。

坐在我们前排的一个小妹妹对此话题甚感兴趣，此姑娘看起来天真可爱，就是讲话啰唆，比我还啰唆。她讲一部自己看过的鬼电影，五分钟过后，大家仍未听出个子丑寅卯，可是又不好打断她，显得很没风度。就在大家眼神迷离哈欠连天之时，就听第一排的司机扯着南京方言说："好了，别讲了，一点意思都没有。"

于是，游览车里又恢复了它原有的平静。

到了目的地——珍珠泉的后山森林，一路上万言扮演"人与自然"的主持人，给我们介绍着各种植物。我长这么大，只认识平常吃的一些芹菜、生菜、大白菜什么的，并且还经常把大白菜和生菜搞混，他的介绍，我只能稀里糊涂地听个大概。

我们走到小溪边，里面有好多漂亮的小鱼和水生物。大家不由得玩心大起，纷纷要求男同志下去抓鱼，有几个平时傻呵呵不矜持的男同志被女人们稍微一鼓动，就撸起袖子、卷起裤脚到小溪里去了。

我看着那些五彩的石头和鱼，真是心情大好，脸上绽放着灿烂的笑容。蔷薇在一边不屑地摇着头笑话我，说我装纯情，还赌咒发誓这些彩鱼在我眼里绝对没有八块一斤的红烧鲫鱼可爱。

我白了她一眼不说话。突然身后站了个人，我没反应过来就听到万言说："喜欢那种彩石吗？我刚看到个特别漂亮的，在深水那儿，要是喜欢我去给你摸上来。"

我吃了一惊，蔷薇看到他眼神放光，立刻替我表态让他去。

于是在同事们讶异的眼神里，总经理万言下水去了。小雪没有参与到下河的游戏里，她怕晒，一个人坐在隔了很远的凉亭里远远地看着我们这边。我突然有种快感，与其我一个人倒霉，不如大家一起难受，这就是所谓的幸灾乐祸。

"看来你这个年轻帅气的老板，对你确实是……情有独钟啊。"蔷薇在一边阴阳怪气，我回头白她一眼。

她继续说："你看他老婆脸都气歪了，我说秦苏，你可要小心点啊。男人这东西是把双刃剑，不小心就把自己给割了。这个男人我看是个死心眼，要是我怎么也不会揪着个有夫之妇不放，要死心眼也对我这样的超级无敌美貌动人性感尤物黄金单身女死心眼。他小时候脑子被驴踢了！"

"奚落我你能长肉吗？你不服吗？不服你就去吃老鼠药死掉啊！"我跟蔷薇从来都是势均力敌，多数时候我还略微小胜一筹。所以我从来不惧怕跟她对战。

她看着我，我也看着她，然后前几天那种生疏的感觉就消失了，也许我们这最佳损友只有在损起来的时候才是真的登对。我们都不由自主地笑了，之前的芥蒂一扫而空，怎么说也认识这么多年了，不能为个男人把我们多年的感情毁了。

我盯着她想提醒她是不是该给我说点什么煽情的话，弥补下她那天那样一边倒地维护岳剑，给我幼小的心灵造成的伤害。可是这女人一点都不给面子，一点都没有意识到自己的过错，看我盯着她还变本加厉地凶狠起来，说："你不要像臭苍蝇一样盯着我！"

我眉毛一挑，迅速回应道："谁盯着你，你以为你是屎啊！"

她脸迅速冷掉了，我丝毫不惧怕，她的道行跟我的道行比起来就是小青和白娘子的区别，始终还差了千年修为啊！

果然她酝酿了一下说辞，立刻舌绽春雷似的朝我喊出一通。

"你以迅雷不及掩耳盗铃儿响叮当仁不让世界充满爱无止境（竟）然跟我说这样的话？！"

果然高明，我佩服地点点头，也吸口气酝酿一下，气贯长虹似的回击。

"你塞翁失马失前蹄（啼）笑皆非（飞）短流长使英雄泪满襟（巾）帼不让须眉来眼去你妈的！"

她终于不说话了，搂住我的肩膀反思起来，表示自己仍需要努力。我很吃惊，连忙问她怎么了，今天这么谦虚，可不符合她的作风啊。

"跟孕妇说话影响胎儿发育也影响我的智商，特别是这个孕妇还是一个纯傻帽。你是永远不能战胜一个纯傻帽，因为她会把你的智商拉到跟她一个水平，然后用丰富的经验打败你。这句话解释了一个困扰我很长时间的问题，就是为什么我老是吵不过你。哎……乖不闹了，咱们看那傻帽捞鱼去。"

我郁闷得想回击点什么，就听河里的万言一声痛叫。我们循声望去，他好像被什么咬到了，叉着大腿，一副很痛苦的样子。

周围的同事马上关心地朝河里的他问他怎么了，他只表情痛苦地摇摇手说没事，被河底的石头硌了脚，腿抽筋了。

过了会儿他上来了，不着痕迹地递给我块不怎么好看的大石头。我接过来说一声谢谢，他笑得有些勉强。我以为他不甚满意我的反应，连忙做出很欣赏的样子，马上跟蔷薇啧啧称赞这石头，这弧度，这线条，这纹理……

然后回头却发现他一个人往小树林里走去了。我纳闷了，他一个人跑小树林里干吗去？

过了不一会儿，蔷薇说她尿急，叫我陪她去找公厕。我气得想翻白眼，这儿离公园那头那么远，上趟厕所比吃屎还费劲。李姐叫我们去后面林子里解决。出去野营谁计较什么厕所不厕所，我替她看着就行了。

于是我们朝林子深处走去，为了防止遇到人，还特意走得老远，远到我都担心认不得路回去，差点儿要绑上丝带做记号。

蔷薇小解的时候要求我走远点，这女人身上哪里有痣，屁股上几个瘊子我都清楚，还要跟我装纯情！好吧，我走远了一点，给她点自由发挥的空间。

我四处看看这儿的风景，郁郁葱葱，虽说到了秋天，却依然没有一丝凋零的意思。叶子都坚挺地树立在枝杈上，远处是潺潺的流水声，偶尔的几声过路鸟鸣回响在林中，格外地动听。

突然，我隐约听到男子断断续续的呻吟，我循声找去，声音越来越近，听得更加清晰，那声音，极像……我老脸一红，不会这么倒霉吧，撞到有人在这儿野合？

我赶紧退后，以免看到些不该看的东西。谁知这一回头，看到小树林里有一个男人的背影，我仔细一看那人竟然没有穿裤子！裤子褪到脚下，弓着腰，背对着我，手在大腿间一上一下地来回揉着。

这树林里居然有人在……我正要夺路而逃，突然一怔，转身回去看一下，我瞬间石化成了金刚石。

那人的背影和衣服，如果我没记错是万言！

我无语得简直想上去拍翻他，但我没有，这太尴尬了。我摇摇头打算往回走，不料一回身被脚下树枝绊倒啪地摔倒在地跌了个狗吃屎。

我赶紧爬起来，回看发现他正以更加惊恐的表情看着我。我想死的心都有了，我真的没看你……我看天上的浮云，都是浮云……

此刻他维持着蹲姿，弓着腰，手捂身前，背对着回望我。我维持着趴地回望的姿势，愣愣地盯着他。我们两两相望，而且表情惊人的相似，都是见鬼似的惊恐。

隔了半天，他才反应过来，飞快地拉起裤子。我爬起来撒腿就跑，他在后边边追边狂叫嚷，什么大腿被咬了，腿被不明生物咬了。

我忍着激动的心情回去找蔷薇，发现她已经不在了。然后我又继续激动地回到营地，看到蔷薇正一脸焦急地在跟人说着什么。看我回来了，她上前劈头盖脸地把我骂一顿，说一个孕妇还漫山遍野地瞎溜达。

我还没来得及解释，群众雪亮的目光就穿过我看向我背后，身后跟着的是衣衫不整的万言。

万言和我都是脸色酡红。

大家暗暗哦了一声，再不提我掉队的事。我突然感觉头顶被盖了个巨大的帽子，意识到被群众一致评为总经理野合的对象了。

可是大家不主动问我，我还真没办法叙说我刚才去哪儿了，也没办法叙说我刚才看到了什么，我只能一遍一遍地跟旁边人强调，刚才我只离开了几分钟，我是陪蔷薇上厕所去的，我真没干坏事的时间和巧合。

但显然大家一致认为我解释就是掩饰，掩饰就是编故事。

我的心情极度糟糕，特别是万言这家伙在我吃烧烤期间几度意图接近我跟我说话。我很郁闷，他怎么就这么不要脸？都当我面那样了，还有脸出现？要是我早有多远躲多远，怎么好意思相见？

大家都成年人了，成熟点，装什么纯情？别告诉我你脱裤子是在研究它的成长情况！

我吃了几个翅膀，然后看到小雪过来了，她八成又是误会了，前来兴师问罪的。果然，她一过来，我旁边的女同事立马有眼色地给她腾了位置，她也不客气一屁股坐了下来。

刹那间，我们这桌成了全场的焦点，大家估计又在期待上次办公室发生的大奶对小三的激情戏再次在野外真人上演吧。

"你来干吗？"蔷薇瞟了她一眼，小雪笑着表示只是过来随便吃点。我递给她一个烤好的鸡翅膀，她朝我笑着道谢，这些举动都让看客们失望至极。看他们那些浑浊的眼睛就知道，他们心里想的都是："上啊上啊，别装蒜了。"

我忍不住呵呵一笑，却不料吓到了旁边一群人。

"笑什么呢？"蔷薇朝我问话，示意我在小雪面前别丢了人。我拿纸擦了嘴，问她一会儿吃完有什么活动，她愣愣地问我这是谁公司的野营。我才发现蔷薇是客人，但为什么我更像她小跟班。

过了会儿，她告诉我，我们一会儿一起去游湖。

所谓游湖就是自己撑着竹篙划竹筏。记得我上学那会儿可喜欢玩这个了，站竹筏上的感觉总是那么的微风徐来水波不兴，有点儒雅有点浪漫的感觉，特别是如果船上为你撑篙的是你的情郎或者是位帅哥，那真是美滋滋的事啊。

撑篙的绝对不能是蔷薇这女人，我还记得曾经被她那糟糕的撑篙技术给撞掉进水里过。她这女人玩兴太重，好胜心太强，当年跟男生一起打竹筏仗，撞翻了几船人，蔷薇自己连带无辜的我也落得个心灵身体都鸡汤，我可不能跟她搭伙。

我拒绝参与这个危险的活动，毕竟我不能拿肚子开玩笑。可蔷薇很来劲儿，不停地问我是不是到现在还晕船。我被她气死了，然后李姐也在旁边说玩玩没关系，反正这小竹筏速度又慢，又有凳子坐，只要我别自己往水里钻就行。

万言这时表示可以和他们乘一个大竹筏，我连忙表示我和蔷薇玩小的就行。

为了避免他们强拉我上他们的船，我赶紧跳上附近的一条小竹筏，连忙招呼蔷薇快点上来。

这样我们浩浩荡荡的几条竹筏出发了，湖面清澈，波光粼粼。蔷薇和我一人撑一边篙，嬉皮笑脸地研究着要是我们去搞两套古装汉服来穿穿，在这儿撑篙倒是别有一番情趣的。就凭咱们姐俩这身段，这脸蛋。啧啧……我自恋得满头是包。

不知不觉已经划了很远，只有几条竹筏跟了过来，进入了湖面的开阔地带，不觉有了丝丝凉意。我抱着双手跟蔷薇商量着划回去内湖吧，这儿太冷了别把我冻感冒了。她脸色有点不好，没理我。我真纳闷我哪里又惹到她了，这么不待见我。

她隔了会儿，指着远处的湖面和水坝接邻处的一块竹筏，说："看我们的效率还比不过那俩小娘们儿，秦苏，你怀孕了，手劲儿还比不过那矮子小雪了。"

我气闷，干吗跟人比这个？而且划不过她也正常啊，这又不是赛龙舟。不过她表情太认真，于是我就跟随她的方向朝那边划去。

这里是属于山脚的湖岸，也可以从这儿停了登岸，我想划到了我就上去，湖面上太冷了。于是我也使足了劲儿朝那边划，结果还没到岸边，小雪的船就靠过来了，她船上有一个我没有见过的女人，好像不是同来的同事，却不知道为什么跟她一起出现在这么僻静的湖角。

她们的竹筏靠过来，我心里有些发慌，赶紧叫蔷薇避开她们，结果显然是来不及了，竹筏相撞的瞬间，我们的小船抖了一下，因为我早有准备，手撑着竹篙定得很稳，可蔷薇就差点儿跌了个趔趄。等她站稳了以后怒不可遏，直接拿起竹篙就朝她们的船掀过去，怎奈小排不敌大排稳固，蔷薇力气又小，没撼动他们，反而把我们的竹排往后倒推了些。

蔷薇不知怎么了，非常气愤，又撑起竹篙去撞他们，我无奈地赶紧把我手边的竹篙深深插进湖底，希望撞击的时候别让我摔倒。

简直儿戏，小雪那边似乎是专业的，把我们的小竹筏打得风雨飘摇，还不住地用竹篙朝我们身上泼水，我左躲右闪，还是淋个湿透，在这背阴的湖角里，阵阵寒意袭来，我周身的寒冷让我开始意识到这似乎是一起阴谋。小雪身边那个人，似乎是专业撑篙的，撞我们的小排那是一撞一个准。

我朝蔷薇大喊："蔷薇，别闹了。我会出事的！快划开这里，快点！"我已经尽量扯着嗓子朝她喊，可是在湖面上我的声音被流风打散得若有似无。我回身望着远处的大部队，发现此刻真的是孤立无援。

我上前去拉扯蔷薇，谁知还没走到竹排那头又是一个猛烈撞击，我跌坐在排上，蔷薇被惹红了眼，直接拿篙往那两人身上打去。

在我蹒跚地趴在岌岌可危的竹排上终于忍受不住朝她大吼一声"蔷薇你疯了吗"的时候，我终于被甩下了竹筏。

落水的那一刹那，我看到了小雪得意的笑脸和蔷薇惊恐的脸以及她特有的刺耳尖叫。我笑了，好像这就是你们想看的吧。

蔷薇动作麻利地撑起篙，回到内湖去喊人，那速度比来的时候快很多。我落水的瞬间笑了，脑中明白了很多事，大水没顶的时候，我抱住肚子，睁着已经涩到睁不开的眼睛，我摸着可怜的肚子，向我的宝宝道歉："对不起，妈妈终究是没本事保住你了。"

快失去意识的时候一只篙伸向我，我却连抓都不想抓。小雪，你有本事就让我这么死了吧。你也知道怕的吧，我今天是真不想抓你的救生篙。

谁知那篙有它自己的目的，一直拨弄着我不让我沉下去，我突然意识到，这篙一直都是在我腰腹上碾来碾去。

我猛地抓住了它，让它动也动不了。

如果说我现在变了鬼，那我愤恨的怨气一定会让这些心狠手辣的女人化为灰烬。

我从来没有什么时候像现在这样渴望死亡，渴望用任何方法去报复她们，哪怕变鬼在所不惜。偏偏此刻我只能如水中断根的浮萍，任她们踩躏随意飘零。

渐渐失去意识的时候，迷迷糊糊地感觉到水中有一双手托住了我一直往下坠的身体，像是被拉出深渊一般，我突然感到一阵放松，即使腹部已经痛如刀绞，我依然本能地抓住了这个从背后抱住我的人的手。

什么也分不清，只听到女人的尖叫和杂乱的脚步声，还有一双自始至终都没离开我的手。我好累好想睡，我很想就这么睡着不起来了，特别是当我清晰地感觉到有生命从我的体内被剥离的触感。

"她流血了！"

这声惊叫让我原有的一丝希望破灭。

我一直不愿意清醒，因为在我有意识以后，我听到只有窃窃私语和一声声叹息。我知道自己醒来面对的是什么，突然觉得自己好脆弱啊，原来打不死的小强秦苏是这么的不堪一击。

我忘了，小强拍不死跑得又快火又烧不穿，可是唯有溺水是死症。

不知过了多久，我终于睁开眼睛。不是我耐不住了，而是我的岳剑已经一天一夜没合眼了。他从昨天夜里我有意识以来，就一直守在我的病床前，此刻最难受的人就是他了。

他眼神有些木讷、涣散，看着我却没意识到我醒了。我心疼地握住他的手，他才猛然惊醒般，声音像是千年枯井似的暗哑："苏苏，你醒了！"

我向他伸出手去，一点力气都使不上。他连忙握住我的手，让我不要动。

"岳剑，我好爱你。"

他握着我的手更紧了，连连点头说他知道。我这才看出他的眼睛已经是红肿，布满血丝，一定也没少受罪。

他起身要去找医生，我虚弱地喊住他："岳剑，抱抱我吧。"

他终于忍不住，哭着抱住了我，他抱得那么用力，以至于我以为再用多一点力气就会被他折断了肋骨。可我宁愿他抱得再紧一点，就这么死在他怀里算了，我会很安详地死去。

他的怀抱是那么霸道，像是小孩子找回了失而复得的宝贝。在岳剑的怀抱里，我人生中第一次有了甘愿为之付出一切的念头。

拥抱着坐在床上很久说了很多话，关于未来，想去哪儿旅游，想吃什么，想养只什么狗，想在哪儿再买处房子。我们说了一夜话，唯独没有提孩子。

早晨，医生来给我做检查，向我隐隐约约地透露着我的孩子已经被装在冰冷的冷冻室了，并且委婉地表示如果家属要寄存，可以在医院购买一个冰格，一年是六千块的寄存冷冻费。

我抬头望着那医生："除了钱，能说点别的吗？"

医生一愣，委婉地希望我好好养身体，趁年轻还调理得过来，千万不能再刺激到身体，否则很可能难以受孕。在岳剑去跟医生拿药的当口，我爸妈红着眼眶进来了。

此刻最讨厌见到人更别说还在我面前哭，偏偏我妈又是极好哭，我听得烦躁极了。

"妈，你是来给我心里添堵的吗？哭你女儿怎么没死吗？"

我爸妈听了以后愣住了，妈妈拿袖子擦了泪水，我看她那难堪的样子难受极了，我怎么能冲我妈发火？我总是这样让一圈人不开心。我索性拉着我妈一起哭起来，岳剑回来见到我们一家人哭成了一团，赶紧上来让我爸妈先回去。

他很担心我的身体，心情忧郁和哭泣都是小月子的毛病。妈妈赶紧嘱咐我别担心，一切都会好的，然后和我爸回家去给我熬汤去了。

岳剑给我用热毛巾擦了脸，然后喂我喝了些粥。我一点也不想吃，只是不愿意看岳剑担心，所以吃了不少。

"一切都会好的，我们还年轻。只当这个孩子跟我们没缘分，以后老天定会补给我们一双。"他温柔地看着我，鼓励我。我给了他一个笑容，告诉他我会坚强的。

"都怪我，如果不是我硬鼓励你去，你此刻还乖乖地在家里等我回来，都是我的错！苏苏，对不起。"

为了减少我的负疚感，他把责任都荒唐地归咎到自己身上，我不能忍受他这样做，所以我抱住他，不许他继续说。

"老公，是我的错，你不要那么说自己，别那么说……"

坐小月子的人注定是要跟眼泪做伴的，情绪低落是难免的。岳剑小心翼翼地告诉我，之前已经告知家里人了，一会儿大宅子那边会过来看我。

我笑着望着他，告诉他我秦苏一直没脸没皮，不怕脸色的。他连忙说不要担心，他父母都是明白人。为了宽我心，他还开玩笑说下一胎恐怕就没那么自由了，非得当岳家的唯一血脉来伺候着了。

人生无常，谁又知道哪一句不经意的话会一语成谶。

下午，人全来了，鲜花礼品堆满了整个病房。可能是受了岳剑的请求，岳剑的父母都只是慰问了我身体，关照我调养好身体，并没有苛责我的意思。我的诚惶诚恐让婆婆大人很不适，连忙安慰我别想太多，身体养好了再生，但果然跟岳剑说的一模一样，婆婆强烈要求如果再怀上，一定要去大宅子养胎。

我笑着点头，尽管看得到他们转过脸去的阴郁和叹息，但我还是很满足了，至少他们还是很照顾我的。我的脑子里早已想过一千种责怪和怒骂，此刻却都被一带而过了，连后妈都只是幸灾乐祸地笑着，而没有说什么难听的话，真是不幸中的万幸。

两个姐姐来的时候我正睡着，醒来时看到她们带来的进口补品，岳剑说这些吃了对身体很好。看他忙进忙出地帮我张罗，我很感动。我已经把我的命跟他拴在一起了，此生只想跟这个男人一起度过。

现在我们之间的障碍消失了，那个带着怨念离去的孩子也带着我的烦恼走了。此刻我是一个没有负担的秦苏了。

我在喝老妈从家送来的汤时，岳剑进来问我见不见蔷薇。他也隐约知道我的流产蔷薇是有责任的，如果不是她硬要追着宋雪吵闹也不会出这意外。

岳剑抚着我的额头宽慰我说：“苏苏，已经这样了。”

我笑着望着他，点点头。看来岳剑已经调查了事情的经过，知道我是因为跟小雪干架才落的水。可是他永远也不会知道蔷薇在我落水时那释然的眼神。

落水以后她那样急切地去叫人的行为，外人看来她是很着急我的。第一时间通知救人的是她，第一时间脱下衣服给我换上的是她，哭得最响的是她。

人们都知道秦苏有这样一个肝胆相照的姐妹。只有我知道蔷薇是会水的。

她进来时眼睛红红的，看起来哭过多场了。进来就掉眼泪，岳剑感到尴尬，便出去了。

她坐在我身边声泪俱下地说着，我可以清晰地判断得出哪句真哪句假的。我无奈地笑笑告诉她，没事儿，我们是好姐妹。她没料到我是这反应，愣愣地看着我。

我继续笑起来，看着蔷薇对她说："还好，还没丧失生育能力，这下都清净了。"

她怎么会不知道我们中间已经竖起了牢不可破的障碍，所以她看我的眼神充满了惋惜和不舍。我不知道促使她这么做的动机是对岳剑的深爱还是其他什么原因，但是我知道，此刻我的心里再也容不下任何关于蔷薇的友情了。

过了几天，我坚持要出院回家修养。在医院根本是没法清净的，我的单位同事纷至沓来也就算了，岳剑的公司那么大，光公司的一些比较代表性的下属就好几十个，还有亲戚朋友，虽然都只是象征性地带礼品慰问几句就走，但是仍弄得我烦不胜烦，几乎想甩脸子。这是流产，又不是生了儿子，有必要这样兴师动众吗？

岳剑也同意我回家休养，于是在一个阳光明媚的下午，我悄悄出了院。

本来以为在家可以清净了，谁知回家的第二天就来了不速之客。

万言和小雪。

岳剑本来打算下午去公司的，不料刚准备出门就看到客人来了。万言憔悴得厉害，胡楂满脸，和他一贯的形象大相径庭。

小雪则是没有半点愧疚的迹象，微笑着看着我虚弱地躺在床上。

万言咳嗽一声，打破沉默，说："岳剑，秦苏，对不住。我和小雪来向你们专程道歉！害得秦苏……"他声音是我没听过的破音，我躺在床上，只想他们早点离开。

小雪也紧跟着上来，走到我床前说："苏苏姐，对不起，我只是想跟你们闹着玩的。我太不懂事了，苏苏姐，你原谅我好不好？当时我不知道你会突然站起来，虽然是个意外，但是都是我的错，苏苏姐！"她楚楚可怜地哀求，给男人们看到的背影几乎是瑟瑟发抖，但只有看得到她的眼睛才知道她正笑得满眼戏谑。

我笑了。"这个孩子，我跟他没缘分。谁也怨不着，但以后的事谁又能说得准呢？"

她笑容退去，疑惑起我的话来。小雪，你当然不会明白一个被谋害了孩子的母亲的心情，那是怎样的一种怨念。

自始至终我都没有拿正眼看万言一眼，但我可以确定他的那种痛楚已经超过了我的肉体疼痛。虽然他带着小雪离开了，但他的心已经彻底地留在了我身上。

我每天都尽量保持开朗的笑容，岳剑给我买了很多笑话书，我又是个笑点极低的人，即使不想笑我也强迫自己笑，渐渐的真的调节过来了。当笑容变成习惯，心情就会开朗，即使阴霾密布也能神情舒畅。

休息了差不多一个月。我从小身体好，身体没什么大毛病。岳剑自从我回家的第三天就每天去正常去上班了，为了怕我一个人在家抑郁烦闷，有洁癖的他给我买了只松狮狗解闷。我也挺喜欢小狗的，特意给它取名叫太监。岳剑很不能理解我强大的取名功能，吃晚饭的时候一直追问我为什么要这样虐待一只狗。

"因为狗狗是公的，为了给你安全感，所以我叫他太监。"

岳剑的白眼翻得越来越专业了。

几天后，岳剑见我每天下地能跑能跳的，就乐滋滋地问我什么时候再培养个胚胎出来。我很认真地告诉他，身体表面是好了但元气大伤，必须等过个半年才差不多吧，否则孩子生出来先天弱弱的，别怪我。

他连忙一本正经地表示理解，继而又表示他绝对不是一个只注重结果的人，他注重的是培养的过程。

"死不要脸！"我望着笑得有些色色的他，两人展开了情节性的交锋，最终的结果就是推倒。至于谁推倒谁那不重要！

隔天他问我要不要把工作辞了，再做下去也不开心。我头一扬，为什么不开心？我开心得很呢！

我告诉他打算下个礼拜就去上班。他有些吃惊，最后他笑笑说，那些过去的就过去了，不必太在意了。我笑着告诉他："你老婆是天底下最没心没肺的女人，这世界上很难找到我在意的事。"

他搂着我，在我额头上亲了一下就去上班了。我在家打开电脑，跟李姐在网上聊天问她公司这个月的情况。她说我不在的这个月，公司处于混乱状态，这要以前我定会激动地感慨地球离了我确实转不动啊，我是多么的举足轻重啊！但是，此刻我只能说，我知道为什么会混乱。

我问了些万言和小雪的情况，李姐又问我来不来上班了，之后再委婉地问我那天落水的事是不是被人害的，我也委婉模糊地给了些若有似无的答案。她表示理解了，不用说今天她又会成为办公室里的主讲。

我妈已经不再那么积极地送汤来了，因为岳剑给我配了专业的营养餐和调理师。有一次跟调理师正面遭遇，她带来的大骨浓汤被调理师评价为营养价值不高却很容易长胖的食物，然后又给我妈介绍了菜该怎么配，才能把价值发挥到极致，这可把我妈得罪了。我妈自认为一生对社会没什么大贡献，但唯一骄傲的就是她宝贝女儿的身体一直被她养得棒棒的。调理师居然说她做的都是废菜，是可忍孰不可忍，于是她一次次整些匪夷所思的新搭配创新菜和汤过来给我。开始我还为面子尝一点，可是后来的味道就越来越稀奇古怪，我实在不能忍受，于是委婉地劝我妈别送了，我喝营养师的汤就很好了，得保持身材。

她听了以后很伤心，果然不再送了。我赶紧打电话安慰她，充分肯定了她对我的爱心，又承诺给她买个最先进的麻将机，才欢快起来。

♣

第十七章
# 漫无目的的报复

上班前，岳剑带我去购物置办新衣，大包小包拎了一堆。回来时，岳剑去停车场取车，我一个人百无聊赖，回头一看小巷子里有好多小贩在摆摊卖花。我一想家里好像没什么植物，买点回去放家里吸吸甲醛什么的也好。

我蹲在地上慢慢看，好多小花都很可爱，一时不知道买什么好。

"吸毒吸辐射的花是哪种？"

他一听吸毒，吓得脸上那浑浊的眼睛都瞪成三角形了，我赶紧又补充道："那种不要照看，晒晒太阳就能活的，你给我挑个。"

他立刻指向一排形态各异的仙人掌，向我滔滔不绝地讲述仙人掌的光辉历史和卓越贡献，以及那命贱好养活的形象。这深深地激起了我强烈的环保意识，决定也买一个回家养养。老板很用心地教我要注意什么，要怎么养才能开出传说中的小黄花。我兴高采烈地上了岳剑的车，结果回到家里左看右看，绿绿的很可爱啊，决定给它浇浇水，浇的时候觉得不对劲，一拎起来，我傻眼了，根本没有根，是一个死仙人掌插在土上。

第二天，公司里的同事都很诧异于我的出现。明眼人都知道我的流产和小雪有莫大关系，居然还这么没事人似的跑来上班，实在是有点不按常理出牌。

大家对我自然是一片嘘寒问暖，我一一接受，一下子跟个个关系都倍儿铁。

说真的，谁能了解此刻的我心里在想什么，恐怕就是我自己都没把握知道我想干什么。

此刻我只是本能地想靠近宋雪，告诉她："秦苏在你身边。"

公司有很大的变动，最初只做上层投资，可自从万言来了以后，收购了许多小型的加工企业，租下了楼下的整个楼层作为工厂管理办。我一来上班就发现人事调动很大，办公室里出现了很多新面孔，很多老面孔消失了。

中午去餐厅吃饭时，发现人真的多了很多。我和李姐端着餐盘找了位置坐下来，正准备下筷子，就看见迎面走来一个穿工装的小伙子，旁边并排走着一个略带土气的女子，小伙子朝李姐咧嘴一笑。

"李姐，吃着呢！"他的笑容很憨厚，给人很亲切的感觉。

李姐忙邀请他和那女子一起坐。

他连忙摆手，"不了不了，我媳妇刚给我送了些饺子，正好给你们也尝尝。"说完，他看着我腼腆一笑，从保温桶里拨了些饺子给我们，然后向我介绍身旁那位是他媳妇，不客气地问我他媳妇漂亮吧。

我很尴尬，不住地点头，然后李姐更尴尬地说："快去打饭吧，快没菜了。"

我一头大汗地拨弄着眼前的饺子，问李姐是什么时候认识这么一位憨厚老实质朴得有些让人吃不消的小年轻的。她扑哧一声笑了，表示她可没什么邪恶的想法。

下午，我接了个同事发给我的 IQ 测试，正准备好好测试下我脑袋到底是什么程度的。

"苏苏姐，老板有请！"

我正要问万言又发什么疯，那秘书却不由分说把我带进了会客室。进去发现里面有一大群人，我的老公岳先生端坐其中，朝我微微一笑。

旁边几个老外被我无视了，万言也顺其自然地被我无视了，我就朝着我老公傻笑。小雪笑着上来拉我坐下，向我介绍这几位都是这次跟公司总部合作的负责人，现在他们在做一个新的投资项目，国外的资金进来需要考察，所以我就被任命为本次接待团的团长，负责安排这次全面接待。

我吃惊，这么大的事交给我？我疑惑地看看我的老板和老板娘，再看看笑得和煦的岳剑。是了，八成是我老公建议的。他看我那么热爱工作，想给我创造点机会走走后门什么的，我假装矜持地谦虚了十秒不到就答应下来。

岳剑他们出门时，我还特意下楼去送他。他跟外国朋友交谈的时候气势十足，那口气那举手投足，啧啧，请允许作为妻子的我小小的自豪一下。送他上车前，我笑眯眯地朝他傻乐，他临上车在我耳边耳语一句："你今天表现得真可爱。"

我一脸害羞的表情，未加思考就习惯性地拍了一下他的屁股。拍完我就愣了，所有人都目瞪口呆地看着我，几个外商都不知道我和岳剑的关系，正疑惑地盯着我。

我恨不得低头打个洞钻进去，太丢人了。可怜的岳剑像是被大灰狼非礼过的小白兔，耳朵通红到脖子。我赶紧退后站到小雪身边朝他们摇手，请他们快快离开。

公司最近人人都在忙，以前集体闲得蛋疼的景象消失了，取而代之的是一派繁忙的景象。织毛衣的女同事已经改行变成职业打字机了，争分夺秒地在键盘上弹跳，几台传真机面前都排上了队。我不禁咋舌，真是一派欣欣向荣的大丰收的景象啊！

国际部的欣薇负责接待一个不知是巴基斯坦还是印度佬的外国人，正坐在小圆桌上谈得兴高采烈，时不时地耳贴耳面贴面的，我们都见怪不怪。

碰巧那印度阿三看到我看他们，朝我多看了几眼，我赶紧朝他有礼貌地笑笑，有点尴尬。

他们谈业务谈到一半，欣薇临时有事离开一下，我当时正抱着小茶杯去倒水，刚好路过国际部看那外国佬一个人坐那里，就再次朝他礼貌地笑了笑，希望他没觉得我们公司怠慢他。结果那印度阿三忽然拦住我，然后用双手指着自己下身比比画画，脸上还表现出很暧昧的微笑……我当时就怒了，这小子简直欺我公司无人，竟然对着我做如此不堪的动作，正想还以颜色，那家伙又满口地说"dollar"，好像很着急的样子。我当时就想 dollar 不是美元吗？我去！拿我当什么，以为我给钱就能上吗？

早就该想到这印度阿三不安好心，真后悔之前不该朝他笑，让他误以为我是什么人似的。把我们中国妇女当什么了？再说了，你能给多少钱啊，你以为没包头穿个西服就成有钱人了？

于是我操起一口标准的英语说："Fuck you！"那老外听了之后越发地着急居然在地上乱转了起来……我好纳闷，拒绝你就拒绝你，你犯不着急成这样啊。

最后我看着他钻进了我们公司的卫生间。

我愣住了，原来刚才他说的是"toilet"。只是那印度人的发音也太不标准了，我现在回想起来他说的还是"dollar"……

下午国际部的同事都到我面前来集合，然后我就看到了我们的合作方大老板，竟然是个高个白皮肤罕见的大帅哥，年纪三十岁上下，浑身散发着迷人的光芒，把我们一众女同胞迷得心花怒放，以至于大家都忘记了尊卑，直接越过我上前跟他握手，殷勤地拥着他进入了会议室。

好在开会的时候万言进来了，他跟老外礼貌性地寒暄了之后就坐下一起研究议题。在座的都是英文极棒的，所以交流无障碍是肯定的，以至于在很多细节方面的讨论上还有了唇枪舌剑的味道。我很少提出自己的观点，我一般不提，我提了也会被忽略，好像我确实不是这块料。于是我选择了缄默，保持神秘感，即使不能让人家产生我有两把刷子的错觉，我也不希望同事们认为我是个端庄的大草包。

这老外十分搞笑，嘴里翻来倒去的中文就那句"啊达"，就是当年李小龙的口头禅。

万言也不拦他，看他自娱自乐地在那儿"啊达啊达"，尽管我已经跟他解释过很多次了，"啊达"是一个语气助词没有任何实际意义，可这老板依旧坚持说"啊达"，并附加动作。

李小龙的魅力果然不凡。我实在没勇气告诉他，他的样子太傻了，"啊达"在中国并不是一句很流行的话。最后，他终于发现万言的表情开始不耐烦，于是向我们展示了他学会的另一句中国话："我的妈妈告诉我，不要跟陌生的漂亮女孩讲话。"吐字清晰，发音标准，一气呵成。

不知道是谁教的，总之不是我，看到我们集体露出欣赏的表情，外籍老板总算沾沾自喜了。

散会后，我顺手约上欣薇一起去洗手间边走边聊，恰巧人事部的小李进隔壁男厕所，洗手池就在男厕所外边，尽管门已经关了，可里面的声音仍尽收耳底。

我和欣薇出来边洗手边说好笑的事，突然听到男厕里面传来噗的一声巨响，我跟欣薇先是面面相觑，之后一起忍不住大笑起来，我们都猜是小李的动静。正在我们乐不可支的时候，却见我们敬爱的白人老板面无表情地从男厕里面走了出来。他的皮肤本来就白，如今却是白里透红，煞是好看。他一言不发地走到洗手池边，我跟欣薇面面相觑见势不妙连忙闪人，却瞥见小李面红耳赤地往外走，手都没洗直接跟我们一起离开了洗手间。

路上，欣薇忍不住好奇地问："李文云，刚才是不是你？"

小李踌躇了半天，说："要真是我，还好了呢。"听得我无语。

总感觉从那之后外籍老板看我的眼神就不对了，后来接连几天开会，他对我的提议总是不冷不热的，而且还不停地称赞新来的吴助理，说她人美口音准，沟通好极了。

唉！得出一永远的真理："千万不要在洗手间大笑和讲话，尤其是在你看不到厕所里面的情形时。"

万言在会议的间隙坐到我身边，轻轻地问我是不是有什么事。我本来不想搭理他，偏偏小雪进来了，我突然忍不住地把身子凑过去，跟万言头靠头给他绘声绘色地叙述了事情的经过。他许是没料到我的态度竟然这么随和，愣了一下才放心地跟我靠近。

我没有回头看小雪的反应，她也没有前来打扰我们。我们就像三个心照不宣的人，随时都处于临界点。等我们说完，小雪才走过来，递给万言一杯茶，体贴地为他正一正领带，告诉他今天泡的是西湖龙井。

万言淡淡地吹开一层喝了一口，样子挺享受的。小雪刚露出一个笑容，万言却突然开口道："我喝不惯龙井，我只喝君山银针。以后别给我泡了，泡茶这种事还是交给秘书做吧。"

小雪脸色顿时惨白，我心里忍不住惨笑一声，男人真是残忍，爱一个女人事事甘之如饴，不爱一个女人弃之如敝屣。怎一个"凉薄"二字了得！

但可以肯定的是，小雪还是深深地爱着万言的，从她把愤恨全数地倾注到我身上而没有在万言身上半分就可以看得出。但我不在乎，我只知道看到小雪痛苦的眼神，我浑身的毛孔都兴奋得张开了。

晚上回到家时岳剑已经回来了。今天他难得回得早，我一激动拉上他去买菜，在超市一通乱买。火速赶回家以后就把老公赶去书房，我一人乐滋滋地在厨房准备给老公展示下我的厨艺天赋，今天特意从李姐那儿打听了小男孩特别爱吃的炸鸡腿做法。

不过，对于一个厨艺只能说是凑合，闭着眼睛勉强能吃的人来说，显然有些高难度了。听步骤以为很简单，不料实施起来这么难。我有些力不从心，但还是冒着油星溅到皮肤上的危险，跟油烟顽强地搏斗着。

终于，我灰头土脸地喊岳剑出来吃饭。

岳剑听到我召唤的第一声就从书房里奔了出来，兴奋地搓着双手，看着桌上的菜没有煳掉，而且颜色似乎也进步了很多，于是更加兴奋手都没洗就要徒手抓，我赶紧呵斥他去洗手。

他洗了回来，坐下，我步伐矫健地去给他盛饭。等我盛好回来看他撑着下巴，盯着我们面前摆放的三只碗十分纳闷。

"怎么放这么多碗？"

"你等一下就知道了！"我耸耸肩。

他疑惑地夹起鸡腿咬了一口，嚼了两下便表情扭曲。

"怎么这么咸？"

我赶紧站起来摸着耳朵道歉。

"今晚失误了，盐放多了……"

"难道……"

"是的，碗里都是开水。"

他的眼神理解中又充满了疑惑，我继续解释道："在第一个碗里冲一冲，第二个碗里洗一洗，第三个碗里泡一泡，就可以吃了。"

我敢肯定岳剑此刻心里一定在磨刀。

更悲剧的是，我们竟然真的靠几碗白开水吃这顿盐严重过量的晚餐，直到岳剑打了个响亮的饱嗝，我才放心下来，证明他还是基本满意的，还没到食不下咽的地步，我还是有可取之处的。

只不过睡觉前，岳剑轻轻地跟我说："以后我们还是在外面吃吧。"

第二天一到办公室，就看到我的桌上有杯茶，这莫名其妙的飞来横茶我敢喝吗？谁知一看我进来，秘书马上就过来，告诉我这是老板娘吩咐给我泡的，还说我最爱喝这茶了，以后都会给我按时泡。

我揭开盖子一看，果然是西湖龙井。

我冷哼一声。怎么，给我下马威？警告我？

我毫不犹豫地端起茶杯，连茶叶带水一口气喝下去了。有点烫，我却眉头都没皱一下直接把杯子递给秘书。

"我不喜欢这味儿，我也爱喝君山银针。"

从我复原回来上班到现在，为了配合老板们大展拳脚，我已经是使出了浑身解数，怎奈我的能力有限，实在觉得忙得云里雾里还不落好，心里老是乱糟糟的。等我抱着材料从传真室回去的路上，碰巧看见总经理办公室的门虚掩，不由得往里瞄了下，看见小雪在跟万言争吵什么，两人似乎都很不冷静。他们干吗老是到单位来表演，这不是很奇怪吗？

我正打算细细听听经过，突然发现面前站了个人影。我吓了一跳，发现是小秘书，赶紧朝她嘘了一声："老板们在吵架，我们躲远一点。"

她连忙退后，跟我一起回了办公区。她一边走一边拍着胸脯感慨着："秦苏姐，你真好，要不是你提醒我就要倒霉了。"

我笑着看着她，心里揣摩着万言说过的话。小雪在秘书的工作上是下足了工夫的，心里猜测着这个秘书是不是小雪的眼线。诸葛亮大意失荆州，我暗暗告诫自己已经大意了一次，千万不能栽在同一条船上！

我回了座，细细地思索万言夫妇到底是为什么吵架，有什么事是非要放公司吵的？莫非是小雪要炒我鱿鱼，万言不同意？还是其他什么？总之必定跟我有关系，刚才都怪秘书坏事不然怎么也不能像现在这样云里雾里的。

中午去餐厅吃饭的时候又碰到了上次那个年轻的车间主任。

小伙子还是憨憨的看到李姐就打招呼，我就喜欢他们身上这种质朴和善良，总是能让人轻易找到自己身上所缺失的东西。

比如我们从来不会想到去请一个不能给自己带来任何利益和好处的同事吃饺子。虽然只是点不值钱的饺子和再平常不过的交际，但是在现在生活中已经显得难能可贵了。

我有礼貌地想邀请他跟我们一起吃，李姐踢踢我，拿眼神示意我别没事找事。他理解地连忙说自己同事在，就不坐一堆了，然后他就挤到一个卖盒饭的卖口去打饭了。

公司的餐厅其实挺人性化。这里有中高低档各色菜肴，高档不介绍了，低档的就是按份来卖的盒饭，六块钱一盒送一份汤，还挺实惠的。

我看看李姐，问她是不是跟这小伙子关系不错，她笑笑无奈地说："和谐社会好啊。"

下午又是冗长的会议时间，我昨晚吃咸了，整个会议中都口干舌燥的。旁边的一个男的带了瓶饮料放在桌上，可惜被他开封喝过了。

即使是那样我还是好想喝一口，不由得对着那瓶饮料多望了几眼，可那该死的男人竟然半眼也没瞧我。我挫败地望着饮料瓶，以后我一定少放盐，咸死我了。

我巴巴地盼望着快点散会，正祈祷得有些打蔫的时候，一杯清茶送到我面前。

秘书的举动在严肃的会议中有些突兀，但她还是红着脸把茶递给我了。

我有些激动啊，久旱逢甘霖也就这感想了。我捧着热茶，简直热泪盈眶。今天谁拦着我喝这杯茶我掘他祖坟去！

等我舒服地喝了一大口把茶杯放下，我才发现现场气氛很诡异。

我突然意识到这杯茶是万言给我的，此刻大家的脑子里肯定是充满了桃色幻想。

我责怪地朝万言瞪了一眼，他正暧昧地朝我笑。难道是昨天的"头碰头"给了他暧昧的遐想空间？不会吧，他那么聪明，应该能看出我是在气小雪啊。你暧昧个屁啊！

我不屑地想着，眼睛瞄到他的身前……空的。

再看看我面前的茶杯赫然是之前放在他身前的那只。

我脑子里轰地炸开。万言，你太离谱了吧！当这么多人的面把你喝过的茶拿来给我喝？怪不得我喝的时候水都快凉了，又清凉又解渴，原来是他喝过的二手水！

我气愤得脑子一片空白，万言，你太恶劣了！这么龌龊的事你竟然也能干得出来，亏我还以为你是个高修养的男人，怪不得同事们刚才的眼神怪异至极，要是有点正义感的群众早就该破口大骂了："你们这对奸夫淫妇，竟然公然在大众和大老婆面前间接接吻，太可恨了！"

我没有去看小雪的表情，我可以想象到那是一张怎样后妈样的脸。

散了会，小雪气鼓鼓地出了会议室，我在万言耳边低语了一句："你还真是恶劣啊。"

他笑得灿烂极了，很得意自己的奸计得逞，刚想跟我说点什么，却看我已转身拉上李姐说话去了，只能无奈地摇摇头。

晚上，公司决定在酒吧招待几个外商老板，我被点名出席。我给岳剑打了电话告诉他。我一定在晚上十点前回家。他很不放心，我哄了半天他才挂了电话。

本来的计划是由公关部的几个美女来陪客户，如果外国人实在开放，那么就花钱找小姐来陪他们玩。结果一进酒吧，几个洋人立刻就遭到了酒吧里各种女孩子的围观和媚眼秋波的围攻。

终于让我见识到了，原来男人也是可以被调戏的。

不时地有女孩子过来搭讪，成天"啊达啊达"的白人老板此刻也不露出他的天真烂漫了，精气内敛，气定神闲，以一副高姿态接受着四面八方的美女抛来的秋波。

这时，一个长得极漂亮的姑娘穿着火辣的短裙，黑丝美腿一览无余，经过我们身边时不小心被旁边的女生撞了一下，一屁股跌坐在白老板的大腿根部，就那么轻轻一撞，就仿佛摔下悬崖一般晕头转向长坐不起。

白人老板果然是行家，立刻把她推开，但却不失关心地问她有没有受伤。她一边半倚着他的大腿，一边用半生不熟的英文说自己头好晕，然后问他可不可以请她喝一杯酒。

于是下面的剧情就顺理成章了。白人老板使出了他的必杀技："我的妈妈告诉我，不要跟陌生的漂亮女孩讲话。"

这是他从头到尾说过的唯一一句中国话，却成功地把姑娘迷得欲仙欲死，恨不得即刻献身。

大家就差在旁边给白人老板鼓掌了，一转眼万言就不见了，我呵呵笑了下应景，觉得没趣，小雪倒看得津津有味，我打个小报告就去了洗手间。这家酒吧是很受老外欢迎的一家潮店，感觉确实不一般。因为第一次来这酒吧，不大熟悉地形就跟服务生打听，我拣了个长得比较帅的男服务员打听了，说是直走右拐。我依言行事，果然有一貌似洗手间的房间，推门而入，赫然发现里面竟然有一男士正在背对着我宽衣解带，摆好了标准姿势。我大吃一惊，暗自琢磨此人为何会出现在女厕所，看样子又不像打扫卫生的，难道是心理变态？我不会那么倒霉吧！

再仔细观察却发现该男士正面对着一个样子奇怪的挂在墙上的比洗手池矮而女厕所里没有的物体。我恍然大悟，原来是自己进错了连忙往外退。可怜那男士早已转头发现了我，四目相对，更尴尬的是此人正是之前神秘消失的万言，他目前正被我看得目瞪口呆，那只放在裤子拉链前端捂着的手一直没敢拿下来。

我赶紧红着脸闪了，很是窘迫，害怕被人看到就赶紧往回跑。走到半路突然想到还没解决我的重大问题，我去厕所的目的是什么？我又掉头回去，仔细找了一下才发现，女厕在左手边，门上有一个高跟鞋的标志；男厕在右手边门上是个烟斗，烟斗样子怪怪的，很难辨认，像……唉……真伤风败俗！现在的酒吧……

我正盯着烟斗看的时候，厕所门突然开了，出来的竟然还是万言，看到我正守在男厕门口目光炯炯地盯着。他脸上又羞又惊，我张口结舌。四目相对之时，他羞涩地从我身边疾步而过，走到拐弯处时还回头娇羞地瞥了我一眼，模样简直像是在责怪我为什么不追过去。呜呼，看他落荒而逃的样子，一定已经认定我是女色狼了。

我欲哭无泪……

等我回到原位，万言见我脸色不好，他也窘了一会儿，隔了几分钟不着痕迹地在我耳边说："没事儿，不尴尬。"

我只能自认倒霉地看他两眼，然后再看小雪两眼，伪装得兴高采烈地靠在他耳边回道："凑过来呢不是想解释什么，我就是想看小雪难受，其他没什么。"

他呵呵一笑，直接端起我的那只满满的酒杯，仰头开始玩命地喝酒。我不明所以，你喝酒能气到小雪吗？真不知道脑子里在想什么！

小雪看万言在一杯接一杯地独酌，顿时着急地朝他喊了好几遍叫他停手。音乐声太吵，我们只看见小雪纠结的五官在朝他喊。他自然没有停手不停地跟众人碰杯。有人敬我酒，他从我手里接过去就干了。

从这时起小雪才真生气了，她端起杯子问万言是不是要继续，万言没理，她仍然跟客户们说说笑笑，以万言的酒量当然是醉不倒，但小雪我就不知道了。

小雪也开始疯狂地喝，喝得太猛了咳嗽起来，咳嗽得眼泪都出来了。我突然又于心不忍，刚想说点什么，那小雪把酒杯往我面前一放叫我陪她喝。

我才不会那么傻，凭什么陪你喝，我又不是要跟你争男人，我纯粹只是想气你而已。

我没理她，她还来劲儿了，说有什么冲她来别动她男人。这话说得太尖锐，幸好当时人们已经喝醉大半，连那外来妞儿都有些不行了，豆腐也给吃得差不多了，催着白人老板带她走。

小雪还在撒泼，万言一把按住她挥舞的手跟她说："我陪你喝。"

这事弄成这样难看了，哪有夫妻俩拼酒的。我说差不多就散了。小雪不依，固执地端起酒杯开始自己灌自己，模样倒真是可怜。这哪是喝酒，简直是拿自己的心头肉万言当刀子使，然后自己割自己的肉。

他们俩就真的这么对喝起来了，旁边人惊讶这夫妻俩在较劲儿。我看小雪要闹腾起来谁也拦不住，反正她老公在这儿，于是我就想找个借口开溜。

谁知那送上门的妞儿突然说要吐了，跌跌撞撞地起身跑去洗手间。真讨厌夜店这种萎靡的气息，真不知道为什么有那么多人会沉迷！

小雪已经喝八杯了，连着喝都不带喘气的。我很佩服她，真是女中豪杰！于是我劝万言停手，然后跟他们道别回家。

谁知，小雪突然干呕，万言反应迅速，飞快地拿起桌上的一只杯子接住了，这才避免了恶心全场的呕吐物出现。吐完后，小雪以一副很虚弱的模样维持着低着头的姿势，大概是觉得在客人面前呕吐太失礼了。等她抬起头来已是满脸泪水，坚强的小雪哭了。

那场面十分难受，我站起来打算走，大家都觉得场面尴尬，几个女同事连忙站起来表示要搭我的便车，我欣然同意。

这时送上门的姑娘从厕所回来了，老远地就吧唧着嘴，喊着吐完就渴了怎么办！上来端起不管谁的杯子不管三七二十一就呼噜噜一股脑仰头喝下去。她喝了不到三秒，又瞬间喷了出来，往杯子里看了一眼，脸上的表情比我们还要震惊还要扭曲。她捂住嘴狂呕起来，边呕边奔向洗手间。

我的妈呀，今年最恶心的事发生了，这姑娘把小雪刚吐出来的东西喝下去了。

我忍不住也想呕，万言赶紧掐住我的虎口帮我顺气。我哭笑不得地看着他，实在是太刺激太恶心了，我已经找不到任何词语来形容我现在的感受了。

等我逃跑似的离开酒吧驾车回家，吹到了车外的冷风我才真正感受到了当个正常人是多么美妙的事，酒吧真不是人待的地方。

回了家，客厅还留着小夜灯，岳剑人在书房里，我身上有酒味，所以就没有立刻跑去打扰他，而是直接进了浴室开始洗澡，一边哼着小歌一边快乐地擦肥皂，竭力忘掉之前在酒吧经历的恶心事。

我正哼着歌，突然浴室门被推开了，我下意识地抱住身体，再意识到进来的只能是岳剑，便放下心来，撇开手摆起一个风骚的姿势，一手叉腰一手兰花左胯右摆右臀轻提。

"皇上，你急什么急啊，臣妾还没洗白白呢！"因为喝了酒，又加上热气让我脸色酡红，我自以为是相当具有诱惑力的，秒杀岳剑不是问题，三秒之内让他站不住。

可是事情完全没有按照我预料中的发展。

岳剑面无表情地走进来，看着我维持了许久的姿势仍然面无表情，这让我很尴尬。他瞟我一眼若无其事地拉下拉链开始小解，直接无视我把我当空气。

我很不能理解，难道我隐身了？

"老公，你怎么不理我？"我委屈地光着身子在他身边观赏他喷洒出来的弧度。

"你在外面玩的时候也没理我啊。"他尿完收工，洗了手就要出去。我连忙胡冲海冲了一把，裹着毛巾就上书房去骚扰他。

这家伙原来不是在干正事，而是在玩魔兽。我丝毫不含糊，光溜溜的只裹了条毛巾就跨上去坐在他身上挡住电脑。他哎呀一声惨叫，抱怨我害他死了。我摇头晃脑地庆祝我的胜利，他瞧我得意的样子直接把我抱起来放到桌上。

我正以一副欲迎还拒半推半就的姿态媚眼含春地看着他，可他竟然就真的把我晾在桌子上，迅速地拿起鼠标点了人物复活，又去追着人家砍了。我今天连续两次勾引失败，实在是太伤我作为女人的自尊了。

于是我终于吼起来了，"岳剑！你到底是什么意思？"

他边玩着游戏边拿眼睛觑了我半天，然后很配合地呵呵一笑，硬是晾着我一个人在旁边吹胡子瞪眼，他完全无视。

我看他确实是故意要冷落我，我再待在这儿也是自取其辱，何必呢？我跳下桌子裹紧毛巾，拍拍屁股抬腿走人，却听见关机的声音，随后是啪地合上笔记本的声音。

我得意地笑着回过头来，打算朝他挑挑眉毛示威。还没等我脸上的表情各就各位，他就一阵风似的站到我面前，巨大的阴影笼罩了我。我像小绵羊似的，被他突然一下扛了起来，身上的浴巾就掉到地上了。我被倒驮着，胃里的东西都要出来了。

"岳剑，你……干什么？我跟你不共戴天……"

我一下子被岳剑被扔到床上，他边优雅地脱衣服，边故作冷漠地看着赤身裸体的我。

"叫你这么晚才回来，不让你长点记性以后就翻天了。"说完，他一个纵身扑上来。我反应迅速躲闪开来，一把反身按住他，手上使劲儿目露凶光。

"吓唬谁啊你，看谁整谁，老娘我今天就让你求生不得求死不能！明天你别想下床了！"

如此这般的大战宣言不禁让人为之一颤。将要爆发一场怎样的大战啊，昏天黑地，所向披靡，这恢宏的气势非得从床上到地板不可。

不过结果却是，我乖巧得像小猫一样趴在他的怀里任他爱抚地摸着头。

"以后还敢自己上酒吧玩这么晚吗？"

"不去了。"

"还敢跟男人喝酒吗？"

"不了。"

"老公电话里没赞成，说明什么？"

"说明不高兴了。"

"记清楚了没？"

"……"

你说我没出息也好，说我软骨头也好，我就是这么轻易就能被征服的一个女人。这是一个悲剧，但我还屁颠屁颠地乐在其中。

♣
第十八章
# 屁颠屁颠的人生

等我第二天春风满面地来到公司上班，才发现大家都有些萎靡不振。我觉得很诧异，莫非是这些天的高频率劳动让大家疲劳过度了？

我看见李姐肿着的眼睛，一副确实很累的样子。"怎么了，李姐，这么累？"

"外企就是来榨干我们骨髓的。以前咱们民营多轻松，没事打打毛衣吹吹牛，要多惬意有多惬意，现在合资了，立马不一样了。年轻时这么干还差不多，现在让我这么干我哪吃得消啊。"她一手捶背一手还在键盘上噼里啪啦地跳跃着，回头冲我疲惫一笑，"你一个人笑什么呢？说出来让我高兴高兴。"

我朝她一笑，说："姐，你想发财吗？你想交桃花运吗？你想当官吗？你想一夜成名吗？你想永葆青春吗？不要瞎想了，好好工作吧！"

她确实劳累，脸上都写满了疲惫，估计昨天回家还做了很多工作。我忙安慰她这个单子谈下来就好了，不仅会加薪还会给假。她听了苦笑一声，然后别有深意地揶揄我了一句："你以为自己是老板娘啊！"

我白她一眼，嘿嘿笑着，暧昧地朝经理办公室努努嘴。

办公室的气氛依旧紧张，大家没有一刻空闲地做着自己手头的事。不能看着别人忙我自己闲，我要有个独立办公室偷懒没人看见也就算了，所以我不得不假装忙碌地在埋头弄文件，还主动要求帮李姐分担点。

突然办公室门口爆发出一阵尖叫，继而传来女人粗犷的叫喊声。

"文强！你给老娘出来，你出来！叫你玩女人养二奶，老娘弄得你身败名裂！文强，你出来！"全部同事的眼光集体朝大门处看去，只见一凶悍如我的泼妇正叉腰站着，保安企图控制她。她口中的文强此刻正低着头一脸无辜和愤恨。

"这生活真是滋味无穷啊，总要来点添加剂什么的。"李姐冷笑一声，看好戏的时候手上工作也没停，真是个工作娱乐两不误的模范。我赶紧抱着文件夹在怀里假装正好路过，去看看文强的媳妇究竟长什么夜叉相。

"给我出来，给我出来，文强！还有那个小贱人是谁，给我站出来，好意思偷还不好意思认，不要脸的狗男女。缺男人缺疯了跑来老娘这衔男人，站出来呀，我看看是哪个想男人想疯了，我找条公狗……"她骂得太脏，我们简直就是没有可比性的。一个是语言大师，一个是纯骂街。

不过，她的语言倒是更有感染力，搭配上她的肢体语言和音调，可以说目前在我们办公室里的所有同事都被她的语言魅力吸引得十分想知道，究竟谁是那个不要脸的小三。

可想而知，是不会有哪个女人傻到自己站出去的。文强涨红了脸过去呵斥她回家。那泼妇今天是抱着必死的决心来的，估计不是性子烈就是被逼狠了，看她穿衣挺得体的挺像是个有文化的人。

我的心里涌起了无限的同情，女人真的好不容易啊！把辛苦了十几年的成果拱手让人，这是哪个女人也做不出的让步。想当初，我又何尝不是自己在家以泪洗面，在外故作坚强呢。大家都是不容易的，要找到男人的单位来是要鼓起多大的勇气啊！

文强几乎是粗暴地上前推搡她撵她走。有几个同事看不过去，让他注意点，这是公司，有事好好说。

可是这几句话更激起了文强同志那用错地方的自尊心，他厉吼着叫她滚回家去，一时大男子气概飙升。女人的哭诉和男人的呵斥混杂，一时场面极为混乱连隔壁和楼下的同事都来看热闹。

虽然大多数人还是希望闹得再大些，最好把小三揪出来满足大家的好奇心，但这样的夫妻打斗确实是太难以忍受了。

在旁边抱着文件假装路人甲的我终于还是忍不住了，上去扯了文强的衣裳。

"别打了，这是公司，注意点影响！"

我说的应该是很正常很公式化很有正义感的吧。周围的同事都朝我投来钦佩的目光，好歹我是第一个站出来拉架的。

我正在自我膨胀寻找着阵阵快感，文强停手的老婆咆哮着向我扑来，上来就揪住我的领子一把将我推倒在地。

"原来是你这个小狐狸精，你要不要脸啊！老娘被打死了也不要你救！呸！"

她上来就要挠我，文强在旁边怎么解释都不听死拉都拉不住。我惊恐得准备招架，突然李姐出来了。

"干什么干什么你，撒泼认准对象，你看你家男人那死样，秦苏能看得上吗？"

"你再给老娘说一遍，你家男人才死样，我家文强再差也配得起！"得，这是一护犊子的母夜叉，今天我算是失算了，还被无缘无故地推了一把差点儿挨了打。我被李姐拉起来，她一边数落我干什么多管闲事，一边朝那对男女瞪眼睛。

我倒霉得什么也不想说，刚准备跟文强说"赶紧回家，别在这儿丢人了"，那母夜叉竟然又扑上来。

"你个狐狸精，勾引我老公，臭不要脸的！"我左躲右闪，同事在一边帮我挡驾还被这母夜叉一把抓住，那一瞬间我竟然无法反应，脑子里只想着完了。我想死的心都有了，无缘无故地要在众目睽睽之下挨个泼妇的巴掌。

我琼瑶剧般的配合地煽情闭眼，来吧，我不下地狱，谁下地狱？可是巴掌却没有打下来，只听到了周围一片吸气声，空气骤冷。我睁眼一看，万言拽着鸡爪子似的泼妇的手，把她扔给了保安，派头十足地朝他们命令道："请他们出去。以后这样的事情再出现，都这么处理，给我看好了。男女关系有胆子就搞，没那个胆子就安分点，公司不是你家的。"

他说完要转身，旁边的人事连忙问他文强这事究竟该怎么处理。万言直接给了两个惊骇众人的字，开了。而且申明以后要是再到公司闹的，都一样开除。

文强的媳妇此刻是面如死灰，连忙道歉说是她自己的问题。奈何万言已经往自己的办公室去了，保安只能不停地请他们离开。文强最后怎么走的，我也没心情去关心了，只知道我今天也是够倒霉的。

回到桌上李姐还在数落我叫我以后别这么热血，惹那闲事干吗，人家是两口子再怎么掐也死不了人，而我纯粹是在搅局。

得，我心力交瘁了。我再也不滥充好人了，我确实不适合当好人，谁让我长的就一副不够纯良让女人无好感的模样，何苦去为妇女考虑，我的好意多半是被误以为是带有目的。

今天全公司最倒霉的人就数我了，本来这是一个大奶战小三的悲壮谈资，目前变成了小三依旧潜水而秦苏这个伪小三却是倒了八辈子霉的戏码。

最重要的还是最后那出，总经理英雄救美人，冲冠一怒为红颜。

可怜的文强恐怕是非国有企业中第一个因为生活作风问题被开掉的同志。让大家愤恨的是，文强被开掉不打紧，也不影响谁，关键是他一离职，那个背后小三再也没有机会被揪出水面了。这实在是让办公室里的趣味性和娱乐性大打折扣，本来该高潮迭起、精彩纷呈的婚外情，狗男女连续剧形式在老板的一锤定音中宣告停播。

我是个悲剧的女人，这是我一天以来的所有想法，我就没干对过一件事。不过这个悲剧的念头，终于在我看到小雪忧郁的眼神以后消失了。我好想走过去，用极其淫荡的语气对她说："姐们儿，有什么不开心的事说出来，好让姐开心一下！"

我得意扬扬的模样尽收李姐的眼底，她朝我摇摇头，鄙视地飘了一句："幼稚。"

我立刻无语，靠着墙角面壁思过去了。

下午刚开始工作，电话竟然响了。

"伍哥。"

"苏苏，哥想你了。"

"呵呵。"

"出来吃个饭吧，这次真的随便你吃。"

"好啊，吃螃蟹吧，到了吃螃蟹的季节了。"

"就这么说了，我定了地方给你短信。另外，蔷薇也去……"

"呵呵，我知道。"

挂了电话，我的冷笑让我自己都不能抑制地颤抖起来。

我到的时候，他们两个人都很拘谨地坐在那儿，显然都还没想好跟我见面该说什么。我笑得很客气，问了伍仁最近的工作，又问了他什么时候买房子。最后，蔷薇红着脸问我的身体是不是全好了。

我挂着笑说："托您的福。"

她本来腓红的脸色瞬间苍白，然后大颗的泪珠接二连三地滚落下来，接下来是一通悔过。

此刻，我已经是合格的行尸走肉，游走在对世界的憎恨和对岳剑独有的依恋之间。恐怕现在我所有的天真和温柔，只有岳剑可以看到。

我像以前一样没心没肺地告诉她，我失去了孩子，不想再失去一个朋友，孩子可以再有，而朋友已经二十七岁了，不能再造一个出来。

她感动得涕泗滂沱，不管是真假，此刻的我很应景地跟她抱头痛哭。伍仁的眼睛也红红的，不知道事情他知道几成，一般情况下他永远都是那个不明真相却乱感动的群众。

我们都喝了点酒，话匣子也打开了，伍仁开始讲笑话。因为喝了酒，心里又有着巨大的阴影和障碍，我们都笑得有些夸张，甚至我常常怀疑我听到的声音是不是自己的，为何如此尖锐？

"伍哥，咱们该撤了。"我们三人喝得七歪八倒，我牙齿打架，勉强地朝他胡咧咧。

他龇着牙，嘿嘿一笑，朝我一拍肩膀，我被拍得差点儿翻倒跌桌底下去。

蔷薇连忙朝伍仁吼道："你不能文明点，你这粗鲁的……别拍她！"

伍仁朝蔷薇和我眯眼一笑，说："我不仅拍她，我还敢搂她呢！"照准我就一个熊抱把我窝他怀里了。我虽然喝得有点上头有点晕，但闻到伍仁身上那混合了胳肢窝淡淡狐臭和身上的轻微汗臭的独特的男人味时，头立刻不晕了。我连忙挣脱他，边挣边骂他死不要脸。

他此刻犹如被烫麻木的猪皮，完全没有顾忌地搂着我看蔷薇，口齿不清，面带挑衅。

"蔷薇，你看我和秦苏配不配？"

蔷薇听了，扑哧一声笑了，笑到最后竟然笑出了泪花，叉着腰指着我和伍仁。

"你俩够哥们儿，当我面玩奸夫淫妇！好你个伍仁，算白疼你了。"

伍仁轻松地摇摇头，很放松很欠揍，我软趴趴地从他魔爪中自己溜出来，他还在自恋地抹头发。

"别以为哥长得帅，就认为我遥不可及、高不可攀，其实哥是海纳百川！所以，秦苏，到哥的怀抱来吧，哥的胸怀是博爱的，伟岸的，正直的，脱离了低级趣味的，来吧！"

蔷薇上去一个爆栗，打得伍仁疼得半天说不出话来。我在旁边笑得要岔气，指着他们，一时不知道说什么好。

伍仁被揍了以后顿时不说话，独自缩在桌边一角疗伤。蔷薇还不停对他骂骂咧咧。我十分同情他，但为了防止他以后再犯对我动手动脚的错误，我还是任由蔷薇对他实行惨无人道的攻击，自己待一边吃菜。

"好你个伍仁，臭流氓，老流氓！竟然对秦苏有这么邪恶的企图！你也算是变态界的一朵奇葩了！我看你看走眼了！"

伍仁捂着脑袋说："你说的几点我恰巧都有。流氓，是一种气质；老流氓，是一种信仰。你竟然把我看得如此通透，不愧是跟我同床共枕的女人。"

"我呸！"

他们斗嘴简直比"八点档"精彩许多，他们对骂完了继续对饮。今天蔷薇一点也不正常，也许是压抑了很久终于见着我了，所以醉得特别快，所谓的酒不醉人人自醉。她现在绝对是喝醉了，我正苦恼待会儿怎么送他们俩酒鬼回家呢。

只看到蔷薇在朝我傻呵呵地笑，她问："毛主席的真名就叫毛主席吧？"我无语，正在思索是该回答她还是不回答她，怕是不回答她又要缠着我要答案，回答她又鄙视自己脑残。我还没思索出结果的时候，她又拿爪子搭我肩上。

"秦苏，我告诉你啊，走在大街上老有人瞅我，不是因为我长得奇怪，是他们都想追我。真烦，姐已经有意中人了。我怎么办啊，怎么办？"

我赶紧按服务铃，喊服务员买单。

"买什么单？是我对不住你，我请你，你……不许买单，我买！我们再喝一会儿，你看你还想吃什么，随便点，姐今天都随你。"蔷薇一把将我按住。

伍仁也连忙跳起来，表示我要付账以后朋友没得做了。我哭笑不得，我还得回家呢，我都答应岳剑不会晚回家了。可是蔷薇抱着我又哭又闹又哀求，我没办法，只好打电话把岳剑喊来了。

这是他在我们结婚以后第二次见到蔷薇，还是一摊烂泥似的蔷薇。不知道是不是错觉，我在岳剑进来的第一瞬间，我明确地捕捉到了蔷薇迷离的眼神中那短暂的清醒和瞬间的清亮一闪而过。我把它归结为女人的第六感，准不准我不知道，我只要知道岳剑对蔷薇已经没有任何感觉就好了。

我扶着蔷薇上车时，她一路跟我念叨着。

"苏苏，你知道吗，我养了条狗，混血的哦！准备着十一放长假回去了，把它盲肠给切了。啊……你那是什么表情？苏苏，你放心，我是个很有爱的人，切后我会缝上的。你要来看看姐娴熟的操作吗？"

"……"

我几乎是用扔的方式把她塞进车里。这女人真烦，喝醉了还这么多废话。

等把他们两个脑袋都不清醒的人送到家，我和岳剑在蔷薇楼下就情不自禁地热吻起来。也许是觉得我们这对夫妻正常地在一起是多么幸福和值得庆幸的一件事，我和岳剑第一次在车里发生了亲密关系。

回到家，我们一起洗了澡，眼巴巴地望着对方还显得意犹未尽。洗完澡出来，我们一起坐着看电视。冰箱里有好多食物，我此刻异常清醒，一点不想睡，噔噔噔跑去找了大把零食摆在茶几上，边看大片边吃。

"老公，帮我开可乐！"

"好。"他伸手给拧了。咕咚咕咚，冰可乐好爽。

他看了会儿电影就去房间里接客户的电话。这么晚了还打电话，这客户真敬业啊，不知道是男的还是女的。我不好意思去偷听，只好一遍一遍地咳嗽，可是岳剑已经打了半个多小时了还没挂，我有些急了，大声喊："老公！"连叫了几声，岳剑急急地从房间走出来，问我怎么了。

"老公，帮我开果汁！"我举起瓶子。

"好。"他白了我一眼，接过去拧开给我，然后又一头钻进书房。我纳闷了，到底什么客户快午夜了还打电话，还钻进书房避着我接？

我心不在焉地看着电影按了快进，连声大喊："老公，电影快到高潮了，出来看啊！"

"宝贝，我看过了，你看吧！"

现在的情况很紧迫了，他很显然是在做什么不想让我知道的事，难不成是在跟那个女客户从电话转到网络了？

我警铃大作，脑子里一激灵。

必须把这种星星之火扼杀在萌芽状态。我冲向冰箱不到半分钟风风火火站到岳剑面前，没给他半秒反应时间就蹿到他屏幕的后面。

"老公，帮我开罐头！"

"好……"他有些愣住了，我也愣住了，他电脑上显示的真的是计划书，而且任务栏里没有任何对话框。

我有些以小人之心度君子之腹般不好意思，他给我拧开以后捏捏我的脸。

"老婆，睡前别喝这么多杂七杂八的，对胃不好，听到没？"

我赶紧献上香吻一枚，表达我对他的浓浓爱意，然后我准备撤退。

他喊住我，问我还有没有什么瓶子要开封的。我赶紧摇摇头，可是他却很揶揄地问："老婆，我说没认识我之前，你都是怎样喝到瓶子里的东西的？"

这句话像噩梦似的在我脑海里回荡。哪里是我不会开，只是想要你的关怀。

岳剑要去日本出差，走的那天下了点小雨，我很舍不得他。在他出门去机场前，我就一直缠着他问会不会机场跑道太滑了所以航班取消。他给了我白眼若干，最后不得不用一个长长的充满了爱意的吻来结束我冗长的絮叨，明确地告诉我不用担心。

等他一走，我转身关门的瞬间就想到我该跟小雪学习，把他身边的秘书先给收买了，我立刻回了房间翻箱倒柜开始数私房钱。

岳剑这一走，我的心又空落落的。想起很久没打电话回家给妈妈了，于是拨个电话告诉她，岳剑出差了，我很寂寞。

"寂寞了才想起老娘！你这丫头能别那么直白吗？"妈妈立刻吼我，然后说要是寂寞就回家住几天。

于是我决定抽空去蹭个饭得了，住就免了。

从老娘家蹭了满嘴肥油回到家，才发现真正的寂寞来了。我好想岳剑。

忍不住给他拨了电话。一听到他的声音我都兴奋了。

"喂，老公！出差还习惯吗？"

"老婆，我正在忙，不说了啊。"那头却挂了电话。我愣了，这个时候几点了，他在忙什么？还这样挂我电话。

我心里又涌起了一阵恐惧感，这种恐惧好熟悉，却是我抵死不愿接受的。好不容易建立起来的安全感瞬间崩塌了，我的神经又脆弱得连只蚂蚁都能轻易撼动。我抱着枕头坐床上开始哭，反正家里没人，哭得老大声，眼泪也哗哗的，越哭越伤心。

突然电话又响了，我接起来。

"你找我干吗，怎么又打来了，不是说忙的吗……"我强压着声音，哽咽着，用手可怜巴巴地抹眼泪。

"刚刚忘了跟老婆说拜拜，现在给你补上'老婆拜拜'。在跟客户签单子，不能多说。挂了！"说完又给挂了，可是我哭得更凶了，这个岳剑怎么这样，真讨厌，害我哭成这样。明天被子枕头都要抱阳台晒了。

岳剑不在，我深深地体会到了做女人的艰辛。我这辈子最恨的就是落单，特别是到了晚上，空虚得不行了，只能看着家里那长期被我饿得嗷嗷叫的松狮叹气。

"太监"这几天的兴致很好，在岳剑出差的几天，它受到了空前的高规格待遇，一日三餐竟然都是定时吃的，激动得它憨态可掬地做怪动作。我突然涌现出了极大的爱心，非常友善地揪着它尾巴陪它玩，它受宠若惊的样子让我感觉它活脱脱就跟我一样。

真是什么样人养什么样狗，不理它吧，它躲得远远的，生怕不受待见被人给丢出去，连饿了也不敢上来讨吃的；等重视它了，又开始得意地翘尾巴，嫌弃狗食的味道没油水爱吃不吃的样子。殊不知等岳剑回来以后，它又会被打回原形了。

我不禁苦笑，得，此狗跟我一个模子雕的。我现在就是在第二阶段啊，等岳剑不待见我的时候，我不也得哪儿来回哪儿去，嘚瑟个什么劲儿啊！

"秦苏！"突然一声大喝，把正在跟骨头玩的小松狮吓了一跳。它惊恐地望着我，以为主人抽风了。

我喃喃道："以后不叫你太监了，叫你秦苏好了……哎呀，连那眼神都赤裸裸的雷同，跟我一个反应。"

都是悲剧啊，我离了男人活不了，它离了主人活不了。哎……我们就不能争点气吗？

我突然抽风地朝狗大叫："秦苏，你离家出走吧，争点气给我看看！"

它被我从怀里抛出去跌地上疼得嗷嗷叫，以为我又鬼上身恢复了平时的本性，立刻找个角落躲了起来藏得远远的，生怕被我看见。

我叹了口气，真是不是一家人不进一家门，你是我双胞胎弟弟吗？你就不能振作点吗？"秦苏"，给我差不多点！独立点！

我拎起它丢出门外，把门关紧。

可怜的"秦苏"还没能反应过来究竟发生了什么事，看我关了门，立刻在门口呜呜呜地开始用小爪子扒门，从门底下的缝隙往里吹气，提醒我它还在门口没走。

我在里面看着看着就流泪了。

我若被抛弃，多半也是这样惊恐得毫无尊严并苦苦哀求，我又朝门口神经似的大吼了一声："秦苏，你给我争气点！"

外面的小松狮哪能知道我喊的是谁，被吼得只敢扒扒门，再也不敢哼哼了。我坐客厅地毯上抹着眼泪，突然来电话，我怕是岳剑，赶紧擦了泪清了嗓子，原来是我妈。

"妈啊！"

"苏苏在家都好吧！"

"我很是享受现在的这种孤独的生活！妈，您放心地把我一人摞家吧。"

我这么说其实是想老娘安慰我一下下，心疼我一下下，可是她很不给我面子，直接跳过去了话题。

"女儿，你舅舅的公司马上搞入股，跟咱们家借点钱。家里没那么多，妈想跟你拿点怎么样？"

"家里不是有钱嘛？别守财奴似的，您分得也太清了，有风险的事就叫我背。女儿的心啊拔凉拔凉的……"

"你别叫啊，这是个难得的好机会，老妈我这次赚的不是零碎小钱哦，这次是两百万的投资哦，我做主把你那个小房子都卖了，相当重视的。"

我立刻一口水吐到地毯上。

"两百万，我的房子，老娘，你……"

"就跟你借三十万。"

我白眼翻翻，我绝对是上辈子欠她的。结婚前把房子过户给她是想存着当私房财产，她竟然自作主张给我卖了，还跑来跟我要钱，可怜的我搜刮了这么久的民脂民膏才存了点钱。

最后，我还是拗不过我妈那句狠话。

"什么也比不过自己亲女儿！"

我拿上外套、车钥匙、存折，开门出去就看到我的松狮狗还可怜巴巴地趴在我门口，看我开了门激动得差点儿把尾巴摇掉下来。那被刘海遮住的水汪汪的眼睛正望着我，那眼神是在责问我："主人，你不要我了吗？"

我的爱心瞬间波涛汹涌。大家可以去猜测，这是怎样的一场思想斗争，又是怎样的一次神经短路，让我再次牵起了这只肥狗的爪。

我抱着原名太监的"秦苏"，上了车朝银行去了。走进大厅先取号，一看隔了三十六个号，起码得等上一个小时。于是，我就抱着"秦苏"在地上扫视了一圈，也没看到等不及走掉的前面的人不要的号。悲剧，今天算是郁闷了，破财还要排队。

我抱着秦苏坐在椅子上等待，不料干净整洁的银行里进来个乞丐打扮的人，四十岁上下，蓬头垢面，衣衫褴褛。

保安立刻上前拦住他，请他出去。他比画了半天，跟保安着急地说着什么，交涉了很久，保安才没有阻拦他。他走到我们这的椅子边，所有人都屏气皱眉。他立刻打消了坐下来的念头，又绕到灭火器那愣愣地站着。

我很纳闷，难道乞丐也有钱存取？而且他都不拿票，估计是不懂吧。我在脑海里做思想斗争，要不要上去提醒他一下，否则他等到银行下班也轮不到他。脑中正斗争得厉害，突然瞥见他手里攥着张小纸，我才放下心来，原来早就来拿过了。

说来也巧，我办转账的时候隔壁窗口坐的就是乞丐男。看到他办业务，银行小姐冷若冰霜的脸直接变成完全不掩饰的嫌恶。我有些难过，有悲天悯人的情怀，却没有仗义执言的气魄。所以我只能心里默默地诅咒隔壁窗口那个银行小姐，这辈子吃泡面没有调料包！

当然我也很好奇，他办卡干什么？虽然说乞丐也是可以有钱的，但毕竟还是觉得有点新鲜。

我的好奇心和怜悯并不能留住我去继续关注他的一举一动，我还得去我妈那交代她谈谈到底这股能不能入，别出了纰漏，这么大一笔钱呢。岳剑再有钱，也不是她的亲儿子。

我回家跟妈妈细细碎碎地啰唆半天，然后又跟舅舅打电话，得到了一再的保证，最后舅舅还把入股合同证书全搬来了。我看大家都这么箭在弦上了，拦也拦不住，就索性闭着眼睛喊了句："你们自己定吧。"

　　谈完了事，我没有带"秦苏"回家，把它永远地留在了娘家。

　　起因就是这狗果然是个势利眼。在我们家那地毯上它连半滴尿都不敢抖出来，都是乖乖地在指定位置解决大小便，是个训练有素的良犬。结果到了我妈家，一看是旧地砖这家伙毫无顾忌地畅快尿了几次。

　　偏偏我妈是个爱狗之人，在我要施暴的时候保护了它，让它免于皮肉之苦。我见我妈爱狗心切，自己又嫌这玩意儿麻烦，岳剑本身对它根本无爱，索性很大方地说："给你了妈，名贵血统哦，别养死了！"

　　我妈一听说值钱，哪有不要的道理，屁颠屁颠给它张罗小盒子让它睡去了。就这样，可怜巴巴地挣扎着要跟我走的狗狗被老妈的一条链子永远地拷在了我家的小门上，告别了它短暂的豪门贵犬生涯，以后它将终日与小区里的土狗为伍，渐渐变成一只堕落的名犬。

　　回家路上路过自助银行，想起来钱包里没多少钱了，打算顺便取点花着方便。突然看到里面有人，大半夜的我吓了一跳。当我发现里面睡的是一个乞丐才恍然大悟，明白那个乞丐为什么要办卡了。

♣
# 第十九章
# 利益交换的故事

第二天上班，小雪不知道哪根筋搭错了，我一到办公室就冲到我面前拉着我给了我一个盒子。

"送给你的！"她友善地笑着，我瞧了一眼盒子，朝她笑笑，道声谢谢。她不依不饶，在我身后盯着我打开。

我犹豫地拉开包装，准备随时把盒子扔出去。打开一看竟然是一套钻饰。我脸色一白，关键不在于这一套钻饰的昂贵价格，而是这套从项链到耳环到戒指，跟岳剑给我的结婚礼物是一模一样的，还是定做的，很难买到。

我疑惑地望着她，到底想表达什么意思。

"岳剑哥跟我说你们的结婚礼物是定做的，上次去你家他拿给我看过我就记下了。正好前几天一个国外的姐妹回来告诉我最近这个手工师傅又出了一套。我想你们结婚纪念那么珍贵，肯定不想别人也有同样的，于是我就买下来了给你。"

她笑着，用手抚摸起那链子。明红的指甲掠过之处，即使真钻也黯然失色。

"谢谢你！你去我家做客，怎么都不跟我说一声。"我知道她会得意，勉强地笑着。

"不必，你当时在上班。我正好路过你家打电话给岳剑哥，我以为他在家，结果他还特地从公司赶回来。真不好意思，就坐了一会儿。"

她笑得一脸甜蜜。我转过头深吸一口气，然后什么也说不出来，点点头算致谢。等她一转身，我电话就打到日本去了。

"你告诉我，为什么小雪去家里你没告诉我？为什么把我们的项链拿给她看？"

那头信号不好，老是有干扰，导致我断断续续地听到他说顺便……路过……推辞不过……正好……于是就……要求……给她看了一下下……

听了一大通，我大概理解了。我仍然很气愤，岳剑竟然知情不报，欺骗是夫妻之间的第一道障碍。我矫情地捂住脸，心里埋下了对他深深的怨念。

谁知道这头怨气还没消，那头小雪小腿蹭蹭蹭蹭到我面前，扬着眉毛，用夸张的声音对我说："告诉你个好消息，苏苏姐，岳剑哥明天晚上就回来了。"

我再也忍不住了，欺人太甚。

你恶心我可以，有必要当着这么多同事的面喊吗？生怕别人不知道，你想做小三想疯了？你老公还活生生地坐办公室里呢！

最可气的是，你自己犯贱，凭什么还拉我们家岳剑下水？欺负到姑奶奶头上来了，没给你表演过就不知道我是泼妇吗？

我吸了一口气，定睛细看她，发现她完全就是笑眯眯的一副期待的模样，完全做好了承受我海一般的口水唾沫侵袭的准备。

我又淡定了。我要是在这儿跟她泼妇了，倒真中了她的下怀。她不就是要制造出我是一受害的妇女形象吗？她不就是要证明她本事比我大吗？她不就是要让不明真相的群众以为她把我男人抢了，我在这儿跟她拼命吗？

我淡定，不跟你一般见识，像你这么幼稚的姑娘在我眼里跟那些一身淘宝范儿的非主流们是一个档次。我不在你身上浪费唾沫，唾沫是用来数钞票的，而不是用来讲道理的。

看我安静地打开文件，还顺手拿起一块蛋挞问她要不要来一块，她吃惊了，连忙又重复一遍岳剑要回来了，这次更夸张还加了句："你想要什么礼物告诉我，我马上去给岳剑哥说。"

"我跟他是夫妻又不是普通朋友，要什么礼物？放心吧，小雪，不必跟我旁敲侧击，我会让他给你准备礼物的。"

我看着她张大的嘴，真想塞个灯泡进去试试，是不是真的塞进去容易拿出来难？

中午，大客户到公司签单，相当正式，还带着保镖来的。我们这一众纤弱人群在黑人保镖面前都显得非常渺小，所以很自觉地让出了一条道路，像古代迎接皇帝出巡的百姓，一脸奴相，膜拜着老外老板们走进会议室。等他们都进去了，群众纷纷你看我看你。

当天，合约就顺利地签下来了。小雪和万言脸上都洋溢着幸福的笑，全办公室的人都由衷地笑起来。终于度过了昏天黑地的赶工期，可以放松一下了。

我下班时从公司拿了一本《日语口语一本通》，岳剑要回来了，我得给他个惊喜，也说几句日语表示下他老婆的出色，免得他听惯了日本女人的温言细语，回来听我说话产生强烈对比——这对婚姻是不利的！

我回家随便吃了点饭，洗了澡就翻开书。一看愣住了，这什么书，居然是汉语拼音注释，多半是动画片里总结的词语吧……

我无奈地认真念起来。

真的？（轰！逗你）

小姐（我揪下嘛）

不要啊！（雅蠛蝶！）

可恶（扣手）

对不起（狗咪那啥咿）

没关系（一挖呦）

不要紧吧？（带胶布？）

约会（带兜）

是的（嗨）

晚安（哦压死你）

到此为止（哭了妈的）

你好（哭你一起挖）

我回来啦（他大姨妈）

哥哥（哦尼桑）

可爱（卡哇咿）

怎么？（哪尼？）

你好帅（卡酷咿）

太好啦！（有疙瘩！）

读完，我欲哭无泪。不过学得很快，等明天下班回来看到岳剑，我就朝他飞奔过去，口里喊着"哦尼桑，他大姨妈"。带着这种美好的幻想，我枕着书甜甜地睡着了。

第二天，公司里一派过年的景象，就差张灯结彩挂鞭炮了。公司大派红包，人人有份，大家都乐得合不拢嘴。

中午去餐厅吃饭，发现伙食非常好，全部免费不说，那排骨、鸡腿、肉丸子、扣肉都是平时两倍多。这对于办公室里一天到晚嚷着减肥的女同胞们是没半点好处的，于我就大大不同了。我和食物之间是异性关系，它们身上的雄性荷尔蒙是男人身上的几十倍，我总是被轻易地征服。

"这个，这个，这个，还有这个，这个，这个……"我回敬着周围那圈女同事们鄙夷的眼神，看什么看？就是能吃怎么了？就是身材好怎么了？我爱怎么吃怎么吃……

正在旁人不知道我得意个什么劲儿的时候，我听到了跟我雷同却有本质区别的喊话。

"这个，这个，这个，这个……"

我扭头一看竟是李姐认识的那个年轻车间主任，正操着浓重的方言急切地点着菜，生怕耽误到后面人。

我顿时感到丢脸，端起小盘就走了。

等我跟李姐吃了一半，看到那个坐在远处的车间主任小伙子吃完飞快地闪了，李姐努努嘴示意我注意他。

"估计家里有什么事了。"

我只捕捉到他急匆匆离去的背影，回想起刚才我们点菜和谐得惊人相似，顿时脸上无光。

　　在我哈欠泪水连天的抱怨中，午休结束了。我挽着李姐的手一步三摇地回办公室，正巧碰到手里还端着饭盒回来的车间主任。

　　"急急忙忙的，干什么呢?"李姐看他累得满头大汗、气喘吁吁的，就问了一句。尽管狼狈，但他脸上还是挂着惯有的和善微笑。

　　李姐问他去哪儿了，他特得意地告诉我们，刚才跟同事借了辆摩托车，把中午的好饭好菜，带回家给老婆吃了。"她平时舍不得买菜只吃咸菜，比我缺油水。"

　　他说完就走了，我和李姐却在对方眼里看见了雾水。作为女人，真的羡慕……

　　回想起这车间主任小王带着妻子打饭，游弋在人群中自豪地把妻子介绍给同事的情景。除了感动之外还有点羞愧，我们这些自认清高的高品质人群，除了物质上比他们丰富一点，其他的实在是相形见绌。

　　带着这样欷歔的心情回到家，看到门口的擦鞋垫换了，家里也收拾得很干净，我突然意识到今天岳剑回来了。

　　我激动地丢下包冲向各个房间找他，嘴里高喊着"老公你在哪儿"，然后就看到让我朝思暮想、牵肠挂肚的岳剑从房间里出来，带着惯有的和煦微笑向我张开双臂。

　　我一个惯性冲进他怀里，自觉地攀爬挂上他的脖子。

　　"好想你哟! 想得我都睡不着，老想你会不会不想我。"我撒娇的样子成功逗笑了他，他把我从脖子上拎下来，然后撂在沙发上。

　　我抱着他继续撒娇卖乖，问他在日本都干了些什么，有没有去歌舞伎町一番街，最重要的是有没有晚上一个人睡。再看岳剑买给我的礼物，一件超性感的睡衣。日本姐果然开放，这睡衣，设计得真是要羞死人的。薄如蝉翼，透如轻纱，胸前是一只蝴蝶纱幔，黑色的映在白色皮肤上像胸口停了一只贪婪的蝴蝶，格外诱人，而且系带那儿的一个褶皱打得恰到好处，仿佛随时随地裙子都会松开来一样。

　　我怀着激动的心情洗着澡，幻想着一会儿岳剑看到我穿着那件神奇的睡衣，接下来又会发生怎样的一场天雷地火。

洗完澡，发现毛巾换过了，是新的，我心里激动了一下下。

等我穿上衣服满意地在浴室里左照右照，然后拿起漱口杯，愣了一下，换了新牙刷！岳剑给换的吗？我兴高采烈地刷牙……

一切准备妥当开门出去换鞋，发现地上正蹲着一双全新的兔耳朵粉红拖鞋，新拖鞋！我蹬上鞋就跑房间去找岳剑，边走边嚷嚷："老公，你给我换的？"

他正在看杂志看我穿着新睡衣，不由得多看了几眼，说："是啊，生活用品要经常换新的，可你只知道买衣服。"

我被训得五体投地，一点也不委屈，心里只有感动。"谢谢老公！"然后我很自觉地爬上床去，窝进他怀里拿鼻子蹭他，"老公，求欢。"

一早电话铃就响了，我摸起来接却是小雪那婆娘。我立刻清醒了，问她什么事。她非得神秘兮兮地要岳剑接，我脸色不好地把电话递给他，他没睡饱一脸气愤，我幸灾乐祸地等着看小雪热脸贴冷屁股。

可岳剑接了以后，说了几句却高兴起来，大意是一定今天把礼物带到。我看着他电话里讲得开心，当我不存在似的，顿时感到郁闷，抱着枕头瞅着他，看他什么时候正眼瞧我。

终于，他看我笑笑，眼角的眼屎还分明地挂着，脸却早已笑靥如花。我心里郁结，直接起床，赤脚在地板上踩得叮咚响，大声地开衣橱大声地开窗，如此这般折腾了半天那头电话终于挂了。

我回过头，脸色不善。

"解释！"我又咚咚跑回床边去，"你什么时候跟小雪这么近了，你不是一向排斥她的吗？你怎么可以当你老婆的面跟一个女人打电话打这么久？"

他不急不忙地掀开被子，露出漂亮的肌肉和性感黑色条纹内裤包裹的屁股，套上裤子穿上衬衫打好领带，动作流畅一气呵成，让一旁正在问讯的我忘记了使命，痴痴盯着他的翘臀做花痴状。

等他穿好了去洗手间刷牙，我才想起来追过去，不顾口气清不清新凑上去就朝他喊道："你什么意思？给我说说清楚，别拿人不当根葱，虽然我现在不茁壮，但总有一天我会长成一棵苍天大葱的！"

他嘴巴里的泡沫一下子全喷了出来。我才不管他的情绪，上去揪住他，要他给我一个合理的解释。

直到我把早餐端上桌，他才平心静气地告诉我，小雪上海的公司最近在考虑岳剑的入股，而她公司发行的所有散股已经持在岳剑手上，目前正计划着在明处参大股。

果然，每一段奸情背后都有一个利益交换的故事。我鄙视地看了他一眼。

"我看错你了，男人无论如何都是利益至上的家伙！"我愤愤不平的样子把他逗笑了。他伸手捏住我的脸蛋，扯得我脸疼死了。

"我说老婆，只是跟生意伙伴通电话而已，都没有应酬。你吃哪门子醋啊？你要知道，你老公的钱都是为你赚的，你看小雪扬扬自得的在你面前晃时，心里面可以偷笑得舒坦了，她的公司正被你老公以迅雷不及掩耳之势侵蚀。"岳剑解释这么多，无非就是想叫我别多事，他是男人他干大事，我负责花钱就行了。

可问题是你得先把钱给我，我的心情才好平复吧。

我心事重重地去上班，进了办公室坐下倒水开电脑。一系列动作完成后，看见小雪神清气爽地拎着小肩包从外面进来了，人们向她打招呼，她一一颔首回礼。

好不正常啊，这可不是平时那个鼻孔翻天的小雪。

走到我面前时，她还有意无意地瞟了我一眼，眼神充满了戏谑。

我纳闷，她脑子里到底怎么想的？如果她认为这样就可以报复我，就能把我气得半死，那她也太天真了。岳剑是什么样的人我很清楚，而小雪对万言的在乎程度我也清楚，她不会傻到去亲手毁掉自己的幸福。

我进行一番自我安慰以后，立马镇定下来。你当自己是孙猴子，那我就是你想象不到的如来佛，你使出吃奶的劲儿翻还是在我手上的这一亩三分地里嘚瑟。

我的轻松和淡定引来了李姐的强烈好奇，忍不住问："你怎么一脸发财的表情？"

"我最近满面福相，姐姐，你快沾沾我的喜气吧。"我不住地笑。

中午还没吃饭的时候，小雪就打扮得花枝招展地从我面前走过，朝我诡异一笑，飘逸的秀发带着清香，就像一只蝴蝶似的出了门。

"一脸风骚……"李姐埋着头写写画画，嘟囔了一句。

从此我就没有安心过一秒，她这副表情是去干什么呢？万言还在办公室里，她去找谁呢？最后我终于还是忍不住给岳剑打了电话。他那头正在吃饭，听到碰杯的声音，他跟我说在跟客户吃饭。我刚放下心来准备挂电话，就听到那头有女人的娇笑声，确切地说是小雪的娇笑，大意是说岳剑吃个饭还要跟老婆报备，惹得大伙一阵哄笑，岳剑赶紧跟我说了两句就挂了。

明知道是假的，我心里还是忍不住地难受。李姐见我烦躁，连忙跑来关心我。

"怎么了，小苏？从上午到现在，你都心神不宁的。"

"我今年犯小人，诸事不顺。"我说得有些咬牙切齿。

万言拿着资料出来跟秘书交代事情，我一个箭步冲上前去，推开秘书扯上他进办公室。

"你怎么不管管你老婆？"

"她又怎么了？"万言一脸无辜地问我。

"你不觉得你老婆在家最近很奇怪吗？老是给男人打电话，老是跟男人出去吃饭，你都不注意的吗？特别是这个男人还是个有妇之夫，特别是这个男人的老婆这么不巧就是我，你认为你不该管管你老婆吗？非得弄得个绿帽子戴戴才过瘾吗？你赶紧想想办法，跟小雪好好谈谈，大家别纠缠了，再这么下去我可要使出撒手锏了！"

"什么撒手锏说来我听听。"他诚惶诚恐的样子成功地激起我的斗志。我特豪迈地一叉腰，脚踩转椅大喝一声。

"我先勾引你，拆散你们，然后再把你甩了！怎么样，够邪恶吧？"

他笑得春光灿烂，摆明了一副"你快来勾引我吧"的神情。我赶紧收回了手揉揉鼻子，咳嗽一声。

"以上纯属娱乐。总之，万言，把你家老婆看好，别放出去惹事了。

这样我们都相安无事。"

他把椅子推到我面前让我坐。我想本来说两句就走的，这下老板都伺候着看坐了，我就再说会儿。

"算了，以前的前尘旧事大家都一了百了了，你替我告诉小雪，我认输了，叫她别再约我老公了。否则……"

我在万言面前否则不下去，否则他就要笑靥如花了。

万言轻踱了几步，笑着对我说："你上次拿烟灰缸砸我的脑袋，回去以后被她看见了。她当时就说要砸回岳剑头上去。你也不必太担心了，她应该是想去砸他脑袋，绝不是你所担心的那种事。"

我心头一紧，要打岳剑吗？这女人难道是想害他，在生意上做手脚？我的岳剑那么善良，肯定会被她骗的，这比勾引他容易多了！终于体会到了一句话，光脚的不怕穿鞋的。

现在我和岳剑就是穿鞋的，生活美满幸福，而万言和小雪那千疮百孔的夫妻情分，光着脚走路硌得生疼，我竟然傻到去招惹他们。

我紧锁着眉头，对万言说："我用辞职跟小雪交换安宁。"

"你跟我说有什么用，你知道的，我跟小雪已经没什么感情了，她要做什么，我有什么理由反对？甚至我在期待她的成功，因为你，我志在必得。"他觑着眼睛，满含笑意。

他靠在椅子上，以一副很享受的姿态看着天花板，慢慢地说："我从小到大，只有两件很渴望的事情没完成：一件是我想带母亲去看极光，可她在我没来得及兑现前就去世了；另一件就是你，秦苏，我想要你。"

我哑笑。我这一生，没完成的事多了，你跟我比？

"母亲的早逝给了我很深的影响，让我做事变得迫不及待，目的性很强，甚至会让人讨厌。我知道，秦苏，你也是这么看我的。"他忽然扯上我，我尴尬地笑笑。

对，我正是这么看你的，你这个自私的男人跟我们家岳剑形成了鲜明对比。

"我答应过我妈带她去看极光，她一直很期待。我的家庭很破碎，父亲二十年来只有钱没人。我妈守着父亲带她去看极光的承诺却始终没有兑现，守着我接替父亲带她去看极光的承诺也没有兑现……这种感觉你恐怕永远也不会明白。"他眼睛红红的，怕是真伤心了。

"从那以后，我做什么事都要超前，因为那种感觉一直催促着我，人永远不知道谁哪次不经意地跟你说了再见之后就真的再也不见了。就像对你，爱你我就想大声说出来想争取。我不想让自己后悔，抓住才能让我感到踏实。其实我想过慢慢等待，因为你们的爱情在婚姻里迟早会消失殆尽，可我等不及了，所以秦苏你休想让我收手。"

他这样一连串的告白让我很无力。其实每个人都是为了自己考虑，他担心自己得不到，我担心自己失去。他说了半个小时有余，越说越激动，直说得我眼中泛潮双目通红，就差眼泪稀里哗啦了。但我除了沉默还是沉默，不知道该说什么。

他说完，无比沉重地低着头。我突然觉得这场景有一丝丝的搞笑气氛，突然有了演戏的欲望而且无比强烈！

他也相当入戏地突然笑了起来，冷冷地看着我。我吃惊地看着他。

他有些凝重地说："我不指望你爱我，但你无法阻止我爱你。"

我终于花容失色，开始不知所措，努力调整了下脸上的表情，再一次提醒自己要沉稳，要走气质路线。

我说："你不要傻了，我有什么好，值得你这么爱我吗？你到底看上我什么？"

他说我很有味道，有其他女人没有的天真和成熟，我的一举一动、一笑一颦都已在他的脑中挥之不去，除此之外，还有我非凡的气质、高贵的品质、幽默的谈吐、忧郁的眼神、迷离的神情、似笑非笑的嘴唇，连骂人的姿态都无比娇嗔，这些都已深深地印进他的心里。

我很认真地听他讲完张了张口，犹豫了好一会儿，却发现我根本无话可说。他说的都是对的，我无法找到借口反驳，这一切的一切都是不容置疑的事实。

"你有没有关心过我是怎么想的？我根本不喜欢你啊！"我一副标准的偶像剧腔，说完我自己都想吐。

"那不重要，重要的是结果如何。我知道你跟我在一起，我能给你幸福，这就够了。"

"你是真的想给我幸福吗？"我眼泪汪汪地看着他。

"当然！"诚挚得不能再诚挚的语气。

"那你先把你老婆管管好……"

万言的面色逐渐恢复，双眼也清明起来，叹了口气，重新坐回椅子上。

"秦苏，我不想骗你，也不想掩饰我的想法。小雪的所作所为我不是不清楚，老实说我乐观其成。"

"你老婆给你戴绿帽子，你不嫌丢人吗？"我瞪大眼睛。

他不以为然地笑笑，朝我做了个无所谓的手势。

"万言，我真是对你佩服得五体投地！老婆给你戴绿帽子，这是一件多么有损男性尊严的事情。被你朋友知道怎么办？被你家人知道怎么办？被你公司下属知道怎么办？丢人不丢人！我要是你，我早把老婆剥光衣服吊起来用蘸过盐水的皮鞭往死抽，狠狠地抽……"我说着说着，看到他嘴角浮起的一抹坏笑，那种戏谑突然让我意识到，我也是该用被蘸过盐水的皮鞭狠狠抽的女人。我立刻黑下脸闭嘴了。

"总之，希望你能管束下你的妻子，无论你心里怎么想，注意下名誉总是好的。毕竟大小也都是有头有脸的人，别搞得尽人皆知。"我背负着满身的郁结离开了。

李姐正在赶录入，我没打扰她，自顾自地坐在她旁边，打开了她刚买的绿茶。此时电话响起，拿起来一看竟然是蔷薇。我疑惑地跟手机屏幕对看一眼，纳闷之情油然而生。她，为什么又给我打电话？

我的学校办校友会，我们这届的都要回母校听报告。当然也可以不去，但班主任特意点名说十分想念我，希望我回去看看。

我很纳闷，这种荣归故里的事不是只有行业精英才干的吗？我这一小办公室少妇，够什么资格去？但蔷薇委婉地表示，班主任认为我可以去给学弟学妹们指导些经验，论IQ，我四年多就上升为了上市公司的小领导；论EQ，我都嫁了两次了。所以说我完全符合母校邀请对象的条件。

我问蔷薇："你去吗？"

她说，我去她就去。

这话说得多风度翩翩。我一口答应了，不就一荣归故里吗，我也回去看看青涩朦胧的操场和教室是不是还是绿皮白墙油漆刺眼。

等我回去给岳剑说了这事，岳剑愣了一下没有表态。

我很奇怪，这平时一向放纵我的岳剑怎么突然磨叽起来了？我怀着孕他还鼓励我到处走呢，怎么回个母校他这么犹豫？

他终于有些不自然地问："你前夫去吗？"

我一愣，怎么把这碴儿给忘了。我们是一个学校毕业的啊！我非常抱歉地望着岳剑。

"我忘记这事了，不好意思！老公，我这就跟他们说我不去了，本来也不想去的。"

他连忙笑起来，摆摆手表示没关系只是问问，然后我坚持不去，他又反过来劝我，最后让我问问，要是那人真去我就不去。

于是，我又拜托蔷薇给我拐弯抹角地打听。不一会儿，电话就打了过来。

"不去，确定了。你用脚指头想他也不能去啊，你现在这身价，他来了不是找不自在嘛。"

岳剑有了笑意，连说我们学校就爱搞联谊，老是聚会啊聚个没完没了的，嘱咐我低调点，少祸害那些同学，别聚会完了女同学都回去离婚了，凭我一人之力拆散了无数可以金婚的夫妻。

"你要不放心我，要不你跟我去吧，看着我，别让我嘚瑟。"我白了他一眼。

他狡黠一笑，说："只怕我去了，本来不想离婚的也得离了。心里太不平衡了，凭什么你秦苏就摊上个这么帅的男人？"

我听完，做幸福状，把脑袋埋在他的怀里装纯情。

♣
第二十章
# 丧尽天良好个秋

等我和蔷薇花枝招展地出现在阔别近四年的校园内，顿时感觉纯情的气息扑面而来。我们不由得扮起了矜持，迈起了小碎步。

在校门口碰到了以前我们班学习委员，老师眼里的最佳学生，成绩特棒特优秀那种。上次同学的腐败聚会她不屑来，这次学校的正规校友会她才到。我和蔷薇跟她打了招呼，就一起往学校大礼堂走去，边走边聊，得知她毕业后就留在南京工作，在一家不错的企业做中层领导。我们都纷纷表示她真是天生的领导干部，上大学那会儿就看得出来。

正好赶上下课时间，看着一个个成群结队而过的双十好年华的男男女女，蔷薇不住地努嘴。

"哎，这年头，情侣一多，黄瓜就不好卖了。可怜的农民伯伯们……真是丧尽天良好个秋啊！又到了这个学长勾引学妹，学妹勾搭学长，学姐垂涎学弟，学弟攀附学姐，学姐嫉妒学妹，学妹憎恨学姐，学长抛弃学姐，学姐报复学长，学长欺瞒学弟，学弟巴结学长，学弟追求学妹，学妹拒绝学弟的季节！可悲的是，这一切一切钩心斗角的校园阴谋，都没我们什么事了，再也没人勾搭我了……"

我忍不住笑，旁边的学习委员却表示深有同感。我和蔷薇惊讶她什么时候也这么开放了？当年那个大学四年愣是没谈恋爱，毕业还是处女的修女委员也后悔了？在我考虑这个的当口，蔷薇的眼睛盯着路过的小男生猛看，看得人家都不好意思了。我连忙拽着她，叫她注意矜持。

蔷薇扮纯情地尴尬了一下，一副忆当年的感慨。

"可怜我们那时候也是这样群体移动，没人陪不走路的。那时候，姐的脸嫩得掐得出水来。现在呢，看着这里一根根的绿葱小豆腐娘儿们，心里着实不平衡。姐脸上这粉平时觉得没什么特别，现在拿出来简直像是老黄瓜刷绿漆似的丢人。走在学校里感觉自己苍老得就像裹破布的木乃伊似的，见到哪个年轻小男生都想上去摸两把。"她声音有点大，把经过我们身边本来对御姐还存有一丝丝幻想的男生们吓得立刻假装走错路转了方向。

蔷薇丝毫没有觉察到自己的纯情装坏了，继续说："你说这也奇怪，咱上大一的时候吧，大二、大三的男人一个比一个丑。上大三的时候吧，大一、大二的男人一个比一个丑，等到大四忙着找工然后咱毕业了，满学校的小伙子都又水又嫩的跟个什么似的！果然是……每一个时段都跟每一时段不同啊……我这后悔得肠子都绿了……"

我摇摇头，蔷薇到哪都这副德行，也不看看我们跟谁站一起，那可是古板出名的学习委员啊！我们会遭鄙视的。

学校没怎么变样，我们轻易地找到了礼堂，远远地看到一群穿着旗袍的学生妹在纯情地朝我们微笑。

我们格外不好意思，在年轻妹妹面前，脸皮如我和蔷薇这么厚的人都不得不低头走过。门口引路的艺术系小男生俊俏嫩气，把蔷薇的眼珠子都看掉下来，我赶紧拿胳膊肘捅捅她，别丢人现眼的，特别是在小学弟面前，像什么样子？

这女人懊恼我搅了她的兴致，回头朝我大吼一声："你先把自己的口水擦擦再说我！"

声音之大把我彻底地说成了一只红龙大虾。我好尴尬，正好同届的不少同学都到了，有认识的有发福了认不出来的，反正我是丢人丢大了，又气又恼，加上她之前对我做过的事，一时仇恨全都涌上来了，真想破口大骂，跟她撕破脸皮畅快地打一架。我正要发作，蔷薇突然神经质地回头朝我瞪了一眼。

"看你四十五度方向是谁？"

我飞快地瞄了一眼，竟是孙文。我马上低头回身翻口袋，嘴里念叨着："我的 AK 呢？我的手榴弹呢？"

蔷薇鄙视我一眼。我见人群都要注意到我们这边，赶紧转身奔出礼堂。我答应过岳剑，有孙文没有我，所以我不走怎么行？

蔷薇急忙拉住我说："怕什么呀！心里又没鬼，见面怎么了？"

我侧脸看看她一脸并非佯怒的冰霜，高挑的眉心皱得有些尖刻。心里的失落感越来越大，什么时候起我们之间的关系变得这么诡秘？

"我答应过岳剑，不跟这个人见面，我不想失信于他。"

"这样见个面有什么关系，你人都来了！"

我拉住她的手，朝她暖暖地笑了。她条件反射地抽了下手，复而任由我拉着。只是那一下条件反射，她长长的水晶指甲划得我生疼。

"别管我的事，好好操心你和伍哥的分内事吧！"我语气尖锐起来。

蔷薇的眼神闪烁着，我知道我语气重了，打算缓和下，却听她突然冒了一句："伍仁从头到尾都没拿我当盘菜，秦苏，你不知道吗？"

她语气淡淡的却充满了杀气。我心知她对我和伍仁有疙瘩，于是赶紧逃避这个话题，她却盯着我反问我："你和岳剑呢？"

我不知道她这么问什么意思，愣了几秒。

"很好啊，像往常一样。"

"那就好，我担心你在那个老板娘手底下上班，迟早会被她耍。"她脸上的神情淡漠，一点也看不出她哪里担心。不过她的话却是叫我担心起来，小雪今天不会又去找岳剑吃饭吧？我赶紧给岳剑发信息问他在哪里，中午我去找他一起吃午饭。

谁知他回我说中午约了客户不能一起吃了，让我跟蔷薇随便找地方吃点。虽然只是极简单的理由，但我却十分难受。

回到家我一个人憋得难受，于是再一次给岳剑挂了电话。

岳剑的口气有点急，在车里。我听得到那熟悉的奔驰小跑的低音炮轰鸣。

"没其他事的话，我马上要开车了老婆，晚上回去再跟你聊。"

我很想问他中午开车去哪儿，可是怕他嫌我烦，而且我也讨厌这样的自己，于是挺无聊地把电话挂了。

　　可是听筒才离开耳边，我却清晰地听到小雪银铃般的天籁之声："谢谢你哦，岳剑哥，请我吃饭还让你送我回家真不好意思！那我先上去。拜拜！"

　　我再也忍不住了，朝岳剑吼了。

　　具体吼了些什么我自己都没意识了，只知道我的声音很大，反正在家里就我一人，我蹲下就哭，眼泪滴在蹲着的那块地上很快汇聚成一小摊，活像是尿的。

　　岳剑开始欺骗我了，我一直都没有发觉，我竟然是这样的紧绷的一根弦，哪怕是一点点小小的欺骗都能让我崩溃，特别是那种难言的苦楚一下子爆发的时候，压得我喘不过气来。我是如此在乎他，而这样的在乎注定了我从此刻起已落了下乘。我要去找岳剑，我要他告诉我，他会全心全意地只爱我一个人。

　　到了岳剑公司楼下，我突然紧张了。这是我第一次在他管辖的帝国亮相，作为老板娘，作为一个女人，我刚哭花掉的眼和通红的脸都清楚地告诉我，此刻时机不成熟。

　　我坐回车里，翻出化妆包开始补妆。

　　补到一半电话响了，我知道是岳剑的，因为他已经打了很多次了，只不过当时一直在哭，我不想表现得那么难堪，所以一直没有接。

　　我拿起电话告诉他我要见他，就在他公司楼下，马上就到。他声音很沉，说好。我严肃地挂了电话，匆匆地收拾了一下就上去了。

　　这里的规模明显比我们公司气派，我以陌生人的姿态闯入了这里，却没有招来任何异样的眼光，公司人太多了，他们对于不熟悉的我并没有什么疑惑的眼神。直到我走到秘书台，朝一个俊俏的秘书询问总经理办公室在哪儿，才有一群女士抬头看我。

　　那秘书刚还一脸的淡漠，听到我的发问，脸上堆起了奇迹般乍现的笑容，连忙站起来向我这个老板娘问好，然后迅速从秘书台出列，指引着我走向通往岳剑的幸福小道。

我看这秘书非常专业，虽然知道她的一切都是假的，笑是假的，逢迎是假的，但还是忍不住喜欢这样的。我又在脑子里飞快地转着是不是也跟小雪学一学把岳剑身边的秘书收买了。

于是，我跟她攀谈起来。

"你在这儿工作多久了？"

"三年了，从资料秘书做起，到现在整三年。"

"哦，一个人负责这么多事情怪累的。"

"还好，我们秘书组分工很细的。"

"秘书组？秘书还有组？好几个人？"

"是啊，有资料秘书、接待秘书、机要秘书，十来个人吧。"

我单方面宣布，收买计划失败。

走进岳剑的办公室，我才知道其实万言是个很朴素的人。岳剑的办公室起码比他的大上一倍，办公桌的大小质量与万言的相比是豪装和简装的区别。而我的男人，此刻正一脸心疼地朝我走来，一把抱住我。

"苏苏，听到你哭了。"

我很想倒他怀里哇哇地哭，可是怕刚化的妆又花了，于是我拿手指撑着眼皮不让眼泪流出来。

"岳剑，你为什么要骗人？不要找借口了，你反正就是骗了。"

"我骗你，我错了。苏苏，不生气。你知道我是为什么，我只是不想你担心。"他拍着我的背哄着我。

是的，我知道他说的有道理，都有道理。

我看着岳剑，眸子还是那样清晰立体，还是那个我熟悉的老公。再怎么说，我只是个小女人而已，离婚的女人比一般的女人更缺乏安全感。所以，我要压下心里的这股恐惧，免得给他造成负担。

我们在很轻松愉快的氛围下度过了下午的时光。我帮他看资料校对文件，秘书进来送茶时羡慕的眼神让我渐渐定心，岳剑终究是不一样的。

回了家，我们一起做饭，我希望多制造些家庭的气氛使我们彼此间有更大的亲情感。自从失去了孩子，我过于敏感，总怀疑着岳剑对我的爱渐渐淡去了。

刚把菜端上桌，电话响了，我手上有油就叫岳剑帮我接，他接了说了几句就把听筒贴我耳边，告诉我是万言。

我有些局促，怎么这时候给我打电话？他问我请假是不是因为身体不舒服，又问我明天是不是正常上班，绕了半天没进主题。我看岳剑脸上越来越难看，赶紧叫他结束兜兜转转，有话就说。他说后天下午公司有个发布会，让我明天去跟运营讨论下策划。

直觉告诉我万言是故意的，我匆匆挂了电话，小心翼翼地观察岳剑的脸色。

"老公，我对他绝对没有半点意思，你放心。"

他哈哈一笑，表示他相信自己的魅力，不会担心。

我立刻抱他大腿逢迎拍马一通。显然我们这顿饭吃得多少会有点心照不宣，不过他不刨根问底，我也没办法解除尴尬。饭后我把碗往洗碗机里一塞，然后去给他泡了点茶清肠。他看到我这么殷勤倒有些不好意思，连忙叫我送去书房，他马上去办公。

我放下清茶后，看到他抽屉沿上沾的奶渍已经凝固了。我既然是贤妻良母，当然要做到位，于是我抽张纸吐口口水擦干净。

突然看到抽屉里有个盒子，拿出来一看竟然是一个礼盒。

我纳闷，这是什么礼物吗？

不留痕迹地打开一看竟然是一条钻石项链，做工完美，看来价值不菲。我咧开嘴嘿嘿笑了，把盒子放回去，出去假装什么事也没有。等着他拿给我，我已经想好了台词怎么得体而感人肺腑。可是直到我看完了"黄金剧场"，也没见他从书房出来，我已经困得不能再耗下去了，于是我自己去书房找他。

他抬头看看我，笑笑，问我是不是困了。我说是啊。他说那你早点睡吧。我疑惑了，难道不是给我的？还是因为万言那个电话让他决定惩罚我不给了？

我凑到他跟前，问他知不知道最近有什么节日没。他愣了一下，看看我问我有什么节日。我看他不像装的，但那个项链到底是给谁的？

我带着狐疑上床去睡了。

第二天一直心神不宁，傍晚下班回家，第一件事就是冲进书房，项链果然不在了。

我心里一沉，饭都没做，在家等他。

他回来见我坐在沙发上，很纳闷，问我怎么了，我开门见山地问他，昨天抽屉里的项链是送给谁的？

他脸色一窘，不好意思地说送给一对刚结婚的夫妇了，因为自己人没到场祝贺，所以让秘书买了贵重的贺礼。他说得严肃，我直觉地信任他，按理送给小雪他肯定会从实告诉我，因为他也知道小雪的性格，恨不得拿到我面前来炫耀。

我没有表示接受也没有继续问，他感到很难受，在家抽了根烟，告诉我他出去买点吃的就回来，然后他又开车出去了。

我浑身无力，不知道这日子到底是哪儿出问题了，怎么总是感觉随时都可能过不下去了似的。到底是哪儿有问题？等他回来已经过了一个小时，我都躺沙发上睡着了。

听到他开门进来的声音，我坐起来，看着他气喘吁吁地跑我跟前，递给我一个盒子一束玫瑰。

"对不起，老婆。我不想惹你生气的，这是补偿你的，原谅我吧！"我哭笑不得，谁要你补偿我了，我又不是三岁小孩子，我生气是因为你给别人买了东西而没给我买吗？

我想是时候找个恰当的时机跟他好好谈谈了，毕竟我们俩可以过得更幸福一点。有好日子干吗不过呢？非得这样闹腾着才开心吗？

第二天上班，我嘴里闲不住地哼着歌给自己心理暗示我很快乐，希望自己从早晨开始就心情很好。可是，随着小雪的出现，我不得不认输，我又被她打击到了。

她今天打扮得非常明艳，浑身散发着朝气带着爱的滋润，一脸明媚地跟大家打招呼，路过我的时候还特意弯下腰跟我说几句亲昵的场面话。说了什么不重要做了样子也不重要，重要的是她轻易地让我看见了她脖子上的项链。

我明知道她是故意来气我的，可是我仍然要问她："项链哪儿来的？"

她摸了摸，朝我一笑："一个朋友送的。"

"什么朋友，叫什么名字？"

"这个我有必要告诉你吗？你要是喜欢这种项链，叫你老公给你买嘛，又不是买不起！"她说完，像斗胜的公鸡气场十足地走了。

我无法形容目前的心情，只能说是复杂，十分复杂……我总觉得岳剑还是瞒着我什么，但要我相信他和小雪之间真有什么也很难。可是他们的表现又一再地让我揪心，我不知道到底是怎么了，感觉有一张织得密密麻麻的网正向我撒下，而这个撒网的人又让我无从察觉。

我的心情开始低落，除了蔷薇之外，这会儿连个说话的人都没有。我突然发现自己做人很失败，

我叹了口气，打电话把伍仁约出来吃午饭。需要朋友的时候，男的也凑合用着吧。

伍仁真讲义气，他们公司离我这老远，午饭时间那么短也还是赶来了，我们坐在一起，一开始谁都不说话，光听我在叹气。

他终于问我是不是跟岳剑吵架了。我开始把这段时间他极度不正常的行为一一列举出来，又把今天早晨跟小雪的事说了，他越听越生气，脸色十分难看，最后忽地站起来。

"我去教训他一顿，这不是搞外遇是什么？这明摆着是跟那上海小娘儿们好上了！"

我连忙拉住他要他坐下，"我是来倾诉倾诉，又不是来告状求主持公道，别那么冲动行吗？"

"我就是不知道该怎么跟他好好谈谈，他说为了入股宋雪的公司，所以最近两人走得近，但是你说他喜欢宋雪我是不相信的，只不过心里面还是有疙瘩而已，而且为这事跟我撒了几次谎了，我心里头跟明镜似的。"

伍仁看看我，重重叹了口气，眼里的心疼毫不掩饰。

"苏苏，这是为什么啊？你这么好的姑娘，婚姻怎么就那么不顺呢？"他有些着急，点根烟抽着。

我看着他没给我开解，倒让他添堵了，心里更是烦，于是赶紧换个话题。

"你别说我了，你呢，跟蔷薇处得怎么样？什么时候结婚啊？"

他一听这话愣住了，然后自嘲地笑笑，一会儿脸上又恢复痞相。

"你知道吗，我国法律规定：男人二十三岁才能结婚，可是十八岁就能当兵。这说明了三个问题：一是杀人比做丈夫容易；二是过日子比打仗难；三是女人比敌人更难对付。所以，哥这么英明神武，干什么'明知山有虎，偏向虎山行'呢？结婚过日子，哥还没那定性。"

他说得淡定从容，我鼻子哼哼，就说："说得这么轻松，恐怕孤独的夜里也不好过吧。"

"哥是单身主义，你叫我睡女人可以，但是你叫我睡她一辈子我可受不了。"

"伍哥，你不是好男人！"我对他嗤之以鼻。

"什么是好男人？这年头好男人的定义已经没边界了，好男人就是反复睡一个姑娘，一睡就是一辈子？扯淡！这年头，只要有钱，女人都觉得你是好男人。说你好你就好，不好也好！"

我看他一副落寞的愤世嫉俗的样子，八成是跟蔷薇吵架了。

哎，他们俩从一开始我就没看好，只不过蔷薇对他一直抱有儿时的幻想而已。这活生生的伍仁，她八成是没兴趣的。

"伍哥，你跟蔷薇到底怎么了？不会是因为我的事……"

"你别瞎想，有你什么事啊！"他果断地打断了我，再点上一根烟，抽了一会儿，才慢悠悠地说，"我跟她啊，迟早要掰的，她的心不在我身上。"

"不在你身上，那在谁身上？"

他的话突然让我觉得厌恶，厌恶这些贪心不知满足的人，厌恶这些拿爱情当游戏的人，你们的游戏很可能破坏的是别人最宝贵的幸福。

我冷哼一声，连我自己都吓了一跳，为了掩饰尴尬，我冷不丁冒了一句："那你的心在她身上吗？"

说完我就后悔了，伍仁果然痴痴地看着我。我赶紧端起杯子喝光了里面的橙汁，然后告诉他蔷薇是个好女孩。

这句话的真假和我说的真心与否，伍仁当然判断得出来。他呵呵一笑，告诉我蔷薇最近都很不对劲儿，心里有事不爱见面，见面也不肯亲热，一直都冷冷的。

我若有所思地看着伍仁，忍不住要打击他。

"哥，多半是你让她不满意了，要改进啊！"

他斜了我一眼，坚持说蔷薇这是有外遇了。我笑而不语。

午饭时间不能拖太长，因为各自都要上班，于是吃完我们就散了。回到办公室，小雪有意无意地在我面前晃着她光裸的脖颈秀她的项链，引得一办公室女性不满，炫富是要引起众怒的。

我在传真室等传真，突然听到隔壁茶水间隐约传来女子的笑声，开心得不得了，看样子是有人在隔壁打电话。我是个有道德的人，所以我不想听到不该听的隐私，于是特意把门关起来。

谁知笑声越来越大，我觉得这样是很没礼貌没素质的行为，打算去提醒提醒她。我拉开门转去隔壁，走到门口听到的却是小雪的声音，我顿住脚步，刚准备走就听见她极其亲热地叫："岳剑哥……"

我愣住了，那声音腻得犹如奶酪拌年糕，要多腻歪就有多腻歪。

"你答应过人家的……那什么时候呢……不嘛，你总是这么说……嗯，很好看，我很喜欢……不用啦……"

声音之甜腻，语态之娇羞，神情之暧昧，内容之引人遐想，都不得不让我的心沉到谷底，然而跟她理论求证恐怕也是自取其辱。

我咕噜噜喝下满满一杯水，平复下情绪。晚上回家坐等岳剑回来。

有一瞬间，我觉得这样的生活有些重复，好像总是万变不离其宗地重复着。我和岳剑能走到哪一步呢？会撕破脸，会吵架，会分手，会离婚？一切都似乎是有备而来并且顺理成章，甚至我连伤心都来不及就需要考虑下一步了。

♣

# 第二十一章
# 怀疑是爱情的坟墓

岳剑回来看到我坐在家里没有做饭，眉头一皱朝我走来，问我怎么了。

他的语气有些微恼，大概觉得我连着两天都这副死样子迎接他，让本身疲惫的他有些不舒服。难道我要笑着迎接他回来，给他脱衣递鞋再问他为什么骗我吗？

"小雪戴的项链跟你抽屉里的那个是一模一样的。还有中午她跟你打电话，我就在旁边我全听到了。你还有什么要跟我解释的吗？"

我的语气尽量平和，尽量显得只是跟他在讨论而不是兴师问罪。可是他的眉毛皱得越来越厉害，把手里的衣服用力地扔到沙发上，然后坐下来看着我。

"秦苏，我说了，我跟宋雪没有任何暧昧关系。项链我可以确定地告诉你，我没有送给她，中午我跟她打电话并没有涉及任何暧昧字眼，只是她简单的问候而已。我不知道你疑神疑鬼的是怎么了？"他说得有些无奈，眼神真挚，烦恼也显而易见。我不由得怀疑是不是自己多心了或者这根本就是巧合。小雪正巧戴了同一款的项链，而那问候的电话或许是她自己故意在我面前对着没拨通的手机演戏而已。

我可以这么想，可以这样安慰自己来相信岳剑。因为我不想让我的幸福被破坏掉。

"岳剑，有一天你会离开我吗?"我仰着脸问他。

他脸上一阵青白，甚至有些怒不可遏。我寒毛竖了起来，任凭他上来抓住我的手粗暴地抱住我。

"秦苏，你到底怎么了?"他把我按在怀里，朝我扭曲地瞪眼睛，那是一种极想发怒却强行自制的别扭表情。我突然觉得好委屈，真的不是我胡思乱想啊!

他见我眼泪汪汪的，又赶紧轻轻地抱着我，轻声在耳边道："苏苏，我知道你自从失去了孩子以后就一直精神不好情绪不高，可你要尽量排解啊!我们不是只有那一个孩子，我们以后可以有很多。如果为了那个孩子把精神和心情弄糟，那比失去孩子更加痛苦。"

他抽张面纸给我擦擦脸，继续说："我每天都希望看到你笑得像花一样迎接我回家。可你总是给我一个担心忧郁的脸，我真的好难受。苏苏，快乐起来好吗?"

"小雪的项链也好，电话也好，以前跟她吃饭也好，你完全不必去在意，你只要知道你的丈夫忠诚于你，我们只属于彼此。更何况她有自己的家庭，她还是让我们的孩子夭折的元凶，你怎么会以为我跟她能有发展?苏苏，相信我好吗?"他握着我的手说。

"那到底项链给谁了?"我执着不是因为我不饶人，而是因为这本身就是一个关键问题。

他垂头低吸一口气站起来，"秦苏，我说让你相信我，你为什么不能给点信任?我给了谁这是件很小的事情，你关心的是我是不是爱你，我们是不是幸福。如果你总是这样什么都要刨根问底，我真的会感觉累的。你以前不是这么蛮不讲理的!"

"你以前也不是这么不坦然的……"我声音轻得像蚊子，但在安静的家里却显得格外地清晰。

我听得到他鼻孔的粗气有暴怒的痕迹，只是这样的暴怒是为了掩饰自己的慌乱，还是厌恶我的纠缠不休?

"我们不吵架，好吗?"他拉起我，"我们出去吃饭，不谈这些不愉快的事，好吗?"

"小雪的脖子上为什么有一模一样的项链?"我依旧没动,执着地再问一遍。

他终于忍不住了,吼道:"秦苏,她戴什么关我什么事?我没有给她!项链是送礼了,对于我来说只不过是公关礼品,不代表什么,你刨根问底有什么意思?"

我的眼泪哗哗地流下来了,站起来抽张面纸擦眼睛,推着他说,"走吧,吃饭。"

整个晚上,家里的气氛都不好,可是我没有力气去改善它。岳剑吃完饭跟我聊了几句,我们彼此心里都有疙瘩,话不投机,于是他也觉得这样说下去没意义,就一头扎进了书房。我在客厅看电视,一会儿电话就来了。

我嘴角拎起一抹微笑,小雪,你的计策很成功啊。我真的生气了,真的在乎了,真的难过了。

拿起来却发现是万言。在我莫名其妙的状态下,他坦然地跟我谈了半天工作,然后关心地问我晚饭吃得好不好,旁若无人,等我挂了电话一看足足二十分钟。

我看了眼书房里的岳剑,似乎没什么动静,于是继续看电视,过了不到一刻钟,岳剑出来了看了我一眼,问我什么电话。

我看他的脸色就知道他猜到了,也不敢瞒他,老老实实地说是万言。

他哦了一声,看了我一眼,搂住我。"你看你老板天天给你打电话,我要是吃醋是不是比你有理由?"我刚准备说什么,他立刻又补充道:"可是我没有啊,因为我很清楚,他和我是生意伙伴,你是我老婆,大家也都有家庭,除非他神经了,否则他不会花那么大代价干蠢事的。所以我不吃醋,这样省力多了,过日子也简单多了。这个世界上什么都是用利益来衡量的。秦苏,你懂吗?不要疑神疑鬼的,只要相信我就行了。"

我看着他的眼睛,给了他一个坚定的笑容。

夜里还是没睡好,醒了好几次。第二天发现我一脸菜色,心里暗叫倒霉,这下可要把小雪给高兴坏了。

我做了最后的努力,边开车边在脸上贴着高蛋白面膜。在红灯的时候，两边的车看到我的脸均表示惊恐。

到了停车场，我解下安全带，却发现带扣卡住了。悲剧，使劲儿拽也弄不出来，鼓捣了半天手心都冒汗了。突然一个人头伸进车窗，我抬起头想看清是谁，却在对视的瞬间同时吓了一跳。

"你的脸……"万言被惊吓得声音都变了。

"是我是我，我安全带卡住了，你帮我弄开。"我连忙扯下面膜。

他的表情是又好气又好笑，无奈地点点头，说："你真行啊，开车做面膜，路上吓到司机出安全事故怎么办？"

我撇撇嘴，那可不关我事。

他的手臂伸进来，发现我的扣是非常技术性地卡住了，用蛮力是解决不了问题的。他把扣子连安全带和人一起拉到面前仔细看到底哪儿卡住了。在这不经意的瞬间，我和他的距离只剩不到几公分，他的手离我的胸不到几公分，总之，这就是一个暧昧的姿势。

我们之间的气温骤升，我的脸开始滚烫。可是好像只有我一个人在心虚，他研究得格外认真，然后只听咔嚓一声带子松开了，他笑眯眯地拍拍我，"好了，下来吧！"

我感激地点点头，然后跟他一道进了大楼上了电梯。

上班的时间，电梯是格外拥挤的，我们俩挤在电梯右后方。旁边是其他公司的职员，肥头大耳，油头满面。

我正挤得难受，突然被挤进了角落里，然后我就安稳地站在了三角区里。堵住我的是万言那个正朝我笑得坏坏的男人，我不由自主地伸手推了一下他的胸口，以示我可是被你挤进来的并不领你的情。在我手指碰到他胸口的一瞬间，他俯身贴近我，身上的 BOSS 香水味从我的手指温润的触感间蔓延开来，刹那间全身毛孔尽数舒张开来，每一个细胞仿佛都在享受这一刻的温存。温热的香气带着他身体的特有的味道，竟然让我有了错觉般的熟悉。那一刻，突然对他没有排斥了。

维持着这个暧昧的姿势，我们错过了楼层。等发现的时候，我们都有些尴尬。不想继续跟着电梯上去，于是我们决定走楼梯下去。

一前一后地出了电梯，楼梯道是不会有人路过的，所以气氛有点冷清，我清了下嗓子，考虑着是不是说点什么。前面的他突然停住转身看我，我来不及刹车直接撞上去。

我少女上身似的，脸迅速跟红烧狮子头似的。这时候应该大骂他几句遮掩过去就不尴尬了，谁知道脸皮厚惯了的我竟然在这个男人面前见鬼似的脸红了。

我很尴尬又很窝火，甚至有点恼羞成怒的意思。前面那万言嘿嘿一笑，朝我摊手说："我故意的。"

我彻底崩盘，上去就踹他。他被美滋滋地一顿暴踹以后，一脸满足地看着我。我不禁感到莫大的悲哀，对于一个我受虐我快乐的男人而言，我一个小女子的拳脚真的不够的，我竟然还踹他，有用吗？他可是一个经过水晶烟灰缸砸头洗礼的男人。

"别闹了，我问你，小雪你还管不管？"我一边下楼梯，一边拽他领子问。

"该管的我管，不该我管的管不着，她也不是小孩子了。"他回答得明确却完全模棱两可。这什么态度，太不负责任了！

"你知道小雪脖子上的项链哪儿来的吗？"

"不清楚，人家送的吧。至于是谁我就不清楚了，反正可以肯定不是我。"他幸灾乐祸地看着我，我拿眼瞅着他。太恶心了你！

"你就看着她破坏我的家庭吗？你不觉得我会受伤害吗？"我应景地双眼朦胧。他脸色阴沉了一下，懊悔、疼惜、犹豫、淡定的光景飞快地在他眼底逐一闪过，直至眼神恢复清明。

他看着我的眼睛，一字一句地说："秦苏，无论你发生什么事，只要你需要我，我就会立刻去你身边。即使受伤，也请坚持到我来为止。我告诉过你，我想要的幸福我会得到，我想给的幸福你也一定会接受。"

他的语气没有了往日的强迫和霸气，仿佛说的是别人的事。但是我依旧感受到了这句话的分量，让我有些怀疑我的坚持和岳剑的属意。

"万言，你根本不懂爱情。"

"或许吧。"他拉起我的手，我并没有反对，两人像熟识多年的老友似的以从未有过的平和，相牵着下楼梯。

"爱情，谁又知道是什么呢？你敢说你懂吗？这个世上谁懂爱情？懂的人早已不会执着任何纠缠了。有人告诉我，'恋'这个字是个很强悍的字眼，上半部分取自变态的变，下半部分取自变态的态。这就是告诉我们，千万不要指望陷在爱情里的人能有理智，你可以拒绝我一次又一次，但你不能阻止我做的任何事，也不能阻止我对你好，因为有些事不是你可以拒绝得了的。如果你爱我，你大可张开双臂拥抱我；如果你不爱我，你唯一能做的就是静静地顺其自然。很多事情都是不伤不知道痛，我对你和岳剑的感情了解得不比你所感受到的少，所以我很肯定地告诉你，秦苏，你们没有未来。"

他的声音轻柔，我走得步履维艰。如今，我已经寸步难行。昨天才说过会相信岳剑，今天万言所说的话又和我心底的声音相契合。

如果说一切都是天注定倒也好，可偏偏学过一句话叫事在人为，给了人侥幸的念头。否则我就轻松了，辞职回家躺床上等宣判好了。

我和万言在沉默中一前一后进了办公室，所有同事的眼光赤裸裸地盯着我们。我知道那是疑惑，是纳闷，是想问："秦苏完胜了？"

我真的是无能为力了，对于岳剑和小雪的一切，我无法去追究，更别说去苛责。因为千丝万缕的纠缠，我们每个人都深陷其中。纠缠到最后，我和万言的一夜情，那个莫名其妙的孩子，所有一切不能见光的事情都会被端上桌面。可是不纠缠，我又怎么能习惯于这种自虐式的忍受。于是，我在同事们异样的眼光中，在小雪可能会出现的暴怒表情中找到了快感。

万言无疑是个温柔的情人，他的爱可以给女人极大的满足。那种不顾忌任何人的霸道，那种力排众议的坚决，那种帝王式的宠爱，一个温柔的眼神能销魂蚀骨。我深信，对于一个沉迷于其中的女人，小雪是不会轻易让这个男人溜出手心，我也相信炽烈如她的爱情绝不会因为报复而转移到他人身上，即使此刻她不理智，也绝对不会以家庭为代价。

之所以她能够接受万言出轨，是因为她爱他。而反过来想，她自己是聪明人，不会干蠢事。

我淡定地喝着秘书泡的茶，想着曾经跟我一起天真烂漫度过了一晚的小雪。我想告诉她，聪明的话，不要轻易地搅和。一个失爱的女人，即使破坏了全世界，自己也是输家。

小雪进来时，脸色很难看，估计已经从内线那儿听说了我和万言一起到公司的事。她和万言关系不好是全公司都知道的，因为但凡是关系不坏的夫妻都不会分车分时间分别到公司。同事们自然会联想到他们在家也是分房分床，搞不好都是分家而居的。

我冷笑着，你脖子上的项链已经散失了光芒，再不能引起我的注意。从现在起，我要让你力不从心，我给你时间去骚扰岳剑。从现在起，请你把所有时间都拿来看住你的老公吧。

下班时，万言让我和公关部的欣薇一起去应酬客户。要放平时我肯定是不去的，可是这会儿，我只说别让我喝酒就欣然同意前往。

到了地方找到酒店，接了头吃了半晌，桌上不乏荤段子和暧昧气氛。我被万言塞在方桌的最里侧，所以十分安全。只是可怜了欣薇忍受着从地中海到头顶锃亮的客人的咸猪手，碍着老板在场，她只能强颜欢笑。我暗暗同情想起身去给她解围陪她上个厕所什么的。

可是，我刚刚一动，万言就拉住了我，面上淡淡的，手直接扼住我的腕，示意我别管闲事。我狠狠地瞪他一眼，这种老板真是不管员工死活的。太无耻了！

我突然涌起无限正义感，端起面前的酒杯，朝那正调戏欣薇调戏得昏天黑地的地中海大喊一声："老板，我敬你！"

话一喊出来，其余三人都愣住了。欣薇涨红的脸上涌出感激之色，万言则是惊讶，转瞬又变成坐看好戏的戏谑。

那地中海显然没料到我要敬他酒，忙端起杯跟我碰杯，看着我一时不知道说什么词好。明眼人都能看得出来，我的身份要么是万言的二奶，要么也是搞不正当男女关系的，所以他对我还是一直持保留态度，没怎么劝我酒，也没怎么语言轻佻。

他跟我喝完一杯又继续奔欣薇那儿去了。我心里恨得牙痒痒，这死胖子就这么直奔主题，好歹跟我客套两句嘛！我同情地望着欣薇那无奈却不敢表现出委屈的脸，她是公关部的，这些对她来说是工作。

无奈的人生总是充满了蛋疼的气息。

我总在看到欣薇被欺负狠了的时候，赶紧找碴儿敬酒，以至于屡次破坏了客人的兴致。万言有些无奈，见拦不住我发光发热地做好事，只好跟我一起灌客人酒。欣薇也迅速加入，我们两个女人说着违心的好听话哄客人喝酒。他渐渐舌头大起来，直接扑到欣薇身上，抱着欣薇说酒话。我正在想这醉了怎么办呢，突然万言站起来去拍了拍那客户，那一瞬间我看到了两个男人之间狡黠的眼神交流。

然后万言就拉起我，跟欣薇下命令道："欣薇你负责把王总安全送回去，明天把单子带回公司。"

欣薇脸色涨红，我突然明白了。万言没有给我任何说话机会，强行揽着我出了包间，一路拉我出去，我跟在后面不满地表达："再怎么说也是女孩子，这么做太不道义了。"

他回头看我一眼，放慢脚步。"你以为你再待下去她就会好受吗？每个人都有自己的生活方式，签单、谈生意是她的工作，你再待下去说明白点，只会让她更难堪而已。放心交给她吧，她会处理好的。"

他让我在大门口等他去取车，我出来得匆忙，嘴都没擦，而且刚才喝得又有点多，估计造型也不太好看，于是我找了停在旁边的一辆普桑，对着黑色的窗玻璃，先拿面纸仔细地擦了嘴，然后四下打量旁边没人，便龇开嘴剔牙，刚才吃的羊肉很卡牙，左剔右剔各种剔，剔完擦嘴抹唇膏。抹完整理头发时，突然车窗动了，慢慢被摇下来了，我顿时窘住了，一帮人在车里看我，一张猛男的脸离我超近，口气不清新地说："小妹，照完没？我们要开车了！"

我整个人呆若木鸡地目送那辆满载着"道上兄弟"疑似赶着去"办事"的普桑渐行渐远……

等万言车开过来时，我的神志还没有完全清醒。他以为我还在为欣薇的事情心情不好，于是安慰我说，她自己都没拒绝，你又着哪门子急呢？而且等这个单子谈好了会给欣薇提成和奖金。

我白了他一眼，在他们眼里，女人真的就是交易而已。

路上，我们没什么交流。他手摸索着，掏出口香糖给我。

"嚼一个吧，今天你喝了不少，回去岳剑可能会不高兴吧！"

我剥了纸，把口香糖塞嘴里。"他会不高兴，上回跟你们去酒吧回去晚了，害我在床上哄了他半天，伺候开心了才……"突然车一个急打方向盘，我头一晕，抓住扶手才不至于撞到车窗上。

"你神经病啊？"等我缓过来，朝他吼道。

"以后在我面前别说这种话！你明知道我不想听到！"他严肃地盯着我，我不由得好笑。

"你别这么神经行吗？这是很正常的事，难道你跟小雪不……"

"别谈这个话题！"他尖锐地打断我，然后再次发动了车子不理我了。我猛然觉得自己无趣，好端端的惹人嫌。我嘴真贱，说这个干什么，关他什么事？

因为怕岳剑误会，所以让他开回公司，我自己开车回家。下车的时候我特意用力地甩上车门。他也随后下了车，我没管他，气鼓鼓地开我自己的车门。

在拉开车门的一瞬间，一个怀抱从背后紧紧地拥住我。我没有动也没有挣扎，因为这个拥抱在此刻借着酒劲儿的时刻让我感觉不坏，而且我不想这个单纯的拥抱被我的挣扎激化演变成为强吻。特别是在停车场这个空旷无人且带了点暧昧的场合。

"听你说的那些话，我都不想放你回家了。"他的声音里满是我从未见识过的委屈和担忧。我忍啊忍还是没忍住，突然笑出声来。

"万言，你真可爱！"我拉开他的手，自己上了车。看着窗外他依旧臭臭的脸，我在车里笑得前仰后合，这个男人还是个小弟弟啊。

回到家，我在心里盘算着跟岳剑说到几成几。事实上，对于岳剑，我心里还是有气的，所以今天我跟万言出去没打算瞒他，除了想让小雪不自在，我也想让岳剑受点压力。

可是进了家门却发现家里黑灯瞎火的，他根本不在家。我由刚回来的那种悠闲自在、旗开得胜的心情突然又转到低谷。原来是我自作多情，他根本就没在乎我回来没回来。

他玩得比我还要愉快。挫败感、无力感同时包围了我，从什么时候起，岳剑给我的已经不再是安心和踏实，而是这种过山车似的刺激。

我拿起电话拨号，犹豫了半天却没有按下通话键。

我不是在跟他博弈，我没那么幼稚跟自己的丈夫争高低。我只是单纯地不想让自己处在一个楚楚可怜的境地而已，打电话找男人问位置，这种事我干过了，而且这辈子再也不想干了。岳剑不是说过让我相信他吗，那我相信他好了。

我吸了一口气，放下电话。脱衣服去洗澡，越洗越烦躁，觉得我怎么这么计较，也许刚才我那个电话打过去就可以阻止一起不该发生的不轨行为。我怎么那么傻？

这种感觉一上来就注定是没办法平静的，我以迅雷不及掩耳之势匆匆冲掉了身上的泡沫，裹着浴巾飞奔出浴室，身上的水珠滴答滴答地掉在地板上。

电话响了很久，没人接。我的心越沉越低。岳剑，你在哪儿？在干什么？为什么不接电话呢？你不是说我可以相信你的吗？

我一遍一遍地拨号，眼泪就吧嗒吧嗒地掉下来了。我蹲在地上无力地一遍一遍呼叫，突然大门响了，我条件反射般迅速站了起来。

我的岳剑回来了。

他的脸色很疲惫，看着同样一脸惨相的我，无奈地笑着说："别打了，到家了。"

"你跑哪儿去了？你跑哪儿去了？怎么不回家？怎么不回家？"我冲过去抱住他，呜呜地哭。

"有个老朋友心情不好要自杀，弄得我也焦头烂额，这会儿才脱身。"他揽我的腰，在我额头亲吻。

天知道这种说给谁听谁也不信烂到家的借口，此刻在我耳中听来犹如福音，我不去追问他到底是陪谁，也不想追究他为什么要去陪，只知道他已经回来了，而且他满脸的疲惫除了会让我心疼，真的不会让我去怀疑了。

夜里，我一直紧紧抱着他。第二天醒来，看到他的膀子肿了，显然是我压的。我很抱歉地给他弄了热毛巾捂了半天，才让他的手臂恢复知觉。

"你都不知道换个姿势的吗？睡得那么死，压痛了都不知道醒的！"我真是又感动又好气。

他无奈地耸肩，说开始是不忍心推开我，然后太累了就睡死了。

伍仁中午给我打电话，问我最近如何，语气吞吞吐吐的。我直接问他到底怎么了，他说他跟蔷薇最后还是分手了，来告诉我一声。

我愣了一会儿，问他要不要安慰。他哈哈大笑，表示此事对于他的影响等于零，跟他屁股后面的姑娘排成了行。我知道他并不是表面上的坚强，作为局外人，我不能肯定他们这段感情的深浅，但是我们仨曾经是很铁很铁的好朋友。如今，闺密般的姐妹散了，这一对活宝恋人也散了，三角是最稳固的，可散起来竟然也是这么不含糊。

我无耻地笑了。全世界都陪我不舒服，大家其实都过得挺难的。

我把蔷薇约了出来，想听听她关于分手的解释，毕竟我们还有着名存实亡的朋友关系。

她什么都没说，跟伍仁一样保持缄默，只是说这个决定是理智的，没有不愉快的，以后还可以做朋友，只要伍仁愿意。

我看着她的眼睛里有我难以觉察的深沉，"你有什么打算？"

她听完我的话没有习惯性地摸出香烟，而是嚼起了口香糖。我有些纳闷，问她怎么戒烟了。

"有人跟我说女人吸烟很难看，所以我现在很少吸，受不了就嚼嚼口香糖。"她朝我嫣然一笑。

她说这话的时候，一脸不可抑制的幸福，我有一瞬间的错觉，这还是我认识的蔷薇吗？

"你是谁，为什么要冒充蔷薇？我要把你的真面目给揪下来！"我突然一把抓住她，在她脸上扯来扯去。

她起先被我吓了一跳，继而哈哈大笑，笑得夸张，前仰后合，几乎是脱力到趴在桌上笑。我愣愣地不知所措，有这么好笑吗？

等她笑完了，一本正经地看着我。

"秦苏，你做人总是那么犀利，你很聪明，可惜这世界上的女人个个都是顶尖的演戏高手，防不胜防啊！"

我没听出来她想表达什么意思，是想说我笨还是想说我连小雪都斗不过，还是她听到了什么风声在提醒我？

"你……知道岳剑和宋雪的事？"

"呵呵……秦苏你真是……"她笑得一脸无奈。我不明所以，她多半是误会我说小雪和岳剑两人勾搭上了，忙详细地把这些日子以来岳剑身上诡异的事情都说了，让她给我分析分析出出主意。

她听完一直没说话，在思考，少见的认真。

"秦苏，岳剑跟那女人不会真有什么吧？他不会那么荒唐。"她不说还好，一说我心里一激灵，万一真有什么，我该拿什么跟宋雪斗呢？我没她年轻，没她有钱，似乎我的所有战场都是以岳剑为后盾，一旦失去他，我一无所有。

我们俩都沉默了，对于两个先后爱过他的女人，谈起他多少都有那么些不自在。何况蔷薇很可能还深深地爱着岳剑，这种滋味让我很难受。可是现在，我和蔷薇是好友，而小雪是外人，所以我们自然又成了同盟。

我想在岳剑和我在一起与岳剑和小雪在一起之间选择，蔷薇是会毫不犹豫地站在我这边的。所以，当她表示会找时间约岳剑出来好好谈谈时，我也没有反对。

也许他们两个人的时候倒真的能说得上话，至少能知道岳剑究竟还想不想跟我过了。虽然我心眼小，但主要矛盾我还是分得清的。

一时，我又觉得蔷薇是个特靠得住的人。她这女人，也许就是对岳剑特好，关于孩子的事，她虽然对不起我，却是忠于岳剑的。

如果是这样，我可以原谅她对我的残忍，并且希望她能帮助我。

我们又扯了会儿闲话，主题再次回到了她和伍仁的分手上。我问她以后怎么办，还想这样浑浑噩噩地过下去吗？

她笑了笑，摇摇手，告诉我她打算收山了，清心寡欲，不近男色。

我鄙视地看她一眼，对于一个肉食动物而言，突然每天只吃草会造成胃的负担。

她挑挑眉毛看着我说："你别不信，我真的是想通了。我突然觉得，女人不管坏不坏，名声还是顶重要的。所以那么多女人都是内骚里贱外圣女，我们做女人的看着觉得虚伪觉得累，可是当我看着一个个被我们嗤之以鼻的贱女人都嫁得好好的，而我这个真女人却至今坦坦荡荡，连个肯娶我的男人都没有，真的是……有些寒心了。"

蔷薇的表白有些可怜，我有些心疼地拉起她的手。她其实也是个不走运的女人，这个社会还是虚伪的。有些女人，男人明知道她是坏女人，可是别人不知道，便也当好女人娶回家过日子了。可像蔷薇这种，就是大婶阿姨们一提起来就摇头，看见自家儿子多看她几眼就要劈头盖脸地叫骂儿子离她远点的标准坏女人。谈恋爱个个都想，娶回家真的是只能想想。

"这个社会说是男女平等，哪儿平等？为什么男生有很多女朋友会被羡慕，感觉很牛逼，而女生有很多男朋友就会被鄙视。你说凭什么待遇差这么多呢？"

我见她终于认识到了事情的严重性，于是也不得不认真地回答她。

"因为男女本身就不同。就好像一把钥匙能开很多锁，它被称为万能钥匙，感觉就很牛逼啊。可是一把锁如果能被很多钥匙打开，那说明锁有问题啊。这个道理还用说吗？"

她听得满面愁容，看来是真愁嫁了。终于开始急了，好事啊，这女人终于开始着急了。

"哎，蔷薇也有恨嫁的一天啊。真是跌人眼镜！"我丝毫不放过任何一个机会去嘲笑她。

她竟然没有闪躲和反击，而是欣然笑纳，仰头叹口气，淡定地娓娓道来。

"原先，姐我特想把人生过得跌宕起伏，高潮迭起。可时不与我，如今姐最大的愿望就是赶紧嫁人，散养在家。然后，上午抱抱儿子、喂喂奶，下午做做按摩、抹抹脸、跳个小探戈什么的，晚上学学烹饪、烧烧菜。最后夜深人静的时候，裹着毯子，对着瓦亮瓦亮的月亮发发呆。听着老公的呼噜声，意淫着我的童年和青春期。我愿成为一个废人，面朝大海，吃嘛嘛香。多美，啧啧……哆啦Ａ梦和机器猫啊，请赐给我一个男人吧！"

我彻底被她强大的语言功能征服了，自此，我再也不敢在她面前造次，但我仍然要冒着生命危险向她指出，其实哆啦Ａ梦和机器猫是一回事。

我们终于有了点以前那种狐朋狗友似的感觉了。她告诉我自己爱上了一个男人，或者说是在追求一个男人，要为他改变自己。我惊喜地发现蔷薇成熟了，这个男人蔷薇还不想说，多半是想等事情确定了以后再告诉我。我欣赏她这次的稳重。

她最后还强烈地建议我，对一个女人的还击就是让她两头不落好。让万言跟她离婚！

我不是不想这么做，只是怕小雪逼急了乱说话，我得找个时间跟她坐下来谈谈。到底什么意思？你去勾引岳剑什么意思？对你有什么好处？

晚上，岳剑在健身房锻炼身体做拉伸。考虑到这段时间我们关系太紧张了，我特意做了水果沙拉送进去给他享用。就在我们美滋滋地吃着果肉，突然他手机响了，条件反射似的他拿起手机扫了一眼接起来。

一通含糊的哼哼哈哈之后，他把电话挂了，朝我尴尬道："是小雪。"

我笑着说我知道，然后我带门出去了，不是我忍不住而是实在是过分，搞什么啊？气我也不能这样，每天晚上都要打电话。岳剑竟然还那么配合，每天都要当我面温声细语地接她电话。

我回了卧室，气得难受。别说我小孩子，就你会气我？我要气你，你早就被气死了！

我一边拨了万言的手机，一边心里暗暗咒骂，行啊，玩好了，不想好两家都别想好！

"喂，万言。小雪在旁边吗？在？好，你现在到没人的地方去接，我有很重要的事跟你说。"从那头小雪隐约的询问声中我清晰地听到。

"是谁打的，干吗背着人？是秦苏吗？"

快感顿生，语气轻佻地跟万言说话，他不断地发笑，而我也能清唽地听到小雪不断敲门的声音，末了，我来了一句："会不会害你被小雪实施家法啊？"

他笑得春光明媚，一时间愁云尽散。我终于找到好的排解方法，心真的不痛了。

等我挂了电话，却看见岳剑正坐在门外沙发上一言不发。看来是听了我们的电话。我心里有瞬间的心虚却迅速被报复后的快感所取代。

"秦苏，你这么做有意思吗？"

"怎么没意思？你们在我眼皮底下肆无忌惮，我只不过是想找找平衡罢了。你说让我相信你，所以我不能说你什么，说什么都是我心眼小。所以我以其人之道还治其人之身，有什么问题？"

"呵呵，秦苏，你这样只会让所有人不舒服。我再说一遍，从头到尾我跟小雪没有一丁点瓜葛，我说过你可以相信我，现在我还是这句话。"他顿了一下，继续说，"而你打给万言，这事与其说是幼稚，不如说是在向我示威。我知道他喜欢你，但是请你记得，你是有丈夫的人，别玩过火了，不行就别上班回家待着。你们女人钩心斗角那一出，别拿我当猴耍，我也觉得很烦！"

他说完没理我，自己进了浴室，留我一人独自张口结舌地面对着空荡荡的客厅，没有一点发泄的余地。

第一次我们睡在一起却一句话也没说。

第二天我起得特别早，因为夜里就没怎么睡好。他倒是睡得很死，因为夜里翻来覆去的，估计也累了。我看着他带着点稚气的脸，暗骂了自己一句真是没原则，然后就系上围腰去做早餐了。

等他起来，我已经把煎蛋、腊肠和大麦面包弄上桌了。他看到以后，不好意思地挠挠头，突然迅速地朝我吐了吐舌头，立刻闪进了洗手间。

这样，在我的主动让步下，危机算是暂时解除了。我开车去公司的路上还在想，如果我不示弱，我们今天是不是还是不理对方，是不是我不投降他就不会低头的。

中午我和李姐吃着午饭，我向她讨教可乐鸡翅的做法，她拿着盘子里的食物给我比画得津津有味，突然旁边冒出一个人，李姐忙停下动作，跟来人打招呼。

"万总，吃饭啊！"

我白了他一眼，真是找事精。要是给小雪看到了，闹起来怎么办？这可比办公室还要开放式，全公司的员工都在这儿用餐。

李姐在万言看了她的第二眼后就十分配合地表示要赶回去做一个报表，让我们慢聊，然后她就以迅雷不及掩耳之势闪了。

"万总，要是小雪冲过来，直接把这火辣辣的宫保鸡丁盖在我头上，那我怎么办？你做事怎么都不为他人考虑呢？"

他笑笑，抬起手把衬衫袖子卷起来，掰开筷子。

"她不在，出去跟朋友吃饭了。"

他说这话的时候，有意无意地看了我一眼。我立刻身子一紧。

"是跟岳剑？"

"不清楚，她的事我不管。"

"她是你老婆，你不管？你真愿意戴帽子吗？"

"不愿意也没办法，感情这回事，有和没有之间就是那么简单的。"

"我可不像你这么潇洒……"

我匆匆划拉了几口，跑回办公室给岳剑打电话，问他在跟谁吃饭。他听到以后语气有几分局促，更让我心揪紧了。

"跟小雪吃饭？"

"不是，是跟朋友。"

"朋友朋友，你哪来那么多朋友？为什么你的朋友我都不认识？为什么我这么多余？"

"我没有跟小雪一起吃，你别疑神疑鬼的行吗？"

"那你是跟谁一起？有什么不好说的吗？"

"秦苏，你现在像个妒妇，你知道吗？我有自己的朋友圈，我跟人吃个饭怎么了？你在审犯人吗？"

"岳剑，你以前不是这么对我说的。"

"你也跟以前对我说过的不一样啊。"

我们之间就突然冷掉了。我不知道究竟是出了什么问题，但我预感得到，岳剑已经有隐隐爆发的迹象，是因为我烦他，掌控欲太强而爆发，还是别的什么原因我不得而知，但可以肯定，他一定是在生气。

我颓丧地挂掉电话。我真傻，何必刨根问底，小雪跟朋友吃饭去了，岳剑也跟不能告诉我名字的朋友吃饭去了，到这样的地步了，我还何必问那么多？

下班开着车在路上晃悠，路过红灯，透过开着窗的视线，挑逗的口哨和轻佻不时飘进来。我有些迷茫，他们到底挑逗的是我，还是挑逗我的车？

我摸着方向盘，看着自己，我现在拥有的所有的东西都是岳剑给的。如果没有他，我只是一个小白领，拿着微薄的薪水。也许我就不会有这么多的要求，也许我也不会憧憬能嫁给像岳剑这样的人，过着岳家少奶奶的生活，能够在同事面前颐指气使，在同学面前扬眉吐气。说白了，我现在拥有的一切都是建立在岳剑身上的，他除了能满足我对爱情的幻想，还是我生活的全部希望。

我颓败地吸了一口气，从来不曾这么沮丧过。爱情究竟给女人带来了什么？

## 第二十二章
# 闺密的建议

　　回到家我开始收拾房子。我从来不是个勤劳的女人，这个家这么大也只是每月请两次钟点工来做，平时我就只要维持好卧室和客厅的卫生就好。

　　岳剑回来的时候有些吃惊，不过相比他脸上的惊讶，更多的是一种严肃。也许他还在为中午的事而生气，可我实在不知道为什么明明是他做错事，还要以发火来掩饰。

　　我懒得跟他吵架，也不指望他来表扬我的勤劳顺便找个台阶把中午的歉给道了。因为我知道，我们之间微妙的平衡被打破了，我在他心里的位置发生了变化，所以他才能对我说出那些尖锐的话。

　　我的资本就是他爱我，如果他不爱我了，我什么都不是。

　　想到这里有些气闷，我扔下抹布到阳台上去呼吸新鲜空气，减少跟他独处的时间。我甚至在想是不是该搬去客房睡，这样的气氛实在是很难在一起睡的。但是很快我就否定了我的想法，如果我搬出卧室，那么下一步很可能就是搬出这个家了。

　　我进了屋，把做好的饭菜端出来。岳剑耸耸肩告诉我他吃过了。我手上险些没忍住把盘子丢掉。我朝他笑着说："那你忙你的去吧，我自己吃。"

　　我自己一个人吃着我难得学会的可乐鸡翅，别说还蛮好吃的。

他在客厅脱衣服，然后慢慢绕到我面前，坐在我对面。我冷着脸，坐得笔直，继续吃我的饭。他摸出一支烟没有犹豫地点上，开始对着我吸烟。

窗户没关，微风吹进来，带着他有些故意吐出的烟圈，带着他对我的强烈敌意，一齐涌进我的鼻孔里。本来就吃得有些急的我被这烟味一刺激，吃在嘴里的辣味一下子进了嗓子，又是咳嗽又是喷嚏，弄得我鼻涕眼泪连连。样子是要多惨有多惨，我看到了岳剑眼里的心疼，却偏偏没有得到他温暖的关心。

我边咳嗽边哭，肆无忌惮地哭，不顾形象地哭，这日子的憋屈程度已经超出了我的想象。他说我从没了孩子以后就不正常，可是我看不正常的应该是他吧。

"秦苏，别哭了，我们谈谈吧。"他最后没办法，过来拉住我。我特窝囊地拿起纸擦了眼泪，表示同意跟他谈谈。我们确实该谈谈，再不谈谈我就要疯了。

"我们俩之间其实没什么问题，对吗？"

我点点头，我们之间本来就没问题，只不过是你有事瞒着我而已。

"现在的问题就是你老是在怀疑我，而我可以肯定地说我是没有做对不起你的事。因为我去跟朋友吃饭也好倾诉也好，都是出于一个朋友的立场。而这其中涉及她的隐私，我答应了她不可以告诉任何人，所以我真的不是有意要骗你什么，只不过不想涉及不该涉及的人而已。"

他顿了一顿，看看我，算是解释完了。我知道他还有下文，他见我没有表示，继续说："我听到了一些我不知道的事情。"

岳剑的眼神有些浑浊，看得出他听到的事情确实是很烦恼的事，而且是关于我的事。

我干过的坏事就那一堆，而知道的人也就那几个。所以现在可以肯定，小雪跟他说了什么。

我笑了，已经打定主意，鱼死网破。

"你说，我听着。"我坐直身体，面上恢复淡淡的笑容。我的岳剑的童话，看来最终还是要结束了。

他看着我，眼里的刺痛加剧，一句话也说不出来，仿佛全部堵在了嗓子眼。他给我的只有沉默以及难以启齿的尴尬。

"你说吧，说说你都听到了什么？"

"听说你和万言在公司发生了很多事情，都是我不知道的。而且似乎是全世界都知道，只有我不知道的事情。"

没有想象中的咄咄逼人。我点点头。

"为什么瞒了我那么多事情？"他的声音隐忍，我知道距离爆发不过是一瞬的事情。

"因为我不知道该怎么跟你说。"

"所以就拿我当傻瓜？"

他眼里的痛苦毫不掩饰，赤裸裸得让我心疼。面对岳剑的质问，我无处遁逃。

"我爱你。其他，我真的无话可说。"

"你是为了他才又坚持去上班的吗？是因为他，让小雪对你生恨才害了我们的孩子吗？"

他悲戚的音调和难以平复的哽咽让我疼痛难忍，同时我也得到一个信息，小雪并没有告诉他迪拜的事情，是在说他妻子和她丈夫的绯闻。

"我爱的人只是你，回去上班，也只是因为想报复小雪。仅此而已。"

"所以呢，你怎么报复？让她丢脸，抢了她的男人？秦苏，我真没想到你会这样。"

"不是的，我不会为了报复她而丢了我的家庭。"

"你现在已经丢了！你看看自从你小产到现在，多少次晚归你还记得吗？"

"我可以容忍别人在背后议论我，我可以容忍你贪玩，但是我不能容忍你骗我，拿我当猴耍。秦苏，你不该这么对我！"

"我没有，岳剑你为什么不相信我？都是工作上的事情才会碰在一起，你要相信我。"

他脸上的表情未变，我满身疲劳。

"岳剑，你是不是不爱我了？是不是小雪说什么你都信，我说什么都是徒劳的？"

"我不是个糊涂的人，如果是小雪说的我当然不会全信。我只是寒心，原来你也是个满口谎言的女人。"

"呵呵，不是小雪说的，那是谁说的？我满口谎言。谁又不是呢？你不是吗？躲躲闪闪地跟别人吃饭，跟小雪暧昧，我不难受吗？你怎么不考虑我的感受？每天被一个女人跑我面前来炫耀我丈夫送的项链，你想过我的感受吗？我们今天的吵架，你敢说全是我一个人造成的吗？"

我话还没说完，岳剑突然看着我，大声说道："不要老把责任推给别人！干什么这样疑神疑鬼，我和小雪怎么可能有什么？你该问问当时你为什么会离婚！我想多半跟你的性格有关！"

他说完，自己就愣住了。

我也愣住了，我死都不会想到有一天，我的岳剑会问我："你为什么会离婚？"

原来真的是如此，爱的时候一切都是美好的，不爱的时候一切都是千疮百孔的。他在我千疮百孔的时候给我编造了一个美好的梦，让我没有梦魇地活到今天，而现在我的梦该结束了。

我一句话也没说，默默地收拾了碗筷。然后没有理他，去洗澡，吹头发，熨衣服。然后自己带门出去，

临走时，他追上一步问我去哪儿。我说我想出去走走。

我出去了，能去哪儿呢？我想去喝酒，可是不敢一个人去酒吧。翻开手机号码竟然找不到可以逃避一下的港湾。男人，万言？不行，还不够乱吗？伍仁？除了冲动地说要为我报仇，他还能干什么？安慰人都不会。

手机里一连串的名单看下来，竟然还是只能去找她。我上了车就直奔蔷薇家。

蔷薇看来爱情挺顺的，满面滋润地给我开了门。估计没料到我会来做客，看到我先是一愣，赶紧把我让进去。

"怎么了，脸色这么差？"

她正在家喝蜂蜜水，也顺便给我倒了杯，我端起来，不三七二十一

先喝一杯再说。

"我和岳剑吵架了，日子没法过了。"

"有那么严重吗？又是小雪闹腾的？"她惊愕地望着我。

其实这事要是只怪小雪也没道理，我自己错在先，只不过这一步一步的像棋局似的布置精良，下手准确，让我连半点还手的机会都没有。我是没有料到小雪竟然有这么大能耐，在我明知道她会对我不利的情况下还让她搞得这么惨。

蔷薇听完我的叙述，重重地叹了口气，死盯着我。

"都说你有本事，怎么被个外地人在自家地盘上把底裤都给掀了，出息的你！"

我连翻白眼的力气都没有了，只能无奈地摇摇头。

"我现在后悔也没用了，早知道她是个疯子我怎么也不会再继续跟她纠缠。我不知道该怎么办了，今天岳剑那样子你没看见，他说我自己有问题，否则当初不会离婚，说得我……"

我低下头抹眼泪，想到这句话，我的心就割裂似的疼。蔷薇连忙揽住我，安慰我他说的只是气话，这个女子再一次在我伤心的时候握住了我的手，此刻若是再给我一杯酒，我就可以醉了。

蔷薇表示愿意陪我喝一杯，我很感激她的善解人意。本来酒量很差的我今天却怎么都喝不醉，还越喝越清醒。

我把我的委屈全部倾吐给这个一度被我抛弃的朋友。

"蔷薇，我该怎么办？照今天的架势看来，如果岳剑知道我和万言在迪拜的事，知道孩子的事，他肯定要和我离婚的……蔷薇，我不想离婚，我再也不想离婚了……"

蔷薇靠着我的身体明显地一抖。

"苏苏，你别怕。岳剑是个好男人，不会发生那种事的！"在她温言细语的安慰中，我沉沉地睡去了。

模糊间我听到蔷薇跟岳剑打电话，大意是告诉他我在这儿。再次醒来时，我已是被一个温暖的怀抱揽进怀里。

"我先带她回去了，你也保重，有事给我打电话，蔷薇。"这是岳剑的声音。我不由得往他怀里钻了钻，还是我熟悉的味道。

"岳剑，我们不分开。"

我喃喃着缩在他怀里，他摸摸我的头亲了我一下。

"不分开。"

第二天醒来，浑身酸软。岳剑已经在打领带，看我出来了，朝我伸出双手，给我拥抱。我有点受宠若惊，这种感觉让我自己都有点看不起自己，我已经完全把他当作主人似的看待。经历了昨天的事情，我彻底认识到，我作为一个附属品是没有平等可言的。

"宝贝，我相信你，我们不吵架了，好吗？以后让这些事彻底地过去。所以从今天起，不要去上班了，每天就待在家里等我回来好吗？"

我心情像过山车似的一下攀到巅峰，突然就摔落谷底。

这就是相信我吗？让我辞职，圈养在家，就是相信我吗？

"你相信我，那就该放心我。我可以正常工作，你也不要再跟你所谓的'朋友'见面，你可以考察我可以试探我，但请你尊重我。"

"苏苏，别这么固执好吗？我已经做了让步。"他的眉头皱了起来。

"岳剑，我在你心里的位置已经不对了，所以再怎么说，你都会觉得无理。我想我们该冷静一下。"说完，我一头钻进了洗手间。

没吃早饭，我就上班去了。

办公室里，在我和李姐为谁去传真室而你推我让得不可开交的时候，小秘书带来一个爆炸性的消息，公司组织的公款旅游名额下来了。

早不下来晚不下来，偏偏这时候下来。李姐狡黠地朝我一笑。

"看来老总对你真上心了，想方设法制造机会。"

我苦笑一声。这种情况下我能去吗？

中午，我一边吃饭一边思考我和岳剑到底该怎么继续下去。我可以让步，但他也必须让步啊，否则剃头担子一头热，我迟早会沦为怨妇。

正想着电话响了，是伍仁给我打的。我见公司餐厅太吵，于是跟李姐打了招呼回办公室接，一边走一边听他说。

他吞吞吐吐地说有事不知道该不该跟我说，我有些不耐烦，也担心他要跟我表白多年感情什么的，所以表现得格外烦躁。

"你说就快点说，我心情糟着呢！"

他连忙告诉我，他今天看见蔷薇和岳剑一起吃午饭了。我愣了一下随即想起来。

"哦，没事儿，这几天跟岳剑闹别扭，蔷薇是去替我讲和的。没事儿。"

"蔷薇好像对你丈夫还是很有心的，你自己注意着点。"

我有些不耐烦，这个男人真婆妈，大男人对甩了自己的前女友这么刻薄，真不像话。我随口敷衍了他几句就把电话挂了。跟蔷薇吃饭总比跟小雪吃饭的好吧！

不过我还是没有完全放心，下午又忍不住打了个电话给蔷薇扯了会儿闲话，委婉地问她是不是跟岳剑见面了。

她咯咯笑了我半天，然后给我汇报了岳剑的思想动态。告诉我岳剑还是打心眼儿里爱我的，只不过最近从某人嘴里知道了些不好的风声难免会生气。她也和我想的一样，建议我们冷静一段时间，我告诉她马上公司要组织旅游，她一拍大腿说："正好，你们借这个机会都彼此冷静一下。天天看着对方，难免审美疲劳，三天不见就如隔三秋了。"

我想了想，也是，让他尝尝孤枕难眠的滋味。突然想到一个问题，与此同时蔷薇也跟我想一块去了。

"那个宋雪去不去？"

"我得弄弄清楚再决定。"

然后我就直接去总经理办公室找万言，问他小雪去不去。他愣了一下。

"她去干什么？"

"她不去，我不去，免得给人说闲话。"我直截了当地告诉他。

于是，他告诉我，小雪也一起去，这样我才放心了。

回去跟岳剑说的时候，他出乎意料地没反对，当然也没支持。我以为又要有一番深谈，可是他似乎早有把握地说："既然小雪也去，那我也没什么好不放心的，出去散散心也好。"

然后就没再多说。我们在表面平和的气氛中度过了一个还算得上平静的夜晚。

到了礼拜六，岳剑亲自开车送我去机场。下车时他那眼里的浓浓眷恋让我着实甜蜜了一把。夫妻间还是制造点距离美、悬念美才好，到不了晚上这家伙准得给我打电话。这趟出游，来得还算及时。

我看到小雪戴着黑框眼镜朝我们这虎视眈眈地看着，我笑了，从这一刻起到旅游回来为止，就是我表演的时间了，小雪你就赶紧把心放宽点吧，免得在旅行途中被气出个子丑寅卯来，我可不负责任。

岳剑走了以后，形式大逆转。万言直接一身运动背包坐到我身边，开了一瓶苏打水递到我面前，直接无视了小雪的存在。我伸伸舌头，会不会有点太夸张啊？

小雪随后也放下矜持，大大咧咧地坐到我另一边，朝我笑笑。

"苏苏姐，你这次出来神清气爽的，看来心情不错啊。"

我冷笑一声，没回话。她嘴角明显地抽搐，随即就卷起嘲笑。

"你就放心你家岳剑一人在家？长夜漫漫，无心睡眠，要是去找点有意义的事情做，你真是后悔自己蹦跶出来了。"

我很想立刻反唇相讥回一句，你以为我老公像你老公那么没原则，继而想到当事人在场，况且我也是主人公，于是我只动动嘴皮就作罢。

"岳剑的人品我知道，况且，某些喜欢死缠烂打的人不在了，他清净都来不及，我才不担心。"我斜着眼睛瞪着她，只见她又是一阵恶笑，让我寒飕飕的。

参加这次旅行的有二十二人，主要是奖励对公司做出贡献的员工和各部门领导。上次一起去应酬客户的欣薇此次也在列，看到我，她的脸色有些尴尬。毕竟有些事放上台面就不好看了，比如她在第二天就带回了签好的合同。

而我又是目击者，多少是有点尴尬的。我假装什么都不记得地跟她打招呼，只字不提这笔单子，要知道她能受钦点奉旨旅游完全是因为那笔单子。

此次三亚之行，可以说是奢侈了一回，出行入住全是最高档的，还有消费报销额度。

穿着比基尼晒太阳的感觉确实很惬意，但如果是跟一群中年凸肚绝顶大叔同沐浴在一方天空下，我就不得不在比基尼外面套上一件小花衫。我和欣薇躺在遮阳伞下的方巾上像两只吃饱了不想动的猪，面朝大海。

　　"看这天，多蓝啊……啧啧！"

　　"看这海，多咸啊……啧啧！"

　　"看这鸟，多肥啊……啧啧！"

　　"秦苏，你瞧咱们总经理的眼睛长你身上了。"欣薇把嘴一努，提醒我注意下在一群男人中身材最好相貌最英俊，穿着花裤衩正以最嚣张的姿态跟身边那群男人指点江山，同时时不时抽出点时间望望我的万言。

　　我朝他笑笑，欣薇不客气地拍拍我的手臂。

　　"说来你福气真好，嫁得好，现在连老总也这么喜欢你，真幸福！"

　　我不置可否，看看万言，再看看躲得远远的小雪，突然觉得一切都是那么不真实。那些虚荣那些所谓幸福，远远比不过自己体会到的开心快乐重要。

　　说实话，到了三亚的第一天，我就异常地想念岳剑，以至于整夜翻来覆去的，脑子里全在考虑他晚上会吃什么，一个人是不是仍然在书房待到很晚，是不是还会开着灯睡着，还有他会不会也在想念我。

　　我打开套房的阳台门，这个小小的露台不足四平方米，却可以将海景尽收眼底，在这个几近深秋的夜里成了我遥寄相思的小天地。露台上放置了一个足够双人躺的沙发床，躺上去软软的，我像个思春的姑娘似的拿薄毯盖住身体，遥望暗青的海天相接，想着我家中的娇夫。

　　看看这沙发床的另一半，想象着要是旁边躺的是岳剑多好啊！

　　正慵懒着半眯眼地相思着，猛然睁眼一看，吓了一跳，隔壁的露台上有个人在看着我。我拍拍胸口，隔壁住的是万言和小雪。

　　我坐起来瞪着眼看他，他惬意地扶在扶手上朝我微笑，一副随时会翻过栏杆跳过来的样子。

　　他没说话，一直朝我笑着，姿势一直不变。我不禁也莞尔。他是个很有趣的人，如果没有那些前尘旧事，我们一定会成为朋友。

在现代都市生活里，恐怕是真找不到我们这么纯洁的关系了。真的是两两相望，痴痴相对，最后我不得不起身回房间，才结束了这种暧昧不明的气息的神交。

躺到床上，我还在担心他到底回没回去睡，会不会还在那儿。带着这种若有若无的情绪，我终于睡着了。

第二天一早，我打电话给岳剑，问他吃得怎么样睡得如何。他匆匆忙忙地赶着上班，潦草地回答了我几句就挂了。看这架势，我撇撇嘴，叹了口气说："岳剑，你真是一点也不想我。"

因为小雪在我身边，我非常放心地跟着大部队去玩，一点不担心她会祸害我家岳剑。反而是她时刻戒备地看着我，只要万言一靠近我，她就寸步不离地跟过来，保持不远不近的距离，保持随时插话的契机。我心里狂笑，小雪啊小雪，果然到自己的事才知道肉疼，你整我时看我严防死守的样子，你也这么开心吧。

可以这么说，小雪的处境颇为尴尬，在我这么一个没有道德素质的女人面前，她这个正牌夫人显得非常没有面子。

作为老公的万言不仅没有履行爱护她关心她的义务，反而一直跟小三鞍前马后地献殷勤，而更没有道德素质的同事们，不仅不站在正义的一边同情小雪，指责我，反而都纷纷表情自然地围绕着我和万言，共同娱乐，共同建立起革命友情。

不过，我的目的可不是横刀夺爱，我这次出来是想跟小雪好好谈谈，各回各家各找各妈，别没事瞎掺和别人家。

小雪一直都很淡定，直到接到一个要避开人去接的电话以后，她就开始不淡定了。

焦虑担忧的神色开始不时地出现在她脸上。比起我跟她丈夫同行时的那种气恼，现在她脸上的表情看起来更加真实。

终于她走到我面前。

"秦苏，你知道明天是岳剑的生日吧？"

我抬起头纳闷了。岳剑的生日我还真不知道，以前也没过过，我们认识还不久啊！

"怎么了？"我不能明摆着告诉小雪，谢谢你告诉我我老公的生日是明天，这样多难堪。

"哦，没什么，我还奇怪，怎么岳剑哥生日你还到处跑？没事了！"说完她就转身走了，我实在纳闷，这小雪葫芦里卖的什么药？

不过，我没时间去关心那个，赶紧打电话给岳剑，向他道歉我不知道旅游期间竟然是他的生日，要是知道我死都不会来的。

谁知道他听了呵呵一笑，说："生日啊，我自己都不知道，我不过生日的。"

我不知道他是不是宽慰我，我们说了好一会儿话才挂了。晚上我一直翻来覆去睡不着，想着要不飞回去给他过生日。第二天，我顶了个熊猫眼去餐厅吃早餐，走到前台问服务员可不可以代订机票。还没问到答案，万言就出来了，而且就他一个人，同进同出的小雪不知所踪。

"起了？"

"嗯。"我含糊地答了一句，一边填单子一边问小雪去哪儿了。

"公司有急事，我让她先赶回去了。"

"这一大早的？"我手里的笔停下了，不祥的预感腾升。

"昨天夜里的飞机，怎么了？"

我没有接他的话茬儿，直接回了房间收拾东西。小雪……你够狠！大半夜的爬起来冲回去，现在八成都已经到了。

我给万言发了信息道别，就匆匆地赶去机场，买了张回南京的全价机票。第一次感觉时间过得那么慢，候机时趁还有时间，我在机场买了个大蛋糕，特意叫师傅描了一圈小字："秦苏和岳剑天荒地老。"

破天荒的，我第一次在飞机上没有了食欲，发的水果和点心完全吃不下去。下了飞机已经是晚上八点多了，我急急忙忙地往家赶，手里却小心翼翼，蛋糕可不能撞坏了。

没有给岳剑打电话，直接上了出租车直奔家去。

到了家门口本想按门铃，却鬼使神差地掏出钥匙，插进钥匙孔手神经质地抖了一下，钥匙掉在了地上发出刺耳的声音。

我心里突然升起一种不祥的预感。

♣

第二十三章
# 撕开面具，我们所剩无几

　　我连忙把钥匙捡起来，推开门，小心地拎着蛋糕进来。家里有很重的酒味，桌上横七竖八的空瓶。我的心结了冰似的寒冷，因为听到了卧室的动静。

　　如果说我是个不够坚强的女人，那实在太低估我了，但让我坚强到去推开那扇门，撕下那层幸福的假象，真的是好费力啊！直到我看见肉体纠缠，我才知道什么是无力。没有人意识到我的存在，连我自己都仿佛意识不到自己还存在着。

　　很多事我不清楚，没理顺也没力气去理顺。我真的累了，对于爱情和友情的背叛，我已经习以为常，何必如坐针毡？

　　我拎着蛋糕到餐厅坐下，揭开蛋糕，看到上面一点没花的"岳剑与秦苏天荒地老"，我终于流下了泪。我大口大口地剜起来吃掉，奶腥味迅速上涌，我极度恶心地捂着嘴冲出家门。

　　刚才回来得匆忙，没有发现秋天的夜里已经很凉了，我双手搓搓双臂只能苦笑。我是一个多么胆小的女人，总是以为自己无敌，原来遇上这种事却仍然那么无力。我真的怕了，这个世界太陌生了，以至于我总是后知后觉，被别人玩弄于掌心。

　　怎么会是蔷薇呢？她是什么时候开始恨我的呢？

　　走在街上有点浑浑噩噩，身边的汽车呼啸来往，不时地被司机咒骂，我不在乎。看到路边夜市摊子都安置起来了，我蹲下来抓起一件上面印着一家三口的卡通 T 恤，摊主立刻热情招揽。

"那个给三十吧，抛货！"

"五块！"

"怎么可能……你瞎开价。"

"五块！"

"这进价也不止。"

"五块！"

"神经病哦！别捣乱。"

"五块！"

……

最后我拿着五块钱买来的 T 恤，一路走在寒风瑟瑟、枯叶乱舞的街上，一路揪着 T 恤抹眼泪。直到眼睛哭疼了，想到自己出来已经一个多小时了，他们竟然都没有发现我曾经回来过。

突然电话响了，我的泪水猛地汹涌起来，拿起来准备按掉，发现竟然是万言打来的。

"他们在家鬼混，被我逮了现行，我……该怎么办……"

万言一个劲儿地安慰我，让我先别哭，他已经在机场了，马上就飞回来，让我先去酒店开个房睡一觉。我确实也没别的选择，幸好带了钱包出来，身份证银行卡都在，不至于被饿死在街头。

而家里的电话始终没有打来。

我睡得很沉，直到被敲门声惊醒，我努力地睁开眼睛，发现视线极度狭小。原来眼睛肿了，上下眼皮成了俩核桃，眼珠跟夹心似的被上下迫害着。

开门看到万言一身风尘和疲惫，他望着我，满眼的心疼。

"苏苏，别怕，我来了。"

我哇地大哭起来，终于找到组织了！我一个人真的承受不来，万言，不管你是痴情男，还是大尾巴狼，都请你给我个肩膀靠靠吧。

哭完了，我的眼睛已经肿得像阿凡达了，轻易睁不开，使劲睁就疼得要命。万言给我弄了热毛巾敷眼睛，然后安顿我上床睡觉，我们之间一句话也没有说，却配合得异常和谐。

在他温柔的眼神和呼吸声中，我再次沉睡过去。

等我再次醒来，是被厕所里接电话的万言给吵醒的。好像是和谁在吵架，我坐起来仔细听了半天，才听出是和小雪。

肯定是知道他回南京了却没有回家，小雪在跟他发飙。我苦笑了一下，终究还是别人的老公，自己用得跟真的似的。

转念回想小雪跟岳剑真奇怪，小雪急匆匆地高调回来，显然不是真为公司的事回来，哪有半夜跑回来处理公务？那么就是为了抓奸？她一个小三，够什么资格抓奸，就是真抓她也没有钥匙。还有一种可能，她那么高调地半夜返宁其实是想引我回家。

我傻笑了，到底唱的是哪一出？我糊涂了，《无间道》莫非是专门放给女人看的？

万言出来看到我傻呆呆地坐在床上，眼里满是心疼和歉疚。他坐到床边，摸摸我的头发。

"去洗漱一下，我带你去楼下吃点东西。"

等我从洗手间出来时，房间里已经多了一个人。

有时候我真的是很佩服蔷薇的。她是一个做事不按常理出牌的女人，而且又是个冒险家。这次给我的刺激足以算得上震撼，并且永生难忘，而她竟然还勇敢地站到我面前，要知道玻璃杯茶具就在我手边。

"秦苏，我们谈谈吧。"她丝毫不畏惧地盯着我，眼里没有一丁点儿的愧疚和难堪。

我心痛了一下，这就是我多年的好朋友，此刻正以一副要债的姿态在跟我谈判。

"万言，你先离开吧，我想我们该单独谈谈。"

他动也不动。

"他不必走，他好歹也是当事人。你怕我把秦苏吃了，就留下看着她好了。"蔷薇指着万言说。

万言不悦地耸耸眉。

"我去给你买点吃的，马上就回来。"他说完，没看蔷薇一眼，带门出去了。

我是很想知道蔷薇要跟我说什么，我不知道，在这种事后的尴尬期，她要跟我谈什么？

"你和岳剑离婚吧，这样对大家都好，你们已经不可能了。"

她开口就是这个简单犀利的要求，我不禁哑了，呵呵，从头到尾我就是被当个傻瓜来看待的吗？

"你怎么能这么轻松地说这句话？"我声音有些嘶哑，却意外地铿锵，"你忘了，你是什么身份吗？蔷薇，我的老朋友……呵呵，你到底把自己当什么了，把我当什么了？"

"朋友这个词我们谁都没资格去承担。从你抢走他那一刻起，我就知道这个世界上，朋友只是说说而已。"她说得严肃，那种神态像是一种宣判。

"抢了我的男人以后，你还跑来问我会不会生你的气，真好笑！这种事跑过来问我有没有生气。秦苏，这种事也就你做得出来吧……"她语气里除了嘲笑还有辛酸。

"我跟他恋爱两年了，被你一个月就抢走了。你找到我叫我祝福你们，问我会不会生气，我是很想问你，如果我说我生气你会拒绝他吗？"她望望我，眼神有我从未看见过的犀利。

"你不会，你照样嫁入豪门，我除了失去他，也失去了你。我只能默默选择接受强颜欢笑，并告诉全世界，我蔷薇是个没脸没皮，性和思想都很开放的女人。"

"所以你怀恨至今？为了报复我。"

"知道吗，秦苏？你是个幸运得让人嫉妒的女人。我常常在想，要是你被男人一次又一次地抛弃，被遗弃在冰冷的房间里，是什么感受？当然了，曾经我想过要跟你做一辈子的朋友，把岳剑当成心底的一个秘密，永远看着你们幸福到老。"

她冷冷地看了我一眼。

"可是，看着你游刃有余地徘徊在两个男人之间，我又嫉妒了。

凭什么你就那么幸运，而且你们的秘密还隐藏得那么好……我不甘心。我想给岳剑幸福，你这样贪心自私的女人只能伤害他。"

"蔷薇，我真傻。"

"你不傻，傻的是岳剑，可怜他在我怀里哭得像个孩子似的，我听得心都疼……说那些都没用，现在的情况已经这样了，我爱岳剑，一直爱他，从未断过。现在你背叛过他，他也背叛了你，你们之间已经不可能了。"

她的眼里有了恨，我的眼里却是悲凉到极点，嘴里的苦涩不住地翻涌，却全数化作冷笑。

"这么说，所有的事情他都知道了。"

"是的。他连验证的必要都没有，因为我们为他准备的证据十分充分。当然了，你到现在还是很迷惑的。这段时间发生的事把你彻底弄糊涂了，为什么我会突然跟岳剑好上了？为什么本来被你视为情敌的小雪却至今按兵不动？为什么一切一切发展都这么匪夷所思？原因只有一个，我们是合伙的。"

听到这里，我才死心地苦笑了。看来我还真是劳师动众啊！

"既然木已成舟，我们姐俩都已经撕破脸了，我们就不妨当闲聊吧。你一向自以为聪明，却是怎么也想不到从知道你肚子里的孩子的秘密的那一刻起，我的心里就有了想法。"

我全程微笑着，聆听着她带着难以觉察的自豪语气的叙述，给我讲述了"两个女人与一个纯傻瓜之间的心计"。

原来，从蔷薇知道我的孩子来历不明时起，她的心里就开始有波澜了，但那时候她还只是想单纯地为岳剑考虑，让他没有后顾之忧。小雪找到她一起策划了那次游湖事件。我原以为蔷薇只是故意见死不救，如果当时把我捞上来孩子也不至于流产，却不知道原来她就是主谋。

所以那时候她以为从此跟我就两两相忘、永不相干，却没想到我竟然愿意跟她保持联系，还跟她恢复起以前的关系。

小雪很惊喜，因为她看到了蔷薇身上可以利用到最大的价值。

她找到了蔷薇，要求联手。蔷薇开始是拒绝的，因为无论如何她是不想害我的。可是当小雪把计划提出来以后，蔷薇动心了，因为结果是岳剑身边的我换成蔷薇。

小雪一直是幕前的那个第三者，从开始约岳剑吃饭，送我同款结婚礼物，在岳剑去日本时，打电话请他带礼物殷勤地问情况，邀岳剑入股，半夜打电话给岳剑聊天，戴我在岳剑那儿看到的钻石项链都是假象，制造她在积极争当第三者的假象。而实际上，很多次我以为是他们在约会和吃饭，其实当时坐岳剑旁边的是蔷薇。

"你们是怎么又好上的？我很好奇。"

"呵呵，我自杀的。我为了岳剑自杀的……"她撩起袖子，我才意识到入秋以来，见了好多次她都是穿的长袖，对于她这么一个时尚的女人而言，不露肩膀是件无法想象的事情。

她的手腕上有三道深深的划痕还没有长好。

"我告诉他，我还爱他，我爱得难过，所以我要自杀。他吓死了，立刻放下工作跑过来安慰我，他抱着我的感觉还是那么温暖，我更加幻想这个温暖的怀抱是不是也可以为我停留，这种疯狂的欲望让我更想占有他。"

是的，就是这种感觉。我又何尝不是留恋他身上的温暖而如惊弓之鸟似的害怕失去呢？

因为医生说蔷薇有自杀倾向，所以那段时间岳剑常常去看她，几乎是随叫随到。我宁愿相信那时候岳剑给她的只是同情和责任，所以他根本不是在跟小雪约会，而是在安抚蔷薇。而我又在那时候盯着岳剑屁股后面跟他吵，指责他跟小雪过从甚密，他不能告诉我去看蔷薇了，蔷薇还为他割腕了，那样的后果就是无止境的纠缠和折磨。

疲惫的他一定觉得我很无理很烦躁，而我对他这种躲闪更是怀疑。

然后就是那挂项链，心情转好的蔷薇可怜巴巴地对岳剑说，好嫉妒我，想要一挂项链。她是病人，精神又不正常，于是岳剑偷偷买了，还给我发现了，然后蔷薇把项链给了小雪戴上，到我面前来炫耀。于是我回去跟岳剑吵。可是岳剑死也不能想到买给蔷薇的东西到了小雪身上的道理，只会认为我是无理取闹，看到样式差不多的项链就瞎怀疑。他是不会想到自己被算计了，只会怪在他焦头烂额的时候还无理取闹的我。总之，我和岳剑的关系被破坏无疑。

现在我回想起来，那项链真是最后的引爆点，放大了我们对彼此的不满，然后蔷薇在小心翼翼地向岳剑吐露出为什么事隔那么久才来争取他的原因，是因为我跟万言好上了。

她为岳剑心痛又什么都不能做，所以要自杀。

就有了后来岳剑跟我在家里爆发的那场一点不留情面的争吵。可是她没有想到岳剑对我的爱是宽容的，竟然要求我不去上班，跟万言撇清关系就好。

蔷薇低估了岳剑的痴情，感到害怕才横下心来把事情和盘托出了。

这个旅行也是一场计谋，蔷薇告诉岳剑有十分重要的事要告诉他。但前提是一定让我离开，这么巧我说有旅行而且有小雪看着我。他满口就答应了。

接下来的事情就顺理成章。蔷薇拿出了那封被小雪以十倍于万言的高价买下的邮件成了最直接的证据，蔷薇痛斥了被我欺骗了那么长时间，又心痛了自己知道真相以后心里那样煎熬，她的真情加演技把血淋淋的事实呈现给岳剑，他泪如雨下也是正常的。所以他们就喝酒了，喝完了就上床了。就这么简单。

听完她的坦白，我笑了。深深吸了一口气，再次放声大笑。

她也朝我笑了露出一口白牙。

"秦苏，你知道吗？我和岳剑在一起两年了，虽然分开这么久，可是我发现我们在床上仍然像以前那样无比和谐，那种熟悉的感觉真是久违了。"

我没有生气，也没有去幻想那种不堪的画面。即使我看到了，我也没有力气去回想什么。我只是笑笑。

"我连骂你不要脸的力气都没有了，蔷薇，你真厉害，我输了。"

她愣住了，大概没想到会赢得那么顺利，以为我至少要大闹一次，至少给她一巴掌，可是我没有。她眼里突然难以抑制地泛起泪花双目通红，扑上来抱着我呜呜地哭起来。

"我厉害什么，我厉害什么……我最失败了，我把所有人都搞疯了。秦苏，我恨死你了，我恨死你了！"她哭得像个孩子，这种错愕的瞬间让我有些迷惘，到底是谁的错呢？好像在这个混乱的世界里，安宁本来就是该被扼杀的事情。

谁都没有错，自私而已，贪婪而已。指望别人伟大是一件滑稽的事情。

万言买了很多早餐粥回来，进门愣住了，怎么也想不到会看见两个女人抱头痛哭的情景，他把食物推到我面前，沉默地坐到我们对面。

我看着这个男人，他似乎是我们中最强势最让人摸不透的一个，安静的时候像是空气一般没有存在感，可一旦被搅动起来却是如此强大的气流。我排斥他，可悲伤的时候他却像空气一样能让我依赖存活。

此刻，他静静地看着我吃早餐，像一个父亲。蔷薇盯着他，最后呵呵笑了。

"秦苏，你始终不会太倒霉。"

我无力地望了她一眼，再看看万言，突然觉得滑稽。

万言的存在让我们沉默了。后来他接了个电话，看我们相安无事，于是跟我说去公司签个合同很快就回来。

万言身影消失的一刹那，蔷薇迫不及待地说："万言是个好男人。"

我的语气有些嘲弄。

"那小雪是呆子吗？我没想通，小雪早知道这么干会有什么后果，她就真的甘心为了报复我失去万言，那她不会自己去勾引岳剑，找个下家也好啊！"

蔷薇笑了。

"其实后面的计划是我牵着她的鼻子走的，我感觉她已经无法控制了。至于她会怎么样，我一点也不关心。"

"那伍仁呢？你为什么要要他？蔷薇，你把所有人都玩得彻底了。"

她惨笑起来，指着我大笑，想要说话却被自己呛到了，咳嗽得脸通红。

"别说伍仁，要不是他，我也不会这么恨你，要是他能跟我好好的，我也甘心了。可是……就是他，跟我在一起的时候，三番五次喊你的名字。我在那时候把他掐出血来，他还喊你名字……秦苏，你让我怎么能不恨你，怎么能不恨你呢？"

"是啊，怎么能不恨我……是该恨我，我自己活该！"我愣愣地自言自语。

"那么你今天来找我，是为了什么呢？离婚，该岳剑来跟我谈。虽然我现在不想见他，但是你来实在是没立场。"

"可是现在岳剑整个人还没调整过来。我想他是个心软的男人，此刻他的迷惘不会比你少，大家都少点痛苦吧。"

"你是想让我提出离婚，或者说是主动退出？"

"反正你还有万言，不是吗？他爱你，他会跟小雪离婚的。"

我不禁莞尔，好吧，你觉得这是个排列组合吗？你认为人只要有个谁接收就能笑着说再见吗？

"我知道了，这事等我们都平静了再谈吧，蔷薇。我们再也不是朋友了。"

"再也不是了。"她低下头，眼神迷惘得像是从来不记得自己来过。

晚上，万言过来陪我一起吃饭。我食欲特别好，好像要把所有的烦恼都用来发泄到新陈代谢上。吃完了，我浑身轻松。他把手放在我手背上，暖暖的。我心里一酸，他连忙摩挲着我的手背安慰我。

我第一次很真诚地向他说谢谢。他有些窘迫，笑得很不自然。我说你可以回去了，你还有家。

他连忙着急了，说他什么也不会做，只是想陪着我，不想让经历过这种事的我一个人度过孤单的夜晚。我知道他是心疼我，但我不想搞得好像我知道自己婚姻玩完了就立刻投入别人的怀抱，我不喜欢把自己打扮得如此卑微，我还有一点点的自尊和骄傲。

最后，他还是被我劝走了。我孤单地裹着毯子坐在窗台下，看着清冷的秋月发呆。

岳剑的电话是第三天才来的。我们都不知道说什么好，沉默半天，最后还是挂了。完了过了几分钟，他发来信息说让我回家一趟。

我拿起钥匙，连钱包都没带就回家了，因为我知道我还是要回来酒店的。

　　我回到这个陌生的家。我坐在沙发上，看着面容苍白的他，顿时生出了彼此解脱的念头。这样也好，我们终究尘归尘、土归土，至少他曾经待我如珠如宝，我心存感激就好。

　　这种刹那的苍凉袭遍全身，我不由得颤抖了。他挺拔的鼻尖沁出了汗珠，只有在紧张和焦虑时他才会这样。我很想走过去为他擦掉矛盾，擦掉记忆。爱情是让人愉悦的事情，如果弄到这步田地，我只能对他说，岳剑，我们就当从没有认识过。

　　我们对视了良久，最后又不约而同地忍受不了对方眼里的煎熬，把目光撇向别处。我盯着墙上的电子日历，十一月六号，距离我们四月的婚礼才过去了半年。

　　我们认识才半年，却仿佛过了一生那么艰苦。

　　我们的对话在很刻意、很陌生的问候中开始了。

　　"这几天在外面过得怎么样？"他艰涩地开口。

　　"还不错。你呢？"我淡淡地笑了。

　　"我还好。"

　　然后又是一阵沉默，时钟滴答滴答地不辞辛劳地提示我们，不要浪费它的感情。

　　"秦苏，我们都太傻了，是不是？"

　　"我们……太难了。我已经不知道该怎么去追溯，也许真的是不合适。"

　　"一开始，你如果跟我说，也许……"

　　"其实你恨我的吧，你知道了以后，再回想我的种种，肯定觉得我是个死没脸皮的女人。可是，你为什么要出轨啊？我倒是宁愿你找到我，当所有人的面甩我一巴掌，然后恶狠狠地走开，丢给我一纸证书。那样我会带着歉疚，感激你一辈子……"

　　他笑了起来，不对，是冷笑。

　　"秦苏，你还是那样，只为自己想，从来不为别人想。"

我笑着称他答对了，他激动起来，喉结蠕动，问我为什么那么满不在乎，为什么能在发生那么大的事时还能泰然自若地接受他的宠爱，脸不红心不跳，一点不心虚，到底为什么我会生活得那么自在安逸，还在两个男人的夹缝中过得滋润无比。

我笑了，笑得很贱，我告诉他，秦苏从来都不是个高尚的人，秦苏就是个贱人，秦苏只关心自己怎么能过得好，只关心自己能不能安然度过今天。其他的事，秦苏连一点脑子都不想动。至于为什么秦苏能享受你的爱，还是托你岳剑的福，因为你爱她。

他终于愤怒了，朝我吼一句："秦苏！不要把我对你的容忍，当成你不要脸的资本。"

"小时候我和人玩捉迷藏，总是等别人藏好了，我就直接回家。而现在我只是被别人捉迷藏放了鸽子而已。我习惯了，说到不要脸……事情到了现在，谁还有脸？事实证明，你岳剑也只是个酒后乱性的男人而已。我们还有谁有资格指责对方？对不起，我已经没有力气了。"

他站起来走向我，高大的身影掩盖了我的全部身体，我抬头看他，却只看到一个颤抖的手掌飞快地落到我的脸上。

打完，他自己也愣住了，然后脸上难过得无以复加。

"不要紧，你还算没用力，要知道小雪当时打得我脸都充血了。没事儿……"我忍着哭跟跄地要推门离开，谁知岳剑在后面一手按住门一手拉住我，把我按在门上，抬起我的下巴疯狂地吻我。

他嘴巴里全是苦涩的味道，还有我难忍的陌生气息。脑海里充斥着几天前推门的那一幕画面，我发疯地推开他。他恶狠狠地咬住我的舌头，我不顾一切地挣脱，出血了也在所不惜，我只是不想承受这让人难忍的感觉，就是死也比这享受。

血腥味弥漫开来，他终于任我挣脱。

"呵，你也是在嫌弃我了。"他脸上的笑勉强得让人难受，那种无奈和悲伤让我忍不住狂笑。

到底是谁在折磨谁，到底是谁在玩弄我们？从开始到现在，我就在纠结，一直到现在我们一起痛苦，到底什么时候才是结束？

我狂笑不止，他眼神越来越深邃。半晌，我抬起头，说："嫌弃你？岳剑，我有什么资格嫌弃你？别说接吻，就是上床我也不嫌弃你！"

　　他眼里的暴怒顿时大涨，一把拖起我，直接把我拖进卧室扔在床上。看着这张几天前躺过另一个女人的属于我的床，我笑得更灿烂了。

　　伸手解开自己衣服的扣子，在他的惊愕和震撼的眼光里，一件一件地脱下。

　　"我先脱了，您随意。"

　　终于，他被我的语言给激怒了，怒不可遏地上来。

　　我闭上眼睛，承受他的粗暴，满眼的泪水，却偷偷在脑海里搜索我们之间的美好回忆，满溢得到处都是。我竟然如此留念这个男人。

　　有泪水重重地打到我脸上。他在哭，我睁开眼看他，他满脸的泪水滴到我的眼睛里，勾引着我的眼泪像洪水的引子，再也控制不住，我们流着泪，再也没有了亲密。

　　只听得到他一遍一遍哽咽："秦苏，你给我记住了……"

　　你这个傻男人，我还用特意记住吗？你早就深深地植入了心里。

　　等我们疲惫地躺在一起，身上的汗水还有些黏腻似乎不想分离。

　　可汗水却渐渐地凉掉了，等我意识到有些冷了，也才意识到这里已经不是我能安心而眠的地方了。

　　"我们离婚吗？"我说出口，就立刻感觉很好笑，心里已经做好了准备，也那么坚定地给自己打气，而脱口而出的竟然变成了问句。

　　可等待我的竟然是长久的沉默，没说离也没说不离。

　　最后，我穿衣离开了那个家，只带了些日常用的东西。我犹豫了一下，把无名指上戴了很久了的婚戒取了下来，戒指接触玻璃板的刹那发出清脆的声响。

　　我拉开门离开了，他没有阻拦我或者说没有挽留我。我看不到他的表情，只能感受到他强烈的视线随着门关上而消失。我再一次走在萧瑟的街道上，感受着一个人行走的快感，在萧瑟的秋风中，在狂风扫落叶的寂寞中，我向自己宣告："秦苏，分居生活开始了。"

♣
# 第二十四章
## 何事秋风悲画扇

　　看着路上热恋中的情侣，我一点不仇视也不嫉妒。谁知道他们以后是谁媳妇是谁老公，谁知道这年头成了夫妻就能保证是稳定队而不是效率队？小时候看《石头记》就懂得了，凡是真心爱的最后都散了，凡是混搭的最后都团圆了。我早就有了心理准备，何必郁闷。

　　虽然我是个路盲，也不知道以后怎么办，就连我要住哪儿都没有着落，还不知道怎么跟父母说，但我不惧怕单身，没人牵手我就揣兜。

　　人活着就是麻烦，自己的伤心事还得跟一圈人解释出个子丑寅卯。走一步是一步吧。

　　回到酒店，发现万言在等我。他看我回来了，带着一脸的歉疚和心疼上前来拥抱我。一句话没问我，只是把我紧紧地拥住，强迫症似的一遍遍地告诉我一切都会好的。我紧紧地靠在他怀里，终于找到可以依靠的肩膀。

　　虽然我是个十恶不赦的人，好在老天没有太刻薄我，夺我奥特曼，补我机器猫。此刻，哆啦 A 梦正非常善解人意地履行着他的职责，在无依无靠的深秋时候给了我温暖。

　　"我跟岳剑暂时分居了。"我脱开身，垂着头，咬着嘴唇。

　　"我们或许要冷静很长一段时间，或者过阵子就去办手续。我现在不想其他的，只想过得顺心点，不想再有那么多波折了。"

我这是明确告诉他别想乘虚而入，我目前可没这个心情啊！

万言是个非常有风度的人，或者说他是个很有大局观的人。整件事情其实要说他完全不知情，我是不会相信的，他纵容甚至帮助了。

他们三个人一起算计着我，只是小雪的做法让我很不能理解。她明知道岳剑如果抛弃我，以她对我恶毒的看法，我这样一个贱女人肯定会像抓救命稻草似的紧紧抓住万言。她处心积虑地利用蔷薇，为的不就是保持清白之身还能破坏岳剑和我的婚姻，以忠诚的妻子形象跟万言双宿双栖吗？可如今的结果却不尽如人意。

我懒得再去思考了，也不敢去再想岳剑，愈想愈头痛。

当晚，万言怎么也不愿意回家。不知道他是出于什么心理，总之他不愿意回去和小雪待在一起。也许是两人争吵了，也许是担心我一个人孤零零的，总之他宁愿再开一间房也不回去。

我懒得跟他争，对于小雪把我玩得团团转的事，我也无心去追究。万言想留就留，我才不会去顾忌小雪的感受。我们像情侣一样待在房间里，什么也不做。

之后的几天，他在的时候，我与他聊一些趣事，彼此了解了很多也亲近了很多。他不在的时候，我就发呆，果然没什么比发呆更打发时间更耗费心神的事了，每天晚上我都睡得好极了。

直到小雪突然的闯入，我们平静的"偷情"生活骤然失去了宁静。

小雪的眼睛血红瞪着我，幽怨和嫉妒使这个女人变得歇斯底里。万言挡在我的面前，抓住小雪的手，防止她做出什么癫狂的事来。

"看来，你不比我过得好。为什么要那么做呢？报复我的快感和你现在的处境比起来，哪样更愉快？"我笑得像个妖精，此刻我希望膨胀得足够强大，来面对这个带给我无限痛苦的女人。

她看着我一字一顿地说："言，你跟我回家。"

万言没有动，皱着眉头。

小雪突然尖厉地哭起来，神情激动地在包里翻起来，我浑身紧张。她掏出了一张纸，大力地拍在桌子上。

作为一个女人，而且是有过相同经验的女人，我轻易地就看得出那是一张化验单。怪不得她那么有把握毫不顾忌地拆散我的家庭，因为她有护身符——怀孕了。

万言脸色窘迫地看着我，那上面怀孕六周的鲜红字体说明，在他口口声声说爱我、只爱我、爱死我的时候，他们的夫妻关系还是不错的。

"既然如此，你还是回家吧。"

"公公婆婆这几天就来南京来看我了，我爸妈也来，这是他们四个老人第一个孙子。"小雪盯着万言，然后又轻蔑地看着我，"如果你不回去，我就去找秦苏她妈妈谈谈，一个被男人甩了的女人，又去勾搭有妇之夫，我想这种女儿是该好好让自己爹妈领回去好好教育。"

"闭嘴！"万言是真的生气了，一把推开小雪，直接拽着她出了门，"回去，我们回去大眼瞪小眼好了！"

他刚想回来跟我嘱咐两句什么，我立刻把门关上了。任凭他怎么敲打，我就是一言不发，直到他无奈地离去。

屋里恢复了平静，甚至可以说是冷清，我靠在门上自言自语。

"他妈不是被他老爹抛弃命苦地没见着极光就死了吗……一下子公公婆婆都活了……真费劲，要男人干吗？"

对于万言的欺骗，我几乎没挂心上一秒。我不经意瞟了一眼日历，才发现今天竟然无耻的是 11 月 11 日，好有意思的日子啊。我秦苏自打知道有光棍节这个节日以来，在这天就没有孤单过。

我决定改换一种心情，揣点钱出了门。外面的天气真不怎么样，心情好的话可以理解为秋高气爽，心情糟糕的我只感觉一阵萧瑟的寒风扑来，刮得脸生疼。

出来就该做好心境悲凉的准备，该多穿点衣服。大冷天的一个人在外头走，居然还看到两条狗狗恩恩爱爱、耳鬓厮磨地在我前头并排走着，顿时心里凄凉无比。刹那间，我明白了，出来混迟早是要还的。这句至理名言原来是可以通用的，这就是人生啊！

看到烧烤摊，我决定去买点吃的暖和暖和。跟岳剑在一起后，我再也没吃过烧烤，因为他认为不卫生没品位。为了配合他的档次和品位，我长期地压抑着对烧烤的渴望，可如今吃起来却发现没有那么好吃了。

当我看到旁边蹲广场椅子上的半乞丐半民工模样的一个姑娘眼巴巴地望着我，顿生同情心。看她十八九岁的年纪，脸模子生得也不差，想来是个有骨气的姑娘才不至于沦落到红灯房子里去。于是我大方地端着大堆的烧烤跟她凑一起坐着。

　　我说请她吃她还不动，看来这姑娘安全意识极强。看到我自己先吃了一口，而且又是看着我从烧烤摊上拿下来的食物，她这才放心地抓起来就啃。

　　"读过书没？"

　　"读过。"她朝我笑笑，一口外地口音。

　　"知道是今天什么日子吗？"

　　"知道，光棍节嘛！今天这节过得人心情不好，连带着我生意都不好。"她晃晃手里的"途遭小偷，差五元路费回家"的牌子。

　　我恍然大悟，原来是个生意人。这也是体力活，而且一个姑娘家乞讨确实是件需要勇气的事，就这我就得尊重她。

　　看她吃得差不多了，我问她你对光棍节有什么看法没。她纳闷地望着我，不明白我什么意思。我望着来来往往的单身们不禁嘿嘿一笑。

　　"窃以为11月11日两边各成一对，不符合光棍节萧瑟的气氛，而11月1日，斜眼看着那边另一对，陡然增加了一股冷艳牛叉的气质，天灵盖一道金光，一种杯具之器从天而降，实乃极品的寂寞之日……你说是吧？"

　　这姑娘被我吓得不轻，以为是假疯子碰到真神经病了，生怕被我缠上，火速地放下烧烤的竹签，说了声"谢谢啊"就迅速逃离了现场。

　　我对本次喂了白眼狼的行为感到后悔，吃了我十块钱的烧烤呢，陪我说几句话都不行，太不道德。

　　我承认我的精神确实有点问题，至少从周围人的眼光里可以看出。他们是这么看我的。一个正常的穿戴体面的姑娘跟个乞丐坐一起吃烧烤已经够匪夷所思了，最后还能把乞丐吓跑了，极品啊！

　　我不想被人当成动物来观赏，决定转移阵地。于是我往休闲广场去了，可是好死不死看到一对小情侣。在光棍节这天出来秀恩爱就已经是天打雷劈的缺德事了，这两人像极了我和孙文当年的死样，都是男的一副会说甜言蜜语的坏小子模样，女的被哄得傻瓜似的一颠一颠的。

我顿时火冒三丈，请原谅我此刻的冲动和脑子不正常，因为我本来就有点神经了。敢在老娘面前扮情侣卿卿我我！管你是认识不认识，我冲到两人面前照男的就是一巴掌。

"你敢背叛我？"

打完我扭头就走，不管后面什么反应。确切地说，我是打完他掩面就跑，隔了半天才听到那边爆发了一阵叫喊。我心里窃笑，叫你们这些人嘚瑟，老娘才不管你们是不是真心相爱，能拆散几对算几对。

估计那小伙子还纳闷，哪来这么个美女姐姐来认亲戚，估计纳闷的时候没少挨女朋友揍，还得给她赔礼道歉解释半天。

我捂着肚子笑了半天，突然觉得空虚。秦苏，你现在的样子像极了个神经病，你知道吗？

我承认我厌世，但绝对舍不得去死的，作为一个敬业的怕死鬼，我把命看得比爱情重要得多。所以当我第二天出现在公司里的时候，引起了不小的轰动。大概是小雪为了全面封杀我，已经将我老公跟我的闺密搞上的事给抖出去了，随后又被打听出原来这个闺密是秦苏老公的前女友，所以谁是小三还说不定。呀呀呀，多么劲爆的消息。

我虽然没料到小雪这么狠，却平静地接受了。李姐是唯一一个靠近我跟我说话、问情况的人，我没说什么，只是摇摇头，告诉她还没离。

万言很快把我叫进办公室，告诉我可以带薪休假。

"可是生活还要继续啊，休假要休到什么时候才能重新适应呢？你别带着异样的眼光看我，这样别人也就不会了。"我的镇定自若让万言有些恍惚，随即他又轻松地笑了。

"我认识的秦苏就是这样的，我喜欢！"

我白他一眼，你快回家抱老婆生孩子去吧！

以他的睿智怎么会看不出来我心里所想，他尴尬地告诉我那是个意外。

我怎么不知道那是意外，避孕失败的产物呗。

"其实我不是很关心这个事。"我朝他暧昧地笑笑，意思是你懂的，别装蒜了。男人嘛，老婆睡在旁边不碰是不道德的。

我的满不在乎让他有点不知所措，他刚想补充说明点什么，我已经站起转身了。

有句话叫什么，落毛的凤凰不如鸡，如今我就是这么个情况。以前慑于我淫威的办公室女同事此刻都带着幸灾乐祸的眼神看着我。

我并不介意，对于一群闲得发慌的高不成低不就的尴尬大众而言，最高兴的事就是见到走了好运的同类又被打回原形，从而能证明还是她们稳当地待在原地是件多么英明而正确的事。

我真的不介意。虽然我出来的时候什么也没带，并且我也没有做好任何的财产分割准备，因为我本来就没什么财产，我的一切财产都是他给的。即便我的车子没有开出来，我也并没有觉得遗憾。

这场爱情已经让我筋疲力尽，我已经无心去想以后的生活，因为无论如何我今后的生活都会是一团糟。要钱又能怎么样呢？

万言突然来给我搬家是我始料不及的，事实上，我就一个日常用的包。他给我安排的公寓一应俱全，不比我家差。

他说是他自己的房子，所以我可以安心住。对于这样及时的帮助，我没有拒绝，也没再谈房租什么的，我欣然接受了他的好意并且心安理得地住下。无论如何我有今天，他和小雪是"功臣"。

我开始了单身的上班族的生活，没有车，坐地铁还是很方便的。万言的专车我是不敢坐的，我不想跟他再发生些什么乘虚而入的爱情，爱情这东西太奢侈了，我消费不起。

又是一天辛劳的工作结束，终于挤上了回家的地铁，又饿又困。跟我面对面站的一个男孩长得挺阳光帅气，嗤啦一声打开一包薯片儿吃了起来，闻起来好香，于是我淡淡一笑很自然地伸手到他面前拿了两片，然后两人一起愣住。我边嚼边跟他解释说："对……对不起，我实在太饿了……"最后他在众目睽睽下把一袋薯片重重地塞到了我手里。

可想而知，我这一路都是怎么过来的。

回到这个不熟悉的家，我异常难过，除了孤单孤单还是孤单。人生啊，我不在乎你！别指望我活得像孙子似的，我就是你祖宗怎么了！

你可以再悲剧点再邪恶点，可祖宗我仍旧亭亭玉立着，祖宗我会以二奶的生活水平鞭策自己，然后像立了贞节牌坊般清心寡欲地生活。祖宗我即使再痛即使再不舍即使再不甘即使再无能为力，祖宗我也会皮笑肉不笑地面对接下来的一切悲欢和离合。

做好了这一切的准备，我豪迈地给自己鼓劲打气。管他呢，男人算什么，有了事业，我还要男人干什么？事业，我要干好我的事业，好歹我也是个中层小干部了，不算太差。

我准备大展拳脚，大干一场。

我决定做一份详细的企划书出来，从下班回来的黄昏时分就开始酝酿感情。先吃了一整块牛肉、四只泡椒鸡爪、半袋蛋黄派，又喝了两杯纯奶，走进浴室沐浴更衣，神圣得就差杀鸡放血挂大蒜，洗完擦一遍爽肤水，擦两遍润肤露，往房间里喷一点香水，泡了一壶茉莉花茶，花五分钟嗅香十分钟啜饮，等打开 word 文档，闭上眼睛深吸一口气，感觉灵台空明心平如镜。然后，我睡着了。

万言来看我，总给我买大包小包的食物。每次来动静都很大，搞得邻居以为我是他的二奶，每次上楼遇见，都以很异样的眼光看我。

很久没听到岳剑的消息了，我不敢去打听也不想去打听。即使他不知道我住哪儿，也可以打我手机啊，可是从那次分手以后，他连找都没找过我，只在前几天发过一条信息，问我在哪儿。我气得没回，他根本就不在乎我，我何苦犯贱。

伍仁打电话问我住哪儿了。我只说你别告诉我家人，我会好好的。他叹了口气，我见不得人同情，更怕他说起蔷薇和岳剑现在的事，就把电话挂了。

跟万言去应酬客户，我有点心不在焉。万言有老婆，客户都知道，所以我的存在身份就是个小三，他们对我说话的口气随着酒深了也越来越不计较，不时地叫我给添酒。有个胖子老是敬我酒，我兴致不高，只淡淡抿了一口。他立刻要求我干了，否则就是不给面子。

我冷冷地笑，万言见状连忙夺下我手上的杯子替我喝掉了，让他们别闹了，说秦苏不能喝酒。可那胖子不知是有意找碴儿还是跟我过不去，硬是要我喝一杯，旁边人拦都拦不住。万言眉头皱起来，端起杯子递给那死胖子。

"王总，我女人的酒我来喝，一陪三地喝。你要喝多少，我都奉陪。"

见这阵势，那头顿时清醒不少，那死胖子也不撒酒疯了，只说那倒不必，开玩笑嘛。他吃了几口菜，顿了顿，又语重心长地对万言说："兄弟啊，你年纪还小，对女人还是太上心了，到了我们这个年纪，女人还算个屁啊！女人是衣服，兄弟才是手足。"

万言脸色更黑了，其他人连忙打圆场。我看我实在不适合应酬场合，索性站了起来，把餐巾扔下，看着对面几个形态各异的男人。

"说得对，都说女人是衣服，可惜姐是你们穿不起的牌子。我不会喝酒，今天扫了你们的兴，回家面壁思过去了，几位爷。"

说完，我掉脸走人，反正我也吃饱了，回去不用再开火。回了家洗了澡，坐窗台边看月亮边酝酿情绪开始哭。没人保护真不行啊，没丈夫的羽翼庇护我真他祖宗的渺小啊。万言再好也是别人的丈夫，再怎么关心，我还是两手空空。

哭得山摇地动之时，门被打开了，万言一脸心疼地上来抱住哭得像泪人似的我。

"真傻，我会保护你的，哭什么？"

"都怪你……都是你引起的……你满意了？"

他一个劲儿地拍着我，等我渐渐不哭了，拉开我与我对视。

"苏苏，我们结婚吧。"他眸子里闪动着渴望与真诚，我笑了。

"你老婆的肚子呢？也叫她去划船撞掉水里去？"

"这个我来处理，只要你告诉我愿意嫁给我，我马上给你一个完整的家。"

"像坐公交车一样到站下来就可以转车？可是我们是人啊，不是交通工具，真的能像上车下车那么简单吗？"

"那你需要多久呢？秦苏，不是只有你需要安全感，我也需要。"

听到这句话，我终于向他绽放了一个美丽的笑容。

"安全感是多么奢侈的词。万言，原来你也不能免俗。"

他没给我机会说下去，紧紧拥住我，深深地在我的唇上印下一吻。

他松开我的时候，我平静地说："万言，我很可能永远也不能接受你，是你夺走了我的幸福。"

小雪自从怀孕以后，一直都没有露面。我很奇怪，她不是应该来尽情地奚落和嘲笑我吗？该挺着大肚子向我耀武扬威啊！现在居然深居简出得这么彻底，连偶尔来都不来一次。

今天礼拜六，想想我住这屋子也快大半个月了都没收拾打扫过，于是便起了个大早开始打扫。没想到干家务是这么累人的一件事，我气喘吁吁地忙活了半天。门铃响了，我惊讶这时候万言来干吗，又想了一下自己目前的造型，不由得好笑。

拉开门一看，我就后悔了。小雪带着一个中年妇女在门外雄赳赳气昂昂地傲然挺立着，藐视地睥睨着我，特别悲剧的是我的造型，面罩头巾加围兜，整个一大婶造型。

好在我手上有鸡毛掸子，动起手来还有点优势。

我摘下面罩用脏手抹了把头发，堵在门口看着来者不善的两个人。估摸着是小雪带她妈来寻衅滋事，所以我开始就没打算让她们进门。

"你们有什么事吗？"

"你这个不要脸的女人还不快回家去，死赖我们家干什么？没见过你这么不要脸的！"小雪上来就不顾形象地骂我，对门的住户把门打开，伸出头来看好戏，一脸的幸灾乐祸，心想这下大老婆总算找上门了。

旁边那妇女一把拉过她，拍拍肩安慰她，然后朝我和颜悦色地说："你就是秦苏吧？你们的事我都听说了，让我们进去说吧。"她看看身后的看客，朝我示意。

那贵妇见我不动，从包里拿出一个本子，继续说："你住的地方的产权是我的。我是万言的母亲。"她手上的房产证格外庄重大气，而见到了这个被她儿子编排得惨兮兮的妇女，我心一虚，把她们让进家门。

进了门，她没急着坐，慢慢绕着客厅环视了一周。我也不可能给她们倒水送茶，就干站着，回视着小雪的怒火。

"孕妇别那么大火气。小雪啊，来坐坐，别把我孙子累着。"贵妇的一番话让小雪脸上得意扬扬，那眼神犀利得告诉全世界，她小雪身怀龙子，虾兵蟹将谁都休想撼动她半毫。她优雅地落座，继续藐视我。

"秦苏啊，你也别站着，我们坐下来好好谈谈，老是这么糊里糊涂的，我们做老人的都看不下去了，我不好找你父母去谈，就先来跟你谈谈。"

姜真的是老的辣啊，这万言的老妈说话句句犀利句句到位，没一句是废话。我也坐下来，微微一笑，把手上抹布一扔，鸡毛掸子还握在手里。

"伯母，请原谅我住了你的物业，但是如果不是小雪，我今天没必要住这儿。我想这前因后果她都跟你说了吧！"她微笑地点点头，一脸慈祥，泛滥得有些不真实。

"我现在跟我的丈夫感情上出了问题，没有地方住，所以作为始作俑者的万言和小雪，给我个地方住，请问这有什么大问题吗？"

"谁给你的地方住？是你自己死不要脸硬要来住的，我可没给你住。"小雪立刻跳起来。

贵妇立刻把她拉坐下安抚她，说由她来解决，然后看着我继续慈祥地说："秦苏啊，听说你也是个好孩子，现在不管怎么样你插足了别人的家庭。因为你，我们家万言坚决要离婚。可这是他脑子热乎时不清醒的想法，作为父母，我们是坚决不会同意的，小雪这孩子是我们中意的，现在还怀着万家的骨肉，离婚的事可以说是想都不要想的。秦苏，你也是女人，听说也有过孩子，你知道孩子的重要性，你还是不要多想了。如果不想回娘家住，那就自己找个地方搬出去吧，像这样被丈夫抛弃了再来跟万言在一起，别说我，就是万言在心底里也是看不起的。"

果然是句句针毡，这老太太真是个语言类专家。要不是我对她儿子没什么太深的感情，此刻必定是被伤得吐血。

我冷冷一笑，看着小雪得意得有些发胖的脸和那恶毒的眼神，我突然涌起了一阵极度想报复的快感。看着小雪慢慢地开口。

"伯母，看来小雪没全部都告诉你啊。"我把眼神从小雪身上挪开，看着万言的妈，一字一顿地说，"我流产的孩子是万言的，你可以去向万言求证，是被小雪推下水流产了，她害了你家第一个子嗣，之后还继续报复去勾引我的丈夫，告诉他实情跟他苟且，最后被我撞见，我们才闹到要离婚。而万言一直说爱我，自从来了南京以后，跟她几乎没夫妻生活，现在突然怀了孕，您猜是谁的？"

空气凝滞了几秒。对面两人的脸上都带着惊诧和难以置信的惊恐。在贵妇把怀疑的眼光投到小雪身上时，小雪终于尖厉的叫起来。

"你血口喷人！你个贱人！孩子是言的！"

"问问万言就知道了，如果是他的，他会这么坚决不肯要吗？男人要面子而已。"我冷冷一笑。

我刚说完，小雪就尖叫着扑上来，一把掐住我的脖子，长长的指甲掐进我的肉里。发了疯的女人力气无比大，我竟然丝毫扯不开她，万言妈赶紧上来拉小雪。

"小心孩子，你别这么冲动。放开，放开！"

小雪通红的眼眶简直要喷出火来，我知道她是真的疯了，即使我已经喘不过气来，仍然给了她一个难看的嘲笑。这个笑把她彻底激怒了，疯狂地揪着我的头发，长指甲划向我的脸，我挥起鸡毛掸子不管三七二十一就朝她脸抽去，这是怎样的一场混战，两个女人扭打在地。旁边的万言妈气得蹲在一边直喘气。

小雪歇斯底里地吼着，看我有武器不占上风，于是跳起来去端茶几要拿玻璃茶几砸我，万言妈看她这样，连忙抱住她大腿，她一把推开万言妈，转身的刹那没站稳，连人带茶几重重地摔在地上。茶几的尖角直接磕在她的小腹上，然后她就在我的震惊、万言他妈的厉号和她自己刺耳的尖叫中无力地倒在地上。

"疼……疼……"她下意识地喊起来。

万言妈不顾头晕，爬起来，把茶几掀开。

"哪儿疼，哪儿疼？肚子有没有事啊……老天啊，你这丫头，叫你别发疯。"

"妈，孩子是言的，真是言的，你们要相信我……我在安全套上扎了洞，真的是言的……我跟岳剑根本都没有的事……妈你要信我。"

现在说这些还有什么用呢？我看着她瞬间惨白的脸，突然这一幕好熟悉。莫非真的是因果报应，不必我动手，她自己就报了。

这闹剧不了了之了，小雪被万言妈火速地送去了医院。我在她们走后冷冷地关上门，看着脸上的划痕，看着脖子上流血的爪印，还有乱七八糟的头发，感受到莫大的刺激和快感。完全不去阻止血流出来，看到殷红的鲜血，我反而更加兴奋了。

小雪的孩子终是没保住，我也没再去上班。身上的伤没养好，整日无所事事地待在屋子里怕见人怕见光。

事后的第四天万言来见我了。

"秦苏，一切都结束了。我们可以结婚了。"他参差的胡楂、褶皱的袖口和那张憔悴到蜡黄的脸告诉我，他很久没合眼没换衣服没回家了，大概这几天都是在医院被折磨着度过的。我想碰到这种事，他也是受到很大压力的，不禁有些心疼，他也只是一个脑两只手的男人。

"万言，你累了。别想那么多了，你需要好好休息。"

第一次让万言待在我这，洗澡、睡觉。坐在客厅里翻杂志，听到卧室里传来的他疲累的呼噜声，感到心安。而岳剑，始终没有联系我。

所以今天他的电话让我有些激动得不知道该用什么措辞好，虽然不知道他的电话内容是什么。

"苏苏，你在哪儿，怎么没回我短信？"

我听到他的声音，眼泪唰地就出来了。

"岳剑……呜呜呜……"

"苏苏，别哭，你别哭。"他叫我不要哭，自己声音却哽咽起来，"好想你……不知道你在外面过得好不好。苏苏，我想你。"

我们俩就抓着电话，两头哭得毫无形象。末了，我问他："我们离婚吗？"

"我不想离。"听到这句话，我的泪简直是喷涌而出。

"你不想离，那你干吗要做那种事？你浑蛋！"我恶狠狠地挂了电话，却是一直忍不住地颤抖。

有些事发生了就是忘不了，我们回不到从前了。他不会忘记，我也不会忘记。何况那种不堪历历在目，我想逃避都逃避不了。我不能原谅我自己，也不能原谅他，所以我们就尽情地惩罚自己吧。

　　在家蜗居的生活也不错，用着别人的钱过着自己的生活，偶尔出门逛逛超市，偶尔我妈给我打电话，她还问我岳剑怎么样，我告诉她他身体好极了，还常常做家务。我妈笑嘻嘻地问我，什么时候再要个孩子就好了，我满口答应下来。

　　圣诞节的前天，万言说要来陪我过圣诞，我说不必你还是陪陪小雪吧，她还没出月子。

　　可他还是固执地来了，我没办法，只好想着是不是该去买点过圣诞的食粮，两个人好好吃一顿。于是我们一起去离家较远的大型购物广场去采购，不仅买了吃的，还买了圣诞帽、圣诞靴、圣诞围巾和手套。恍惚中，我好像在商场里看到了小雪的身影，等我再去找时却只看到个鲜红的背影。

　　想到小雪此刻可能一个人在家过节，一个小月子的女人确实很可怜。再联想到岳剑是不是一个人在过节，心情不由得低落下来。万言小心翼翼地察觉到了我的情绪，连忙付了账，拉着我下楼，让我站在路边等他去地下停车场取车。

　　突然，不远处停着的一辆车的车灯亮了起来，刺得我眼睛生疼。我连忙腾出手来遮挡眼睛，就听到不远处车子启动的声音，我蒙了。车子朝我开来，八成是个酒后驾车的，我连忙闪避。可偏偏这车好像认准了我，我被强光照射之后，看哪儿都是黑的，只能凭声音和直觉躲得远远的，然后我听见万言喊我名字的声音，朝他跑去，手里的东西还舍不得丢。突然那车子失控般地朝我撞来，手臂一疼，我被卷进一个温暖的怀抱一起跌倒在地上。旁边那辆车子轰的撞到了电线杆上。

　　没明白过来什么事，只知道万言抱着我，不停地喊我的名字，还有手臂很疼，我沉沉地睡过去了。

　　第二天醒来，已经是躺在医院里了。我意识到自己是出了车祸，连忙抬抬手脚，发现除了左手上缠了一圈绷带以外并无大碍。我万幸地闭上眼睛。

有护士进来给我打点滴，我连忙拉住她问情况，她朝我露出两颗虎牙。

"好在有惊无险，只擦破点皮真是万幸。那个撞人的可没那幸运了，身上受伤不说，好像还轻微地脑震荡。你也是，一个怀孕的人到处跑，以后可别这样了，你先生会急坏的！"她说完给我掖了被角，就出去了，留下一脸震惊、瞠目结舌、呆若木鸡的我。

她说我怀孕了？

没有更多的吃惊，万言就进来了，他满眼的疲惫。看到我醒了，给了我一个安慰的笑容，摸摸我的手。

"还疼吗？"

"我怀孕了？"没有理会他的温情，我焦急地向他求证。

他眼中的神采顿时黯淡，呼吸急促起来，半晌终于平静了。

"是的，五周。状况良好。"

五周，就是在我们分开那天，没想到在那样悲伤的时候，在彼此都愤怒和歇斯底里的时候，我和岳剑竟然培养出了爱的结晶。莫非真是难舍难分，真是要这样戏弄我们才行？

"秦苏！"万言见我发呆，连忙碰碰我，眼神里满是惊恐，"你是不是又想回到他身边？"他的嘴唇干裂，似乎很长时间没喝水。

我忍不住摸摸他的脸和唇，重重地叹息一声，无力地说道："万言，你为什么要爱我？"

撞我的人正是在商场购物时看见的小雪，她在楼下车里等着我，我一出现她就实施自己疯狂的计划。我之于她是不共戴天的仇人，破坏了她的家庭，害她失去了孩子。我很理解她的感受，只是现在她有可能变成植物人，再也不能朝我瞪眼睛了；如果有机会，我想告诉小雪，在命运面前我们永远纤弱。

圣诞节是多么有气氛的一天。在这个医院里却是另一番天地，小雪的家人在外面吵得焦头烂额。他们的独生女儿出了这种事，万言正以一人之躯承受着小雪父母的责难，还要以一人之躯阻挡着他们进我的病房找我算账。

万言，真的太辛苦了，辛苦得让人心疼。

没有料到蔷薇的电话也这么赶热闹地来了，我有些好笑地接了，想听听她说什么。我知道她没能如愿地跟岳剑在一起，她高估了自己，低估了岳剑对我的爱意，所以很想知道她还要跟我说些什么。

"你跟岳剑和好吧，我对不起你们。从今天起，蔷薇消失了，岳剑还是那样深爱你，请原谅他吧。"

第一句，竟然是这样开场，我不禁有些哭笑不得。你知道你的尝试，你的野心给当事人带来的是怎样的痛苦吗？一句你们和好吧，就可以还原整个剧情吗？我们再也回不去以前了。

"蔷薇，你早就该知道最后也只能这样，为什么当初要那么做啊？"与其说我在跟她说话，不如说我是在叹息。

"我以为我可以给他真正的幸福，可是原来不是谁给了幸福就可以幸福的，幸福也分对象的，他想要的幸福不是我能给的。他想要你，他瘦了，没命地工作，不理我；为了跟你忏悔，他不好好吃饭睡觉。我很心疼，我错了。秦苏，你可以不原谅我，请你原谅他吧。只是怕你不肯原谅他，其实他早就原谅你了。"

蔷薇在哭，几乎没见过她哭，没料到大嗓门的哭声竟然是这样的真切，诚挚得让人动容。

万言走了进来，看着我握着电话流眼泪，坐到我身边，把我的头轻轻靠在他的肩上，一下一下地摸着我的头发。

"秦苏，是不是有了孩子，现在就要回去了？"

我默默地望着他，感觉一阵一阵的刺疼，摸着他的胡楂儿，我向他闭上眼点点头，泪水被无情地挤出眼眶。他颤抖起来，我连忙抱住他。

"万言，对不起。"

他站起来站在我面前，突然双腿屈膝，直直地跪在我面前。

万言突然给我下跪了。我吓了一跳，从床上跳下来拉扯他。

"干什么你？万言你不要这样！"

他挡开我无力拉扯的手，一把抓住我。

"秦苏，你听我说。"

我安静下来，看着他带着死亡气息的眼神，听他说。

"在迪拜那晚我们什么也没发生。我跟你之间没有发生过肉体关系。"

我的人生简直像个笑话。

"唯一能承认的就是那晚我吻了你，但是你立刻吐了，吐了我俩一身，我只好把你的外衣脱了简单清洁了下，然后你自己在床上把内衣脱光了睡，不过我没有碰你，你一晚都在磨牙，很可爱。"

他叙说得条理分明，却如同一个晴天霹雳，炸得我浑身颤抖。

"也就是说，我这么久以来所有的担心都是多余的……那你为什么？为什么我的孩子……"

"那个孩子当然是岳剑的，只不过我想争取看看，如果我是那个孩子的父亲，和你可以关系密切一点。我并不是真的希望你把岳剑的孩子生下来，只是希望那个你不知道归属的孩子可以给我带来二分之一的机会。可是最后你真的打算生下来了。小雪的计划也是我默许的。"

他的头垂得很低，他的脸我看不真切，可我知道那是一张流泪的脸。

"也就是说……我今天所受到的罪孽，都是莫须有的都是飞来横祸……"他用颤抖的身体回答了我，我掀开被子冲上去想狠狠揍他，可是我连抬手的力气都没有，他哭得像个迷路的孩子，我瘫倒在地，跟他一起哭。

我跑出病房，手上的伤一点也不疼了，后面万言追上来，我才想起来应该立刻找到岳剑，我赶紧拿出手机给他打电话。

"老公，我们都错了。我没有犯错误，原来我根本没有背叛过你，我有了孩子了，怀孕五周。我们重新开始吧，你在哪儿？我要立刻找到你。"

他的声音激动极了，连着说了几遍都没说清楚要说的话，最后他叫我在医院等他，他马上过来找我。

"宝贝，你就待在那儿，老公马上飞奔过来！"

♣

# 第二十五章
# 永远不能说再见

　　坐在医院大厅的长椅上，我和万言谁也没有说话，一起等岳剑来。此刻，我的脑子里全是见到岳剑后的各种情景。

　　可是，一个小时过去了，两个小时眼看就要到了，岳剑还没来。我有点急躁，心里升起不好的预感，摸出手机想给他拨过去。

　　刚拿起手机，岳剑的电话就来了。我赶紧接听，可听到的却是一个陌生的声音。

　　"请问是岳剑的太太秦苏吗？你好，我是急救中心，从他手机里找到他妻子的号码，您先生岳剑出车祸了，马上就送到第一医院，请你现在就赶到医院门口去……"

　　从听到那句岳剑出车祸开始，我就再也听不进一个字了，感到命运一直都是有条不紊地走着它的轨迹，我无力抗拒。

　　直到万言捡起电话继续处理完下面的步骤，镇定地拉着我上了车，赶去了医院，等我到了那，看到被从医疗担架上抬下来的岳剑，我的岳剑此刻已经没有了血色，我的岳剑浑身是血。我想上前摸摸他的温度，医疗人员一把推开，训斥我不要碍事。

　　等到岳剑被推进急救室，我还没有知觉。万言一个劲儿地安慰我，让我振作一点。而我此刻的内心竟然平静得像一波死水，我正在跟上帝商量，哪怕赐给我个植物人也好，我会勤劳起来用心地学做菜家务，学按摩推拿，好好地照顾他一生，永远都不让他受伤了。

可半个小时以后，医生就出来宣布病人已经停止了呼吸。那个胖胖的医生向我宣布岳剑已经死亡。

由于开车超速，学校路段没有警示标志，为了避让放学出校门的孩子，岳剑的车子一头撞向了绿化带。

医护人员出来问我谁是妻子，万言告诉他我就是，然后那个护士递给我一枚小小的东西，说："这是从你先生手里抠出来的，可能是很重要的东西。他被撞以后一直紧紧握在手里，直到手术时我们才取出来。"

我拿在手里笑了，把周围人吓了一跳，万言赶紧拍着我的胸口，让我呼吸顺畅。

我推开他，拿着手里的戒指，笑得惨淡。我们的婚戒，我离家的那天摘下来放到茶几上。他是要第一时间拿来给我重新戴上。

等我进去看岳剑时，我怎么也不忍心称之为尸体。我揭开白布，岳剑惨白的脸却生动得好像随时能唤醒似的，可任凭我怎么摇晃他就是不肯起来。

"岳剑，你别生我气了，快醒醒吧。我跟万言是清白的，以后我都不上班了，乖乖在家里。别吓我了，你看我戴了戒指了，我再也不拿下来了……老公……"大概是见惯了这种生离死别，也可能是受不了我的凄惨，医护人员都出去了，留我和万言跟岳剑告别。

我把戒指套在手上，晃着岳剑的身体让他看。他头颅上的洞口还流着血。我再也忍不住了，瘫倒在床边，握着他还温热的手，哭都哭不出声音。

突然，巨大的噪音和哭天抢地的声音炸起，我木木地看着岳剑的母亲、父亲，我的公公婆婆小姑子们甚至还有蔷薇泪流满面的脸衬托着后妈的贱笑嘴脸，一齐涌了进来。看到冰冷的岳剑，一向坚强的婆婆顿时瘫软，连公公也是老泪纵横。

突然蔷薇冲向我，一巴掌扇到我的脸上。

"你这个灾星，都是你，都是你……"

婆婆像是受了启发，终于找到了罪魁祸首，哭着冲上来打我。

"你这个女人害死我的儿子，我的宝贝儿子，我的岳剑……"

两个姐姐也帮着她妈一起打我，万言连忙拉住他们，让我先离开。

我没动，木木地看着所有人，承受着他们的怨念——婆婆的丧子之痛，公公的老泪纵横，姐姐们的声泪俱下，蔷薇的失去理智，后妈的得意扬扬。

"都给我住手！在岳剑面前，这像什么样子？"我的声音是从未有过的冰冷尖锐。

我朝我婆婆重重跪下，低下头说："妈，一切都怨我，您打吧，可是您手别打重了，我有了岳剑的孩子。"

全场失声。婆婆扬起的手，再也没有落下。

几十秒的安静后，急救室里爆发了一阵更大的哀号。

看着众人难以形容的脸，那种大悲之后的大喜，不幸中的万幸，以及婆婆可怜的瘦弱肩头的颤抖，还有后妈黑下的脸色。

我几乎无法呼吸。

摸着无名指上的戒指，我坐上了回大宅子的车。在公公的车里，两边是严密地保护着我肚子的姐姐。如今，我的肚子成了岳家唯一的希望。再回首，岳剑竟一语成谶。

"秦苏，下一胎你恐怕就没那么自由了，大宅子那非得把你肚子当岳家的唯一血脉来伺候着了。"

看着车外一闪而过的景色，还有变幻万千的天空。岳剑，原来在所有人事已非的景色里，我依旧最喜欢你。

而现在，我会用力地生活，顺利地生下我们的孩子，即使再无力即使再不舍，我也会用力地告别过去，好好地养大我们的孩子。

只是我真的真的做不到跟你说再见啊，我亲爱的岳先生。